だざいおさむ

太宰治

小说精选

[日]太宰治——著　曹捷平——译

中国友谊出版公司

图书在版编目（CIP）数据

太宰治小说精选 /（日）太宰治著 ；曹捷平译．--
北京 ：中国友谊出版公司，2021.2（2023.3重印）
ISBN 978-7-5057-5124-8

Ⅰ．①太… Ⅱ．①太… ②曹… Ⅲ．①中篇小说-小说集-日本-现代②短篇小说-小说集-日本-现代
Ⅳ．①I313.45

中国版本图书馆CIP数据核字(2021)第016111号

书名 太宰治小说精选
作者 [日]太宰治
译者 曹捷平
出版 中国友谊出版公司
发行 中国友谊出版公司
经销 新华书店
印刷 北京中科印刷有限公司
规格 880×1230毫米 32开
14印张 285千字
版次 2021年4月第1版
印次 2023年3月第3次印刷
书号 ISBN 978-7-5057-5124-8
定价 59.80元
地址 北京市朝阳区西坝河南里17号楼
邮编 100028
电话 (010) 64678009

不要绝望，
在此告辞。

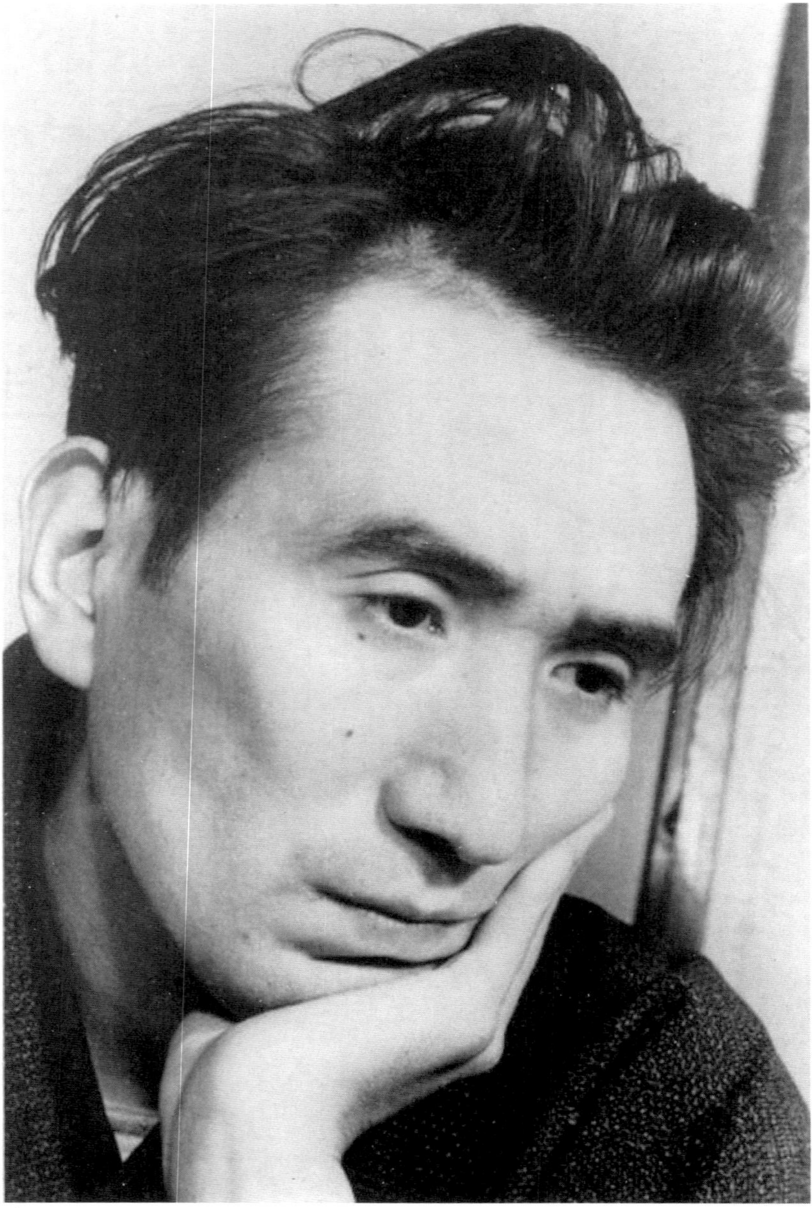

太宰治

だざい おさむ

1909.6.19—1948.6.13

本名津岛修治（つしましゅうじ），日本小说家，日本战后无赖派文学代表作家。

太宰治从学生时代起就希望成为作家，14 岁起便与友人办同人杂志，发表文学作品。16 岁开始沉醉于芥川龙之介的文学作品，将芥川视为偶像。1935 年以短篇小说《逆行》入围第一届芥川文学奖。以后陆续发表了《超级控诉》《奔跑吧，梅勒斯》《富岳百景》《斜阳》等作品，成为当代流行作家。

太宰治 18 岁时，他的偶像芥川龙之介服安眠药自杀，此事对他造成了极大的心理冲击和终身影响。自 20 岁起，他一生 5 次尝试自杀。1948 年 6 月 13 日深夜，太宰治与崇拜他的女读者山崎富荣捆绑在一起，投入玉川上水自尽，19 日尸体才被发现，那天正是他 39 岁生日。太宰治死前完成了他最著名的作品《人间失格》，留下了未完成的绝笔之作《Good bye》。根据本人的遗愿，太宰治死后被葬于三鹰市禅林寺内，与著名作家森鸥外的墓塚相伴。年年都有太宰治的亲友与书迷前来祭拜，至今绵延不绝。人们根据其晚年的作品《樱桃》，将他的忌日称为“樱桃忌”。

代表作：《逆行》《斜阳》《人间失格》《奔跑吧，梅勒斯》《维荣之妻》《樱桃》等。

太宰治父亲和母亲

父亲是日本青森县首屈一指的大地主，参议员。
他在父亲十一个孩子中，排行第十。
但衣食无忧的生活并没有给他带来快乐。
暴发户般的生活氛围只令他感到厌恶和叛逆。

家人合照　太宰治（右二）

日本是家长制社会，只有长子才有家族继承权。作为家族的第六个儿子，他的存在一直可有可无。每次吃饭，他都只能挤坐在最末席。而父亲和长兄文治则有一个单独的大房间用膳，那个房间也只有他们二人才能使用。太宰治有一次不小心走了进去，结果被狠狠地骂了一顿。

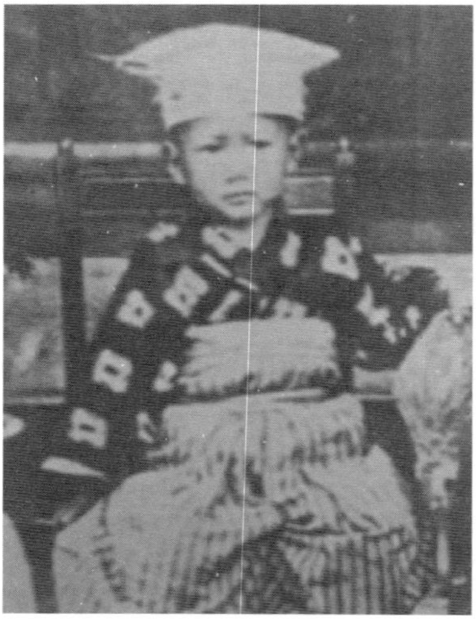

幼年时期的太宰治

中学时期的太宰治

高中时期的太宰治

因为始终无法得到家人的正视，他有时也会跑去下人的房中打发时光。

对他而言，虽然身份是属于主人这一方的，但是精神思想却和下人们相通。

从童年起，这种特殊的矛盾感就一直背负在他的身上。

模仿芥川龙之介的太宰治

太宰治是鬼才作家芥川龙之介的小迷弟，其思想作风、文章都受到了他很大的影响。芥川自杀的消息传开，太宰治得知这事之后的反应是“浑浑噩噩，仿佛天崩地裂世界崩塌般，陡然陷入绝望”。太宰治自杀采用了和芥川一样的死法：服用安眠药。结果因剂量不够，自杀未遂。

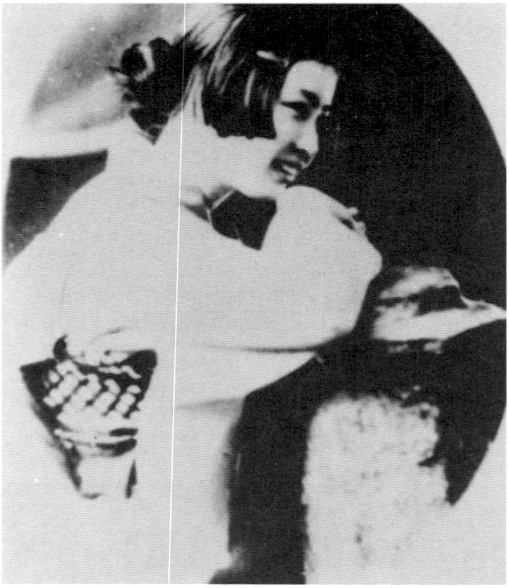

银座酒吧的女招待田部阿滋弥

1930 年，太宰治与只见过几次面的银座酒吧女招待田部阿滋弥同居三日后，一起前往镰仓小动崎海岸，吞咽了安眠药投河自杀。这次殉情的结果是太宰治被附近的船夫救起，而年仅 17 岁的田部阿滋弥死亡。

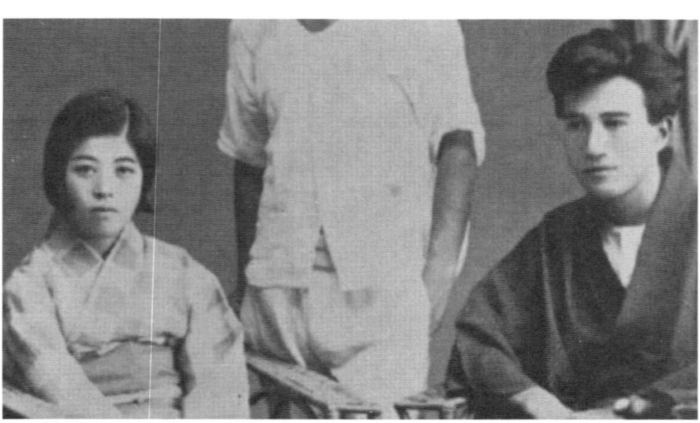

太宰治和小山初代合影

1930 年，太宰治想与老家认识的艺伎小山初代结婚，却遭到了长兄津岛文治的强烈反对。但他执意如此，再加上之前参加左翼运动给家族带来的不良影响，一直令家族荣誉蒙羞的太宰治最终被津岛家除去户籍，断了经济来源，因此穷困潦倒。

婚后的太宰治和小山初代

1937 年，因小山初代失足“不贞”，同她一起在温泉中服用安眠药自杀，因剂量不足而失败，之后与其分手。关于他和小山初代的这段婚姻感情，在太宰治死后出版的《如是我闻》中是这样写着：“为了这个女人，后来我吃尽了苦头，但是，我还是不后悔和她结婚。”

1935年，被誉为“日本文学太上皇”的菊池宽为纪念故友芥川龙之介，在自办的《文艺春秋》杂志设立芥川奖。现如今的芥川奖已经成为对日本作家的最高肯定，但在设立的初期却无人问津，只有太宰治对这个奖异常看重。

小说《逆行》入围芥川奖，但却没有获奖。因为评委川端康成表示：“以我之见，作者目前的生活太乌烟瘴气。”这次也可以说是太宰治唯一一次公开发怒。他立即激愤地回信道：“可笑，芥川奖像是由你一个人决定似的……你以为我也和你一样，养养小鸟，参加舞会，过着如此优雅的生活就很了不起吗？”

太宰治和石原美知子的婚礼

1939 年，在恩师井伏鳟二的撮合下，太宰治与担任教师的石原美知子结婚。新婚之后发表了许多作品。其中代表作当属《奔跑吧，梅勒斯》，他在里面这样写道：“我一心只想着自己的苦恼，却完全没意识到其他人也在努力地活着。有人正静静等待着我，没有一丝怀疑，对我绝对信任。我一条命算得什么，岂能总说那种以死谢罪的废话？我必须回报这份信赖才行。只剩下这一件事了！”

太宰治婚后入住三鹰市新家

石原美知子迷恋着太宰治的才华，太宰治也用心珍惜过她。

太宰治在东京商大以“近代之病症”为题做演讲

他认为所有人都是有罪的，只是除了自己，其他人都不愿承认。他开始思考，如何写出一本让世人能看清所有人身上共有的那些关乎自私、伪善、虚荣、冷漠等本罪的作品。

中年时期的太宰治

生下一女太田治子。

太田静子和女儿治子

1941年底，与情人太田静子结识，开启了太宰治的另一段罗曼史，并生下一女太田治子。《斜阳》就是以静子的日记为底本的，作品的女主人公也以静子为原型。

山崎富荣

1948 年，太宰治以《如是我闻》震惊日本文坛，着手创作《人间失格》，同时肺结核恶化，身体极度虚弱，时常吐血。6 月 13 日晚，太宰治与其女粉丝山崎富荣跳水自杀，双双溺水而亡。人间不值得，在此告辞。

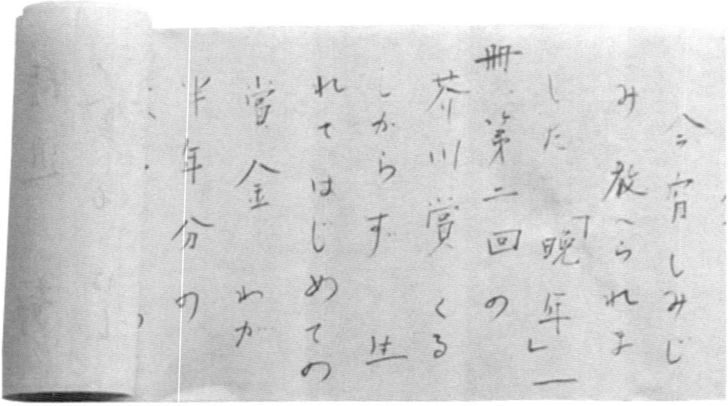

1936年太宰治给川端康成言辞激烈的信件（斜阳馆藏）

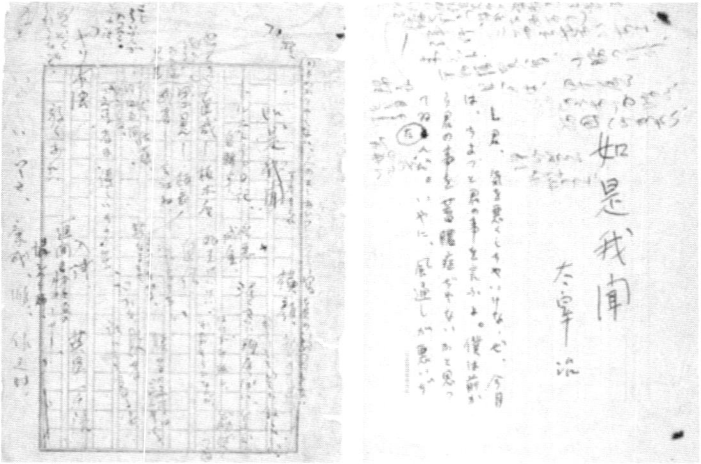

《如是我闻》手稿

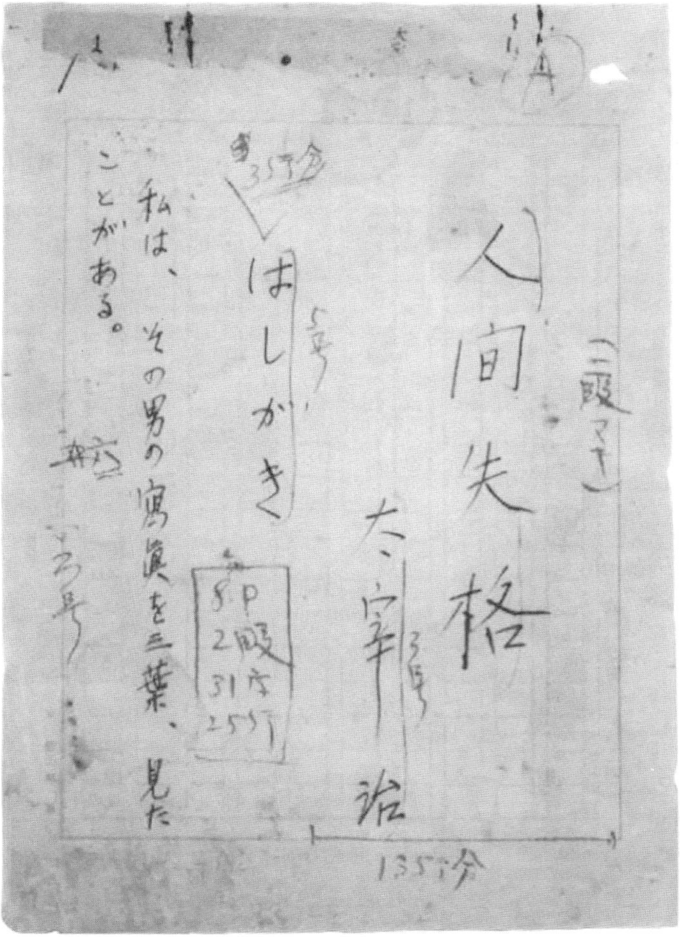

《人间失格》手稿

目录

CONTENTS

人间失格 / 001

维荣之妻 / 091

斜阳 / 117

Good bye / 229

灯笼 / 255

美男子和香烟 / 265

皮肤和心 / 275

雪夜的故事 / 295

阴火 / 303

奔跑吧，梅勒斯 / 323

候鸟 / 339

蟋蟀 / 353

心之王者 / 369

樱桃 / 375

满愿 / 385

秋风记 / 391

附录 / 409

太宰治给妻子美知子的遗书 / 422

人间失格

序言

我曾见过那个男人的三张照片。

第一张是他幼年时的照片。照片中的他大约十岁，被很多女孩子簇拥着（那些女孩子应该是他的姊妹或表姊妹）站在庭院的水池边。他身穿粗条纹的宽松背带裤，脑袋向左歪成三十度，脸上挂着丑陋的笑容。丑陋？！当然那些感觉迟钝的人（即对外表的美丑漠不关心的人）硬要无聊地恭维他，说他是个“可爱的孩子”也不会让人觉得别扭，因为这个孩子的笑脸上多少还是带有人们常说的那种“可爱”的影子的。不过但凡受过一点审美训练的人，打眼一看都会不快地嘟囔：“哎呀，这孩子真不讨人喜欢！”甚至会像扒拉掉身上令人讨厌的毛毛虫一样，随手把照片扔到一边去的。

不知为什么，照片上这个孩子的笑脸会让人越看越觉得讨厌。仔细看就会发现他其实一点儿也没笑，这从他紧握的两只拳头上就可以看出来，因为人是不可能一边紧握拳头一边微笑的。男孩的脸很像猴子，一只脸上爬满了丑陋皱纹的猴子！照片上的他，表情古怪而猥琐，让人看了很不舒服，估计谁见了都会说他是“一个满脸皱纹的小老头”。我从未见过表情这么奇怪的孩子。

第二张照片上的他，已发生了翻天覆地的变化。一副学生打扮，虽然看不出是高中生还是大学生，但长相已相当英俊了。但奇怪的是，这张照片上的他看起来好像没有一点活气。他穿着学生服，胸前的口袋里别着白色的手绢，交叉着双腿，笑着坐在藤椅上。这一次他笑得很巧妙，不再像皱巴巴的猴子；但和一般人又不同，他的笑容里缺乏血性的凝重和生命的质感，一点也不鲜活。让人觉得那笑容不像鸟那么活灵活现，倒像鸟羽毛一样轻飘飘的。他面无表情地笑着，从头到脚都像人工制造的一样，用“矫饰”“轻薄”“女人气”和“时髦”这些词来修饰都显得不足。总之，这个英俊的学生让人越看越觉得奇怪和不舒服，我还从未见过这么怪异的英俊青年呢。

第三张照片最为奇怪，我甚至都无法判断他的年龄。他头发花白，坐在一个异常脏乱的房间角落里（房间墙皮上有三处剥落的地方清晰可见），双手伸到一个小小的火盆上烤着火。这次他没笑，脸上没有任何表情。他坐在那里，像僵尸一样把双手伸向火盆，整张照片都弥漫着一种不祥的气息。因为照片把他的脸拍得很大，我可以仔细端详他脸部的构造。奇怪的是，他的额头、额头上的皱纹、眉毛、眼睛、鼻子、嘴和下巴看起来都和常人无异；再加上他的脸上毫无表情，根本给人留不下任何印象。这张脸太普通了，以至于看完照片后，我一闭眼就能马上忘记它长什么样。我或许会记得房间的墙壁、小小的火盆，可绝对想不起房间主人的长相，就连看过的绘画作品或漫画上也没有这样的脸。睁开眼时这张脸也不会带给我一丁点的喜悦。说得过分点，就是睁开眼再次看到这张照片，我也想不起来这个人是谁。我甚至不愿去看这张脸，因为看了后只会让人感到不悦和烦躁。

恐怕人们说的“死人脸”也会带有一点表情、留给人一点印象吧？可这张照片给人的感觉就像驽马的脑袋长在人身上一样，让人毛骨悚然、心生厌恶。迄今为止，我从未见过这么奇怪的男人。

手记 1

我的生活充满了耻辱。

对我来说，人类的生活是很难理解的。我出生在东北的乡下，长大以后才第一次看见火车。我在火车站的天桥上爬上爬下，根本不知道它是为方便人们横跨铁轨而建的，而是很长一段时间傻傻地以为像国外的游乐场一样，它是为了让车站看起来更复杂、更有趣而建造的。在天桥上爬上爬下对我来说是一种相当洋气的游戏，也是铁路部门提供的服务里最令我满意的一种。之后，当我发现它只有方便旅客横跨铁轨这一实用目的时，便顿觉索然无趣。

还有我小时候在绘画书上看到地铁时，也以为它没有实用价值，只是为了比地上跑的车独特、好玩才设计的。

我从小体弱多病，经常要卧床休息。躺在床上时，我总觉得褥子、枕套、被套都是些没用的装饰品。将近二十岁时，当明白这些都是实用品后，我才对人类的节俭感到黯然神伤。

另外，我从不知道饥肠辘辘是何滋味。这其中的原因并非因我生长在衣食无忧的家庭里这么浅薄，而是我真的从未感觉过“饥肠辘辘”。你可能不相信，我就是肚子再饿也感觉不出来。上小学、中学时，我从学校一回来，周围的人都会七嘴八舌地问“肚子饿了吧？吃点甜纳豆吧！还有蛋糕和面包呢”。大家可能都知道，放学回家时的那种饥饿感就像猫抓一样。而我只会发挥天生讨人喜欢的秉性，一边嗫嚅着说“饿了饿了”，一边把十几粒甜纳豆塞进嘴里。至于什么是“饥饿感”，其实我一点也没感觉到。

当然，我也吃过很多东西，但印象中没有一次是因为饥饿才吃的，都是因为食物稀罕、奢华，或去别人家被人要求吃时才吃的。另外，我小时候感觉最痛苦的时刻莫过于在自己家吃饭了。

在乡下的家中，每次吃饭时，全家十几个人都会坐成两列，各吃各的。作为最小的孩子，我当然是坐在最靠后边的席位上了。吃饭的房间有些昏暗，就是吃午饭时，十几个人默默咀嚼的一幕也会让我后背发凉。再加上在这个古板的乡下大家庭里，每顿饭吃的菜几乎都是一成不变的，不可能奢望出现什么奇珍异味或奢华大餐，慢慢地我就对吃饭时间充满了恐惧。我经常坐在那间昏暗房间的末席上，一边哆哆嗦嗦地把饭菜一点一点往嘴里塞，一边不停地思忖着：人为什么要一日吃三餐呢？有时我甚至觉得，大家一脸严肃地吃饭就像一种仪式，一家老小一日三餐，在规定的时刻聚到一间昏暗的屋子里，井然有序地摆上菜，不管你想不想吃，都得一声不吭地佝着身躯咀嚼，就像对蛰居家中的神灵们祈祷一样。

“人不吃饭就会饿死”，这句话听起来带有一种令人讨厌的恐吓意味。这种迷信（时至今日，我依然觉得这是一种迷信）一直让我不安与恐惧。对我来说，再没有哪句话会像“人不吃饭就会饿死，所以每个人都必须劳动和吃饭”这句话更晦涩难懂、更带有威吓性的了。

总之，直到现在，我对人类的很多行径依然迷惑不解。我经常为自己的幸福观与他人的迥然不同而深感不安，这种不安令我辗转难眠、痛苦呻吟，甚至内心发狂。我到底幸福吗？从小很多人都说我很幸福，可我却总觉得自己生活在地狱里，反倒那些觉得我幸福的人好像都没什么痛苦，生活得很安乐。我有时甚至认为，从压在自己头上的十座大山中随便拿出一座给别人，都会将那人压死。

反正我不明白别人都为了什么而苦恼或到底有多苦恼。对他们来说，如何有饭吃这种苦恼或许是最强烈的痛苦，是比压在我头上的大山还惨烈得多的阿鼻地狱。但我不明白的是，他们为什么不会因此自杀、疯狂，而只是通过政治手段，充满希望地不屈不挠地斗争下去？他们好像并不痛苦啊？他们都是彻底的利己主义者，坚信自己所做的一切都是理所当然的，从不怀疑自己有过错。这样做不是很容易吗？然而人们都这样，而且从不满足。我不明白……他们不是夜晚睡得很香，早上神清气爽吗？他们晚上梦见什么了呢？他们边走边想什么呢？是金钱吗？绝不只是金钱吧？我听说过“人为了吃饭而活着”，却从没听过“人为了金钱而活着”。不，或许……这一点我也不明白。……我越想越困惑，最终深陷于“自己是个与众不同的怪物”这种不安和恐惧中。我无法与别人交谈，不知道该对别人说些什么。

于是我想到了一个好办法，就是扮演小丑。

这是我对别人示好的最终手段。尽管我对人类极度恐惧，但却无法彻底断绝与人类的交往。我依靠扮演小丑这一手段保住了和人类的最后一丝联系。表面上我不断强颜欢笑，可内心却为了这难得的机会而拼命地、汗流浃背地忙碌着。

自小时起，我也不知道家人有多辛苦、每天在想什么。由于不堪忍受家中的恐惧和隔阂，很早我就擅长扮演小丑了。也就是说，不知不觉中我已变成一个不随便说真话的孩子了。

看看当时我与家人在一起拍的照片就会发现，照片中其他人都一脸严肃，只有我一个人莫名其妙地歪着脑袋傻笑。这其实也是我幼稚而可悲的一种小丑表演。

而且，无论家人说什么，我从不顶嘴。他们寥寥数语的责备，就如同晴天霹雳一样令我疯狂，根本不敢反驳。我深信，那些责备之词乃是亘古不变的人间“真理”，因为自己没有力量去执行这些“真理”，所以才无法与人共同相处、无法与人抗争和替自己辩解。每逢别人说我坏话，我就觉得那是自己的错，总是默默地承受别人的攻击，内心却感到一种近乎狂乱的恐惧。

任何人被别人指责和怒斥时心情都不会好，但我却能从人发怒的脸上发现比狮子、鳄鱼和巨龙更可怕的动物本性。平时他们总是隐藏着这种动物本性，可一有机会它就会借助怒火暴露出来。就像温顺地躺在草地上歇息的牛，会突然甩动尾巴抽死肚皮上的牛虻一样。见此情景，我就会毛骨悚然。而一想到这种本性是人类生存下去的资格之一时，便对自己彻底绝望了。

人类一直让我害怕得颤抖。作为人类中的一员，我对自己的言行没有一点自信，只能将自己的懊恼深藏在胸中的秘密小盒里。就这样我把精神上的忧郁和不安隐藏起来，假装成天真无邪的乐天派，最终使自己彻底变成一个畸形人。

只要能让人们笑，我什么都愿意做。只有这样，我才能处于他们的那种“生活”之外，才不会引起他们的注意。总之千万不能妨碍他们。我总觉得自己是风、天空或什么都不是，只能用扮演小丑的办法逗家人发笑，甚至在比家人更费解的男佣和女佣面前，也拼命地扮演小丑，给他们提供逗乐服务。

夏天时，我在浴衣下面穿一件鲜红的毛衣沿着走廊走来走去，惹得家人捧腹大笑。就连不苟言笑的大哥看了也忍俊不禁，用非常可爱的口吻说："哎，阿叶，那可不合时宜哟！"

其实，我才不是那种不知冷暖、大夏天裹着毛衣走来走去的怪人。我只是把姐姐的绑腿套在手臂上，故意从浴衣的袖口露出来，让他们觉得我好像穿了一件毛衣罢了。

我父亲在东京有很多事务，所以在上野的樱木町有一栋别墅，一个月的大部分时间都在那里度过。回家时，总喜欢给家人、亲戚带很多礼物。有一次，他去东京的前一天晚上，把孩子们都召集到客厅，笑着问每个孩子想要什么，并把孩子们的要求一一写在记事本上。父亲对我们如此亲热，真是罕见。

"叶藏你呢？"

被父亲突然一问，我一下不知该如何回答。

别人问我想要什么时，我就突然什么都不想要了。因为我脑中瞬间的反应是：反正也没什么我想要的东西，给我什么都无所谓。不过别人送我东西时，我就是再不喜欢也不会拒绝的。对讨厌的事不能说讨厌，对喜欢的事也如行窃一般战战兢兢的，这种感觉极其痛苦，经常让我挣扎在难以名状的恐惧和痛苦之中。总之，我缺乏从喜欢与厌恶之中选择的能力。这也是多年以后导致我"充满耻辱的生涯"的重要原因之一。

见我扭扭捏捏的一声不吭，父亲不悦地说：

"你还是要书吗？浅草商店街里有卖正月狮子舞那种狮子

的，大小正适合小孩披在身上玩，你不想要吗？”

一旦别人问我“不想要吗？”我就傻眼了，就是假扮小丑也不知道该怎么回答了。小丑演员碰到这种情况也黔驴技穷了。

“还是书好吧！”大哥一脸认真地说。

“是吗？”父亲一脸扫兴，啪的一声就合上了记事本。

真是失败啊！我居然惹恼了父亲。那天夜里，我躺在被窝里战战兢兢地思忖着：父亲的报复肯定很可怕，如果不抓紧想办法就难以挽回了。于是我悄悄起身到客厅，拉开父亲刚才放记事本的抽屉，取出记事本，哗啦啦翻着找到记录礼物的那一页，用铅笔写下“狮子舞”后才又回去睡了。其实我并不想要什么狮子舞的狮子，我想要的还是书。我之所以深夜冒险悄悄溜进客厅，只是觉得父亲有意送我狮子，为了迎合父亲、重讨父亲的欢心才那么做的。

果然，我采取的特殊手段如愿获得了巨大成功。不久，父亲从东京回来了，我在房间里听见父亲大声对母亲说：“我在商店街的玩具店里打开记事本一看，唉！上面怎么还写着‘狮子舞’。那可不是我的笔迹，真奇怪啊！我想来想去总算弄明白了，原来是叶藏这小子搞的恶作剧。我问他想不想要时，他明明心里特别想要那狮子，却一个劲儿地憨笑着默不作声，真是个怪孩子啊！如果真想要，直接告诉我不就得了，还偷偷写在我的记事本上，逗得我在玩具店里都忍不住笑了。你快去把叶藏给我叫来吧。”

我还会把用人召集到房间里，让一个男佣胡乱地弹钢琴（尽管是乡下，我家的配备还是很齐全的），我则伴随着那杂乱的曲调，跳起了印第安舞蹈，逗得众人捧腹大笑。二哥使用镁光灯，给我照了相。等照片冲洗出来一看，我腰上围的布裙子（一块印花布的包袱皮）没遮严，我的小弟弟竟露了出来，这又成了家人的笑柄，成了我的意外成功。

每月我都订十几种新出版的少年杂志，另外还从东京邮购各种书籍阅读，所以对麦恰拉克恰拉博士、纳蒙贾博士之类很熟悉，而且还精通鬼怪故事、评书相声、江户笑话之类的东西。因此我常能一本正经地说一些笑话，令家人捧腹大笑。

然而，呜呼，学校！

在那里我也一直受人尊敬。受人尊敬这种观念也让我很害怕。我对受人尊敬的定义是：近于天衣无缝地蒙骗别人，之后被某个聪明人识破后，尊严尽毁，被羞辱得比死都难受。就算依靠欺骗赢得别人的尊敬，终究有一天也会被人识破。慢慢地，当大家发觉自己上当受骗后，那种愤怒和报复想想都让人毛骨悚然。

我在学校里受人尊敬，除了出生于富贵人家外，主要得益于俗话所说的“聪明”。我自幼体弱多病，常常一个月、两个月，甚至曾经一学年都要卧床休息。尽管这样，我拖着大病初愈的身子，乘人力车到学校参加期末考试，还是比班上其他人都考得好。身体健康时，我上学也毫不用功，上课时偷着画漫画，等下课休息时展示给同学看，讲给他们听，逗他们笑。作文课上我则尽写些滑稽故事，即使被老师提醒也照写不误。因为我知道老师暗地里也等着读我的滑稽故事呢。有一天，我照旧用特别凄凉的笔调描写了自己跟随母亲去东京途中的一次丢人经历。当时我把火车通道上放的痰盂当成了尿壶，把尿撒在了里面（其实去东京时，我已知道那是痰盂，只是为了显示小孩的天真才故意这么写的）。交了作文后我深信老师看了会发笑的，于是我悄悄跟在往办公室走的老师背后一看究竟。只见老师一出教室，就从班上同学的作文本中挑出我的作文，在走廊中边走边读了起来，嘴里还哧哧笑着。进办公室读完后，他激动得满脸通红，大声笑了起来，还让其他老师一起看。看到这一幕，我的心理得到了极大的满足。

淘气鬼的恶作剧。

我成功地演出了别人眼中的恶作剧，顺利地从受人尊敬的恐惧中逃脱了出来。我成绩单上所有学科都是十分，唯有品行是六七分，这也成了家里人的笑料之一。

其实我的性格与淘气包是完全相反的。那时我受男女用人教唆，已做了不少可悲的坏事。现在想来，对年幼者教那些事情，应是人类所犯罪孽中最丑恶、最卑劣的部分了。但我只能忍受，面对人类的本性时，我只能无力地苦笑。如果我有说真话的习惯的话，可能就会把他们做的坏事告诉父母，可我连自己的父母都不完全了解，所以根本无法使用控诉人的手段。无论是诉诸父母、警察还是政府，最终都会被那些世故圆滑之人的强词夺理给打败的。

我心里很清楚，不公平现象必然存在，控诉人的事都是徒劳的，所以我觉得最好还是不说实话，默默忍着继续扮演小丑是最好的选择。

或许有人会嘲笑我对人类的不信任，调侃我几时成了基督教徒。不过我认为，对人类不信任，并不一定意味着与宗教之路相通。现在，包括那些嘲笑我的人在内，不都是相互怀疑着，将耶和华抛在脑后，若无其事地活着吗？记得我小时候，父亲所属政党的一位名人来我们镇上演说，我跟着男佣们也去剧场听了。剧场坐得满满的，我看见镇上所有与父亲关系密切的人都在使劲鼓掌。演讲结束后，听众三五成群地沿着雪夜的道路边往回走，边纷纷议论着演讲怎么怎么不好，其中也掺杂着和父亲过从甚密的人的声音。那些父亲所谓的“同志们”用近乎愤怒的声音批评父亲的开场白如何拙劣，那位名人的演讲如何让人摸不着头脑云云。可一进我家门，那帮人在客厅里却满脸喜悦地对父亲说今晚的演讲会太成功了。当母亲问起晚上的演讲会如何时，男佣们都若无其事地回答说太有趣了。而他们刚才还在回家的路上叹息说：“再没有比演讲会更无聊的了。”

而这仅是其中一个微不足道的例子。相互欺骗，却又神奇地不受到任何伤害，就好像没察觉到彼此在欺骗似的，这种明显的、问心无愧而又豁达的互不信任的例子，在人类生活中比比皆是。不过，我对互相欺骗这种事并没太大兴趣，自己不也是从早到晚扮演小丑欺骗人吗？我对那种思想品德教科书式的正义道德也没多少兴趣。我很难理解那些互相欺骗着，同时还能问心无愧而又豁达地活着，抑或有信心活下去的人。人们最终没教给我其中的奥妙。要是我明白了其中的奥妙，就不用再那么畏惧人类，拼命为他们提供逗笑服务了；也就犯不着因与人们的生活相对立，而每晚体验那种如处地狱般的痛楚了。总之，我之所以没有控诉那些男女用人犯下的可恨罪行，并非出于我对人类的不信任，当然也不是基督教的影响，而是因为人们对名叫叶藏的我密封了信任的外壳，就连我父母也不时展示着他们令人费解的一面。

然而，众多女性却依靠本能嗅出了我不愿诉之于人的孤独气息，多年以后，她们都因此进入了我的生活。

即是说，在女人眼里，我是一个能保守爱情秘密的男人。

手记 2

离海岸线很近的海边，并排长着二十多棵黑色树皮的粗大山樱树。新学年伊始，这些山樱树上便生出黏黏的褐色嫩叶来，在蓝色海面的映衬下，绽放出绚丽的花朵。不久，到了落英缤纷时节，花瓣便会纷纷落入大海，铺满一层海面，然后又随波涛冲到海边去了。东北地区的某所中学，直接就把这片长着樱树的沙滩作为校园的一部分。我没好好用功备考就顺利考进了这所中学。这所中学校服帽上的徽章、纽扣上，都印着盛开的樱花图案。

那所中学附近有我家的一个远房亲戚，正是这个原因，父亲为我选择了那所开满樱花的海边中学。我寄宿在那个亲戚家里，因为离学校很近，每天早晨听到学校的集会钟声才飞快奔去学校。我这个懒惰的中学生依靠自己惯用的逗笑本领，越来越受到同学的欢迎。

这是我第一次离开家生活，但我觉得，比起自己的家，陌生的他乡更让我心旷神怡。这或许还因为当时我已把小丑扮演得得心应手，在用它欺骗别人时再也不像以前那么辛苦了。不过由于面对的是亲人还是陌生人、身在故乡还是他乡的不同，演技的难度差异还是不可避免的。这种差异对哪一位天才，包括神灵之子耶稣而言都不可避免。对演员来说，最难表演的莫过于在家乡的剧场表演了。尤其在五亲六戚聚集一堂时，再有名的演员恐怕也会黔驴技穷吧。然而我却经历了那样的表演，并取得了相当的成功。所以像我这样的老江湖，就是身在他乡，也绝不会演砸的。

我对人的恐惧与日俱增，它在我的内心深处剧烈地蠕动着。不过我的演技也在日渐娴熟，常常在教室里逗得同学哄堂大笑，连老师也一边在嘴上感叹“这个班要是没有大庭，该是个多好的集体啊”，一边却用手捂着嘴偷笑。我甚至曾轻而易举地让那些惯于发出雷鸣般吼声的驻校军官也扑哧大笑。

当我正为能彻底掩盖自己的真实面目而暗自庆幸的时候，却意外地被人从背后戳穿了。那个戳穿我的人，竟然是那个班上身体最瘦弱、脸孔发青的学生。他身上总是穿着他爸爸或哥哥穿过的破旧衣服，又长又大的衣袖就像圣德太子[①]的衣袖一样。功课更是一塌糊涂，上军事训练和体操课时，总像一个白痴似的站在一旁观望。就连一贯小心翼翼的我也一直觉得没必要提防他。

一天上体操课的时候，那个学生（他的姓我已经忘了，名字好像叫竹一）照旧在一旁看我们练习单杠。我故意一脸严肃，“嗨”地大叫一声，像跳远一样朝单杠飞身一跃，结果一屁股坐在了沙地上。这次完全预谋好的失败，果然引得众人捧腹大笑。我也苦笑着爬起来，拍了拍裤子上的沙土。这时，竹一却悄悄来到我旁边，捅了捅我的后背，低声咕哝道：

“你是故意的，故意的。”

---

① 飞鸟时代的皇族、政治家，用明天皇第二子。

我一下惊呆了，自己做梦也没想到竹一竟在众目睽睽之下识破我的阴谋。我仿佛看见整个世界一瞬间被地狱之火裹挟着，在我眼前熊熊燃烧了起来。我“哇”地大叫着，拼命遏制着近乎疯狂的心情。

自那以后，我每天都生活在不安与恐惧之中。

尽管我表面上依旧扮演着可悲的小丑来博得众人发笑，但有时却会情不自禁地沉重叹息。一想到无论我干什么，都会被竹一识破，并且他肯定会很快透露给其他人，我的额头就会直冒冷汗，像疯了一般用奇怪的眼神审视四周。如果可能，我真想从早到晚一天二十四小时监视着他，以防他随口泄露我的秘密。我想黏住他，使出浑身解数让他深信我的表演不是“故意之举”，而是真的。如果顺利，我甚至愿意成为他独一无二的密友。倘若这一切都不可能的话，那我只能盼望他早死了。即便这样想，我心里并没萌生过害死他的念头。迄今为止，我曾无数次希望自己被人害死，却从没动过害死别人的念头，因为我觉得这反而会给可怕的对手带来幸福。

为了让他就范，我首先在脸上堆满伪基督教徒式的“善意”媚笑，将脑袋向左弯三十度轻轻搂住他瘦小的肩膀，然后低声下气、三番五次肉麻地邀请他到我寄宿的亲戚家来玩，可每次他都眼神呆呆地一声不吭。不过初夏的一天，放学后突然下起了大暴雨，学生们都不知道如何回家。因为住的地方离学校很近，我正要冒雨往外冲时，突然看见竹一正满脸颓丧地站在木屐柜的后面。“走吧，我借伞给你！”便一把拽起怯生生的竹一，一起在骤雨中跑回了家。到家后，我请婶婶替我们烘干衣服，成功将竹一邀请到自己二楼的房间里。

我亲戚家只有三个人，一个年过五十的婶婶，一个三十岁左右、戴着眼镜、体弱多病的高个子表姐（她曾嫁过人，后又回到了娘家。我也跟随家人喊她“阿姐”）和一个最近刚从女子学校毕业，名叫雪子的妹妹。她和姐姐不同，个头小，长着一张圆脸。除楼下的文具店和运动用品店等几家店外，三人主要靠已过世的主人留下的五六排廉价出租屋的房租生活。

“我耳朵疼。”竹一站着说。

“可能是雨水灌进耳朵了吧。”我仔细一看，只见他的两只耳朵都得了严重的耳漏病，脓水眼看就要流出来了。

“这可不行！很疼吧？”我满脸惊讶，夸张地问他。“刚才大雨中还拉着你跑，真对不起。”

我用女人式的“温柔”语调向他道歉后，到楼下拿来棉花和酒精，让竹一把头枕在我的膝盖上，小心地给他清理耳朵。竹一好像一点也没觉察我伪善的诡计。

“你呀，肯定会被女人迷上的！”竹一头枕在我的膝盖上，傻傻地说了一句奉承我的话。

很多年以后我才知道，竹一这句随口说出来的话就像恶魔的预言一样。“迷恋”“被迷恋”这些说法其实又粗俗又戏谑，给人一种装腔作势的感觉。无论多么“严肃”的场合，只要这些词一出现，忧郁的殿堂顷刻间就会分崩离析，变得索然无味。可如果不用“被迷恋上的烦恼”之类的俗语，而使用文学术语“爱带来的不安”的话，忧郁的殿堂就会没事了。想想可真是奇妙的事情。

我给竹一擦耳朵里的脓水时，他恭维我说：“你呀，肯定会被女人迷上的！”我当时听后，只是满脸通红地笑了笑，没有说什么，可心里却暗暗觉得他的话不无道理。面对“被迷恋”这种粗俗的、装腔作势的说法，我竟然还觉得他的话不无道理，这好像相声里的傻女婿在愚昧地表达自己的感想一样。其实我并没用那种戏谑的、装腔作势的态度“认为他的话不无道理”。

我觉得，世间的女人不知比男人费解多少倍。我们家的女人数量比男人多，亲戚家也是女孩子占多数，再加上前面提到过的那些坏女佣，我说自己自幼在女人堆中长大一点也不为过。不过我一直是如履薄冰般与她们打交道的。我猜不着她们的心思，和她们打交道经常感觉如堕雾里，不时还会遭受惨痛的失败。而这种失败与被男人打击的感觉完全不同，就像内出血般让人内心极度不快，短期内很难治愈。

女人有时会把你拉到她身边，又对你弃之不理。有时在众目睽睽之下藐视你、羞辱你，背地里又拼命地搂紧你。女人会睡得像死了一样沉，好像她们是为了酣睡才活在这个世上似的。我从小就时刻观察女人，发现尽管同为人类，她们却是一种与男人迥然不同的生物，这种不可理喻又不可大意的生物，竟神奇地包围在我的周围。不过“被女人迷恋”和“被女人喜欢”这些说法都不适合我，倒是“受到女人的呵护”这一说法更贴近我的实际情况。

对待滑稽的逗笑，女人的反应似乎比男人更随便一些。当我扮演小丑逗笑时，男人从不会哈哈大笑。而且我也知道在男人面前表演得得意忘形的话经常会招致失败，所以总是见好就收。可女人却不知什么叫“适可而止”，总是无休止地缠着我继续表演。为了满足她们没完没了的要求，我经常累得筋疲力尽。女人们经常笑，她们似乎能够比男人更多地把快乐表现在脸上。

在我中学时代寄宿的亲戚家中，那对表姐妹一有空就爱跑到我二楼的房间里来，每次我都被吓得胆战心惊，快要跳起来了。

“你在学习吗？”

“没有。”我微笑着合上书本，“今天啦，学校里那个名叫‘棍棒’的地理老师……”一些言不由衷的笑话便从我嘴里蹦了出来。

“阿叶，你戴上眼镜给我们看看！”一天晚上，妹妹雪子和表姐一起来我房间玩。我给她们讲了大量的笑话后，最后她们提出了这样的要求。

“为什么？”

“你就别问了，快戴上吧。借阿姐的眼镜戴上！”

她总是用这种粗暴的命令口吻对我说话。于是，我这滑稽的小丑老老实实地戴上了阿姐的眼镜。刹那间两个姑娘笑得前仰后合。

“太像了！简直和劳埃德一模一样！”

当时，外国喜剧演员哈罗德·劳埃德正风靡日本。

我站起身，举起一只手说：“诸位，这次特向日本的影迷们……”

我模仿劳埃德的样子致辞，更惹得她们捧腹大笑。从那以后，每当镇上的影院上演劳埃德的电影我都会去看，并开始悄悄研究他的表情。

一个秋日的夜晚，我正躺在床上看书。阿姐像只鸟儿似的冲进我的房间，一下倒在我的被子上啜泣了起来。

“阿叶，你肯定会救我的，对吧。我们还是一起离开这种家比较好。救救我，救救我！”

她急促地说完这些话，又开始哭了起来。因为我并不是第一次目睹女人这样，所以对阿姐的过激言辞并不感到惊讶，只是对她陈腐空洞的话有些扫兴罢了。我悄悄从被窝里爬起来，把桌子上的柿子剥开，递给阿姐一块。阿姐一边啜泣着，一边吃起柿子来。

“有什么好看的书吗？借我看看。”她说。

我从书架上挑了一本夏目漱石的《我是猫》给她。

“谢谢你的款待。”

阿姐害羞地笑着走出了房间。不光是阿姐，所有女人到底怀着什么样的心理而活着呢？我觉得思考这种问题比揣摩蚯蚓的想法还要麻烦费事，令人毛骨悚然。不过依靠幼时的经验我明白一点：女人如果突然哭起来时，只要给她吃一些甜东西就能改变她的心情。

妹妹雪子有时会把她的朋友带到我的房间来，我依旧会公平地逗大家笑。等朋友离去后，雪子必定会说那些朋友的坏话，诸如“她是个不良少女，你可得当心哪”等等。要果真那样的话，你不带她们来这儿不就行了吗？多亏雪子，我房间的来客几乎全是女性。

不过，竹一那句奉承话“你呀，肯定会被女人迷上的！”还没能实现。我不过是日本东北地区的哈罗德·劳埃德而已。竹一那句愚蠢的奉承话，作为可憎的预言呈现活生生的不祥兆头，还是很多年以后的事情。

竹一还送给我一份重要的礼物。

“这可是妖怪的画像噢！”

有次竹一到我楼上的房间玩时，得意扬扬地拿出一张原色版的卷头画给我看。

“哎？”我大吃一惊。多年后我才强烈地意识到：就在那一瞬间，我未来的道路已被规定好了。我知道那只不过是梵高的自画像。因为在我的少年时代，法国印象派的绘画作品在日本广为流行，西洋绘画的鉴赏也大都从这些作品开始。所以即便是乡下的中学生，也都见过梵高、高更、塞尚、雷诺阿等人画作的照片。梵高的原色版画我也见过不少，对他绘画的笔法和鲜艳色彩也很感兴趣，但从未想过他的自画像是什么妖怪的画像。

“那你看这张画呢？也像妖怪吗？”我从书架上取出莫迪里阿尼的画册，指着那张古铜色肌肤的裸体妇人画像给他看。

“这画可真厉害呀。”竹一圆瞪双眼感叹道。

“很像地狱之马吧。”

“不，还是像妖怪。”

“我也想画这种妖怪的画！”

对人类感到极度恐惧之人，反倒都有一种想亲眼发现可怕妖怪的心理；这就像越神经质、越胆小的人，越渴望暴风雨来得更猛烈一样。啊，这群画家受到人类妖怪的伤害和恫吓，最终相信了幻影的存在，并在光天化日之下亲眼目睹了真实的妖怪。但他们没有用逗笑的手法来歪曲这些妖怪，而是努力去如实表现它。正像竹一说的那样，他们勇敢地描绘出了“妖怪的画”。看来他就是我今后的同伴啊！这让我兴奋得眼泪都快流下来了。

“我也要画，画那种妖怪，画那种地狱之马。”我不由得压低声音对竹一说。

我从小学起就喜欢画画和欣赏画，但我的画没有我的作文那样受人称赞。因为不太信任人类的语言，我只把作文当作搞笑的寒暄语。尽管小学、中学我写的作文都逗得老师前仰后合，但我却觉得没一点意思。只有绘画（漫画等另当别论）能够让我用自己的方式，煞费苦心地去表现绘画对象。小学绘画课的画帖很无聊，老师画得又很拙劣，所以我靠自己摸索尝试了各种表现手法。进入中学后，我自己也有了一套油画的画具，但再怎么从印象派的画风中寻求标准的绘画技巧，自己画的东西却永远像剪纸匠的作品一样呆滞乏味，不成样子。不过，竹一的一句话让我意识到自己以前对绘画的认识，即努力把感觉美好的东西如实地描绘得更美好这种幼稚和愚蠢的想法完全错了。绘画大师们虽然用想象力把平淡无奇的东西创造得很美丽，把丑恶的东西批判得一文不值，但却并不隐瞒对这些东西的兴趣，一味沉浸在表现这些东西的愉悦中。换言之，他们丝毫不会顾及别人的看法。从竹一那儿获得了这种原始画法的秘诀后，我便瞒着那些女性来客，开始画起了自画像。

一幅连我自己都大为震惊的凄惨画作诞生了，画的是隐藏在内心深处的真实自己。表面上我笑得很欢快，并经常引人发笑；可实际上我的内心却非常阴郁，我自己也没办法啊！我虽然暗自肯定自己的画作，但除了竹一，我不会给任何人看。因为我不愿自己的表演诡计被人看穿后，突然开始小心翼翼地防备起来。另外，我也担心人们没发现这是我的本来面目，只把它视为一种新的搞笑方式和笑料。这最让我痛苦难堪，所以我立刻把那幅画藏进了抽屉深处。

在学校的绘画课上，我会收起“妖怪式画法”，只用惯用的把美丽的东西画得更美丽的画法画画。

之前只有竹一看到了我一直以来容易受伤的神经，这次我放心地把自画像给他看后，不想得到了他的啧啧称赞。之后我又连续画了两三幅自画像。竹一又预言说：“你会成为一名了不起的画家的！”

不久，我头顶着傻竹一的两个预言来到了东京。他预言我会被女人迷恋和成为一名了不起的画家。

本来我想上美术学校的，可父亲一直想让我上高中，之后再当一名官员。当他告诉我这一决定时，天生就不敢跟大人顶嘴的我只好默默地答应了。父亲让我四年级时就考东京的高中，而我自己也对海边的樱花中学感到厌倦，所以没上五年级，上完四年级我便直接考入了东京的高中，开始了住学生宿舍的生活。可宿舍的肮脏和粗暴让我难以忍受，便顾不上扮演小丑，请医生开了张“肺部感染”的诊断书后，从学生宿舍搬到了父亲位于上野樱木町的别墅里。我怎么也适应不了集体生活，听别人说它是“青春的感动”和“年轻人的骄傲”就会浑身起鸡皮疙瘩。总之，我与那种“高中生的蓬勃朝气”格格不入。高中的教室和宿舍到处都弥漫着扭曲了的性欲气息，我近乎炉火纯青的逗笑本领在这里根本没有用武之地。

平时议会不开会时，父亲每个月只在这儿住一两周。父亲不在时，这栋宽敞的建筑里就只住着我和一对看门的老夫妇。我经常不去学校，整天窝在家里读书画画，也没心思去游览东京（最终我也没去成明治神宫、楠木正成[①]的铜像和泉岳寺的四十七烈士墓）。父亲来东京时，我早上假装急匆匆地去学校，但其实会去本乡千驮木町西洋画家安田新太郎的画室练习三四个小时的素描。从高中的宿舍搬出来后，上课时我就觉得自己像旁听生一样地位很特殊。可能是我脾气古怪吧，一去学校我就觉得没兴致，便越来越不想去学校了。从小学到高中，我从来都不知道如何去

① 日本南北朝时代的著名武将。

爱学校，也从未记住过学校的校歌之类的东西。

不久，我便被画室的一名学生灌输了吸烟、喝酒、嫖妓、典当东西和左翼思想。这些东西组合在一起看起来有些奇怪，但却是事实。

这名学生叫堀木正雄，出生于东京平民区，从私立美术学校毕业后，因家里没画室工作，便在这里继续学习西洋绘画。

“借我五块钱！”

刚见面，一句话还没说，他就张口向我借钱。我匆忙拿出了钱。

“太好了，咱们去喝一杯，我请客！”

不等我拒绝，他便拉着我去了画室附近蓬莱町的酒吧。我们就这样认识了。

“之前我就注意你了。看你那羞涩的微笑表情，就知道是有前途的艺术家啊！为我们认识干杯。——阿娟，这家伙可是个美男子哟，你可不能迷上他啊！他来画室后，我就只能是二号美男了。”

堀木肤色有些黑，但长相还算端正。和其他学美术的学生不同，他总是西装革履，系着素雅的领带，头发上打着发蜡，整齐地向两边分着。

可能是身处陌生的环境吧，我心里感觉很害怕，一会儿盘着胳膊一会儿又打开，但脸上依然带着羞涩的微笑。两三杯啤酒下肚后，我竟感到全身有一种被解放了的感觉。

“本来我也想上美术学校的……”

“哎呀，那地方啊，那地方可无聊了。我们的老师在自然界，我们要对自然界充满激情！”

不过我心里一点也不认同他的话。我觉得他很蠢，画画估计也不行，不过倒是个好玩伴。他是我见到的第一个来自大都市的傻瓜蛋。从外表看，他似乎和我不同，但在迷茫地游离于人类社会边缘这一点上则和我同属一类人。不过和我根本不同的是，他的伪装是无意识的，他完全没有意识到伪装的悲惨后果。

我经常打心眼看不起他，有时甚至觉得有他这样的朋友很可耻。不过为了一起玩，我一直和他来往着，但最终还是被这个男人识破了。

一开始我坚信这个男人是个罕见的好人，便彻底放松了防备人类的心理，觉得自己结识了一个东京的好向导。因为在东京我一个人坐电车时害怕见车长，想看歌舞伎时害怕见到站在门口红地毯两旁的门迎小姐，去西餐厅吃饭时怕见到身后等着收拾盘子的侍应生，尤其在结账的时候自己的手特别笨拙。我买完东西交钱时一点不会吝啬，只是因过度紧张、害羞、不安和恐惧，经常会头晕目眩，眼前漆黑一片，整个人处于狂乱的状态，不要说和人讲价了，经常连找的钱，甚至买的东西都忘记拿。所以我一个人在东京出不了门，这也是我成天窝在家里不出门的真实原因之一。

上街时把钱包交给堀木的话，堀木很会讨价还价，还善于游玩，经常会把一点钱的作用发挥得淋漓尽致。比如不用乘坐昂贵的出租车，他也会根据不同的时间段带我乘坐便宜的电车、公共汽车和小汽艇，以最短的时间到达目的地；还有早上从妓女家出来后，他会带我顺路去某某料理店洗澡，然后吃便宜的汤豆腐，喝小酒，让人有种奢华的感觉。他还告诉我摊贩卖的牛肉盖浇饭和烤鸡肉串虽然便宜，但富有营养；白兰地酒在所有酒类中能让人醉得最快；等等。总之，把钱交给他花，我一点也不会不安和害怕。

另外，和堀木交往后，我不再担心另一件事了。堀木从不关心听话者的感受，只是不停地释放自己的激情（或许他的激情就是无视对方的存在），一天到晚唠唠叨叨净说些无聊的话，我完全不用担心两个人走累了时陷入尴尬的沉默。与人交往时，我最怕出现那种可怕的沉默，所以天生嘴笨的我才会拼命地插科打诨进行伪装。而眼前这个傻瓜堀木却主动替我伪装，我只需假装听他叨叨，偶尔笑着说“是吗”就可以了。

不久我也明白，喝酒吸烟逛窑子是暂时克服畏惧人类心理的绝妙手段。为了寻求这些手段，我甚至觉得变卖我的全部家当都很值当。

在我眼里，妓女不是女人，只是白痴或疯子。在她们的怀抱里，我反倒能睡得很安心香甜。其实我和她们都很可悲，没有一丁点儿欲望。或许觉得我是她们的同类人，有亲近感吧，她们在我面前总是表现得很自然、友好。她们的友好毫无算计之心和勉强之意，对萍水相逢之人也一视同仁。这些白痴或疯狂的妓女，经常让我在茫茫黑夜中真切地看到圣母玛利亚的圣洁光环。

为了摆脱对人类的恐惧，获得一宿短暂的安眠，我在和我的同类人——妓女玩乐的时候，身上慢慢有了一种令人厌恶的气息，这种连我自己都没想到的“副作用”渐渐清楚地浮现出来时，被堀木发现了。我在惊愕之余，对此也深感厌恶。说得通俗点，在旁人眼中，我在利用妓女修炼和女人打交道的能力，而且近来长进显著。据说，通过妓女来磨炼和女人打交道的能力是最困难也最富有成效的。我身上已带有了“风月场老手”的气息，女人（不仅仅是妓女）凭本能嗅到这种气息后就会趋之若鹜。这种猥亵的、不光彩的“副作用”，比我寻求放松休憩的本意更引人注意。

堀木当时是含着奉承的语气告诉我的，但一些被他言中的事情让我感觉很痛苦。比如我曾收到过酒馆女人稚拙的情书；樱木町邻居将军家那个二十来岁的女儿，故意在我每天早晨上学的时候，脸施薄粉徘徊在自家门前；去吃牛肉饭时，我不说话那儿的女佣也会……我经常买烟的烟店姑娘递给我的香烟里竟然有……看歌舞伎时被邻座的女人……深夜在市营电车上酩酊大醉时被旁边的女人……不太熟悉的乡下亲戚家的姑娘寄来的缠绵书信；不认识的姑娘趁我外出时送来手工偶人；等等。不过由于我的消极退避，这些事情每次都止于一些残缺的片断，没有深入进展。但我身上带有让女人魂牵梦绕的气息，这一点却并非玩笑，是千真万确的。这一点被堀木等人点破时，我备感屈辱的同时，对妓女的兴趣也慢慢消失了。

为了赶时髦（至今我也没找到别的理由），堀木有一天带我参加了一个秘密研究会——共产主义读书会（好像叫 R.S 吧，我也记不清了）。对堀木之类的人来说，出席那个秘密集会其实和领我“游览东京”没什么两样。去了后我认识了一些所谓的“同志”，被迫买了一本宣传册，还听了坐在上席的丑陋青年讲授的马克思主义。他讲的道理浅显易懂，也言之有理，但人内心有些东西其实很可怕，是很难说清楚的。称之为“欲望”吧，好像也不全是；谓之“虚荣心”吧，好像也不确切；合称为“色欲”吧，仍然词不达意。我自己说不清楚，但总觉得人类社会的基础不单纯是经济，而是一种近乎神奇的怪谈之类的东西，这种怪谈令我极度恐惧。尽管我赞成唯物论，觉得它就像水往低处流一样自然，但却依然不能摆脱对人类的恐惧，放眼绿叶依然感受不到希望的喜悦。不过我还是一次不落地参加了 R.S（这么叫也可能有误）的活动。看见“同志”们满脸严肃，异常郑重地全身心投入于“一加一等于二”这些初等算术式的理论研究中时，我常常忍俊不禁。于是便努力用自己拿手的逗笑本领来活跃气氛，渐渐地研究会上拘谨古板的气氛得到了缓解，我竟然成了集会上不可或缺的红人。这些单纯的人们认为我和他们一样单纯，是一个乐观搞怪的“同志”。果真如此的话，那我便彻头彻尾地欺骗了他们。我并不是他们的“同志”，我只是为了给他们表演才一次不落地参加他们的聚会。

我喜欢这么做，因为我喜欢他们。这种喜欢并非是依靠马克思主义建立起来的亲密感。

有人会说这种集会不合法，不过它带给我一些乐趣，准确说是使我心里很舒服。其实，世上一些合法的东西才更可怕（让人感觉其无比强大），构造更复杂。就像待在一个没有窗户的冰冷房间里一样，即便外面是一片不合法的大海，我也要纵身跳下去，哪怕最后死去，我也心甘情愿。

有个词叫“没脸见人的人”，好像指的是人世间可怜的失败者和道德败坏者。我觉得自己一出生就是个“没脸见人的人”，所以一遇到人们认为的“没脸见人的人”，就会变得善良温柔起来。这样的“温柔”令我心旷神怡。

还有一个词叫“犯人意识”。我一生饱受这种意识的折磨，它已完全融入我的生活，就像我的糟糠之妻一样与我耳鬓厮磨，与我孤寂游戏。有句俗话叫“小腿有伤口”[①]。这种意识就像一出生就

① 心中有鬼、另有隐情之意。

长在我一条腿上的伤口一样，随着身体的成长非但没有愈合，反而日益严重，逐渐扩散到骨髓深处去了。虽然每天晚上我就像掉进变幻莫测的地狱般痛苦，但那伤口却逐渐变得比自己的血肉还要亲密（这种说法可能有些奇怪）。伤口的疼痛反倒变成了对伤口的感情，如同爱情的呢喃一样。所以对我这样的人来说，前面提到的秘密集会活动的氛围令我格外安心惬意。那种活动的外壳比它的目的更适合我。堀木则出于闹着玩的心理，把我介绍给那个集会之后就再也没去过。他曾蹩脚地逗笑说："马克思主义者在研究生产的同时，也必须视察消费嘛。"所以他不参加集会，倒总想拉我去视察消费。现在回想起来，那时可有各种各样的马克思主义者啊。有堀木那种爱慕虚荣、追赶时髦，自诩为"马克思主义者"的；也有像我这样只因喜欢"不合法"的感觉而紧密的跟随者。倘若我们的真实目的被真正的信仰者识破的话，我俩肯定都会在遭到他们如烈火般的怒斥之后，当成卑鄙的叛徒驱逐出组织的。但我们并没有被除名，尤其是我，在这个不合法的世界里，反倒比待在绅士们的合法世界里更如鱼得水，发展得更"健康"。我作为很有前途的"同志"，承担了很多秘密的、重要的任务，真让人忍俊不禁。我一次也没有拒绝这些任务，而是泰然自若地受命，从没有因举止反常而受到"狗"（同志们都这样称呼警察）的怀疑和讯问。我总是边笑或逗人发笑，准确无误地完成他们交给的所谓"危险"工作（那帮从事秘密活动的家伙，常常如临大敌，高度紧张，有时甚至笨拙地模仿侦探小说，警惕过了头。他们交给我的任务全都无聊透顶，却煞有介事地制造紧张气氛）。我当时的心情很平静，就是作为党员被捕后老死囹圄也无怨无悔。我甚至觉得与其在恐怖的现实人类世界中，每晚如身处地狱般痛苦地呻吟难眠，还不如待在牢房里舒服。

父亲在樱木町的别墅里忙于接待客人或外出干事，经常三四天见不着一面。即使这样，我还是觉得父亲难以接近、严厉无比，寻思着搬出家租个房子住。这一想法还没说出口，就听别墅的老管家说父亲打算卖掉这栋房子。

父亲的议员任期即将届满，因种种理由他无意继续参选，打算毫不留恋地离开东京，在故乡建所房子过隐居生活。他可能觉得没必要为我这个高中生提供住宅和用人吧（父亲的心思与世上常人一样，我无法明白），不久就把别墅转给了别人，而我则搬进了本乡森川町一栋名叫仙游馆的旧公寓的一间阴暗房间里，过着窘迫的生活。

在此之前，我每月会从父亲那里得到一定金额的零花钱，就算两三天花完这笔钱，香烟、酒、乳酪、水果等家里也总是备有。书、文具、衣服等东西都可以在附近店铺赊账购买。就连款待堀木的荞麦面和炸虾盖浇饭，只要是父亲经常光顾的附近餐馆，我都可以吃完后一声不响地甩手而去。

可现在突然一个人租房子住的话，一切花销都只能靠每月的定额汇款，我一下变得焦头烂额起来。汇款依旧会在两三天内花个精光，我不寒而栗，心里害怕得几近发狂，给父亲、哥哥、姐姐又是发电报，又是写长信（信中所写的内容，全是虚构的逗人发笑的事情。因为我觉得逗人发笑是求助他人的上策），不停催他们快给我寄钱。另外，在堀木的教唆下，我开始出入当铺，可即便这样手头还是非常拮据。

总之，我一个人没有能力在无亲无故的租房内独立“生活”。我害怕一个人静静地待在房子里，总感觉会遭到别人的袭击，于是我便赶紧跑上大街，要么去参加上面提到的“运动”，要么就和堀木一起去喝廉价酒，学业和绘画全都荒废了。进入高中第二年的十一月，我和一名年龄比我大的有夫之妇的殉情事件，彻底改变了我的命运。

我经常旷课，学习也毫不用功，但因为颇得考试要领，学习成绩一直瞒过了家人。可终因旷课太多，学校秘密通知了家乡的父亲，父亲便让大哥给我寄来了一封措辞严厉的长信。不过比起这封信，最让我痛苦的是没钱花和秘密集会的任务越来越激烈、越来越忙碌，我再无法以游戏的心境来应付了。我当上了中央地区还是什么地区，反正包括本乡、小石川、下谷、神田一带所有学校的马克思主义学生行动队的队长。听说要搞武装暴动，我买了一把小刀（现在回想起来，那不过是把纤细得连铅笔都削不动的水果刀），把它塞进雨衣口袋四处奔走，进行所谓的“联络”。真想喝醉酒好好睡一觉，可手头没钱。而P那儿（我记得这是称呼党的暗语，也有可能我记错了）又不停地下达任务，连喘息的时间都没有。我这副羸弱的身子骨实在是吃不消了。本来我只是对这种运动的“不合法”性感兴趣，没想到却假戏成真，让人手忙脚乱，我不禁在心中暗暗抱怨：你们认错人了吧？这些任务应该交给你们的嫡系成员做吧。最后我逃走了。虽然逃脱了，可我的心情却并不轻松，我甚至都想一死了之。

那时，有三个女人对我特别有好感，其中一个是我寄宿的仙游馆老板的女儿。每当我参加完集会活动身心疲惫地回到房间，饭也不吃就躺下休息时，那个姑娘总会拿着便条和钢笔走进我的房间说：

“对不起，楼下弟弟妹妹太吵了，我没法写信。”

说罢就坐在桌子旁，写一个多小时的信。

本来我可以佯装不知一直躺着，可那姑娘的神情好像特别希望我跟她说点什么，所以我便发挥惯用的服务他人的精神，强打精神，拖着疲惫得一句话都不想说的身体，一边趴着吸烟一边“嗯嗯”地应答着。

“听说有男人用女人寄来的情书烧水洗澡。”

“哎呀，那可真讨厌。是你吧？”

“我只是煮过牛奶喝来着。”

“真了不起，你就尽情喝吧。”

我暗想：这人怎么不快点回去？写什么信啊，明摆着在撒谎啊！肯定是在那儿装模作样。便试探着说：

“给我看看你写的！”

嘴上这么说，其实我根本不想看。谁知她竟撒娇道：“哎呀，你真讨厌，讨厌死了。”那兴奋的样子真让人看不下去，我不禁大为扫兴，便借机想支开她。

“对不起，你能不能去电车大道附近的药店给我买点安眠药？我太累了，脸上发烫，怎么也睡不着。对不起，钱嘛……”

“没事，钱好说。”

她愉快地起身走了。我心里很清楚，男人让女人为自己干活是不会惹恼女人的，因为女人一般会很高兴为男人做事。

另一个女人是女子高等师范学校的文科生，一个所谓的“同志”。因为马克思主义运动的关系，不管愿意不愿意，我每天都得和她碰头。活动结束后，这个女人总跟在我后面不停地给我买东西。

“你就当我是你的亲姐姐好啦。”

她这种酸酸的腔调让我毛骨悚然。我故意略带忧郁地微笑着说："我也正这么想。"

我深知激怒女人很可怕，必须想方设法讨好她们才行。为此在这个讨厌而丑陋的女人面前我也要牺牲自己，让她买这买那（其实都是些没品位的东西，我大都送给了烤鸡肉串店的老头），并装作兴高采烈的样子，开玩笑逗她开心。一个夏天的夜晚，我被她缠得实在没法，便在街头的一个阴暗角落亲吻了她，心想这下她就能早点回去了。谁知她欣喜若狂，竟厚颜无耻地叫了一辆车，把我带到一间他们租来进行秘密活动的办公室。在这个狭窄的西式房间里，我和她一直折腾到天亮。我常常暗自苦笑，觉得她是一个"荒唐的姐姐"。

不论是房东女儿，还是这个女"同志"，我每天都得和她们见面，所以不可能像巧妙避开从前遇到的那些女人一样避开她们。于是出于惯有的不安心理，我只得拼命去讨好她们，结果就被她们牢牢束缚住了。

同时，银座一个大型咖啡店的女招待意想不到地款待了我。尽管只是一面之交，但为了报答她，我还是感到了一种被紧紧束缚住的忧虑和恐惧。那时我的脸皮已经很厚，不需堀木的带领，独自一人就能乘坐电车、去歌舞伎剧场，或穿着碎花布和服光顾咖啡馆了。内心深处，我依旧对人类的自信和暴力深感不解、恐惧和苦恼，但至少表面上可以和人正面打招呼了。不对，其实不用那种失败的苦笑伪装的话，我还是无法与别人交流的。这种寒暄的"伎俩"虽然还有点惊慌失措、结结巴巴，但好歹能拿出手了。这可能得益于四处奔波参加马克思主义活动，也可能得益于女人或酗酒，但主要应归功于经济上的窘迫。在很多地方我都会感到恐惧，但要是在大型咖啡馆里被一大群醉鬼或女招待、侍应生簇拥着的话，自己时刻紧绷的恐惧心理或许能平静呢。抱着这种想法，我身揣十日元，一个人走进银座的一家大型咖啡馆，笑着对女招待说：

“我身上只有十日元，你看能喝点什么？”

“你放心好了。”

她的口音里夹杂着关西腔。听了她的话，我惶惶不安的心竟神奇地平静了。这并非因为我不用再担心钱的事了，而是因为我觉得待在她身边很安全。

我喝了酒。因为对她很放心，我不想特意伪装表演，只是一声不吭地喝着酒，毫不掩饰自己天生的沉默寡言和郁郁寡欢。

“这些菜，您喜欢吗？”

那女人把很多菜肴摆放在我面前，问我。我摇摇头。

“您只喝酒吗？那我也陪你喝吧。”

那是一个寒冷的秋夜。我按照常子（我记得好像叫这个名字，但记忆模糊，很难确认。我这人竟然连一起殉情自杀的女人名字都忘了）的吩咐，在银座背后一个露天寿司摊上一边吃着难以下咽的寿司，一边等着她。（虽说忘了她叫什么，可那时吃的难以下咽的寿司，不知什么原因竟一直清晰地留在我的记忆里。还有那个黄颔蛇脸的光头老板一边摇晃着脑袋，一边假装很拿手地捏着寿司的情景，至今仍历历在目。多年以后，我好几次在电车上觉得某张面孔似曾相识，想来想去，最后才想起是与那个寿司店老板相似，不禁摇头苦笑了。今天，那个女人的名字和长相已渐渐从我的记忆中消失，可唯独那个寿司店老板的模样却记得异常清楚，甚至可以描摹出来。我想这可能是当时的寿司太难吃了，让我感觉很冷很痛苦的缘故。我从没有这样的体验，我就是被人带到大家公认美味的寿司店里去吃寿司，也一次没觉得好吃过。我常常觉得那些寿司都太大了，捏成大拇指大小不行吗？）

她租住在本所一个木匠家的二楼。在这儿，我一点也不用隐藏自己抑郁的心情，喝茶时总像牙痛一样一只手捂着脸颊。我这种习惯反倒得到了她的欢心。她是一个完全孤立的女人，就像从凛冽寒风中的枯枝上飞舞飘落的落叶一样。

我俩躺在一起时，她说了自己的身世。她比我年长两岁，老家在广岛。她有丈夫，丈夫原来在广岛开了个理发店。去年夏天，两人一起离家逃到了东京。来到东京后丈夫不好好工作，不久因诈骗罪进了监狱。她每天都会去监狱给他送东西，但从明天起，她就不去了。不知为什么，我对女人的身世毫无兴趣，可能是因为女人的叙述方式太过拙劣，谈话老是不得要领吧，总之我对她们说的话都是左耳进右耳出。

真空虚啊。

比起听女人诉说冗长的身世，我觉得听到她们一声叹息更能引起我的共鸣。尽管我一直期待着，但奇怪的是从没有在一个世间女子那儿听到过这样的叹息。不过，眼前这个女人虽然嘴上不说“空虚”，但身体的外部轮廓中却带着一股一寸见方的气流，从这股气流里能强烈地感受到一种无言的空虚。一靠近她，那股气流就会笼罩我的身体，和我身上带有的一些阴郁的气息正好交融在一起，恰似“水底岩石落枯叶”一般，让我从恐惧和不安中得以脱身。

与躺在那些白痴妓女的怀中安然入睡的感觉截然不同（最起码那些妓女都很开朗），跟这个诈骗犯的妻子度过的一夜，对我来说是彻底放松的一夜（这么不假思索地、非常肯定地使用这种夸张说法，在我的整篇手记中是绝无仅有的）。

但仅仅只有一夜。早晨我睁眼醒来后，又变回了那个浅薄无知、一心伪装的自己。胆小鬼惧怕幸福，就像棉花也能让人受伤一样，幸福也会给人带来伤害。趁着还没受伤，我赶紧放出惯用的逗笑烟幕弹，想迅速脱身。

“有一句话叫‘钱尽缘尽’，其实这句话被人解释反了。它并不是说钱一用光，男人就会被女人甩掉；而是男人一旦没钱，自己就会意志消沉，一无是处，甚至连笑声都缺乏力量。慢慢地男人的性情就会变得乖戾，最终破罐子破摔，疯狂地抛弃女人。按照《金泽大辞林》的解释，男人其实很可怜的。这一点我多少懂一些。”

我记得当时自己说了上面的一段浑话，把常子逗得哈哈大笑。我觉得久留会有危险，便脸也没洗就逃了出来。可没想到我当时胡诌的“钱尽缘尽”理论，后来竟发生在了自己身上。

此后的一个月我一直没去找那晚的恩人。分手之后，随着时间的流逝，她带给我的欢乐逐渐淡漠，但受她恩惠这一点却让我心里隐隐不安，有种沉重的压力。自己在咖啡馆里的消费都由常子埋单这种小事，让我难以释怀。我觉得常子最终也跟房东的女儿、女子高等师范学校那个女人一样，成了胁迫我的女人，即使相距甚远，也会时常感到她的威胁。另外，我感觉再次遇到与自己睡过觉的女人的话，她们肯定会对自己勃然大怒的，所以非常害怕再次见到她们。我的性格也让我对银座采取了敬而远之的态度。不过我这种胆怯的性格并不源于我的狡猾，而是因为我对女人的一些行为感到不可思议：女人会把前一天晚上一起睡觉的事与第二天早上起床后发生的事严格区分开来，就像两者没有任何关联一样，怡然自得地游走于两个世界。

十一月末的一天，我和堀木在神田的露天地摊上喝完廉价酒，他又要换个地方继续喝。我们手里已经没钱了，可他还是吵着“我还要喝，我还要喝”。那时我也喝得醉醺醺的，借着酒劲壮胆，我便说：

“好吧，那我就带你去一个梦的国度，那儿可是酒池肉林啊……”

“咖啡馆？”

“对。”

“走吧。”

于是两个人一起坐上了市营电车。堀木兴奋得欢蹦乱跳，嚷嚷道：

“今晚我饥渴难耐，可想女人哪。在那儿可以亲女招待吗？”

平常我不喜欢堀木那副丑陋的醉态，堀木也知道这一点，所以他又特意问了一句：

“我可以亲她吗？我想当着你的面亲我旁边的女招待。”

“应该可以吧。”

“太好了！我对女人饥渴难耐啊。”

在银座的四丁目下车后，仗着常子的关系，我们身无分文但还是进了那家酒池肉林的大型咖啡馆。我和堀木挑了一个空包厢面对面坐下来后，常子和另一个女招待便迅速跑了过来。女招待坐在我的身边，而常子则一屁股坐在了堀木的身边。我不由得吃了一惊：看来常子要被堀木亲吻了。

但我并不吃醋。我这人本来就没太强的占有欲，即使偶尔吃醋，也没力量奋起与人争夺自己的所有权，以至于后来我眼睁睁地看着与自己同居的女人遭人玷污也无动于衷。

我竭力避免介入人与人之间的争斗，害怕卷入那种旋涡。常子只不过是我的一夜情人，她并不属于我，我不会吃醋，但还是吃了一惊。

一想到常子当着我的面要被堀木强吻，我就为她的境遇感到悲哀。不过一想到被堀木玷污过的常子或许不得不与我分手，而我也就不用热情挽留常子，这样我们俩的关系到此就可以结束了，我瞬间对常子涌起的可怜之情旋即像水一样淡了下来。我来回瞅着堀木与常子，哧哧地笑了起来。

但没想到事态竟意外恶化了。

“算了吧！”堀木歪着嘴说，“我怎么能亲这种穷女人呢……”

他窘迫至极，抱着双臂使劲盯着常子看，脸上一脸苦笑。

“给我酒，我身上没钱。”我小声对常子说，我想畅快淋漓地喝个烂醉。从常人眼光来看，常子的确是个不配醉汉亲吻的丑陋贫穷女人。我就像意外遭到雷击一样，第一次那么疯狂地喝呀，喝呀，喝了那么多酒，一直喝到晕头转向。我悲哀地微笑着，与常子面面相觑。经堀木一说，我真觉得她是一个疲惫不堪而又贫穷下贱的女人。不过与此同时，一种同为没钱人的亲近感又油然而生（我至今认为，贫富间的矛盾尽管貌似陈腐，却是戏剧的永恒主题）。迷迷糊糊中，我发现常子是那么可爱，我甚至对她萌生了微弱但又积极主动的爱恋之心。我吐了，吐得不省人事。平生第一次喝酒喝得这么不省人事。

醒来一看，常子坐在我的枕边。原来我睡在了本所木匠家二楼常子的房间里。

“你说‘钱尽缘尽’时，我还以为你是开玩笑呢。莫非你是真心的？这么长时间都不来找我？咱俩的缘分不会那么容易断的，我挣钱给你用还不行吗？”

“不，那可不行。”

然后那个女人也躺下睡了。拂晓时分，女人的口中第一次蹦出了“死”这个词。她早已被生活折磨得筋疲力尽了，而我一想到自己对人类的恐惧和金钱、女人、学业、集会运动等生存的烦恼，也感觉无法忍耐下去了。于是便不假思索地同意了她的提议。

但当时我并没真正做好“死”的思想准备，答应她时的确带有某种“游戏”的成分。

第二天上午，我和她徘徊在浅草六区，之后在一家咖啡馆每人喝了一杯牛奶。

“账你来付吧。”

我站起身，从袖口掏出小钱包打开一看，里面仅有三枚铜币。顿时一种比羞耻更为强烈的情愫一下子攫住了我。我马上想起了自己在仙游馆的那个房间，那个房间里只剩下学生制服和被褥，除此以外再也没有可以送进当铺的东西了。此刻我的所有家当就只有身上的碎花布和服与斗篷了。这便是我要面对的现实。我清醒地意识到自己已经走投无路了。

看到我不知所措的样子，女人站了起来，瞅了瞅我的钱包说：

“哎？怎么就这么点钱？！”

这句话说者无心，但我却分明感到一种穿透骨髓的疼痛，我第一次被自己恋人的话刺伤。三枚铜币说到底不算是钱，但它带给我从未经历过的奇耻大辱，一种没法再活下去的屈辱。可能因为那时我还没彻底从富二代的感觉中摆脱出来吧，当时我就下定了真正去死的决心。

那天夜里我俩一块儿跳进了镰仓的大海。女人说她的腰带是借店里朋友的，她解下腰带叠放在岩石上；我也脱下斗篷放在岩石上。随后便双双纵身跳进海里。

女人死了，我却得救了。

或许因为我只是一个高中生，再加上父亲的名字多少有点新闻效应吧，我殉情的事很快便被当作一起大事登在了报纸上。

我被送进海滨的医院里，一名亲戚专程从家乡赶来处理种种后事。那名亲戚回去时告诉我，家乡的父亲和家人都非常生气，今后有可能与我断绝关系。但我无心顾及这些，只是一味想念死去的常子，常常泪流满面。因为在我迄今为止交往的人中间，我只喜欢贫穷的常子。

房东的女儿给我寄来了一封长信，里面是她写的五十首短歌。这些短歌全都以“为我活着吧”这种奇特的句子开头。护士们高兴地笑着到我的病房里来玩，有些护士总是在紧紧握过我的手之后才转身离去。

医院查出我的左肺有问题，这个检查结果倒救了我。不久，我被警察以“协助自杀罪”为名带到了警局。在那里我被作为病人对待，关在特别看守室里。

深夜，在特别看守室旁边的值班室内，通宵值班的年迈警察悄悄拉开两个房间中央的门招呼我道：

“冷吧？到这边来烤烤火吧。”

我故作无精打采地走进值班室，坐在椅子上烤起火来。

“到底还是舍不得那个死去的女人吧。”

“嗯。”我故意用小得几乎听不见的声音回答他。

“这就是所谓的人之常情吧。”

接着他渐渐摆开架势，像法官一样装腔作势地问我：

“最初和那女人是在哪儿认识的？”

他当我是个小孩子，摆出一副审讯官的派头，企图从我身上套出些猥琐的桃色新闻来打发这个寂寥的秋夜。不过我很快就察觉到了，并拼命忍住了笑。我知道自己有权利拒绝回答警察的“非正式审讯”，但为了给这漫长的秋夜增添一点趣味，我始终怀着一脸的诚意，仿佛他就是真正的审讯官，自己受到的刑罚完全取决于他的意志一样。我装模作样的“陈述”多少满足了他那好色的好奇心。

“唔，这样我就基本明白了。如果你坦白一切的话，我当然会酌情从宽处理的。”

“谢谢，还请您多多关照。”

我用出神入化的演技，进行了一场对自己毫无益处的卖力表演。

天亮后，我被署长叫了过去。这一次是正式审讯。

我刚进门，署长就说：

“哦，真是个帅哥啊。这不怪你，只能怪你母亲生下了你这么一个帅哥啊。”

这是一个皮肤微黑、像刚从大学毕业的年轻署长。突然听他这么一说，我一下变得很悲哀，就像自己是个半张脸长满了红斑的丑陋残疾人一样。

这个署长好像是个柔道或剑道选手，他的审讯方式很干练利索，与那个色眯眯的老警察在深夜进行的隐秘审讯相比真可谓是天壤之别。审讯结束后，署长一边整理呈送检察局的文件，一边说：

“你可得好好爱惜身体啊！你吐血了吧？”

那天早晨我开始反常地咳嗽。咳嗽时我就用手巾掩住嘴巴，手绢上就像落上了红色的霰子一样沾满了血。但那并不是我从喉咙里咯出来的血，而是昨夜我抠耳垂上的小疙瘩时流出来的血。我突然意识到，不告诉他真相或许对我更有利，便低下头机警地回答道：

“是的。”

署长写完文件后说：

“至于是否起诉，得由检察官来决定。不过我觉得还是先拍封电报或打电话通知你的担保人，让他去横滨检察局一趟吧。担保人或监护人之类的你总该有吧。”

我突然想起，一个曾经常出入父亲的别墅、名叫涩田的书画古董商是我在学校的担保人。涩田长得又矮又胖，四十多了还没结婚，和我是同乡，常常拍父亲的马屁。因为他的脸，特别是眼睛长得很像比目鱼，所以父亲总叫他“比目鱼”，我也跟着父亲叫惯了。

借警察的电话簿查到“比目鱼”家的电话号码后，我拨通了电话，请他到横滨检察局来一趟。起初“比目鱼”像变了个人似的，说起话来装腔作势，但最后还是答应了。

“喂，那个电话的话筒最好消一下毒，没看见他吐血了吗？”

当我回到特别看守室后，听见署长大声吩咐手下给电话的话筒消毒。

午饭后，他们用细麻绳绑住我的胳膊，让一个年轻警察带我乘电车去了横滨。尽管我被准许用斗篷遮住被捆绑的手，但麻绳的另一端却被年轻的警察牢牢地握在手中。

我没有丝毫不安，只是对警察署的特别看守室和那个老警察依依不舍。呜呼，我怎么会沦落到这步田地呢？不过，被当作犯人捆绑起来，反而让我如释重负，觉得非常惬意。就是现在回忆起当时的情形，我整个人都会觉得非常舒服。

但那段令人怀念的往事中，有一次悲惨的失败经历让我不胜汗颜，终生难忘。我在检察局一个阴暗的房间里接受了检察官简单的审讯。检察官是位四十岁左右、性情温和、气宇轩昂的人（我的漂亮是那种淫邪的漂亮，但这个检察官表情聪慧且宁静，让人不得不觉得那才是真正的漂亮）。我不由得彻底放松了警惕，心不在焉地叙述着。突然我又咳嗽了起来，从袖口掏出手绢准备擦嘴时，我蓦地瞥见了那些血迹。于是我心里产生了一个浅薄的念头，以为用咳嗽可以作为讨价还价的筹码。我夸张地大声喀喀假咳了两下，用手绢捂住嘴巴，悄悄瞥了检察官一眼。

“你在真咳吗？”

他的微笑依旧那么平静。我直冒冷汗，即使现在回想起来，我还会紧张得手足无措。上中学时，当那个傻瓜竹一说我是“故意的，故意的”，戳穿了我的把戏时，一时间我就像掉进了地狱一样。可说实话，这一次的羞愧则远远超过那一次。那件事和这件事，是我一生中最惨败的两大纪录，我有时甚至觉得与其受那名检察官平静的侮辱，还不如被判处十年徒刑呢。

我被缓期起诉，但却一点也高兴不起来。满心悲凉地坐在检察局休息室的长凳上，等着担保人“比目鱼”来领我出去。

透过背后高高的窗户看见晚霞染红的天边，一群海鸥排成一个“女”字形飞走了。

手记 3

一

竹一的两大预言，兑现了一个，落空了一个。“被女人迷恋上”这一不光彩的预言化作了现实，而“成为一名了不起的画家”这一祝福性的预言却成了泡影。

最后我仅仅成了给粗俗杂志投稿的蹩脚无名漫画家而已。

由于镰仓的殉情自杀事件，我被学校除了名。之后我不得不搬到“比目鱼”家二楼一间三榻榻米大的房间居住。家里每月只寄来很少一点钱，而且还不是直接寄给我，是悄悄寄到“比目鱼”的名下（好像还是老家的哥哥们瞒着父亲寄来的）。除此之外，我与老家之间便没了任何联系。“比目鱼”对我也总是冷冰冰的，无论我怎样讨好他对他笑，他都爱理不理。我很奇怪，一个人前后的表情怎么能如此轻易地改变呢？这令我感到可耻和滑稽。“比目鱼”一改过去的殷勤，只对我反复絮叨着一句话：

“不准出去。总之，请你不要出去。”

看来，“比目鱼”认为我有自杀或跟女人再次跳海的嫌疑，所以严禁我外出。我没酒喝，没烟抽，只能整天蛰伏在二楼三榻榻米大的房间里翻翻旧杂志，像傻瓜一样生活，慢慢地我连自杀的力气也丧失殆尽了。

“比目鱼”的家位于大久保医专附近，虽然招牌上堂而皇之地写着“书画古董商”“青龙园”，可毕竟只是这栋房子两家住户中的一户；而且店铺的门面很窄，店内堆放着的很多破烂货上落满了灰尘（其实“比目鱼”的买卖并不靠店里的破烂玩意儿，而是出入于一些场合，把某位老板的珍藏品出让给另一位老板而从中渔利）。他几乎从不待在店里，每天一清早就板个脸急匆匆地出去，只留一个十七八岁的小伙计看守店铺，当然他也负责看守我。一有闲工夫，他就跑到外面去和邻居的孩子玩投球游戏，俨然把我这个二楼住的食客当作傻瓜或是疯子，有时甚至还像大人一样对我讲大道理。这小伙计是涩田的私生子，因一些蹊跷的内幕他和涩田没有以父子相称。据说涩田一直未婚，好像也与这个孩子有关。我记得过去家人也讲过一些关于涩田的传闻，但我天生对别人的事情没太大兴趣，所以并不清楚其中的详情。不过小伙计的眼神的确有些“比目鱼”的感觉，或许真是“比目鱼”的私生子也未可知……果真那样的话，这对凄凉的父子倒也很默契。夜深人静之时，他们常常瞒着二楼的我，一声不响地偷吃荞麦面等好吃的。

在“比目鱼”家里，一直是由这个小伙计负责做饭。我这个二楼食客的饭菜，通常由小伙计盛在托盘里送上来，而“比目鱼”和小伙计则在楼下四榻榻米大的餐厅里匆忙用餐，不时还能听见碗碟碰撞的声音。

三月末的一个黄昏，或许是“比目鱼”发了意外之财，或许是他另有阴谋（除了这两种推测，可能还有些我无法猜测的琐屑理由吧），他破例叫我下楼到餐桌旁吃饭。饭桌上竟然罕见地摆放着酒壶和生鱼片，而且那个生鱼片也不是廉价的比目鱼，而是昂贵的金枪鱼。款待我的主人很激动，他自己对生鱼片也赞叹不已，甚至还劝我这个茫然不知所措的食客喝酒。

“你以后究竟打算怎么办呢？”

我没有回答，只是从桌上的盘子里夹起了一块沙丁鱼，盯着小鱼银白色的眼珠看着看着，酒劲便渐渐泛了上来。我开始怀念以前四处乱逛的时光，还有堀木。我迫切渴望“自由”，脆弱得差点哭出来。

搬到这儿住以后，我根本没心情搞怪逗人笑，每天只置身于“比目鱼”和小伙计的蔑视之中。“比目鱼”似乎竭力避免与我推心置腹的长谈，而我也无意跟他诉说衷肠，所以我几乎完全变成了一个傻乎乎的食客。

“缓期起诉不会成为什么犯罪前科的，所以只要你自己下决心就可以获得新生。若是你想洗心革面，好好征求我的意见的话，我也会加以考虑的。”

“比目鱼”的说法，不，世上所有人的说法，总是转弯抹角，含糊不清。他们总是试图用微妙和复杂的说法逃避自己的责任。对他们那种近乎徒劳的防范心理和无数小小的心计，我总感到很困惑，最后只得听之任之，要么以滑稽的搞笑敷衍搪塞，要么默默点头得过且过。总之，我采取的是一种消极的防御态度。

多年以后我才知道，要是当时“比目鱼”简明扼要地对我说清楚，也许结果就会是另一个样子，可是……我为“比目鱼”的多此一举，以及世人不可理喻的虚荣心和面子观，感到非常郁闷。

“比目鱼”当时如果这么直截了当地告诉我就好了：“不管是公立还是私立学校，从四月开始你最好进一所学校。只要你进学校读书，你老家就会寄给你宽裕的生活费。”

后来我才知道，当时的真实情况原来是这样的。要是他这样说的话，我应该会听他的吧。可由于“比目鱼”说得过于谨慎和晦涩，我没弄明白，以致我的生活完全改变了方向。

“如果你没诚心和我商量，那我也没办法的。”

“商量什么？”我丈二和尚摸不着头脑。

“就是你心中想的事情啊！”

“比如说？”

“比如，你打算今后怎么办？”

“你是说我最好工作？”

“不，你自己究竟是怎么想的？”

“我即使想进学校……”

“那是需要钱，但问题不在钱上，关键是你怎么想的。”

他为什么不明确告诉我“老家会寄钱来”呢？只要有这句话，我就会下决心去上学的。可最终我却听得云里雾里。

“怎么样？你对未来抱有希望吗？你不知道，照顾一个人究竟有多难！”

“对不起。”

“你的确让我担心哪。我既然答应照顾你，就不希望你半途而废。我希望看到你走上正道，重新做人。如果你愿意和我认真探讨你将来的打算的话，我就会给你想办法的。不过，毕竟我‘比目鱼’是个穷光蛋，就算资助你，你也别奢望过从前那样阔绰的生活。不过，要是你的想法切实可行，将来的打算很明确，并且愿意跟我好好商量的话，我也会一点一点帮你重获新生的。我的心情你明白吗？你到底打算今后怎么办？”

“如果您不愿意我住你家二楼的话，我就出去找点活干……”

“你真的那么想吗？在现在这个社会，就算是帝国大学的毕业生也……”

“不，我不当白领阶层。”

“那做什么呢？”

“当画家。”我狠了狠心，说出了这句话。

“嘿？！”

我无法忘记当时“比目鱼”那缩着脖子嗤笑的滑稽表情。那种表情里带着一种近乎轻蔑但又不同于轻蔑的东西。倘若人类社会是一片汪洋大海，那种奇妙的影子就游弋在万丈深渊里。这种嗤笑一下让我看清了成年人生活的本质。

最后他说：“你这么想我也无话可说。不过你的想法太荒唐了，你再好好想想，今晚你就好好考虑考虑吧。”听他这么说，我像被人追赶似的赶紧爬上了二楼。可躺下后我再怎么想，也想不出什么好主意。于是天亮后我就从“比目鱼”家里逃了出来。

“傍晚时分我肯定回来。我去找这个朋友商量将来该怎么办，所以请您不必为我担心。”我用铅笔在便条上写了上面这段话，又留下堀木正雄家在浅草的住址后，便悄悄溜出了“比目鱼”家。

我并不是因为讨厌“比目鱼”的说教才偷跑出来的。正如“比目鱼”所说，我是一个想法太荒唐的人。我不知道将来该干什么，可如果一直待在“比目鱼”家当食客的话，又觉得对不起他。可即便我立下宏志，愿意发奋图强，可一想到每个月都要从并不富裕的“比目鱼”那里接受经济上的援助，立刻又黯然神伤，痛苦不堪。

不过，我从“比目鱼”家逃出来并不是真要去找堀木商量什么“将来该怎么办”，我只是想让“比目鱼”放心，哪怕是让他放一点心也好（他放心的话，我就可以逃得远一点。正是出于这种侦探小说式的策略，我才写了那张便条。不，准确地说，我是害怕自己的突然出走会让“比目鱼”惊慌失措。尽管真相迟早会败露，但我还是害怕直接说出来，非要掩饰一下。这也正是我可悲的性格之一。可能它与世人斥之为“撒谎”并百般指责的性格颇为相似，但我从未为了谋取私利而那么做过，我那么做只是害怕骤变的气氛令人窒息，所以明知事后对自己不利，我也会拼命地去替人“着想”的。虽然这种“着想”只是一种扭曲、微不足道而又愚蠢至极的东西，但出于为人“着想”的心理，我还是会在许多场合掩饰一两句的。好像这种习惯也常常被世上的“正人君子”们大肆利用），所以，就凭着记忆，把浮现在脑海中的堀木家的住址随手写在了便条上。

离开“比目鱼”家后，我一直步行到了新宿，卖掉口袋里的书后彻底走投无路了。尽管我在朋友中的人缘不错，但一次也没真正体验过“友情”。除了堀木这种狐朋狗友外，其他的交往带给我的只有苦痛。为了排遣那种苦痛，我拼命地伪装掩饰，累得精疲力竭。在大街上看到稍微熟悉的人的面孔，哪怕只是长得像的面孔，也会让我大吃一惊，一时间头晕目眩，全身发抖。明明知道有人喜欢自己，我却没有能力去爱别人（当然，我并不相信世上的人都有能力去爱别人）。所以我这样的人是不可能拥有所谓的“亲密朋友”的，我甚至连拜访朋友的能力也没有。对我来说，别人的家门比《神曲》中的地狱之门还要阴森可怕，而门里像巨龙一样可怕的怪兽浑身散发着腥臭，正匍匐蠕动着。这并非危言耸听，的确是我的真实感觉。

我没有朋友，无处可去。

只有去找堀木了。

这真是假戏真做，最后我还是按便条上写的地址去浅草找堀木了。此前，我从没去过堀木家，每次出门玩时都是拍电报约堀木见面。眼下我没钱发电报，再说现在我穷困潦倒，即使发个电报，堀木也未必会来见我。所以最终还是决定硬着头皮去拜访他，于是便叹了口气坐上了前往浅草的电车。对我来说，这个世上唯一的救命稻草难道只有堀木了吗？一想到这儿，便觉得自己的后背透心地凉。

堀木在家。他家位于肮脏的胡同深处，是一栋两层建筑。堀木住在二楼一间六榻榻米大的房间里。堀木年迈的父母和三个年轻的工匠正在楼下制作木屐，一会儿敲敲打打，一会儿缝制木屐带子。

那天，堀木向我展示了他作为都市人的崭新一面，即俗话所说的老奸巨猾的一面。他的冷酷、狡诈和利己主义，令我这个乡巴佬瞠目结舌。他不像我一样四处漂泊。

“你真是让我吃了一惊哪。你家老爷子原谅你了吗？还没有？”

我没敢说自己是逃出来的。

我像平常那样搪塞着。尽管马上会被堀木察觉，但我还是搪塞着说：

“那总会解决的。”

“喂，那可不是闹着玩的。那可是我对你的忠告，干傻事该到此为止了。我今天还有事哪，这阵子真是忙得不可开交。”

“有事？什么事？”

“喂，你可别把坐垫上的带子扯断啦。”

我一边说着话，一边无意识地用指尖钩着坐垫一个角上的一根细绳拉扯着玩。只要是家里的东西，包括坐垫上的一根细绳，堀木都爱惜无比，甚至横眉竖眼地责备我。现在回想起来，堀木在之前与我的交往中也的确没付出过任何东西。

堀木的老母亲用托盘送来两碗年糕小豆汤。

“哎呀，您这是……”

堀木俨然一副不折不扣的孝顺儿子的模样，在老母亲面前很诚惶诚恐，就连说话的腔调也毕恭毕敬的，显得很不自然。

“对不起，是年糕小豆汤吗？真是太上档次了。不用这么费心，我们有事得马上出去哪。不过，既然是您特意做的，那我们就喝吧。你也来一碗吧，怎么样？这可是我母亲特意做的噢。啊，这玩意儿真好喝，太上档次啦！”

他异常兴奋，津津有味地喝着，那神情看起来也不完全像演戏。我也啜了一口小豆汤，感觉只是白开水的味道。我又尝了尝年糕，觉得那压根儿就不是年糕，而是一种我没吃过的什么东西。我这么说绝不是在蔑视他们家的贫穷（其实也并不难吃，而且老母亲的心意也让我很感动。虽然我害怕贫穷，但绝对没有轻蔑感）。多亏了那碗年糕小豆汤和因年糕小豆汤而兴高采烈的堀木，我才清楚地看到都市人节俭的本性，看到东京人家里家外不同的真实面貌。而只有我愚蠢地内外如一地、接二连三地在现实生活中四处逃窜，甚至被堀木这种人嫌弃。我只记得自己狼狈地用油漆剥落的筷子吃年糕小豆汤时，内心却觉得非常凄凉。

“对不起，我今天有点事，”堀木站起身，一边穿上衣一边说，“要出去一下，真是对不起。”

这时，一个女客人来找堀木，而我的命运也随之发生了剧变。

堀木一下精神大振，说道：“哦，真是对不起。我正要去拜望您呢，可谁知来了个不速之客。不过没关系，请坐吧。”

他一下方寸大乱。我赶紧把自己坐着的坐垫翻了个面递给他，他一把夺过去，又翻了个面放好，请女客人就座。因为房间里除了堀木的坐垫外，只有一张客人用的坐垫。

女客人是个瘦高个儿，她把坐垫往旁边挪了挪，在门口附近的角落边坐了下来。

我茫然地听着他们俩的谈话，那女人好像是某个杂志社的记者，不久前请堀木画了个什么插图，这次是来取的。

“因为很急，所以……”

“已经画好了，早就画好了。这就是。您请过目。”

这时有人送来了一封电报。

堀木看完电报后，刚刚还兴高采烈的脸一下便阴沉了下来。

“喂，你说说，这究竟是怎么回事？”

原来是“比目鱼”发来的电报。

“总之，请你赶快回去。要是我能送你回去就送你回去了，可我眼下实在没工夫。你瞧你，从家里偷跑出来，还一副大摇大摆的样子。”

“您住哪儿？”

“大久保。”我脱口回答道。

“那正好在我公司附近。”

那女人是甲州人，今年二十八岁。带着一个年满五岁的女儿住在高园寺的公寓里。丈夫好像已去世三年了。

“你看起来很机敏，像从小吃了很多苦头，真可怜。”

从此我开始过上了男妾般的生活。在静子（就是那个女记者）去新宿的杂志社上班时，我就和她那个名叫茂子的五岁女儿一起照看家。此前，当母亲外出时，茂子一直在公寓管理员的房间里玩，现在有了一个“机敏”的叔叔陪她玩，她当然很高兴。

我在那儿稀里糊涂地待了一周左右。透过公寓的窗户，能看见一只风筝缠在不远处的电线上，夹杂着尘土的春风把风筝吹得七零八落，但它却牢牢地缠在电线上不肯离去，就像在不停地点头哈腰似的。每当见此情景，我就忍不住面红耳赤苦笑起来，就像被噩梦魇住一样。

“给我点钱。”

“……要多少？”

“很多。……俗话说‘钱尽缘就尽’，那可一点不假噢。”

“傻瓜，那只不过是句老话……”

“是吗？不过你不会明白的。照这样下去，没准儿我会逃走的。”

“到底是谁没钱呢？到底是谁要逃走呢？你真是奇怪哪。”

“我要自己挣钱买酒喝，不，是买烟吸。就说画画吧，我也自认比堀木画得好呢。”

这种时候，我的脑子里就会情不自禁地浮现出自己中学时画的那几张自画像，就是竹一说的“妖怪的画像”。可惜的是，那些杰作在三番五次的迁徙中丢失了。我一直觉得，唯有它们才称得上优秀的画作。那以后我也尝试画过各种各样的画，但都远远赶不上那些杰作。所以我一直被一种失落感折磨着，整个心里都感觉空洞洞的。

一杯喝剩下的苦艾酒。

我暗暗用这句话形容这种永远无法弥合的失落感。一提到画，那杯喝剩的苦艾酒就会在我的眼前忽隐忽现。啊，真想把那些画给她看看，我要让她相信我的绘画才能！我被这种焦躁的感觉搅得心神不宁。

“哼，你一脸认真地开玩笑，还真可爱呢。”

这不是玩笑，这是真的！啊，真想把那些画给她瞧瞧！我愤愤地想着想着，突然改变了主意，决定放弃那个念头。

“漫画，至少画漫画，我自认为比堀木强。”

没想到这句气话，她倒信以为真了。

“没错，其实我也挺佩服你的。平时你给茂子画的那些漫画，我看了都不禁捧腹大笑呢。你就试着画画看，怎么样？我可以向我们社的总编推荐你的。”

她们杂志社发行一种不太有名的儿童月刊杂志。

“一看到你，大部分女人都巴不得为你做点什么呢……因为你总是一副战战兢兢的样子，同时又很会用出色的滑稽表演逗人开心。……有时你又独自一人郁郁寡欢，那模样更是让女人动心啊。”

静子还会说很多好听的话恭维我，可一想到说的都是些男妾的可耻秉性，我就越发“郁郁寡欢”、萎靡不振了。我暗下决心：金钱比女人重要，我迟早要离开静子去过自食其力的生活。可实际我却越来越依赖静子了。包括我离家出走的善后工作在内的所有事情，我都要仰仗这个胜过男性的甲州女人处理。结果我在静子面前更是不得不“战战兢兢”了。

在静子的安排下，她和“比目鱼”、堀木三人进行会谈后达成了协议：我与老家彻底决裂，与静子“堂堂正正”地同居。在静子的多方奔走下，我的漫画也意外地赚了些钱，我也可以买酒和烟了。不过我的不安和抑郁却与日俱增。在为静子所在杂志社的杂志画每月的连载漫画《金太郎与小太郎的冒险》时，我极度郁闷，竟然情不自禁地想起家乡的亲人来。过度的凄凉感会让我手中的画笔突然停下来，这时伏在桌前的我往往已经泪流满面。这时候，能稍微安慰我的只有茂子。茂子已经毫无忌讳地叫我“爸爸”了。

“爸爸，听说一祈祷神什么都会答应的，这是真的吗？”

看来我正需要这样的祈祷啊。

啊，请赐给我冷静的意志！请告诉我“人”的本质！一个人排挤另一个人不也是罪过吗？请赐给我愤怒的假面！

“嗯，是的，对茂子嘛，神什么都会答应的。可对爸爸呢，恐怕就不灵验了。”

“为什么不灵验呢？”

“因为爸爸不听父母的话。”

“是吗？可大家都说，爸爸是个大好人哪。”

那是因为我欺骗了他们。虽然我知道这栋公寓里的人都很喜欢我，可其实我心里却非常畏惧他们啊！我越畏惧他们，就越博得他们的喜欢；而越博得他们的喜欢，我就越畏惧他们，想远离他们。可要向茂子讲清楚这种不幸的乖僻心理真的是太困难了。

“茂子，你想向神祈祷什么呢？”我漫不经心地转移了话题。

“茂子想要自己真正的爸爸！”

我吃了一惊，眼前一片眩晕。敌人。我是茂子的敌人，还是茂子是我的敌人？总之，这里也有一个威胁我的可怕的大人。陌生人，不可思议的陌生人，神秘的陌生人。在我的眼里，茂子一下变成了那种陌生人。

原以为只有茂子是个例外，没想到她身上也隐藏着“蓦然抽死牛虻的牛尾巴”。打那以后，我在茂子面前也不得不小心翼翼了。

“色魔！在家吗？”

堀木开始上这儿来找我了。尽管我从“比目鱼”家出走的那天他对我非常冷淡，可现在我却无法拒绝他，只能面带微笑迎接他。

“听说你的漫画很受欢迎啊！像你这样的业余爱好者，倒有点‘初生牛犊不怕虎’的胆量啊。不过你千万不可大意，你的素描一点不成样子啊！”

他在我面前装得像绘画大师一样。要是我把那些“妖怪画像”给他看，他会是一种什么表情呢？我急得又抓耳挠腮起来。

“你别那么说，要不我会伤心地大哭一场的。”

堀木越发得意了：

“仅靠圆滑世故，你迟早会露馅的。”

圆滑世故？听他这么说，我只能报以苦笑。我居然圆滑世故！莫非在别人眼里，我畏惧他人、躲避他人、搪塞他人的性格，竟与俗话所说的“明哲保身，得过且过”的处世教条表现相同吗？啊，人们根本不了解彼此，明明貌合神离，还以为对方是自己一生的亲密挚友，等对方死去时，还哭哭啼啼地念悼词呢。

堀木是处理我逃离“比目鱼”家善后工作的参与人（他肯定是在静子的央求下勉强答应的），所以，他摆出一副教我重新做人的大恩人或月下老的架子，要么煞有介事地教训我，要么喝得烂醉后深更半夜跑来借宿，要么就向我借五块钱（每次都毫无例外地借五块钱）。“不过你玩女人也该到此收手了吧。再玩下去的话，世人是不会原谅你的。”

所谓世人，到底指的是什么呢？是人的复数吗？它真正存在于什么地方呢？以前我一直以为它是一种强大的、严酷的、可怕的东西，如今听堀木这么说，我差点就蹦出“所谓世人，不就是你吗”这句话。可最后害怕激怒堀木，话到嘴边又咽了回去。

（世人不会容许你那么做的。）

（不是世人，是你不容许那么做吧。）

（如果你做那种事，世人会让你好看的！）

（不是世人，是你吧。）

（不久你就会被世人埋葬的。）

（不是世人，而是被你埋葬吧。）

——你要明白自己很可怕、怪异、恶毒、狡诈和诡谲！

这些话在我心中不停地翻腾，不过我只是用手巾擦擦脸上的汗，笑着说："冷汗！冷汗！"

自此以后，我就意识到"所谓世人其实就是某个人"。

有了这个念头之后，和以前相比，我多少能按自己的意志行事了。静子说，我变得有些任性了，不像以前那么战战兢兢的了。堀木说，我出奇地吝啬小气了。而茂子说，我不太宠她了。

我变得不苟言笑，每天一边照看茂子，一边为各家杂志社（渐渐地，静子所在杂志社以外的杂志社也开始向我约稿了，不过那都是些比静子所在杂志社更低级的三流杂志社）画一些自己都不知所云的、自暴自弃题材的连载漫画，如《金太郎与小太郎的冒险》，还有模仿《悠闲爸爸》画的《悠闲和尚》，以及《急性子阿乒》等。我心情郁闷，慢条斯理地画着（我的运笔速度相当慢），靠此挣点喝酒钱。静子从杂志社回家后，我就可以外出了。我阴沉着脸走出家门，在高园寺车站附近的地摊和简易酒馆里喝点廉价的烈性酒，等心情好点后，才回到公寓对静子说：

"越看越觉得你长得怪。我告诉你，《悠闲和尚》里的人物造型就是从你睡觉时的模样中得到灵感的。"

"你睡觉时看起来也很苍老哟，就像个四十岁的男人。"

“还不是怪你，把我吸干了。人的生命如同流水一样转瞬即逝，河边的垂柳你还郁闷什么呢？[1]”

“别瞎嚷嚷了，早点休息吧。你还吃饭吗？”她依旧心平气和，根本不理我那一套。

“有酒的话，我倒想喝点……人的生命如同流水，人的流水如同……不，河里的流水和人的生命……”

我一边哼着歌，一边让静子帮着脱了衣服，然后把头埋在她的胸脯里就睡了过去。这便是我每天的生活。

每天面对相同的事情
只需遵从昨天的习性
不要过度欢喜
自然就不会感到极度的悲哀
为了躲开前方的绊脚石
蟾蜍迂回前行

当我读到上田敏[2]翻译的夏尔·库洛[3]的诗时，整个脸庞羞得通红。

蟾蜍。

（这就是我。世人既不会容忍我，也不会不容忍我；既不会埋葬我，也不会不埋葬我。我是只比狗猫更劣等的动物。蟾蜍。

---

① 人的生命这句据传出自坂本龙马所作的都都逸（七七七五句式的歌唱形式），被演歌“东云节”引用后，广为传唱。

② 上田敏（1874-1916）：日本诗人、评论家、翻译家。

③ 夏尔·库洛（1842-1888）：法国诗人。

只会在地上慢慢爬动的蟾蜍。）

我的酒量越来越大了，除了附近的高园寺车站，还会跑到新宿、银座一带去喝酒，有时还在外面过夜。为了避免“遵从昨天的习性”，我要么在酒吧里耍赖，要么乱亲身边的女人。总之，我又回到了上次殉情前的那种状态，成了比以前更粗俗卑鄙的酒鬼。没钱时，我就会把静子的衣服拿出去典当。

当我来到这里，面对那只被大风刮得七零八落的风筝苦笑一年多后，在樱树再次长出嫩叶的一天，我悄悄偷了静子和服上的腰带和衬衫，拿到当铺换了钱跑去银座喝酒。连续在外过了两夜后，第三天晚上身体实在撑不住了，便悄悄跑了回来。当我蹑手蹑脚地来到静子的房门前时，听见里面传来静子和茂子的声音。

“爸爸干吗要喝酒啊？”

“你爸爸可不是因为喜欢才喝的，只是因为他人太好了，所以……”

“好人就要喝酒吗？”

“倒也不是，只是……”

“爸爸肯定会大吃一惊的。”

“没准儿会讨厌哪。瞧，它又从箱子里跳出来了。”

“就像急性子的小阿乒一样。”

“没错。”

随后屋里传出静子低低的、充满幸福的笑声。

我把门开了一条缝往里一瞅，原来是只小白兔。只见小白兔在房间里活蹦乱跳，静子母女俩在后面追着。

（她俩真幸福啊，可我这个混蛋却夹在她们中间，把她们的生活搅得一塌糊涂。简单幸福。一对好母女。啊，倘若上天能够实现我这种人的祈求，哪怕一生中只有一次，我肯定会祈求上天保佑她们幸福。）

我真想蹲在那里合掌为她们祈祷。但最终还是轻轻拉上门，转身又去了银座。从那以后，我再也没有回过那个公寓。

之后我再次以男妾的身份寄身于京桥附近的一家简易酒吧的二楼。

社会。我开始隐约明白了，它的真相就是人与人之间的斗争，而且是当场斗争，人们需要当场取胜。人绝不会服从于他人，就连奴隶也会用奴隶卑屈的方式进行反击。所以，人除了当场决一胜负外，不可能有别的生存方式。虽然人们提倡大义名分，但努力的目标还是个人的，超越了一个人后还要面对另一个人。社会的复杂其实就是个人的复杂。看似浩瀚的大海，其实并不是社会，而是个人。想到这儿，我从对人类社会这一汪洋大海的恐惧幻影中多少获得了一些解放，不再像以前那样漫无止境地生活了。即是说，为了眼前的需要，我多少学得厚颜无耻了。

离开高园寺的公寓后，我来到京桥一家简易酒吧。“我和她分手了。”我对老板娘只说了这一句话，但仅凭这一句话我已经取得了胜利。从那天晚上起，我就霸气地住进了那里的二楼。不过，原本十分可怕的“世人”却并没伤害我，而我也没向“世人”辩解什么。只要老板娘愿意，一切便不在话下。

我既像店里的顾客，又像店老板、跑腿的侍从，有时还像店里谁的亲戚。对我这个来路不明的人，“世人”却并没表现出丝毫的惊讶。连店里的常客也“阿叶、阿叶”地叫我，对我非常友好，还劝我喝酒。

慢慢地，我对世人不再那么小心翼翼了。我渐渐觉得，这个社会也并非那么可怕。这样看来，迄今为止我对他们的恐惧感其实有点杞人忧天的味道。就好比迷信春天的风里带有成千上万的百日咳细菌；澡堂里藏着大量致人失明的细菌；理发店里潜伏着几十万秃头病病菌；电车把手上爬有疥虫；生鱼片和生烤猪肉里藏有涤虫幼虫、肝蛭，还有什么虫卵；赤脚走路时不小心被小玻璃碴扎入脚心的话，那玻璃碴就会进入人体内的循环系统，最终刺破眼珠，使人失明等这些"科学事实"一样。的确，成千上万的细菌在蠕动爬动是正确的"科学"描述，但同时我开始明白，只要彻底抹杀它们的存在，它们也就成了和我毫无关联的、转瞬即逝的"科学幽灵"。另外，我之前对这样的"科学统计"也很恐惧：如果每人饭盒里剩三粒饭，那么一千万人一天就会白白浪费好几袋大米；如果一千万人一天节约一张擦鼻涕的纸，就会汇成很大一池纸浆啊。所以每当吃剩一粒米或擦一次鼻涕时，我就会被自己浪费了堆积如山的大米和纸浆的错觉所困扰，仿佛自己犯下了重大的罪孽一样，心情很沉重。其实这些"科学的谎言""统计的谎言"和"数学的谎言"，不光在计算饭粒，也在粗浅、弱智地处理其他乘除应用题。比如，统计人在黑灯瞎火的厕所里踩空掉进粪坑的概率是多少，以及乘客不小心跌进车站出入口与月台边缘缝隙的概率是多少等这些愚蠢可笑的问题。尽管这些问题的确可能发生，但如厕时因踩空而受伤的事却从没听说过。这些假设作为"科学事实"被灌输进我的大脑后，我完全把它看作现实并担惊受怕。我觉得自己以前是那么天真可爱，忍不住都想笑。这样，我开始一点一点地了解"社会"的真相了。

尽管如此，人这种东西在我眼里仍旧十分可怕。在下楼去见店里的顾客时，我必须先喝一杯酒才行。因为那些人很可怕啊。可就像小孩子喜欢把自己害怕的小动物紧紧捏在手中一样，即便如此我还会每天晚上到店里喝得醉醺醺的，向客人吹嘘自己拙劣的艺术论。

我是漫画家。啊，不过我只是一个不会大喜大悲的无名漫画家。不管将来要面对多大的悲哀，不管内心多么焦急地期盼巨大的欢乐，我眼下的乐趣却只是与客人闲聊、喝客人请我喝的酒。

京桥这种无聊的生活持续了将近一年，我的漫画也不再限于儿童杂志，而开始刊登在车站上卖的粗俗杂志上。我在以“上司几太”（殉情了，但还活着）这个诙谐的笔名画的龌龊裸体画上，大都插入了《鲁拜集》[①]里的诗句：

停止做那些徒劳的祈祷，
不要再让泪水白白流掉。
来，干一杯吧，只想着美妙的事情
忘记一切多余的烦恼。

那用不安和恐怖威胁人的家伙
惧怕自己制造的弥天罪恶，
为了防备死者的愤然复仇，
终日算计，不得安卧。

叫喊吧！我的心因醉意而充满欢欣，
今早醒来却只有一片凄清。
真是怪我，相隔一夜，
我的心竟判若两人！

---

①《鲁拜集》是波斯大诗人欧玛尔·海亚姆的四行诗集。

难道正义是人生的指针?
那么，在血迹斑斑的战壕
瞧那暗杀者的刀锋上
又是何种正义在喧嚣?

哪里有真理给我们的指示?
又是何种睿智之光在照耀闪烁?
美丽与恐惧并存于浮世，
软弱的人负起不堪忍受的重荷。

因为我们被播撒了情欲的种子，
所以总听到善与恶、罪与罚的咒语。
我们只能束手无策彷徨踟蹰，
因为神没有赐给我们力量和意志。

你在哪里彳亍徘徊?
你在对什么进行抨击、思索和忏悔?
是并不存在的幻觉，还是空虚的梦乡?
哎，忘了喝酒，那全成了虚假的思量!

请遥望那漫无边际的天空，
我们乃是其中浮现的一小点。
怎能知道这地球是凭什么自转?!
自转，公转，反转，又与我们有何相干?!

到处都有至高无上的力量，
所有的国家，所有的民族，
无不具有相同的人性。
难道只有我一个是异端之族？

人们都读了《圣经》，
要不就是缺乏常识和智慧。
竟然忌讳肉体之乐，还禁止喝酒，
好啊，穆斯塔法，我最讨厌那种虚伪！

那时，有位处女劝我戒酒：

“你每天从午饭开始就喝得醉醺醺的，那可不行啊！”

她是酒吧对面香烟铺老板的女儿，十七八岁，名叫良子。肤色很白，长着一颗虎牙。每当我去买香烟时，她都会笑着忠告我。

“为什么不行呢？有什么不好呢？古代波斯人说：‘有多少酒就喝多少酒，人之子呀，用酒来消除怨恨吧！’还有，‘给我悲哀疲惫的心灵带来希望的，唯有那让我微醉的玉杯’。你懂吗？”

“不懂。”

“你这小家伙，让我亲一口吧。”

“那你就亲呗。”

她毫不胆怯地噘起了下嘴唇。

“瞎说！你的廉耻……”

但良子的全身的确飘荡着一股没被人玷污的处女气息。

年后的一个严寒的夜晚，我喝得醉醺醺地去买香烟时，不小心掉进了香烟铺前的下水道里。我喊良子救我。良子使劲把我拽起来，在帮我处理右手上的伤口时，一笑也不笑严肃地说：

“你喝得太多了。”

我不在乎死，但却害怕受伤、出血以及身体残废。在良子给我处理手上的伤口时，我觉得自己是真的该戒酒了。

“我要戒酒，从明天起一滴也不沾。”

“真的？”

“我一定戒。如果我戒了，良子肯嫁给我吗？”

当然，要她嫁给我只是一句玩笑话而已。

“当然了。”

她说的“当然了”是“当然没问题了”的省略语。当时正流行各种各样的省略语，如时男（时髦男子）呀、时女（时髦女子）等等。

“那好，我们拉钩吧。我一定戒酒。”

可第二天我吃午饭时又喝酒了。

傍晚时分，我踉踉跄跄地走出来，站在良子的店前喊道：

“良子，对不起，我又喝酒了。”

“哎呀，真讨厌，故意装得喝醉了。”

她的话吓了我一跳，酒也一下子醒了。

“不，是真的，我真喝了。我没装。”

“别逗了，你真坏。”

她一点也不怀疑我。

“这不是明摆着吗？我今天中午又喝酒了，原谅我。”

“你可真会演戏啊。”

“我没演戏，傻瓜。让我亲亲你吧。”

“亲呀！”

“可我没有资格呀，只能死了娶你做媳妇这条心了。瞧我的脸，是红的吧，我喝了酒的。”

“那是夕阳晒的。你可别耍我，昨天不是说好了吗？你不可能喝酒的，我们还拉了钩的。你说喝了酒，肯定是在撒谎，撒谎！”

良子坐在昏暗的店里笑着。看着她白皙的脸庞，我觉得她纯洁的“童贞”真令人羡慕啊。时至今日，我还没和年轻的处女睡过觉。和她结婚吧，即使面临再大的悲哀我也在所不惜。我要体验那近乎疯狂的巨大欢乐，哪怕一生仅有一次也行。以前我认为，处女的纯洁美只不过是愚蠢的诗人抱有的甜蜜悲伤的幻觉罢了，我现在才发现她确实在我的眼前。娶了她后，春天就可以和她一起骑自行车去看绿叶掩映的瀑布了！我当场下定决心，毫不犹豫地决定“一次就决胜负”，偷摘这朵美丽的鲜花。

不久我们便结婚了，我由此获得的快乐并不很大，但其后降临的悲哀却惨烈至极，简直难以想象。这让我觉得，这个“社会”的确还有深不可测的可怕之处，它绝不可能“一次就决出胜负”，更不是你轻易就能理解的。

二

堀木与我。

如果说世上的朋友都一边交往一边相互轻视对方，并且一起自我丑化的话，那我和堀木无疑属于“朋友”的关系。

京桥那家酒吧的老板娘很仗义（尽管说女人仗义很奇怪，但据我的经验，至少在都市的男女中，女人应该比男人更仗义。男人大都心虚胆怯，外表看似阔绰，其实都吝啬无比），她同意我和香烟铺的良子住在一起。我们在筑地靠近隅田川的一栋木质结构的两层公寓楼的一楼租了一个房间。我把酒也戒了，开始拼命地从事渐渐成为我固定职业的漫画创作。晚饭后我们一起去看电影，回家的路上或是一起喝个咖啡，或是买个花钵。不过，这还不算什么，我最大的乐趣其实是和这个完全信赖自己的小新娘子待在一起，倾听她说的每一句话，欣赏她做的每一个动作。我慢慢觉得自己已能像一个正常人生活了，用不着悲惨地死去。可就在我心里慢慢产生这种天真的想法时，堀木又在我眼前出现了。

“哟，色魔！哎呀，你看起来好像懂事多了。今天我可是受高圆寺那位女士之托前来的噢！”说完他又突然压低嗓门，用下巴指指正在厨房沏茶的良子，问我：“我这么说没事吧？”

“没事，随便说。”我平静地答道。

要说良子对我的信任真可以说是死心塌地。我和京桥那家酒吧老板娘之间的事自不用说，即使告诉她我在镰仓发生的事，她也不会怀疑我和常子的关系。这倒不是因为我巧舌如簧，有时候我就是用最直白的说法，良子也只当笑话来听。

“你还是那么自命不凡啊。不过也没什么大事，她只是让我转告你，偶尔也去高圆寺玩玩吧。”

就在我刚要忘却之际，一只奇怪的鸟扑打着翅膀飞过来，用嘴又啄破了我记忆的伤口。于是，过去那些耻辱与罪恶的回忆一下子又在脑海里复苏了，我恐怖得不禁想高声呐喊，再也无法平静地坐下去了。

“去喝一杯吧。”我说道。

“好吧。”堀木回答道。

我和堀木在外表上很相似，有时甚至被误认为是双胞胎。当然这也仅限于我们两人四处游荡喝廉价酒的时候。总之，两人一碰面，顷刻间就变成长相和毛色都相同的两条狗，一起在下着雪的小巷里窜来窜去。

打那天以后，我们又开始重温过去的交情，还结伴去了京桥那家小酒吧。最后，两条烂醉如泥的狗还造访了高圆寺静子的公寓，并在那里过了夜。

那个闷热的夏夜让人无法忘记。那天黄昏时分，堀木穿着一件皱巴巴的浴衣来到我在筑地的公寓。他说他今天急用钱就当掉了夏天的衣服，但被他老母知道就麻烦了，所以想向我借点钱马上赎回来。不巧我手头也没钱，只好和往常一样让良子拿她的衣服去当铺换点钱回来。借给堀木后还剩了点钱，于是我又让良子买了些烧酒，我们迎着隅田川夹杂着泥土味的凉风，在屋顶上举办了一个小小的纳凉晚宴。

我们开始玩起了喜剧名词和悲剧名词的字谜游戏。这是我发明的一种游戏，我把名词分成男性名词、女性名词和中性名词，同样也分成喜剧名词与悲剧名词。比如说，轮船和火车属于悲剧名词，而市营电车和公共汽车就属于喜剧名词。不懂如此划分缘由的人，就无权奢谈什么艺术。因为喜剧剧本中哪怕夹杂一个悲剧名词，这个剧作家就不合格。悲剧剧本的情况也一样。

“准备好了吗？香烟是什么名词？”我问。

“悲剧（悲剧名词的略称）。”堀木立即答道。

“药品呢？”

“药粉还是药丸？”

“针剂。”

“悲剧。”

“不是吧？还有荷尔蒙针剂呢。”

“绝对是悲剧。你看，首先针就是一个明显的悲剧啊！”

“好吧，就算我输了。不过没想到你竟然认为药品和医生都属于喜剧。那死亡呢？”

“喜剧。牧师与和尚也一样。”

“棒极了！那么，生存就该是悲剧了吧。”

“不，生存也是喜剧。”

“可这样一来，不都成了喜剧了吗？我再问你一个，漫画家呢？不可能是喜剧了吧？”

“悲剧，悲剧，那是个大悲剧名词。”

这种简单粗俗的游戏，的确有些无聊，但我们却自认为是世界所有沙龙中都见不着的巧妙东西。

我还发明了另一种相类似的游戏——反义词字谜游戏。比如，黑色的反义（反义词的略称）是白色，白色的反义是红色，而红色的反义却是黑色。

“花的反义词呢？”我问道。

堀木撇着嘴巴，想了想说：

“有个餐馆叫‘花月’，这样看应该是月亮吧。”

“不，那可不是反义词，那是同义词啊。就像星星和紫罗兰是同义词一样，绝对不是反义词！”

“我明白了，那就是蜜蜂。”

“蜜蜂？”

“难道牡丹上会是蚂蚁？”

“什么呀，你说的是画的名字啊。你可别想蒙混过关。”

“我知道了。花配云朵吧。”

“是彩云追月吧！”

“对了，花对风。是风，花的反义词是风。”

“太差劲了，那不是浪花节[①]中的台词吗？这下我可知道你的水平了。”

“要不，是琵琶吧。”

“这就更不对了。花的反义词应该是世界上最不像花的东西才对嘛。”

“不过……等等，好像是女人吧？”

“那我问你，女人的同义词是什么？”

“是内脏。”

“你好像对诗一窍不通啊。那内脏的反义词呢？”

“是牛奶。”

“这倒不错。我再问一个，耻辱的反义词是什么？”

“是无耻的流行漫画家上司几太。”

“那堀木正雄呢？”

说到这里，我俩都笑不出来了。一种沉闷的气氛慢慢笼罩了我们，就像烧酒醉后，满脑子装满玻璃碴的奇特感觉一样。

“你别嚣张！我可不像你，你受过牢狱之耻呢。”

堀木的话让我大吃一惊。原来他内心并没把我当真正的人来

① 浪花节也叫浪曲，是兴起于明治初期的一种用三味线伴奏的说唱艺术。

看待，只认为我是一个自杀未遂、不知廉耻的傻子，就像“活僵尸”一样。他只是为了自己取乐而最大限度地利用我罢了。一想到和他的交情不过如此，我心里就感觉很不舒服。但转念一想，自己一直就像一个长不大的小男孩，遭到堀木的蔑视也是理所当然的。

“罪。罪的反义词是什么呢？这可是一道难题哟。”我假装若无其事地说道。

“法律。”堀木平静地答道。

我重新审视一眼堀木。隔壁大楼上的霓虹灯照在堀木脸上，看起来就像凶神恶煞的刑警一样威风凛凛。我很吃惊地说：

“罪的反义词不会是你说的那种东西吧。”

他竟然说罪的反义词是法律！或许世人都抱着这种简单的想法而单纯地活着吧，即没有警察的地方罪恶才会蠢蠢欲动。

“那你说是什么呢？是神吗？你看起来就像神秘兮兮的僧侣一样。”

“别那么轻易下结论，让我们再想想看吧。你不觉得这是一个很有趣的话题吗？我觉得单凭这个题目的答案就可以了解那个人的全部。”

“未必吧。……罪的反义词是善。善良的市民，也就是像我们这样的人。”

“别开玩笑了。善是恶的反义词，不是罪的反义词啊。”

“恶与罪难道不同吗？”

“我觉得不同。善恶全由人判断，是人类随便创造的道德词汇。”

“你真麻烦。那还是神吧。神，神，把什么都归结为神总不会有错吧。哎呀，我的肚子都饿了。”

“良子正在楼下煮蚕豆呢。”

“太好了，我最爱吃那东西了。”

他把脑袋枕在交叉的双手上，仰面躺在了地上。

“你好像对罪恶不感兴趣啊！”

“当然不感兴趣了，因为我不像你，我不是罪人呀。我就是玩女人也不会害死女人，也不会卷走女人钱财的。”

我并没害死女人，也没卷走女人的钱财！我在内心深处拼命反抗着。不过马上又习惯性地把责任全归在了自己身上。

我怎么也无法与人当面抗争。我拼命克制着酒后抑郁的心情，自言自语似的嗫嚅道：

“不过被关进监狱并不代表我犯罪。我觉得只要弄清罪恶的反义词，就能把握罪恶的本质。是神、救赎、爱、光明吗？不过神的反义词是撒旦，救赎的反义词是苦恼，爱的反义词是恨，光明的反义词是黑暗，善的反义词则是恶。罪与祈祷，罪与忏悔，罪与告白，罪与……哎呀，这些全都是同义词。罪的反义词究竟是什么呢？”

“罪的反义词是蜜[1]，甘甜的蜂蜜。哎呀，我肚子都饿了，快去拿点吃的东西来吧。”

“你自己也可以去拿啊！”

我第一次用非常愤怒的声音冲他说。

“好吧，我下楼去拿，我和良子做完坏事后再上来。与其和你在这儿空谈还不如去实地验证呢。到时你就知道罪的反义词是蜜豆，不，是蚕豆了。”

---

① 日文中“罪”的读音为“tsumi”，“蜜”的读音为“mitsu”。

他已经酩酊大醉，语无伦次了。

“随你的便，你爱滚哪儿就滚哪儿去！”

“罪与空腹，空腹与蚕豆，不对，这是同义词！”

他一边胡言乱语，一边站起身来。

罪恶与惩罚。陀思妥耶夫斯基。这些词一下子出现在我的脑海里，我不禁大吃一惊。倘若陀思妥耶夫斯基不把罪恶与惩罚当作同义词，而是作为反义词的话会怎样呢？……罪恶与惩罚，绝无相通之处，是水火不容的两种东西。把罪恶与惩罚作为反义词的陀氏笔下的绿藻、腐败的水池、乱糟糟的内心世界……啊，我明白了，不，还没有……这些念头如走马灯似的从我的脑海闪过。这时，忽然传来了堀木的叫声：

“喂，他妈的还什么蚕豆呢，快来看！”

他表情和声音都变了。他不是刚蹒跚着下楼去了吗？怎么一下又跑回来了。

“什么事？”

我感觉不对劲，马上和他从楼顶来到二楼，在二楼通往一楼的楼梯上，堀木停下脚步，用手指着小声对我说：

“你瞧！”

我住的屋子上方的小窗户开着，从那儿可以看到房间里面。只见房间里亮着灯，两只“动物”正在干着什么。

我头晕目眩，呼吸急促，只一个劲地在心里嘀咕：“这也是人之常情，这也是人之常情，不必大惊小怪。”我彻底忘记了去救良子，只是呆立在楼梯上。

堀木大声地咳嗽着。我逃命似的又跑回楼顶，一下子躺了下来。仰望夏夜布满水汽的天空，我感觉自己的心里不是愤怒、厌恶，也不是悲哀，而是强烈的恐惧。它并非那种面对死亡幽灵的恐惧，而是在神社的杉树林中撞上白衣神体时那种无法言说的、源自古代的极端恐惧。从那夜起，我开始有了白发，对身边的一切越来越没有信心，越来越不信任别人，对人生所抱有的全部期待、喜悦与共鸣都消失了。这件事是决定我人生的一件重要事件，它仿佛迎面击中了我的眉宇，每当我与别人接近，那道伤口就会隐隐作痛。

“我很同情你，不过这件事多少也会让你清醒点。我再也不到这儿来了，这儿就像一座地狱。……不过，你最好还是原谅良子吧，因为你也好不到哪儿去。我告辞了。”

堀木一点也不傻，他才不会待在这种令人尴尬的地方呢。

我站起身，一个人喝着烧酒。喝着喝着便哇的一声放声痛哭起来。哭啊，哭啊，我就那么一直痛哭个不停。

不知什么时候，良子怔怔地站在我身后，手里端着盛满蚕豆的盘子。

“我说什么也没用了……”

“好啦，什么也别说了。你太相信别人了。坐下一起吃蚕豆吧。”

我们并排坐着吃蚕豆。老天啊，相信别人也有罪吗？对方是个三十岁左右、不学无术的小个子商人，常请我画些漫画后扔下一点破钱。

打那以后，那个商人就再没来过我家。不知为什么，比起那个商人，我倒是更恨堀木。我恨他第一个发现后连声干咳也没有就悄悄折回屋顶通知我。对他的憎恶和愤怒让我夜不能寐，常常叹息呻吟到天亮。

不存在什么原谅与不原谅的问题。良子太相信别人了。正因为她不知道怀疑别人，才遭此厄运啊。

我不禁要问老天爷：难道相信别人也有罪吗？

和良子的身体遭到玷污相比，良子信赖别人的性格遭到玷污这件事，则在以后漫长的岁月中成为困扰我的根源。我是一个畏畏缩缩、看别人脸色行事、因对别人的信赖而伤痕累累之人。对我来说，良子纯真无瑕地信任别人之心就如绿叶掩映的瀑布一般令人赏心悦目，没想到却在一夜之间变成了污浊的黄水。这不，从那夜起，良子连对我的一颦一笑都开始小心翼翼了。

“喂！”每当她听到我的叫声便会胆战心惊，不知看向哪里。不管我再怎么逗她，她都一直战战兢兢、畏首畏尾，在和我说话时还用很多敬语。

难道纯真无瑕的信任是罪恶之源吗？

我四处搜罗，看了很多描写妻子被人奸污的故事，但最后还是发现，没有一个女人像良子那样悲惨。她的遭遇根本算不上故事。如果良子和那个小个子商人之间有一丁点儿恋情的话，我的心境可能还会舒服一点。可夏天那个夜晚的事，只因为良子太相信了那个家伙而已。那事害得我眉宇受伤、声音沙哑、头上开始长了白发；而良子也不得不一辈子提心吊胆地生活了。我发现大部分故事的重点都是丈夫是否原谅妻子的那种“行为”，可我并不为此苦恼。原谅与不原谅妻子，拥有这种权利的丈夫其实很幸运，倘若认为自己无法原谅妻子，那也不用大声喧哗，只需立即与她离婚，然后再娶一个妻子就行了。如果做不到这些，那就只好“原谅”对方，自我忍耐了。不管哪种情况，全凭丈夫的想法决定一切了。总之我觉得，虽然这种事情对丈夫是一个巨大打击，但也仅限于“打击”而已。与无休无止反复冲击海岸的波涛不同，它是一种拥有权利的丈夫通过愤怒等方式来加以处置和化解的纠葛。可我的情况如何呢？作为丈夫我不具备任何权利，因为我觉得这一切都是我的错。所以我不能发怒，甚至连句怨言也不能说。何况我妻子还是因她少有的良好品质才受的伤害。她良好的品质正是我向往的、深深打动我的纯真无瑕的信任别人之心。

这种纯真无瑕的信任之心也有罪过吗？

这种唯一值得我欣赏的美好品质令我生疑后，我渐渐感觉周围所有的事情都变得无法理喻，眼前只剩下酒精了。我脸上的表情越来越猥琐，早上一起床就开始喝烧酒，牙齿也掉得残缺不全了，漫画也全画一些近似淫画的东西。不，坦白说，那时我开始临摹春画偷偷贩卖了，因为我急需喝酒的钱。每次看到良子怯怯地把视线从我身上挪开时，我就会胡思乱想：这个完全不知防备别人的女人，没准儿和那个商人之间不止一次呢？说不定和堀木或我不认识的人之间也不清不楚呢？不过生疑归生疑，我并没勇气去证实，只会反复纠结在习惯性的不安和恐惧中，借着酒劲小心翼翼地尝试进行诱导式的审讯。尽管内心忽喜忽忧，可表面上我还要拼命伪装。之后对良子进行地狱般疯狂的爱抚后，像一摊烂泥似的酣然睡去。

那年年底，夜深时分我才酩酊大醉地回到家。我很想喝杯白糖水，可见良子已经睡了，便自己蹑手蹑脚地在厨房找到了白糖罐。可打开盖子一看，里面没有白糖，只有一个细长的黑色纸盒。我随手拿起一看，被盒子上贴着的标签惊得目瞪口呆。尽管那标签被人用指甲抠去了一大半，但标有洋文的部分还在，上面清楚地写着：DIAL。

DIAL。虽然那时我只喝烧酒，还没服用安眠药，不过失眠症是我的宿疴，我对大部分安眠药都很熟悉，我知道单凭这一盒二烯丙巴比妥就足以置人死地。这个药盒还未开封，但她肯定动过轻生的念头，才会撕掉上面的标签把药盒藏在白糖罐里。真够可怜的，这孩子因为不懂标签上的洋文，只用指甲抠掉其中的一半，以为这样一来就没人知道了。(你没罪的。)

我悄悄倒满一杯水，然后慢慢打开盒子，把药一股脑倒进嘴里，平静地喝干杯中的水后，就关掉电灯躺下睡了。

据说整整睡了三个昼夜，就像死了一样。医生认为是过失所致，一直犹豫着没有报警。据说我苏醒后的第一句话就是“我要回家”。我也不知道自己要回的“家”究竟在哪里。总之，我说完那句话后号啕大哭了一场。

眼前的雾渐渐散开了，我定睛一看，原来是“比目鱼”一脸不悦地坐在我的枕边。

“上一次也是年末的时候。这种时候谁不是忙得团团转啊。可他偏偏要挑年末干这种事，这不是要我的命吗？”

“比目鱼”是说给京桥那家酒吧的老板娘听的。

“夫人。”我叫道。

“嗯，你醒了？”

老板娘说着，把她的笑脸贴在了我的脸上。

我不由得泪如泉涌。

“就让我和良子分手吧。”

没想到我脱口而出的竟是这句话。

老板娘站起身轻轻地叹了口气。

接下来我又失言了，而且听起来十分滑稽和愚蠢。

“我要到没有女人的地方去。”

“哈哈哈哈”，先是“比目鱼”大声地笑了，然后老板娘也扑哧一声笑了起来。我也流着眼泪，红着脸苦笑了起来。

“嗯，那样倒是好呀。”“比目鱼”一直粗鲁地笑着，“到没女人的地方去最好，一有女人就不行。到没有女人的地方倒是个好主意啊。”

没有女人的地方。没想到我这傻瓜般的胡言乱语，不久后居然悲惨地成了现实。

良子一直坚信我是替她喝下毒品的，所以在我面前愈发胆战心惊了。无论我说什么她都不笑，也不怎么跟我说话。我待在公寓的房间里感觉很憋闷，便忍不住又和以前一样跑到外面去喝廉价酒了。自从二烯丙巴比妥事件以后，我的身体明显消瘦了，手脚也变得软弱无力，画漫画时也常常偷懒怠工。那次“比目鱼”探望我时，给我留了一笔钱（“比目鱼”煞有介事地说，那笔钱是他涩田的一点心意，好像真是从他的钱包里掏出来的一样。可事实上这是老家的哥哥们寄来的钱。我已经不是当初逃离“比目鱼”家时的我了，已能隐约看穿“比目鱼”装腔作势的把戏了，所以我装作什么也不知道的样子，很感激地向他道了谢。但“比目鱼”等人干吗非要使用这么复杂的策略呢？我似懂非懂，觉得十分蹊跷）。我决定用那笔钱一个人去南伊豆温泉看看。不过我并没有在那里悠闲地享受温泉之旅。一想到良子，我就感到无限的悲凉，根本没心情平静地欣赏旅馆外面的群山，也没穿着棉和服去泡温泉，只是成天泡在附近脏兮兮的小茶馆里拼命地喝酒，把身体糟蹋得一塌糊涂后才又回到东京。

东京一个下着大雪的夜晚。我沿着银座的一条小街，醉醺醺地小声反复哼唱着“这儿离家乡有几百里？这儿离家乡有几百里？”一边漫无目的地用鞋尖踹着街头的积雪，走着走着突然吐了起来，这是我第一次吐血。只见雪地上出现了一面硕大的太阳旗。我蹲在地上凝视了很久，然后双手捧起干净的白雪，边用雪洗脸边哭了起来。

这是哪里的小路？

这是哪里的小路？

一个女孩哀婉的歌声从远处飘了过来，歌声里充满了不幸。这个世上不乏不幸之人，不，也可以说尽是些不幸之人。不过他们可以大胆地向这个“社会”抗议，而这个“社会”也很容易理解和同情他们的抗议。可我的不幸却全部缘于自己的罪恶，我无法向任何人进行抗议。假如我怯懦地抗议一句，包括“比目鱼”在内的所有世人肯定都会因我口出狂言而惊讶无比的。到底我是俗话说的“刚愎自用”呢，还是与此相反，显得过于怯懦了呢？这一点我自己也不明白。总之我是罪孽的集合体，只会越来越不幸，而且无法阻止和防范。

我站起身，琢磨着该吃点对症的药，便进了附近的一家药店。药店老板娘看到我的一瞬，就像被闪光灯晃花了眼一样，抬头瞪大了眼呆立在原地。她圆睁的双眼里并没有惊愕和厌恶，只有一种求救或渴慕般的表情。啊，她肯定也是一个不幸的人，不幸的人总是对别人的不幸特别敏感。正当我这么想的时候，突然发现那个女人手里还拄着拐杖，颤巍巍地站着。我遏制住飞奔向前的心情，和她面面相觑时，我的眼泪不禁夺眶而出，她圆睁的双眼也涌出了泪水。

最终我一言不发地走出了那家药店，踉踉跄跄地回到了公寓，让良子冲了杯盐水，我喝了后就默默躺下了。第二天我谎称感冒，昏睡了一整天。到了晚上，我对自己吐血的事很是不安，便起身又去了那家药店。这一次我笑着向老板娘坦陈了自己这段时间的身体状况，向她咨询治疗方法。

“你必须戒酒。”

我们就像亲人一般。

“有可能是酒精中毒，我现在还想喝呢。”

“那可不行。我丈夫得了肺结核，他说酒可以杀菌，整天泡在酒里，结果害得自己短命。”

“我担心死了，害怕死了。”

“我给你药，可酒你绝对不能再喝了。”

老板娘（她是个寡妇，儿子在千叶还是什么地方的医科大学上学，不久前患上了与父亲相同的病，现在正休学住院治疗。家里还躺着一个中风的公公。而她自己五岁时因患小儿麻痹，有一只脚完全不能行走）咚咚咚拄着松树拐杖，翻箱倒柜找出了很多药品来。

“这是造血剂。”

“这是维生素注射液，这个是注射器。”

“这是钙片。这是淀粉酶，可以保护肠胃。”

这是什么那是什么，她充满热情地一口气给我介绍了五六种药。但这个不幸的老板娘，她的热情对我来说太过深厚了。最后她迅速将一种药包在一个小纸盒里，告诉我只能在忍不住想喝酒时用。

原来是吗啡注射液。

药店老板娘说这种药要比酒的危害小，我就听信了她的话；再则那时我正好也觉得酗酒颇为肮脏，暗自庆幸自己终于可以摆脱酒精这个恶魔的纠缠了，便毫不犹豫地将吗啡注射进了自己的手臂。于是不安、焦躁、腼腆等，全部一扫而空，我一下变成了一个开朗的雄辩家。而且注射吗啡以后，我就会忘记自己虚弱的身体，开始专注于自己的漫画工作。经常画着画着就为自己的奇思妙想而捧腹大笑。

一开始是一天注射一针，慢慢增加到两针，到后来一天增加到四针的时候，我已经离不开那玩意儿，没有那东西就无法工作了。

“那可不行呀。一旦中了毒就不得了了。”

听药店老板娘这么一说，我才发现自己已成为一个相当严重的中毒者了（我常常受别人暗示的左右。比如有人说“这笔钱可用不得，不过你嘛……”一听这话，我就会有种奇妙的错觉，觉得不用掉那笔钱就会辜负对方的期待，于是马上把它花掉）。由于担心中毒，我反倒开始大量购买那种药品了。

“拜托，再给我一盒。月底我一定付你钱。”

“钱什么时候付都行，关键是警察管得很严的。”

啊，我的周围什么时候都笼罩着某种浑浊灰暗、见不得人的可疑气息！

“请你无论如何也要想办法搪塞过去，求您了，夫人，我吻您一下吧。”

老板娘的脸一下红到了耳根。

我趁势继续央求道：

“没药的话我没办法工作啊！这药就是我的壮阳药啊。”

“要那样，还不如注射荷尔蒙呢。”

“您别开玩笑了。要么借助酒，要么用那种药，否则我没法工作的。”

“酒可不行。”

“对吧？自从我用了这药以后，就一直滴酒未沾啊。多亏了它，我的身体状况特别好。我不会永远画蹩脚的漫画，今后我要戒酒，调整好身体，努力学习，成为一个伟大的画家。现在正在节骨眼上，所以求求您啦！让我吻您一下吧。”

夫人扑哧笑了起来：

“真为难啊，你中毒了我可不管啊。”

她咯吱咯吱地拄着拐杖，从药架上取下那种药，说：

“我不能给你一整盒，你马上会用完的。给你一半吧。”

“真小气，哎，没办法呀。”

回到家后，我立即注射了一针。

“不疼吗？”良子战战兢兢地问我。

“当然疼啦。不过为了提高工作效率，也只能这样了。这阵子我很精神吧？好，我这就开始工作、工作。”我兴奋地嚷嚷着。

我在夜深人静时还敲过药店的门。老板娘身上穿着睡衣，咯吱咯吱拄着拐杖走了出来。我扑上去抱住她，一边吻她一边装着痛哭流涕。

老板娘一声不吭地递给我一盒药。

药品与烧酒一样，不，甚至比烧酒更龌龊。当我深切地体会到这一点时，已经变成一个十足的中毒者了。想想自己真是无耻至极。为了买药品，我又开始复制春画，并且与药店的残疾老板娘有了那种丑陋的关系。

我不想活了，特别想死，这种想法已无法挽回了。无论干什么，无论怎么干，都只是徒劳一场，都只会雪上加霜。我不应该再奢望骑着自行车去欣赏绿叶掩映的瀑布了，那只会加重我的罪恶感，让我的烦恼变得更多更强烈。我想死，必须死，因为活着已是我的罪恶之源。我冥思苦想完后，照旧会疯狂地穿梭于公寓与药店之间。

尽管我很拼命地工作，可由于用药量不停地增加，欠下的药费已令人咂舌。老板娘一见我就泪流满面，而我也会不由自主地潸然落泪。

地狱。

如果逃出地狱的最后手段也归于失败的话，那就只能上吊自杀了。我决定最后赌一把，斗胆给老家的父亲写了一封长信，向他坦白了我的所有事情（女人的事最终还是没敢写）。

没想到结果更糟。信寄出后怎么等都杳无音讯。等待的焦灼与不安反而加大了我的药量。

我终于暗下决心，准备晚上一口气注射十针，然后跳进大海一死了之。可就在那天下午，“比目鱼”好像嗅到了什么，像恶魔一样带着堀木出现在我的面前。

“听说你咯血了？”

堀木说着，在我面前盘腿坐了下来。他脸上带着一种我从未见过的微笑，感觉很温柔。那温柔的微笑让我十分感动，我太高兴了，转过脸都流下了热泪。就因为他温柔的微笑，我便彻底被他们打败，被他们给埋葬了。

他们把我强行送上了汽车。“比目鱼”用平静的语气（那是一种可以用大慈大悲形容的平静语调）劝我说“无论如何你得住院治疗，其他的事情就交给我们解决好了”。我就像丧失了想法和判断力一般，抽抽搭搭地哭泣着，唯唯诺诺地听从了他俩的安排。我们和良子一共四个人在汽车上颠簸了很久，直到天快黑的时候，才抵达了森林里的一家大医院。

我以为这是一所结核病疗养院。

一位年轻的医生非常温柔而又周到地给我做完检查后，腼腆地笑着说：

“好了，那就在这里静养一阵子吧。”

安置好我后，“比目鱼”、堀木和良子他们回去了。临走时良子递给我一包换洗的衣服，接着一声不响地从腰带中取出注射器和没有用完的药给了我。她一直以为那是我的壮阳药呢。

“不用，我已经不需要了。”

这可是一件稀罕事。别人劝我时我竟敢于拒绝了！这可以说是我活到现在从未有过的事情。我的不幸乃是一个缺乏拒绝能力的人的不幸。如果别人好心劝我干什么而被我拒绝的话，我常常害怕会在对方和自己的心里产生一道永远无法修复的裂痕。不过当时我却很自然地拒绝了自己疯狂寻求的吗啡。或许我被良子那“神灵一般纯洁的无知”打动了吧，那一瞬间我根本没中毒！

不过，接下来我被那个腼腆微笑的年轻医生送进了一栋病房。大门咔嚓一声锁上后，我才发现这里原来是一所精神病医院。

“到没有女人的地方去”，我服用二烯丙巴比妥后的胡言乱语竟神奇地变成了现实。关在这栋病院里的全都是发疯的男人，甚至连护士也是男的，没有一个女人。

如今我不再是罪人，而是一个疯子。不过，我绝对没有发疯，一刻也没疯过。不过疯子好像也都会说自己没疯的。这样看来，被关进这家医院的人都是疯子，而没被关进来的都是正常人。

我问神灵：不反抗也是一种罪过吗？

我曾为堀木那奇怪的美丽微笑感激涕零，甚至不做判断和反抗便坐上汽车被他们送进这里，变成了一个疯子。即使现在从这里出去，我的额头上也会被打上“疯子”，不，应该是“废人”的烙印。

我已丧失了做人的资格。

我已彻底变得不再是一个人了。

我是初夏时节来到这里的。从镶有铁格子的窗户望出去，能看见庭院小小的池塘里盛开的红色睡莲；三个月过去后，又看见庭院里的波斯菊开花了。没想到老家的大哥这时带着“比目鱼”前来接我出院了。大哥习惯性地用一本正经的语气一板一眼地告诉我：父亲上个月末因胃溃疡去世了；我们对你既往不咎，你可以安心生活，什么都不用做，但条件是你必须离开你依依不舍的东京，回乡下老家去疗养。你在东京闯下的祸，涩田会帮你解决，你不必担心。

听了大哥的话，故乡的山水便一下子浮现在了我的眼前，我轻轻地点了点头。

我已经完全变成了一个废人。

得知父亲病故后，我越发变得萎靡不振了。父亲已经走了，那个在我心里片刻也不曾离开的、可亲又可怕的人已经不在了，我感觉自己内心的痛苦一下变得无影无踪了，好像自己以前内心的痛苦，全是因为父亲一样。我就像一只泄了气的皮球，甚至连苦恼的能力也没有了。

大哥不折不扣地兑现了对我的诺言。从我生长的小镇坐火车往南走四五个小时，有一处东北地区少有的温暖的海滨温泉。村边有五间破旧的茅屋，里面的墙皮已经剥落，柱子也被虫蛀了，破旧得几乎无法修缮。大哥为我买下了这些房子，还为我雇了一个年近六十、长着一头红发的丑陋女佣。

之后我在这儿度过了三年的光阴。其间我被那个名叫阿哲的老女佣用奇特的方式侵犯了好多次，有时我还会和她像夫妻似的吵架顶嘴。我肺部的毛病时好时坏，身体忽胖忽瘦，有时还会咯出血痰。昨天我让阿哲去村里的药铺买点卡尔莫钦，她买回来的药盒与往日的不同，我也没有特别留意，可睡前吃了十粒也无法入睡。正当我觉得蹊跷时，肚子开始疼了起来，急忙跑进厕所拉起了肚子。强烈的腹泻害得我又接连上了三次厕所。我百思不得其解，从药箱找出那盒药仔细一看，原来她给我买的是名叫“海诺莫钦”的泻药。

我仰面躺在床上，把热水袋放在腹部，本想冲阿哲发牢骚。

“你看你买的不是卡尔莫钦，而是海诺莫钦啊。”

可一开口，就哈哈地笑了。“废人”好像是个喜剧名词。本来我想吃安眠药睡觉，结果却吃下了泻药，而且泻药的名字叫海诺莫钦。

对我来说，现在已经没有什么幸福与不幸了。

不过，一切都将过去。

我在所谓的“人类”世界里如在阿鼻地狱般痛苦煎熬的这段日子里，感觉唯一的真理就是这一句话了。

不过，一切都将过去。

我今年二十七岁。可因为头发花白，人们大都认为我已四十多岁。

后记

我与写下上述手记的疯子其实并不直接认识，不过我与手记中出现的京桥酒吧的老板娘略有交情。这个女人个子不高，脸色苍白、细眼上挑、鼻梁很高，外形硬朗，给人感觉不像个美丽的女人，倒更像个英俊青年。这篇手记主要描写的好像是昭和五、六、七年间的东京风情。而我是在昭和十年前后，正值日本“军部”日益猖獗之时，跟朋友在这家京桥酒吧喝过两三次加冰的威士忌酒，所以不可能见过写手记的这个男人。

今年二月，我拜访了一位搬到千叶县船桥市的朋友，他是我大学时代的学友，现在在某女子大学当讲师。因我一直想把一个亲戚介绍给他当妻子，同时也想利用这个机会顺道给家人买些新鲜的海产品，于是就背上背包来到了船桥。

船桥是一个临海大城镇，可能因为朋友刚搬来不久，当我把朋友家的住址说给当地人时，他们都说不知道。天气很冷，我背着背包的肩膀也疼痛不已，于是我便循着唱机里的提琴声，推开了一家咖啡馆的门。

店里的老板娘似曾相识，一问才知道，原来她就是十年前京桥那家小酒吧的老板娘。她似乎也马上想起了我。我们彼此都很吃惊，连当时最关心的遭遇空袭的经历都没问，便非常自豪地相互寒暄道：

“你可真是一点也没变啊。”

“哪里呀，我都成老太婆了，身子骨都快散架了。倒是你才年轻呢。”

“哪里哪里，小孩都三个了。这不，今天就是为了他们才出来买东西的。”

我们彼此寒暄了一些久别重逢之人常说的套话，接着相互打听了一些共同好友后来的情况。说着说着，老板娘突然口气一转，问我：“认识阿叶吗？”我说“不认识”。老板娘便进屋拿出三本笔记本和三张照片交给我，说：

“这些或许可以成为小说的素材呢。”

我素来无法将别人硬塞给我的材料加工成小说，本想当场翻看后还给她，但那些照片吸引了我（关于那三张照片的怪异之处，我已在开头中写过），便决定先拿着那些笔记本。我告诉老板娘，说我离开时还会前来拜访她，另外还告诉她我新搬来的朋友住在某街某号，在女子大学当讲师，问她知道吗。没想到他们新搬来的人竟然互相认识。她告诉我，我的那个朋友也常常光顾她的咖啡馆，他的家就在附近。

那天晚上，我和那个朋友一起喝了点酒后就住在了他家。我一夜没睡，一直沉浸在阅读那篇手记的兴奋中。

我觉得手记上记的虽然都是些过去的事，但人们现在读起来肯定也会兴趣盎然的。所以与其拙劣地加以修改，还不如让哪家杂志社原封不动地发表出来更有意义。

只给孩子们买了一些海鲜干货后，我便背上背包告别朋友，又进了那家酒吧。

“昨天真是太感谢了。不过……”我直奔主题，“能不能把那些笔记本借给我一段时间？”

“行啊，没关系的。”

“这个人还活着吗？”

“哎呀，这可就不知道了。大约十年前，装着这些笔记本和照片的邮包寄到了我京桥的店里。虽然邮包上既没写住址也没写名字，但我知道肯定是阿叶寄的。空袭期间，这些东西和别的东西混在一起，竟神奇地躲过了一劫。这阵子我才把它全部读完……”

“你哭了吗？”

“没有，怎么说呢，不是哭那么简单，……不行啊，人一旦变成那个样子，就活不成了。”

“已经过去十年了，或许他已经不在这个世上了。这应该是他为了感谢你而寄给你的吧，尽管有些地方有些夸张，但你好像也蒙受了很大的伤害啊。倘若这些全都是事实，而且我也是他的朋友的话，我说不定也会带他去精神病医院的。”

“都是他的父亲不好。”她漫不经心地说，“我们所认识的阿叶，又天真又乖巧，要是不酗酒的话，不，即使是酗酒……也是个天使般的好孩子啊。”

维荣[1]之妻

① 维荣即法国中世纪最杰出的抒情诗人弗郎索瓦·维荣。他才华横溢，玩世不恭，一生放荡不羁，过着逃亡、入狱和流浪的悲惨生活，故成为放浪无赖者的代表。

一

那天半夜，喝得醉醺醺的丈夫回家时急促的开门声吵醒了我。我没有起身，只是默默地躺着。

他打开隔壁房间的灯，一边呼呼地喘着粗气，一边翻箱倒柜地找着什么。过了一会儿，又听见他扑通一声坐在榻榻米上，嘴里不停喘着粗气。我躺着问他：

“你回家了？吃饭了吗？橱柜上还有饭团呢！”

“哦，不用了，谢谢。”他的语气竟然十分谦和，“儿子怎么样了？还发烧吗？”

这真是太阳从西边出来了。儿子明年就四岁了，可不知是因为营养不良，还是丈夫酒毒或病毒的遗传，他还没两岁的孩子高，走路摇摇晃晃的；嘴里含糊不清，只会咿咿呀呀地说话。我有时都怀疑孩子的大脑有问题。有次我带儿子去澡堂洗澡，抱着又瘦又丑的儿子，不禁在众人面前伤心地落了泪。因为瘦小体弱，儿子动不动就拉肚子发烧。丈夫经常不回家，从不关心儿子的事。就是偶尔回家，听说儿子发烧了，只会嘴上说让我带着去看医生，之后就又急匆匆地穿上褂子出门了。我也想带儿子去看医生，可家里连一分钱也没有，怎么去啊？每次我只能躺在儿子身旁默默地搂着他、抚摸他。

那晚不知为什么，他竟然关心起儿子的病来。我感觉很欣慰，可心里同时冒出的不祥预感又让我后背有些发凉。我沉默不语，没有回答他。一时间只有他那粗重的喘气声在空气中回荡。

“有人在家吗？”

一个女人细柔的声音从玄关外传了进来。我顿时浑身发冷，不禁战栗起来。

“大谷先生在家吗？”这次女人的声音里明显带着不满。

我丈夫这时才站在玄关口，慌里慌张地小声问道：“什么事啊？”

“你说什么事啊？”门外的女人厉声道，“你家不是挺好吗？为什么还要干那种小偷的勾当呢？我不管别人怎么说你，你先把那个还给我。不然我就去警察局告你！”

“你胡说什么呢？怎么这么难听！不许你到我家来闹！请回吧，不然我就报警了！”

这时又听门外一个男人说：“先生真是个绅士啊！竟然说不许到我家来闹！我都不知道该说什么好了。不过你开玩笑可得有个限度，你借别人的钱可不是小事。你知不知道，因为你，我们夫妇受了多少罪？你今晚竟这么无情，我真是看错你了！”

“打劫了！”我丈夫大声喊道，不过声音有些颤抖，“你们这是恐吓！赶快给我走！有什么问题明天再说！”

“先生，您真是大言不惭啊！你说的话和地痞流氓有什么区别？看来我只能去警察局告你了！”

男人的话听得我很恶心，浑身起满了鸡皮疙瘩。

“随你便吧！”我丈夫嚷道，可听起来显得苍白无力。

我起身披上褂子，赶忙来到玄关前招呼两个客人：“你们来了！”

“哟，您是大谷太太吧？”

只见一位穿着及膝短大衣、年龄在五十上下的圆脸男人冷冰冰地冲我点头。他身边站着一位四十岁左右、打扮很讲究的女人。

“这么晚，打扰您了。”女人也是冷冰冰地取下披肩朝我点了点头。

趁我们说话之际，躲在我身后的丈夫已经踢掉木屐，准备朝外跑。

“喂，你不许跑！”

男人抓住了我丈夫的一只胳膊，两人扭打了起来。

“松手！不然我可用刀刺了！”

只见我丈夫右手中的匕首在闪闪发光。那把匕首是我丈夫的爱物，一直被他珍藏在抽屉里。看来他刚才回家翻箱倒柜找的就是这把匕首，他已经估计到今晚会有人找上门来，所以找见匕首后提前揣到了怀里。

看到我丈夫手上的匕首，男人一下松手了。我丈夫趁机卷起袖子，一个鹞子翻身便侧身逃出了门外。

“你这个小偷！”男人大声叫着便要去追。见状我连鞋也顾不上穿，光着脚赶紧跑过去抱住了他：“请您不要追了，您再追的话就要出人命了。剩下的事我来处理！”

听我这么说，男人身边的女人也赶紧劝道：“老公，她说得对。他手上的匕首没长眼睛，你要追过去的话会很危险的！”

“畜生！你就等着警察来抓你吧！”

男人冲着漆黑的夜幕大声咆哮着，但明显已没刚才那么冲动了。

“不好意思，有什么事请进来说吧。”我转身跪到门口说，“剩下的事我会处理的。二位请进来吧，我家又破又脏，还请多多包涵。”

两人对视了一下，男人的态度缓和了下来：

“无论如何，我们都要报警。不过先告诉太太您这件事的始末也好。”

“请先进来慢慢说。”

“不过，我们可没有太多的时间……”男人说着便礼貌性地准备脱外套。

“您不用脱外套，我家很冷，连一个火星都没有，您还是穿着比较好。”

“那我就不客气了。”

“请这位女士也直接进来吧！”

在我的邀请下，男人和女人一前一后进了我丈夫住的六榻榻米的房间。当看到房间里破旧不堪的榻榻米、稀巴烂的拉门、墙皮斑驳的墙壁、只剩木头框的隔扇和墙角空空的书桌书箱时，两人似乎也倒吸了一口凉气。

我指着露着棉絮的破坐垫对二人说：“榻榻米不干净，请坐在这上面吧。”

看到两人落座，我再次向他们叩头道：“今天第一次见二位。我丈夫之前好像给你们添了不少麻烦，今晚又不知做了什么竟发生刚才那可怕的一幕，真是非常抱歉。我丈夫就是那种怪人……”说着说着我不禁落下泪来。

“太太，抱歉问一句，您今年多大了？”男人盘腿坐在破坐垫上，一只手托着下巴，探身问我道。他的语气里倒是听不出一丝恶意。

“您是问我吗？”

“是的，您丈夫今年好像三十了吧？”

“唉，我比他小四岁。”

“那您二十六了。唉，怎么又是这样？没办法啊，老公三十的话一定会这样吗？真让人想不通啊！”

“我从刚才起就很纳闷啊。有这么好的妻子，大谷先生为什么要做那种事啊？”女人从男人背后探出头说。

“他那是病态。以前还好好的，现在越来越严重了。”我叹口气说。

“太太，”男人口气凝重地说，“我们两口子在中野车站附近经营着一家小酒馆。我们都是上州人。我原来也是一个正经的商人，也可能是玩性太重吧，我渐渐变得不喜欢和乡下的老百姓打交道了，于是就在二十年前带着老婆来到东京，两人一起在浅草的一家酒馆开始了打工的生活。历经常人难以忍受的辛苦后，终于有了点自己的积蓄。昭和十一年前后吧，就在中野车站附近租了一间六榻榻米大小外带一间小房子的破烂小屋，开了一家做穷客人生意的微小饮食店。经过我们夫妇省吃俭用和辛勤劳作，我们的小店慢慢也开始进一些烧酒和杜松子酒来卖。在那个酒类产品奇缺的年代，我们很幸运，没有倒闭，坚持经营了下来。多亏一些喜欢我们的客人的惠顾和介绍，军队的一些饭局也开始光顾我们的小酒馆了。

“对美英开战后，空袭越来越频繁。因没有孩子的牵绊，我们就没回家乡躲避，决定依靠这个小店继续在东京生活下去，最后平安地坚持到战争结束后，才大批量地暗中进一些酒像模像样地经营起来。这就是我们的简单经历。您可能觉得我们之后再不会有什么苦难，应该可以过上苦尽甘来的好生活了吧。可常言道，人生的苦难如同在地狱里一般，经常是道高一尺魔高一丈。人们在得到一丝幸福的同时，往往会有成千上万的恶魔相随。一年三百六十五天，能有一天，哎呀！能有半天无忧无虑就已经很幸福了。

“您丈夫第一次来我们店大概是在昭和十九年的春天吧。那时和美英之间的战争还没输，不，已经快输了吧。具体我们也不知道真相。我们只想着再奋斗两三年，怎么也能迎来和平吧。大谷先生第一次出现在我们店里时，好像穿着久留米棉的简易和服，外披一件小风衣吧。那时的东京，大家都还没开始穿笨重的防空服，出门时大都身着便装，所以我也没感觉大谷先生的穿着很随便。当时大谷先生不是一个人，在太太面前我也就不掩饰什么了，照实说吧。您丈夫是跟一个中年女人从我们酒馆的后门进来的。那时我们酒馆的大门都是关着的，用当时的话说叫‘关门营业’。只有少数几个熟客会偷偷从后门进来，但也不能坐在外面的椅子上，只能在里间六榻榻米的昏暗房间里悄悄喝酒。那个中年女人之前是新宿一家酒吧的服务员，经常领一些熟稔的客人来我们店吃饭，慢慢就和我们熟悉起来，其实就是一种各取所需的交情吧。那女人住在我们酒馆附近，但酒吧停业不做服务员后，她偶尔还会带一些认识的男人来我们店消费。当时我们店里的酒源也开始短缺，即便再熟悉的常客，只要带朋友来，我们不仅不会像从前那样高兴，有时甚至会觉得是种麻烦。不过由于那个中年女人在前四五年给我们介绍了不少有钱的顾客，再加上碍于面子，我一般都会给那个女人带来的客人提供酒的。

“所以，您丈夫当时跟那个好像叫秋子的中年女人从后门悄悄进来时，我一点也不吃惊，照例请他们进里间六榻榻米的房间喝烧酒。大谷先生那晚规规矩矩地喝完酒，由秋子小姐付了账后，两人又从后门回去了。不过，那晚大谷先生的出奇平静和高雅的举止让我记忆犹新。是不是魔鬼首次现身时都是默不作声、故作清纯啊？因为从那晚起我们的店就被大谷先生盯上了。

“大概在十天后，大谷先生一个人从后门第二次进了我们店。一进门，他就拿出一百日元纸币一边硬往我手里塞一边怯怯地说‘拜托拜托’。那时的一百日元可是一笔大钱，相当于现在两三千日元甚至更多。看起来那时他已喝了不少，太太您应该了解，那么能喝酒的人太少见了。你觉得他已经醉了时，他又突然能条理清晰地认真讲道理；再怎么喝，我也从未见他脚步踉跄过。人们常说，三十岁前后是人血气最旺的时期，也是最能喝酒的年纪，可像他那么能喝酒的人真是少见。那晚他虽然在别的地方已喝了不少，可到我们这儿后，又默默地连续喝了十几杯烧酒。我们夫妇和他说什么，他都只是腼腆地‘哦，哦’点头。之后突然问：‘几点了？’站起身就要走。我赶紧说：‘还没找您钱呢！’他说：‘不用了。’我坚持要给他时，他微微一笑说：‘那就留到下次吧，我还会来的。’说完他就转身走了。

“太太，您不知道，我从他那儿就收过这一次钱，之前之后就这唯一的一次。之后的三年间，他百般搪塞，一次次喝光我们的酒，硬是没付过一分钱。您说他厉害不厉害！”

听到这里，我竟忍不住笑了起来。这种无厘头的笑话让我实在忍不住了。我慌忙捂住嘴把头转向旁边的老板娘。只见身旁的老板娘也低着头窃窃地笑着。看到我们笑，酒馆老板无奈地苦笑了一下，又接着说：

“这绝对不是什么笑话，可听起来太荒诞了，让人禁不住想笑。我想他要是把这本事用到其他正经事上，说不定会成为部长或博士呢。除了我们夫妻，很多人被您丈夫盯上后，也都是人财两空，饥寒交迫啊。就连那个秋子小姐，在认识大谷先生后也失去了所有的追捧者，最后落得身无分文，现在只能在一个肮脏的窝棚里过着乞丐般的生活。当时秋子小姐刚认识大谷先生，就不顾脸面地极力向我们吹嘘大谷先生。她说大谷先生的身份非同一般，好像是四国某王族侧室大谷男爵的次子，因性格放荡不羁被逐出了家门。等他的男爵父亲死后，他就会和他大哥平分男爵的家产。还有他天资聪慧，被誉为天才，二十一岁时就写成了一本书，据说比文豪石川啄木的书还要好。凭借之后的十几本书，他年纪轻轻就成为日本第一大诗人了。作为一名大学问家，小学、初中上的就是贵族名校学习院，高中是第一高中，最后毕业于帝国大学，还精通德语法语。太厉害了，按秋子小姐的说法，大谷先生简直就是一位神人。而且，秋子小姐说的似乎都是真的，大家也都说大谷先生是大谷男爵家的次子，是一名大诗人。听了这些话后，我老婆比秋子小姐还激动，她觉得大谷先生出身显赫、彬彬有礼，就是和别人不一样；并开始每天期盼大谷先生的到来。

“现在的贵族已没什么地位了，可在二战结束前，假装自己是被逐出家门的贵族公子哥这些招数，对女人也是很有吸引力的。奇怪的是女人总是频频上钩。这用现在流行的话说就叫‘奴隶根性’吧。不过我作为一个历尽沧桑、圆滑世故的男人，倒没有过分惊奇。在太太您面前这么说可能有点过分，我觉得他充其量只不过是四国王族的一个侧室，而且还是二儿子，所以身份比我们强不了多少。可我就是对付不了这位先生，就算我再怎么下决心不给他酒喝，可好像我上辈子欠他的似的，每当他冷不丁地出现在我面前，一脸冷静沉着的表情总让我方寸大乱，最后还是得给他酒喝。其实他是一个很不错的顾客，喝醉了也不胡闹，就是每次不规规矩矩地付钱。他既不吹嘘自己的身世，也不炫耀自己的才能。每当秋子等人在一旁宣扬他的过人之处时，他也不接话，只打岔说自己没钱，请帮他付酒钱，之后就坐在一边不吭气了。虽然大谷先生没付过我们一次钱，不过有人替他付过。秋子小姐付过几次，还有一个女人瞒着秋子小姐替他付过。那个女人好像是哪个富人家的太太，她只要和大谷先生一起来喝酒，就替他多付一点。我做的是小本生意，就算客人身份再高贵，可只要不付酒钱我也不敢赊给他酒。虽然有人替大谷先生付酒钱，但那只是杯水车薪，他欠我们的太多了。我们从别人那儿听说大谷先生住在小金井一带，家里还有老婆，就想着实在不行就去他家催催债。可每次我一问他家在哪里时，他马上紧张地说自己根本就没家。还威胁说要是我再催的话，他就跟我翻脸，到时受损失的可是我。我们也曾悄悄尾随过他几次，可每次都无果而终。就连东京大空袭期间，大谷先生也会戴着钢盔帽来光顾我们店。一来就自己动手从柜子里拿出白兰地酒瓶，咕咚咕咚站着喝完后不付钱就匆匆离开。不久战争结束了，我们也开始从黑市订购大量酒肴，重新开门营业。为了吸引客人，在资金不足的情况下，我们还是雇了一名漂亮的女服务员。

“很快大谷先生又恶魔般出现了，那些时候他没有和女人一起来，而是每次都和两三个记者一起出现。听记者们说，从今往后军人们将不再吃香了，而穷困潦倒的诗人将越来越受世人的欢迎。大谷先生总是给那些记者说一些外国人的事情啦、英语啦、哲学等我听不懂的话题，说完就借故离开。记者们等不到他回来，意犹未尽地准备离开时，我就会告诉他们：‘大谷先生每次都是这么走掉的，你们必须付了酒钱才能走。’听我这么一说，老实的记者们就会凑钱埋单。也有记者会生气地抱怨说：‘我们只是些靠工资度日的穷记者，酒钱你得让大谷付。’那时我一般会说：‘你们知道大谷先生欠我多少酒钱吗？你们只要帮我要回这些钱，我就送你们一半。’知道了实情的记者都会目瞪口呆地说：‘没想到大谷这家伙这么过分，下次再不能和他来喝酒了；可我们今晚带的钱总共不到一百日元，不然我们就把外套抵押在这儿，明天再来付你酒钱。’人们常说记者都是些无赖，可我觉得他们比大谷先生正直爽快多了。如果大谷先生真是男爵家二公子的话，那记者们就应该是公爵家的总头领。

“战争结束后，大谷先生酒量陡然增长的同时，人品也变得粗俗起来。以前从不讲的情色笑话也开始挂在嘴边了，甚至毫无顾忌地和一起来的记者争吵打架，最后竟趁我们不注意，把我们店里雇的十几岁的女孩子骗到了手。我们惊慌失措，但又束手无策，最后只得辞退那个女孩子，悄悄劝她回了老家。

“我也曾乞求大谷先生说‘我什么都不说了，求求你不要再来了’，可即便这样，他还是不依不饶，甚至威胁我说：‘你不要听别人撺掇，我知道自己该怎么做！’第二天晚上又像没事人一样出现在我们酒馆。或许因为我在战争期间做过黑市生意，上天惩罚我而让他出现吧。可今晚他做的事太过分了，今晚的事已让他从一个诗人、绅士彻底变成了一个小偷，因为他偷走了我们五千日元现金。说老实话，我们每天的营业额大都用于订货，订完货后，家里一般只剩下五百多不到一千日元。今晚家里的五千日元也是我趁年底跑到各个熟客家里收来的欠款。今晚必须用这笔钱订上货，不然来年正月我们就无法继续做生意了。我老婆把这笔重要的资金在里间六榻榻米大的房间里数清楚后放在柜子的抽屉里。没想到这一切被坐在外间喝酒的您丈夫给瞧见了，他快速冲进里间，二话不说推开我老婆，打开抽屉抓起那五千日元便塞进外套的兜里，趁我们目瞪口呆之际，匆匆逃了出去。我一边大叫着‘别跑！你这个小偷’，一边和老婆追了出去。本来我想让路上的行人帮忙拦住他，可又觉得我们是熟人，那样做对他不好。便在他身后拼命紧追不放，打算追上他后，心平气和地求他把钱还给我们就算了。毕竟我们做的是小本生意啊！我们夫妇竭尽全力，今晚终于把他堵到这里。我们秉着息事宁人的态度，强压着心中的怒火，温和地请他把钱还给我们。可没想到，他竟然拿出匕首要刺我！”

他讲的事情太荒唐了，听到这里，我实在忍不住笑了起来。旁边的老板娘也涨红了脸，小声笑着。尽管我知道这样笑对酒馆老板很失礼，可他讲的事太荒唐了，惹得我笑个不停，连眼泪都笑出来了。我忽然想起，丈夫有句诗叫“极度文明的大笑”，可能说的就是这种笑吧。

二

总之，那晚我笑完之后，并没能彻底解决问题。只是恳求两人晚一天再去警察局报案，第二天我会亲自去他们酒馆解决那件事情。厚着脸皮给他们承诺后，我记了他们酒馆的详细地址，便请他们先回去了。之后，我一个人坐在冰冷的房间里思索了很长时间，不过最后也没想出什么好办法来。于是我便脱了衣服，蜷缩在儿子身旁，一边抚摸着儿子的脑袋，一边在心里默默祈祷着：天不要亮！永远不要亮！

我母亲死得早，我和父亲住在大杂院里，每天靠在浅草公园的葫芦池边摆摊卖关东煮为生。现在的老公那时经常光顾我们的地摊，不知不觉中我就瞒着父亲和他好上了。怀上孩子后，父亲也曾苦口婆心地规劝过，但最终我还是成了他的妻子。不过，我和他没领结婚证，孩子也算是个私生子。和他在一起后，才发现他经常三天两头地夜不归宿，有时甚至一个月都不回家。我也不知道他在外面干什么，每次回家都烂醉如泥，脸色苍白，痛苦地呼哧呼哧喘着粗气，一句话也不说，只是看着我默默流泪。有几次他还突然钻进被窝，紧紧抱着我，声音颤抖着说：“太可怕了！我受不了了，救救我！”睡着后也经常在梦里大呼小叫，痛苦地呻吟。早上醒来后两眼发直，就像丢了魂似的。之后又会突然消失，一走又是三四天不见人。幸亏他有两三个出版社的老朋友，不忍看到我和儿子生活窘迫，便隔三岔五接济我们一点钱，这样我和儿子才得以活下来。

迷迷糊糊中我睁眼一看，发现早上的阳光已透过窗户缝射了进来。于是我赶紧起床收拾收拾，便背着儿子出了家门。因为我在家里实在待不下去了。

我漫无目的地溜达着，最后来到车站，在站前的小摊上给儿子买了块糖让他在嘴里含着。之后便买了一张去吉祥寺的车票，背着儿子上了车。我抓着车厢的吊环，无意间仰头瞥了一眼车顶悬挂的海报，发现丈夫的名字在上面。那是一张宣传某本杂志的海报，丈夫在那本杂志上发表了一篇叫“弗朗索瓦·维荣”的论文。我不知道那个题目是什么意思，但丈夫名字的出现一下让我觉得心里酸酸的，眼眶都湿润了。

从吉祥寺站下车后，我来到几年前曾来过的井之头公园。只见池塘边的杉树都被砍伐完了，露出来的空地好像要盖房子。看不到从前景象的公园很荒凉，让我觉得浑身冷飕飕的。

我把儿子从背上放下来，让他坐在池塘边的破椅子上，拿出从家带来的红薯让他吃。

“儿子，这池塘很漂亮吧！以前呢，这里还有很多小鲤鱼和小金鱼呢，可现在什么都没了。真无聊！”

不知儿子有没有听到我说话。他一边满嘴嚼着红薯，一边呵呵笑着，看起来就像个傻子。

在公园的椅子上一直坐下去也于事无补，于是我又背起儿子回到了吉祥寺车站。在繁华的露天商店街转了一会儿后，便又买了一张去中野的车票，鬼使神差地就上了车。从中野车站下车后，我便按照昨天那两个人告诉我的地址找到了他们的小酒馆。

酒馆正门没开，我绕到后门走了进去。老板不在，只看见老板娘在打扫卫生。看到老板娘后，我想都没想便向她撒谎道："阿姨，我已经想好还你们钱的办法了，不是今晚就是明天，肯定把钱还给您，请您放心！"

"哎呀，那可得谢谢你了。"老板娘高兴地说。不过她的脸上还带着狐疑和不安的表情。

"阿姨，您放心！到时候肯定会有人把钱送来的。在钱未送来的这段时间，作为交换我会一直待在这儿的。这样您该放心了吧？在钱送来之前，就让我在您的酒馆里帮忙干活吧！"

我把儿子从背上放下来，让他一个人在里间六榻榻米的房间里玩。之后我便转身忙碌地干起活来。儿子很早就已经习惯一个人玩了，一点也不黏我。可能是脑袋有问题吧，他一点也不认生，还朝老板娘傻笑。在我替老板娘搬东西不在期间，老板娘给他一个美国罐头盒让他当玩具玩。他就在六榻榻米的房间里又敲又摔地玩了起来。

午饭时分，酒馆老板把菜和鱼买了回来。一见老板，我马上就把对老板娘撒的谎又讲了一遍。老板听了后很惊讶，不过马上平静地说：

"真的吗？不过太太，只有钱拿到手，我才能放心啊！"

"请您相信我！只要您等一天就什么都明白了。为了让您放心，在钱被送来之前我会一直待在这儿帮您干活的。"

听了我的话，老板自言自语道："只要把钱还给我就行。反正离过年还有五六天，我就等等吧。”

“就请您……哎呀！来客人了。欢迎光临！”看见三个工人模样的客人走了进来，我赶紧转身笑嘻嘻地向他们打招呼。说完小声对老板娘耳语道：“阿姨，麻烦您把围裙借我用一下。”

“嘿，雇了个美女店员啊！长得可真漂亮啊！”一位年轻客人一进门就叫道。

“请您正经点！”老板半开着玩笑说。

“雇个美女店员可得花很多钱哦！”那位客人不依不饶。

“是啊，这可是一匹价值百万的名马哟！”另外一名客人更露骨地说。

“就算是名马，雌马也不及雄马价格的一半啊！”我一边给他们倒着热酒，一边也和他们说着浑话。

“没这回事！在日本，今后就连马和狗，都会男女平等的。”刚才那位年轻的客人愤愤地大声说，“小姐，你真漂亮，我刚才一看到你就喜欢上你了！不过，你已经有孩子了吗？”

原来他看见老板娘抱着我儿子出来了。听他这么问，老板娘赶紧说：“这可不是她的孩子！这是我从亲戚家抱来的孩子，将来可要继承我的家业的！”

“看来老板娘有钱了啊！”听了老板娘的话，一位客人调侃道。

“有了孩子，也就有了花钱的地方了。”老板小声嘀咕着，之后赶紧问客人，“三位吃什么？火锅怎么样？”

听他这么问客人，我好像明白了什么，原来是这样啊！不过我还是若无其事地给客人送去了酒壶。

那天正好是圣诞节前夜，来酒馆的客人络绎不绝。我因为心里有事，从一大早就什么也吃不下，中间老板娘也劝我吃点东西，可都被我谢绝了。一整天我就像身披轻纱的舞女一样，穿梭于客人们之间。很多客人都问我叫什么，抢着和我握手。

其实我内心一直忐忑不安，不知道接下来该如何面对老板和老板娘。表面上我只能强装笑脸，一边和客人打情骂俏，一边敏捷地来回给客人端酒送菜。我宁愿像支冰淇淋一样融化在酒馆里，什么都不用想就好了。

奇迹有时真的会光顾这个世界。晚上九点刚过，一位头戴圣诞节三角纸帽、像罗宾[①]一样用黑色面具遮着半张脸的男客人和一位三十四五岁、身材苗条的漂亮女客人出现了。男客人一进门就脸朝里坐在了墙角的椅子上，不过我一看见他，马上就知道他正是我那小偷丈夫。

因为背对我，他好像还没发现我。我也装作没看见他，继续招呼着别的客人。那位女客人在我丈夫对面坐下后，冲我说："小姐，请过来一下。"

"欸！"我应声来到两人的面前。

"欢迎光临！请问两位喝什么酒？"

这时丈夫透过面具已认出了我，他满脸惊愕。见状我赶紧把手放在他肩上说："圣诞快乐！来一升怎么样？"

女客人不理会我的话，表情严肃地说："对不起，小姐，我们有话要对老板讲，请你叫他过来一下。"

我冲进厨房，对正在炸食品的老板说："我丈夫大谷来了，你去见见他吧。不过请不要把我的事告诉和他一起来的那位太

---

① 法国作家莫里斯·勒布朗笔下的一个侠盗。

太，我不想让我丈夫难堪。”

“他终于现身了！”老板对我之前撒的谎半信半疑，现在听说我丈夫真的来了，好像开始相信这一切都是我安排好的。

“请不要说我在这儿。”我又一次求老板道。

“只要能拿回钱，我就会那么做。”他爽快地答应了。说完便朝酒桌的方向走去。

老板环视了一圈店里的客人后，便径直朝丈夫的酒桌走去。他和那位漂亮的女客人交谈了几句后，三人便起身去了店外。

我想这下好了，所有的问题都解决了。想到这儿，我便兴奋不已，直接抓住一位穿着灰色和服、二十岁左右的年轻客人的手说：“为了庆祝圣诞，咱俩喝一杯怎么样？”

三

大概三十分钟后，我觉得都不到三十分钟吧，老板便一个人回来了。他来到我身边说：“太太，谢谢你，钱还回来了！”

“太好了，全部吗？”

“只是昨天那部分。”老板奇怪地笑了笑说。

“那我丈夫总共欠了您多少钱？”

“最起码有两万元吧。”

“总共那么多吗？”

“至少吧。”

“剩下的我来还。大叔，明天起能让我在您店里工作吗？我可以通过工作来还欠您的钱！”

“哎，太太，你可真是位贤惠的妻子啊！”

说完，大家都大笑起来。

晚上十点之后，我背上儿子离开中野的酒馆回到了我在小金井的家。丈夫依旧没回家，不过我不再担心什么了。明天或许在那个酒馆就会见到他呢。为什么我之前从没想出这种办法呢？之前的痛苦和烦恼其实都只怪自己没想到这么好的办法。原来和父亲摆摊时，我招揽客人的技术就不错，今后在中野那个酒馆肯定也会如鱼得水的，这不，光一晚我就挣了五百多的小费呢！

酒馆老板告诉我，丈夫昨晚从家逃跑后，在一个朋友家借宿了一晚。今天一大早就去了京桥一带那位漂亮女客人经营的酒吧。从早上开始就不停地喝威士忌，还给店里的五名女店员不少小费，说是圣诞礼物。中午时分，又坐出租车不知从哪儿买回了三角圣诞帽、面具、圣诞蛋糕以及火鸡肉等物。然后便打电话呼朋唤友，一改平时的穷酸相，大宴宾客。他这些异常举动引起了酒吧老板娘的注意。在老板娘的追问下，丈夫便把昨晚的事一五一十地说了出来。酒吧老板娘本来就和我丈夫熟识，她觉得把这件事报告给警察也于事无补，便苦口婆心规劝我丈夫还了这笔钱，不足的部分她可以垫付。就这样，酒吧女老板和我丈夫便来到了中野的酒馆。

说完这些，酒馆老板看着我说：“情况大致就是这样。不过，太太你是怎么预料到这些的呢？是不是你求过他的朋友了？”

看来他从一开始就以为我知道丈夫会来，就提前来酒馆等着了。

“那当然了。”我笑着搪塞道。

从第二天起，我的生活就彻底改变了。为了迎接轻松愉快的新生活，我特意去理发店做了头发，去化妆品店买了化妆品，还穿上了重新裁剪过的新衣服和酒馆老板娘送的新袜子。内心一直以来的憋屈和苦楚终于烟消云散了。

早上起床后，我和儿子吃了早饭，便背着他拿着便当来到中野的酒馆上班。时值岁末，正是商家最忙碌的时候，我每天在这里也是一刻不得闲。在这家名叫“椿屋”的酒馆里，客人们都叫我阿佐。丈夫隔两天会上这儿喝次酒，酒钱会记在我账上。每次一喝完酒转眼便不见了踪影。不过有时夜深后他也会在酒馆等我下班，然后我们一起回家。路上我告诉他：

“为什么我从前就不知道像现在这样出来工作呢？现在我觉得特别幸福！”

“女人是无所谓幸福与不幸的。”

“是吗？那你们男人呢？”

“男人都是不幸的，因为我们总是要面临一些可怕的事情！”

“你说的我不太懂，不过我想像现在一样生活下去。椿屋的老板和老板娘对我都不错。”

“那两个乡巴佬可不是好人，他们贪得无厌，为了赚钱使劲撺掇我喝酒！”

“生意人都那样。不过你不光喝酒，还勾搭上了老板娘呢！”

“那已经是过去的事了，酒馆的老头对此事还一直耿耿于怀吗？”

“是啊，他一直叹息说‘赔了夫人又折兵’。”

“我的所作所为是有些过分，不过我这么做是因为我不想活了。说实话，从小我就有自杀的念头，死了的话大家就都解脱了。可我就是死不了，好像奇异的神灵冥冥之中阻止我去死。”

“那是因为你有工作要做。”

“所谓工作，都是可有可无的；文章也无所谓好坏，人们说它好它就好，说它不好它就不好，就像我们呼吸一样简单。唯一神奇的是这个世上竟然存在神灵，你不觉得吗？”

“唉？”

“你觉得世上有神灵吗？”

“我不知道。”

“哦。”

在酒馆工作了十几天后，我发现来椿屋喝酒的客人竟然很多都是罪犯。和这些人相比，我丈夫已经算是好人了。另外，我也慢慢意识到，不光是酒馆的客人，就连路边的行人好像都隐藏着某种不可告人的秘密。就拿那位身着光鲜、来椿屋后门推销酒水的五十多岁的女人来说吧，她说她的酒一升三百日元，比市场上的酒要便宜得多。可我们老板娘买了之后才发现酒里兑了水。这个世界世风日下，连那么高贵的卖酒女人都会做这种龌龊的事情，像我这种没有一点害人之心的人肯定寸步难行。据说扑克牌游戏中，一套完整的副牌会胜过主牌；同样，现实世界中坏人聚在一起也会打败好人吧。

如果这个世界真有神灵的话，就请赶快显灵吧！正月底的一天，我被酒馆的客人玷污了。

那天晚上下着雨，丈夫没来，他出版社的老朋友矢岛先生和一位四十岁上下的同事来酒馆喝酒。矢岛先生是暗中送钱接济我们母子生活的人之一。两人一边喝酒一边大声开玩笑，说诗人大谷的老婆会不会在酒馆工作云云。我故意笑着问矢岛：

“你们说的那位太太到底在哪儿呢？”

“她在哪儿我不知道，但我知道她比椿屋的阿佐小姐要漂亮，有气质。”

“你这么说我可吃醋了。不过有机会的话我倒愿意伺候大谷先生一晚上，我就喜欢那种圆滑的人。”

“原来这样啊！”矢岛先生边向身边的同事递眼色边调侃道。

慢慢地，和丈夫一起来的记者们都知道我是诗人大谷的老婆了，甚至有好事者专门跑到酒馆来看我。一时间来酒馆的客人络绎不绝，热闹非凡。酒馆老板当然也欢喜异常。

那晚，矢岛先生俩人谈完报纸的生意，离开酒馆时已经十点多了。天下着雨，丈夫也没来，我一看店里只剩一位客人，便早早收拾东西，背起已经睡着的儿子准备回家。出门时，我小声对老板娘说：“阿姨，雨伞借我用一下吧！”

没想到，酒馆里唯一的客人突然站起来，从背后说：“我有伞，我来送你吧！”

我回头一看，说话者是当天第一个来酒馆的客人，大概二十五六岁，看样子是一名精干的工人。

“谢谢您。不过我习惯一个人回家。”

“你别客气。我知道你家离这儿很远，恰好我也住在小金井附近，就让我来送你吧。老板娘，结账！”

那天他好像喝了三瓶酒，不过一点也没醉。

在小金井站下电车后，我们并排走在漆黑的雨夜里。这个年轻男人一路上都默不作声，此时开始跟我聊了起来。

“我知道你是大谷先生的太太。其实我是大谷先生的粉丝，自己也在写诗。我一直想请大谷先生指点指点，可总没勇气……”

我到家后，向他鞠躬致谢：“谢谢您，咱们酒馆再见吧！”

“好的，再见。”说完，他便消失在夜幕中。

半夜时分，大门口的响动吵醒了我，以为又是喝醉酒的丈夫回来了，就躺着没动身。

“大谷先生，请开门！”门口传来的竟是一个陌生男人的声音。

我起身打开灯，走到门口一看，只见那个年轻的男人摇摇晃晃地站在门口。

“对不起，太太，送您回家后我又去路边的小摊喝了一杯。等喝完到电车站一看，已经没有去立川方向的车了。太太，让我在你家借宿一晚吧，我不需要被褥，只要在门口的地上躺一晚就行，明天一大早我会坐早班车离开。要是不下雨，我就会在屋檐下将就一晚，不会惊动您，可这天一直下着雨，实在没办法，求求您了！”

“不好意思，我丈夫不在家。您要是觉得门口可以的话，就请进来吧。”说完，我给他拿出来两个旧坐垫。

“对、对不起，我喝醉了。”他口齿不清，看起来很难受，刚一说完就躺在了门口的地板上。等我回到卧室时，门口已响起了他的呼噜声。

黎明时分，年轻男人趁机占有了我。

第二天，我依旧平静地背上儿子去酒馆上班。

一进酒馆，就看见丈夫一个人坐在桌前边喝酒边看报纸。

他面前的酒杯在阳光的映射下闪闪发光，很漂亮。

“其他人呢？”

丈夫抬头看着我说：

“噢，老板出去进货还没回来；老板娘刚才还在厨房，现在不知去哪儿了。”

“昨晚你没来酒馆啊？”

“来了。最近不见椿屋的阿佐小姐我就睡不着觉。我昨晚十点多来时，你已经回家了。”

“之后你去哪儿了？”

“天下着大雨，我就住这儿了。”

“从明天起我也打算长期住在这儿。”

“可以啊！”

“这样的话，咱们住的那个房子就没必要再租下去了。”

丈夫默默点点头，又低头看起报纸来。

“噢！报上又在说我的坏话了。说我是什么贵族享乐主义者，真是没一点根据。应该说我是畏惧神灵的享乐主义者嘛！阿佐，你看，还有人说我没人情味。我实话告诉你，去年年底我之所以拿人家五千日元，就是想让你和儿子过一个好年。要是没人情味，我会做那种事吗？”

听了他的话，我并没有十分感动，只是平静地说：

“没人情味也罢，只要我们能活着就行。”

斜阳

一

早晨，母亲在饭厅里嘬了一小口汤后，轻轻地“啊”了一声。

“汤里有头发吗？”我觉得肯定是什么讨厌的东西掉进汤里了。

“不是的。”母亲若无其事地又轻盈地嘬了口汤，然后转头欣赏起厨房外盛开的野樱花来。她就那么侧头看着窗外，一小口一小口轻盈地嘬着汤。用“轻盈”二字来形容母亲喝汤一点也不夸张。她喝汤的方法和女性杂志上提倡的喝法完全不同。

弟弟直治有次喝着酒对我说：“现在的贵族不一定都有爵位，那些没有爵位的绅士才是真正的贵族呢！而像我们这样有爵位的人其实已和平民无异。岩岛（直治的同学，拥有伯爵爵位）他们比新宿街头的皮条客还粗俗。前两天，柳井（直治的同学，子爵的二儿子）的哥哥结婚时，竟然穿着无尾小礼服！真是的，现在谁还穿无尾小礼服呢？更滑稽的是，那家伙祝词时竟然还用‘go za i ma su ru’（以前日语里的郑重表达，用于句末，现在已不常用）的说法呢。那种虚张声势、装模作样的样子真让人作呕。还有，在本乡一带经常会看到写有‘高级住宅’的牌子，其实住在那里的华族大部分只是高级乞丐而已。真正的贵族才不会像岩岛那样装腔作势呢。而在我们家里，恐怕只剩妈妈是贵族了，其他人再怎么学都是学不来的！”

的确如弟弟所言。就说喝汤吧，一般我们都是俯下头，横握着汤勺把碗里的汤送进嘴里，可母亲却是用左手轻轻扶着餐桌，昂头挺胸，看也不看汤碗，像蜻蜓点水一样，右手横握汤勺轻轻舀一勺汤，然后让汤勺和嘴巴呈九十度，悄无声息地、一滴不漏地把汤轻盈地嘬进嘴里；同时她还能平静地旁顾左右，手里的汤勺就像小鸟的翅膀一样，一张一合很自如。这种据说合乎传统礼仪的喝法，看上去非常可爱，好像还能增加食欲。不过，就像弟弟直治所说的一样，我只是一个高级乞丐，无法像母亲那样轻盈地、自如地使用汤勺，只会俯下身去，用不合礼仪的方法喝汤。

除了喝汤，母亲很多吃饭的方法都很神奇。吃肉的时候，她会用刀叉快速将肉块全部切成小块，然后放下叉子，只用右手一小块一小块叉着吃；还有吃带骨头的鸡肉时，当我们还在发愁如何从骨头上取下肉时，只见母亲不慌不忙地用手拿起骨头，直接就用嘴咬着吃了起来。这种看似野蛮的吃法，一到母亲这里就变得又可爱又性感，让人不得不感叹“真正的贵族就是不一样”。另外，母亲吃菜里的火腿和香肠时，也会直接用手拿起来吃。

母亲曾经对我们说：“你们知道饭团为什么好吃吗？告诉你们，那是因为它是人手直接捏出来的！”

有时我也觉得用手直接吃饭很香，可我这种高级乞丐就是模仿不了。有时试着模仿一下，反而感觉自己就是真乞丐。

真的，不光弟弟，我也觉得模仿母亲太困难了，最后我们都以放弃作罢。曾经在一个月光明亮的秋夜，我和母亲坐在西片町我家后院池塘边的小亭子里，一边赏月，一边聊着狐狸娶妻和老鼠娶妻有何不同等闲话。突然母亲起身钻进了小亭子边的小树丛中。接着她从白色的胡枝子花丛中探出嫩白的脸庞，冲我笑着说："和子，你猜妈妈在做什么？"

"您在折花吗？"

"我在撒尿。"她小声笑着说。

可奇怪的是，那时她根本就没蹲下去啊！虽然我不知道她是怎么做到的，但依然觉得她很可爱。

我记得之前读过的一本书上说，法国路易王朝时代的贵妇人，经常会满不在乎地在皇宫的院子或走廊的角落里撒尿。那种满不在乎让人感觉很可爱，这点和母亲很像。因此我觉得母亲很可能就是最后一个贵族式的妇人了。

再接着说早上喝汤的事。母亲喝了口汤后"啊"了一声，我问她汤里是不是有头发，她说不是。于是我接着问：

"那是汤咸了吗？"

今早的汤是把美国配给的青豌豆罐头过滤后做成的法式浓汤。我一直对自己的厨艺不自信，尽管母亲说不是，我还是不放心，接着问了一句。

"汤很好喝！"母亲很认真地说。喝完汤后，她又用手直接捧起紫菜饭团吃了。

小时候，早上十点前因为肚子不饿，常常不想吃早饭。经常喝完汤后，用筷子把碟子里的饭团戳碎，再用筷子扎一块，像母亲喝汤一样，让筷子和嘴巴呈九十度，像小鸟啄食一样一点一点啃着吃。通常，母亲先吃完后就靠在洒满阳光的墙上，默默地看我吃。

“和子，你又不想吃了吧？你可得好好吃早饭啊！”

“妈妈，你觉得早饭香吗？”

“我没有病，当然觉得香了。”

“可我也不是病人啊？”

“不许这么说！”母亲苦笑着摇头指指我。

五年前，因平时生活不注意，我曾一度患肺病卧床不起。这一直让母亲非常担心。其实母亲最近的身体才让人担心和不安呢。

想到这里，我不由得“啊”地叫了出来。

“你怎么了？”这次把母亲吓了一跳。

我看着母亲，感觉她和我心心相通，不由得“哈哈”笑了出来。看见我笑，母亲也跟着微笑起来。

当强烈的羞耻心袭来时，我总会莫名其妙地“啊”一声叫出来。刚才我又清晰地想起了六年前离婚的一幕，才忍不住叫出来。不知母亲刚才为什么会“啊”地叫，她可没有和我一样羞耻的过去，难道是因为别的事？

“妈妈，您刚才是不是想起什么事了？”

“我忘了。”

“是我的事吗？”

“不是的。”

“那是直治的事吗？”

“好像是吧。”母亲歪着头，思索着说。

弟弟直治大学还没毕业，便应征入伍去了南方的小岛。去了后音讯全无，战争结束后仍然下落不明。母亲悲观地认为再也见不着他了，可我却不那样想，我一直坚信他会回家的。

“本来我早就死心了，可我刚才喝汤时又突然想起了他，便忍不住叫出了声。早知道他回不来，当初就应该对他再好点。”

直治上了高中后，开始迷恋文学，整个人也成了不良少年，不知让母亲操了多少心。可即便这样，母亲喝汤时还会不由自主地想起他。母亲的话让我眼眶不禁有些湿润。

“妈妈你放心，直治会没事的。通常来说，只有老实、漂亮、善良的人才会早死，像直治这种坏人才不会轻易死的，就是用棍棒打也打不死。”

听了我的话，母亲笑了：

“照你那么说，和子你岂不是早死的那类人吗？”

“才不是呢！我可是一个大脑门坏人，活到八十岁也没问题！”

“要那样的话，我也会活到九十岁的！”

“会的！”

我嘴上这么说，可心里却直犯嘀咕。我怎么能对漂亮的母亲说长相漂亮的人会早死呢！我不是一直希望她能长寿吗？啊！心里好难过。

“妈妈，您可真会开玩笑！”我声音颤抖，眼泪都快掉下来了。

曾发生过一些和蛇有关的故事。四五天前的一个下午，邻居家的孩子们在院墙根的竹丛里发现了十几个蛇蛋，他们都说是蝮蛇的蛋。我害怕将来竹丛里孵出十几条蝮蛇的话就没办法去院里了，就鼓动孩子们说："咱们用火烧了它们吧！"

在我的鼓动下，孩子们高兴地跟着我从竹丛里捡来树叶和干柴，点着后把蝮蛇蛋一个一个扔了进去。可蝮蛇蛋在火里怎么也烧不着，没办法，孩子们又捡来更多的树叶、树枝把火烧得更旺，可即便这样，蝮蛇蛋还是没烧着。

这时，一位农家的小姑娘正好从墙外经过，看见我们后笑着问：

"你们在干什么呢？"

"我们在烧蝮蛇蛋呢，不然蝮蛇孵出来的话会咬人的。"

"你们烧的蛇蛋有多大啊？"

"和鹌鹑蛋一样大，是雪白色的。"

"要是那样的话，你们烧的就不是蝮蛇蛋，只是普通的蛇蛋。生蛋是烧不着的。"说完，小姑娘就笑着离开了。

烧了三十多分钟，蛇蛋果然没烧着。于是我让孩子们把蛇蛋从火里拿出来，埋在了一棵梅树下，我还用小石头做了墓碑。做好后，我对孩子们说：

"来，咱们拜拜它们吧！"

我合掌祈祷，孩子们也听话地跟在我身后合掌祈祷起来。和孩子们分手后，我独自一人沿着石阶往家走。刚走上台阶，就看见母亲站在树荫下默默地看着我。

"你做了一件可怕的事啊！"

"我本以为是蝮蛇蛋呢，原来只是普通的蛇蛋。不过我已经埋了，没事了。"

我嘴上这么说，可心里真不愿让母亲看到这一幕。

其实母亲一点也不迷信，只是十年前父亲在西片町的家里去世后，她就开始害怕蛇了。父亲临终前，母亲在他枕头边看见一根细黑线，正要捡起来时，才发现是条小蛇。那条小蛇爬到走廊后就不见了踪影。当时只有母亲和和田的舅舅看见了这一幕，他们害怕引起大家的恐慌，就没有告诉任何人。我当时也在旁边，可对蛇的事却一无所知。

父亲去世的那天傍晚，我在院里池塘边的树上又看到了蛇。我今年二十九岁，十年前父亲去世时正值十九岁，已经是大人了，所以对十年前发生的事记得很清楚。当时我到院里池塘边的树丛中准备剪些花来祭奠刚去世的父亲。刚走到一棵杜鹃树下，一抬头就发现枝头上爬着一条小蛇。我吓了一跳，想在旁边的棣棠上重新折一根花枝，却发现棣棠上也爬着一条蛇。旁边的木樨花树、枫树、金雀儿树、紫藤以及樱花树上都爬满了蛇。当时我并不十分害怕，只觉得它们是为了祭拜我去世的父亲，才悲伤地从洞里爬出来罢了。当我把在院里看到蛇的事情告诉母亲时，她只是默默低头思忖了一会儿，什么也没说。

这两件和蛇有关的事情发生后，母亲就开始讨厌起蛇来。说是讨厌，其实是尊崇和害怕的心理混合成的一种敬畏。

烧蛇蛋的事被母亲发现后，我才觉得这件事很严重，因为这一定会让母亲觉得我们会遭到报应。

可就在我为烧蛇蛋的事而提心吊胆时，今早我在饭厅又随口说出了美人早死这句不该说的话。说完后才发现话一旦说出来就再无法收回了，我后悔得直想流泪。吃完早饭，我一人在厨房收拾时，突然觉得自己的胸口盘踞着一条想诅咒母亲短命的小蛇，让人感觉很不舒服。

那天我在院里又碰见了蛇。当时风和日丽，我在厨房收拾完后，就想搬张藤椅去草坪上打毛衣。可藤椅刚搬到院里，就看见石头缝里有条蛇。唉，真讨厌，我想都没想，又搬着藤椅回到后檐下，坐在后檐下开始打毛衣。下午，我打算从堆在院角佛堂里的藏书中找一本洛朗桑[①]的画册看看，可刚一进院子，又看见一条蛇在草坪上蜿蜒爬着，好像和上午看到的是同一条。那条蛇身材匀称、举止高雅，应该是条母蛇。它静静地爬过草坪，爬到树荫下时慢慢抬起头，嘴里吐着细信，像燃烧的火焰似的。环顾四周后，它又忧郁地低头向前爬着。我往佛堂走时，满脑子想的都是这条美丽的母蛇。当我从佛堂拿出画册再次经过草坪时，已不见了那条蛇的踪影。

黄昏时分，我和母亲在中式的客厅里喝茶时，一抬头，又看见早上的那条蛇出现在第三级石阶附近。母亲看见后，赶忙起身来到我身边，抓住我的手颤抖地说：

“不会是那条蛇吧？”

“您是说被我烧了蛇蛋的母蛇吗？”

“是，是的。”母亲的声音有些嘶哑。

我俩手握着手，屏息静气地看着那条蛇。它忧郁地盘卧在石阶上，过了一会儿，开始晃晃悠悠地爬动。它无力地横穿过石阶后，爬进了燕子花丛中。

“你看我怎么说来着，它在找自己的蛋吧！真可怜！”她声音低沉地说。

---

① 玛丽·洛朗桑，法国画家。

听她这么说，我只得干笑两声。

夕阳透过窗户照在母亲的脸上，让她的眼睛微微泛着蓝光。她幽幽嗔怒的表情，使她看上去异常美丽。我突然觉得，母亲的表情竟和刚才那条蛇的表情出奇相似。而盘踞在我内心的那条丑陋的蝮蛇却不知为什么总想杀死那条美丽而忧伤的母蛇！

我搂着母亲柔软纤细的肩膀，内心不禁生起了一股无名的悲伤。

我们卖掉东京西片町的房子，搬到伊豆这座中式的山庄时，是日本无条件投降那年的十二月初。父亲去世后，我家的生活开始仰仗母亲唯一的至亲——家住和田的舅舅来管理。随着战争的结束，日本整个社会都发生着翻天覆地的变化。和田的舅舅劝母亲说，最好卖掉房子，辞退用人，母女二人在乡下买一栋漂亮的房子住比较安全。听到舅舅的话，管理金钱的能力还不如小孩子的母亲便赶紧央求舅舅帮我们办理。

十一月底，舅舅来信说，骏豆铁路沿线有一栋河田子爵的别墅要出售。那栋别墅建在高坡处，景色优美，还带有一百多坪[①]的田地。当地盛产梅子，冬暖夏凉，很适宜居住。因为买家要求见面，所以请母亲明天去他在银座的事务所。

看了信后，我问母亲："您去吗？"

"拜托别人的事当然要去了。"她无奈地苦笑着说。

第二天午饭后，母亲在我家以前的司机松山先生的陪同下，去了银座。晚上八点左右，才被松山先生送回家。

---

① 坪：日本面积单位，1 坪合 3.3057 平方米。

“我已经说好了！”她冲进我的房间，扶着桌子一屁股坐下后兴奋地说。

“说好什么了？”

“全都说好了。”

“可是……”我很吃惊，“还没看房子您就……”

母亲用胳膊肘撑在桌子上，手掌轻轻拍着额头，叹了口气。

“你和田的舅舅说是一个不错的地方，我觉得直接搬过去不会错的。”母亲抬头笑着说，她的脸庞愈加显得端庄秀丽。

“一定不会错的！”母亲对和田的舅舅的信任感也感染了我，我也附和着说，“我也觉得用不着看。”

说完我便和母亲会心地大笑起来，笑完后却又满心惆怅起来。

之后家里便每天都有工人来收拾行李，做搬家的准备。和田的舅舅也来家里把该处理的东西陆陆续续都变卖了。我和女佣阿君一起整理衣物、在家门口烧垃圾，每天忙得不亦乐乎。只有母亲一人既不帮忙收拾东西，对搬家的工人也不闻不问，每天躲在屋里不知在干什么。

“您在忙什么呢？是不是不想搬到伊豆去啊？”我忍不住问母亲。

“我没事。”母亲含糊地答道。

经过十几天的忙碌，搬家前的准备工作终于妥当了。傍晚时分，我和阿君在家门口烧垃圾时，母亲从屋里出来，站在屋檐下默默地看着我们。寒冷的西风把灰色的烟雾吹得离地面很低。我抬头看见母亲的脸色很难看，不禁有些担心。

“妈妈，您的脸色可不好啊！”

“我没事。”母亲强挤出一丝微笑，说完便转身进屋去了。

因为被褥都已整理打包了，当晚阿君睡在二楼客厅的沙发里，我和母亲也盖着从邻居家借来的被褥凑合了一晚上。

“唉！”母亲无力地叹了口气，“因为有和子，我才会去伊豆的。”

听母亲这么说，我大吃一惊。

“要是没有我呢？”

听我这么问，母亲突然哭了起来：

“我干脆死了算了，这样就会和你父亲一样，能死在这个家里了！”她哽咽着说，哭得更厉害了。

母亲从未在我面前表现得如此软弱过，也从未在我面前哭得这么伤心过。父亲去世时、我出嫁时、我离婚后怀着孩子再次回到她身边时、后来孩子在医院生出就已夭折时、我卧病在床时以及弟弟直治做了坏事时，她都没这么难过过。父亲去世后的这十年间，母亲依旧高雅温柔，和父亲在世时没有任何变化。我和弟弟也在她的爱护下快乐舒心地生活着。可慢慢地，母亲手里的钱越来越少，为了我和直治，她花了太多的钱。这让我们母女俩最后不得不搬出长期住惯的房子，到伊豆去过寂寥的乡下生活。要是当初母亲对我们再严厉点，给我们钱时再手紧点，她就不会这么拮据。就算世道再怎么变化，也不会像现在这样让她伤心。我平生第一次体会到人没钱是这么痛苦，就像掉进恐怖、悲惨的地狱一样！我胸口憋闷，内心极度悲伤，想哭又哭不出来，只能一动不动地仰面躺着，像块石头一样默默发呆。所谓人生的苦难，可能就是这种感觉吧！

第二天，母亲的脸色依然异常凝重，她故意磨磨蹭蹭，好像想在这个长期住惯的家里多待一分钟。见她这样，和田的舅舅便催促说，行李已全部运走了，今天必须动身去伊豆。听舅舅这么说，她才慢慢穿上外套，向前来送别的女佣阿君和其他人默默点点头，和舅舅、我三个人出了西片町的家门。

前往伊豆的火车比较空，我们三人都坐了下来。在火车上，舅舅很兴奋，絮絮叨叨地说个不停。母亲脸色依旧很难看，她低着头，好像很冷似的蜷缩着。在三岛换乘骏豆线，在伊豆长冈站下车后，我们又坐了十五分钟的汽车，之后沿着缓缓的山坡朝山里走。不久我们来到一个小村落，小村落的旁边便是我们买下的中式小别墅。

“妈妈，这儿比我想象的好多了！”我兴奋地叫道。

“是啊！”母亲站在小别墅的门前，脸上的表情一下高兴了起来。

“住在这里的第一个好处是空气很清新！”舅舅自豪地说。

“的确，”母亲微笑着说，“这里的空气真香！”

听母亲这么说，我们三个人都不约而同地笑了起来。

进门一看，从门口到屋里都堆满了从东京运来的行李。

“住在这里的第二个好处是，起居室外面的景色非常漂亮！”一进门，舅舅便拉着我们坐在起居室看外面的景色。

那时正值午后三点，冬天的阳光柔和地洒在院里的草坪上。顺着草坪尽头的石阶望去，只见一个小池塘的边上长满了梅树。再往远处是一片橘园，橘园的尽头是村里的大路，大路的旁边是稻田，稻田的尽头是一片松树林。透过松树林，能看见湛蓝湛蓝的大海。坐在起居室水平看去，大海的高度正好与我的胸口持平。

“从这儿向外看，景色真柔和啊！”母亲悠悠地说。

“恐怕是和这儿的空气有关吧。阳光也和东京完全不同，柔和得就像用绸绢滤过一样！”我兴奋地说。

这个小别墅里有一个十榻榻米大的房间、一个六榻榻米大的房间，一个中式客厅，一个三榻榻米大的玄关和一个同样大小的洗澡间，还有饭厅和厨房。再加上二楼带有大床的洋式客房，这么大的房间就是弟弟直治回来也够住了。

舅舅去村里唯一的旅馆要了吃的。不一会儿，便当送来了。舅舅喝着自带的威士忌，愉快地给我们讲述小别墅的前主人河田子爵游历中国时的奇闻逸事。可母亲只动了两筷子就不吃了。

天黑时，母亲轻声说：“我想稍微躺一下。”

我赶紧从行李中找出被褥让她躺下。担心她身体不舒服，我又找出体温计给她量了体温，发现她已高烧到三十九度。

舅舅也很紧张，他赶紧去下面的村落请医生。

我拉着母亲的手，哽咽地叫着：“妈妈！”可母亲的反应很迟钝。

我突然觉得母亲和我两个人太可怜了，便难过地哭个不停。我甚至想和母亲一起死了算了。从东京西片町的家搬出来后，我们的人生意义就已画上了句号。

两小时后，舅舅请来了村里的医生。医生是位老者，他身着仙台平袴[1]，脚穿白袜子。给母亲做完检查后，他不是很确定地说：

---

① 袴也叫“袴褶”，一种宽松裙裤，源自便于跨马骑背的腿衣。仙台平是有名的制作袴的商店和品牌。

“可能是肺炎，不用太担心。”

说完，给母亲打了一针后就回去了。

第二天，母亲的烧还没退。和田的舅舅留下两千日元并嘱咐我如果母亲的烧不退需要住院时要给他发电报后，当天便返回东京去了。

我从行李中找出厨房用具，熬了点粥给母亲喝。母亲躺着喝了三汤勺就摇头说不喝了。

午饭前，村里的医生又来了。这次他没穿仙台平袴，不过脚上依然穿着白袜子。

“我母亲需要住院吗？”我着急地问。

“那倒没必要。今天我给她打一次强效针烧就应该退了。”医生的说法依旧不是很确定。打完针后他就回去了。

或许是那一针强效针奏效了，午饭后母亲的脸通红，并开始大量出汗。换睡衣时，母亲笑着说：“那位医生可真是位神医啊！”

我给她一量体温，三十七度，烧退了。我很高兴，便到村里的那家旅店买了十几个鸡蛋，回来煮到半熟端给母亲吃。母亲一口气吃了三个煮鸡蛋，还喝了半碗粥。

第三天，村里的医生穿着白袜子又来了。我告诉他昨天打完那针强效针后，母亲的烧已经退了。听了我的话，医生只是自信地点了点头。再次仔细地做了检查后，他对我说：

“老夫人的病已经全好了，想吃什么就吃什么，想做什么就做什么吧。”

医生的说法听起来很滑稽，我强忍着没笑出来。

送走医生，我回到起居室一看，母亲已经自己坐了起来。

“真是神医啊！我的病已经全好了。”母亲小声嘟囔着，心情看起来很轻松。

“妈妈，我打开窗子吧，外面正下雪呢！”

窗外正纷纷扬扬下着鹅毛大雪。我打开拉窗，和母亲并排坐着，透过玻璃窗欣赏起外面的雪景来。

“我的病已经全好了，”母亲又自言自语道，“坐在这儿，我感觉往事都像是梦一样。其实打心底我是不愿搬到伊豆来的，我真想赖在西片町的家里不走，哪怕是半天呢。在来这儿的汽车上时，我觉得自己只剩半条命了。刚到这儿时心情还可以，可天一黑，就开始怀念起东京的家了，心里一焦急，头就晕得不行。我这次生病可非同寻常，这可是老天爷让我脱胎换骨的一个过程啊！”

从那天开始，我们母女两人便开始了平静的山村生活，村里的人对我们都非常好。从去年十二月搬到这里后的四个多月里，除了吃饭，我们每天都在屋檐下打毛衣、在中式的客厅里读书喝茶，基本过着与世隔绝的生活。二月梅花开时，整个村落都笼罩在梅花的花海里；到了风和日丽的三月，盛开的梅花会一直持续到月底。这段时间里，从早到晚，我们呼吸的都是梅花的香味。每次打开玻璃窗，浓浓的梅花香便会扑鼻而来。三月底起风的时候，梅花的花瓣便悄悄透过窗户，飘落在黄昏饭厅里的茶碗里。四月份，在屋檐下打毛衣时，我告诉母亲我打算自己种田，母亲说她会帮我的。说了这么多，你可能会觉得我和母亲就像她说的那样，已经脱胎换骨了。可毕竟我们常人无法像耶稣那样再次复活，母亲虽然那么说，可她在喝汤时依然会“啊”的一声想起弟弟，我也会时不时想起自己过去的伤心经历。

说心里话，有时我会觉得小别墅里的平静生活其实只是一个假象。它只不过是老天爷赐给我们的一个短暂的喘息机会，因为我已预感到一些不祥的影子正在逼近我们。母亲看似很幸福，其实正一天天衰老。盘踞在我内心的蝮蛇为了吞噬母亲的生命，正在不断膨胀着，而我只能眼睁睁地看着却无能为力。唉，这样的日子我已经受够了，希望下一个季节快快到来，好让我们的日子能有所改变。正是在这种焦灼的内心驱使下，我才做出烧蛇蛋这种蠢事，结果让母亲更悲伤、身体更衰弱。

不说了，感情上的事是说不完的。

二

烧蛇蛋的事过去十多天后，不祥的事便开始接连发生。母亲因此更悲伤，身体也更虚弱了。

首先，我引发了一场火灾。

从小到大，我还从未经历过火灾这种可怕的事。我这个“千金小姐”竟然连火灾始于疏忽大意这么简单的道理都不懂。

一天半夜，我起来解手，经过玄关旁的屏风时，发现浴室里火光通明。走近一看，只见浴室的玻璃门烧得通红，正啪啪作响。我赶紧打开门，光着脚冲到浴室，原来浴室火炉旁的柴堆烧着了。

我慌忙飞奔到隔壁的农户家，使劲地敲门大喊：

“中井先生，快起来，我家发生火灾了！”

“好，我马上来！”中井先生好像已经躺下了，听到我的喊声，爬起来就从家里冲了出来。

我和中井先生提着水桶赶紧从院里的小池塘里汲水救火。这时我突然听见母亲在走廊里“啊”地叫了一声，赶紧扔下水桶，跑到走廊一把扶住快要晕倒的母亲。

“妈妈，您别担心，不要紧的！您先回去休息吧。”

扶她回卧室躺下后，我又飞奔回去继续救火。这次我从浴室舀水递给中井先生，中井先生再提着水桶浇到着火的柴堆上。可火势太大了，我俩的做法根本无济于事。

正在这时，村里有人大喊：“着火了！着火了！坡上的别墅着火了！”听到喊声，立即有四五个人冲了出来，推开篱笆围墙赶了过来。大家一字排开，用墙根水沟里的水三下两下就把火扑灭了。幸亏灭火及时，不然浴室的屋顶就要烧着了。

我稍稍放下心，可接着一查看起火原因，不由得又倒吸了一口凉气——由于我粗心大意，傍晚时把带着火星的炉灰堆放在柴堆旁才引起了这场大火。知道起火原因后，我悔恨不已。这时墙外传来邻居西山家老婆的喊叫声：“火炉里的火把她们家的浴室全烧光了！”

不久，藤田村长、二宫片警和警防团长大内先生等人闻讯赶来。

“吓坏了吧！怎么回事啊？”和蔼的藤田村长问道。

“都怪我，我本以为炉灰熄灭了……”没说完，眼泪就不争气地流了出来，低头说不下去了。自己光着双脚，穿着睡衣，蓬头垢面，就这样被警察当作纵火犯带走的话，那该多难为情啊！我不禁越想越害怕。

“这样子啊！你妈妈呢？”藤田村长平静地问道。

“她吓坏了，正在屋里休息……”

“火没烧着房子，真是太好了。”片警二宫先生也安慰我道。

这时帮我灭火的农户中井先生在换了衣服后，又来到了我家。为了掩盖我的过失，他喘着气说：“只烧了点柴火，连小火灾都算不上！”

“哦，我清楚了。”藤田村长连连点头，之后他和片警二宫小声嘀咕了两句。

“那我们就先回去了，你给你母亲说一声。”说完他就和大内警防团长等人一起走了。

只剩片警二宫没走。他靠近我，嘴巴贴着我的耳朵边小声说：

“今晚的事我就不向上级汇报了。”

二宫片警走后，农户中井先生很是担心，他紧张地问我：

“二宫先生怎么说？”

“他说不向上级汇报了。”

听我这么说，站在墙边的邻居们都说“太好了，太好了”，然后就陆陆续续回家了。

中井先生安慰了我几句后也回家了，留下我一个人站在燃烧殆尽的柴火堆旁，泪眼婆娑地仰望夜空，感觉夜幕已接近黎明了。

我在浴室洗了脸和手脚后，害怕见母亲，又把头发反反复复梳了又梳，然后又去厨房把餐具来来回回整理到天亮。

天亮后，我蹑手蹑脚地来到屋里，发现母亲已换好衣服，满脸疲惫地坐在中式椅子上。看见我，她莞尔一笑，脸色苍白得吓人。

我没笑，只是默默地站在椅子背后。

许久母亲才说：“小事一桩，那些柴本来就是要烧的嘛！”

听她这么说，我一下如释重负，呵呵笑了。《圣经》上说，一句话说得合宜，就如金苹果落在银网子里。我感谢上苍让我有一位能使我这么幸福的母亲。

昨晚的事不用再纠结了！我站在母亲身后，透过玻璃窗静静地望着伊豆的大海，四周静得只能听见母亲和我的呼吸。

简单吃过早饭后，我开始着手整理烧毁的柴火堆。这时村里唯一的小旅馆的老板娘阿咲来了。

“发生什么事了？我刚听说，昨晚你家发生什么事了？”她从院里的栅栏门一边往里冲，一边焦急地问。眼里竟闪着泪光。

“对不起。”我小声说道。

“不用道歉。小姐，警察那边怎么说？”

“警察说没事。”

“那可太好了！”她满心喜悦地说。

我问阿咲，该怎么向村里的人致歉和表示感谢。她告诉我用礼金挨家挨户地去道歉为好。

“要是小姐不愿一个人去的话，我可以陪您一起去。”

“还是我一个人去比较好吧！”

“您一个人可以的话，最好一个人去。”

“我一个人去。”

之后，阿咲帮我收拾了一会儿柴火堆。

收拾完后，我跟母亲要了钱，在每个美浓纸[1]包成的信封里装一百日元，并在上面写上“致歉”二字。

我首先去了村委会。藤田村长不在，我把道歉礼金交给接待员姑娘，告诉她：“请转告村长，昨晚的事非常抱歉，今后我会注意的。”

接着去了大内警防团长家。大内先生在他家门口微笑着看我，眼里充满了忧伤。不知为什么，一看到他，我突然鼻子酸酸的。

“昨晚给您添麻烦了。”说完，我强忍着眼泪告辞了。一路上我泪流满面，弄花了脸上的妆。没办法，只得中途回了趟家，洗了脸补了妆，再次准备出门时，母亲来到门口问：

“还要出去吗？”

“嗯，才刚开始。”我低头穿着鞋答道。

“辛苦你了。”母亲平静地说。

母亲的爱给了我力量，这一次我没哭，去完了每一家。

去区长家时，区长不在家，他的儿媳一看见是我，竟先流出了眼泪。去派出所时，二宫片警再三安慰我：“没烧着房子太好了！”然后我又去了邻居家，大家都很友好，不是同情我，就是安慰我。只有我家前面的邻居西山家的老婆——一个四十多岁的大婶，严厉地训斥了我：

“以后你一定要注意，我不知道你是不是官小姐，反正我一直就对你们游戏似的生活方式感到担心。你们两人就像小孩子过家家似的，不发生火灾才怪呢。你们以后一定要注意！昨晚

---

① 美浓纸是一种产于日本岐阜县的高品质纸张，它被用于制作工艺品。

要是风大的话，全村就烧没了！”

这个西山家的老婆就是农户中井先生等人在村长和二宫片警面前替我开脱前，在墙外大喊“火炉里的火把她们家的浴室全烧光了”的那个女人。不过我觉得她说的是事实，我一点儿也不恨她，我真是这么想的。虽然母亲为了安慰我，半开玩笑似的说那些柴火本来就是要烧的，可那时要是风大的话，或许就像西山家老婆说的那样，全村都会烧掉的。要真是那样的话，我就只能以死谢罪了。我要是死了的话，母亲该怎么活下去呢？死去的父亲脸该往哪儿搁呢？虽然我们现在既没有官位也非华族，可也要死得光明磊落啊！因火灾谢罪而死，这种不光彩的死法，就是死了我也会不甘心的。无论如何我必须坚强地活下去！

从第二天起，我把精力全部用在了种田上。邻居农户中井先生家的女儿经常帮我。自从上演了火灾这出丑剧后，我感觉自己身上的血在慢慢变黑。之前已有恶毒的蝮蛇盘踞在心里，现在连血都变色了，农村姑娘的野性在我身上越来越明显了。反倒和母亲在后檐下打毛衣等习惯让我感觉越来越憋屈，只有走上地头，干干挖地的农活才感觉心情舒畅。

其实，干体力活对我来说并不陌生。战争时我被军队征召，连打夯这种重体力活也干过。现在我下地干活穿的袜子就是那时军队发的。这种袜子，当时我也是第一次穿，穿上很舒服。穿着那样的袜子在院里走一圈，感觉自己就像小鸟或兽类行走时那样轻盈，心情愉悦。战争让人感觉很无聊，但这种袜子却给我留下了难忘的回忆。

去年什么都没发生，
前年什么都没发生，
大前年也什么都没发生。

这是战后某报纸上刊登的一首打油诗。现在回想起来，其实发生了很多事，但又像什么都没发生一样。我讨厌说起战争，也不喜欢听人说起战争。战争夺去了那么多人的生命，却让人感觉陈腐无趣。

不过我个人觉得，穿上这种袜子打夯却不会让人觉得无趣。战时的回忆令人讨厌，但那时打夯等体力活却锻炼了我的身体。现在我都觉得生活困难时自己可以靠打夯度日。

战局越来越紧时，一位穿军服的男人突然来到西片町的家里，给我送达了被召集通知和劳动日程表。日程表显示，我必须隔天去立川的深山里劳动。看完日程表，我都吓哭了。

“不能让人代替吗？”我哭着问。

“这是军队的召集命令，必须本人去！”男人语气异常强烈。

我也只能下决心去了。

第二天，下着雨，我们在立川的山脚下列队，接受军官的训话。

“战争必胜！”这是军官的第一句话。

“战争必胜，可如果大家不按军队命令工作的话，作战将受到影响，就会出现冲绳那样的结果。请务必按我们的指示工作。另外，山里可能混进间谍，大家要互相注意。接下来各位要像士兵一样进入阵地，请注意：绝对不能把阵地的情况说出去。”

在山雨朦胧中，我们近五百名男女队员淋着雨接受着训话。

队员中，国民学校的男女学生冷得都快哭了。我披着雨衣，裹紧上衣，不一会儿全身还是湿透了。

那天我抬了一天箩筐，在回家的电车上都累哭了。第二次是打夯，我认为这是最有意思的工作。

去了两三次后，国民学校的男生们都开始用讨厌的眼光盯着我看。有一次，当我抬着箩筐从两三个男学生面前经过时，听见一个男学生小声说："那家伙是个间谍吧？"

我大吃一惊，问跟我一起抬箩筐的女孩子："他们为什么要那么说啊？"

"因为你长得像外国人。"那姑娘认真地回答我。

"你也觉得我像间谍吗？"

"不觉得。"她微笑着说。

"我是日本人哦！"一说完，自己都觉得很可笑，扑哧一声笑了出来。

有一天，天气特别好，从一大早开始我就和男人们一起搬木头。这时旁边做监工工作的年轻军官看见了我。他皱了皱眉，用手指着我说："你，过来一下！"

说完便朝松树林的方向走去，我诚惶诚恐地跟在他身后。军官走到一堆刚从木材厂送来的木板前站住了，他转过身对我说："每天很无聊吧？今天你就看守这堆木材吧。"他微笑着说话时露出的牙齿很白。

"要一直站着看守吗？"

"这儿又凉快又安静，你可以在木板上睡会儿午觉啊。要是还无聊的话，你也可以读读这个。"说着，他从上衣口袋里掏出一本掌中小书，腼腆地放在木板上。

我拿起那本名叫“三驾马车”的小书，说：“谢谢您。我家也有一位爱读书的人，不过人现在南方。”

他可能有些误会，点着头说：“哦，你丈夫也爱读书啊。不过南方可辛苦了。”停了一下，他接着说：“今天你就在这儿看木材吧。午饭时我会把便当给你送过来，你先好好休息一下。”说完，他便急匆匆地走了。

接下来的时间，我便坐在木板上读起那本掌中小书来。看了差不多一半时，那个军官回来了。

“我送便当来了。你一个人很无聊吧？”他把便当放在草地上，又急匆匆地走了。

吃完便当，我爬上木板堆，躺下来继续读起那本书来。差不多快看完时，我竟迷迷糊糊地睡着了。

睡醒时已经下午三点多了。醒来后我突然觉得那名军官好像在什么地方见过，可想来想去也没想起来。我从木板堆上爬下来，用手整理头发时，那名军官走过来说：“今天辛苦了，现在你可以回家了。”

我走到军官面前，把书还给他，本来还想说声谢谢，可看着他的脸，竟一句话也没说出来。四目相对，我的眼里溢出了热泪，他的眼里也闪着泪光。

默默分手后，我在工作的地方就再没有见过那名年轻的军官。轻松的日子只有那一天，之后我隔天去立川的山里做的全是苦力。母亲一直担心我身体吃不消，但我觉得自己的身体越来越强壮了。直到现在，我还觉得自己干打夯这么重的体力活没什么问题，下地干活也觉得很轻松。

虽然我不喜欢战争，但被征集去做苦力活这些战争时期的珍贵经历还是令人难以忘怀的。其他事情就像“去年什么都没发生，前年什么都没发生，大前年也什么都没发生”这首诗说的一样，都不值一提。不过脚上这双袜子倒一直是我的最爱。

说了这么多袜子的事情，总之现在我每天穿着这双战争的纪念品下地干活时，内心的不安和焦虑就会得到缓解。而母亲在经历了烧蛇蛋和火灾这两件事后，明显日渐衰老。

从那时起，母亲越来越像病人，而我正好相反，越来越像粗俗的乡下丫头了。我觉得母亲身上的生气正被我一点一点吸干，而我却因此不断变得强壮起来。

发生火灾之后，为了安慰我，母亲开玩笑说烧掉的柴火迟早是要烧的，而且此后再也不提火灾的事，并且处处照顾我；其实她内心受到的打击比我还要大十倍。那场火灾之后，母亲不时会在半夜痛苦呻吟；到了刮大风的夜晚，她还会假装上厕所，偷偷起床到家里各处巡视。她脸色越来越苍白，有时连走路都显得有些困难。她说想帮我干点田里的活儿，有次不听我劝阻，竟用大桶打了五六次井水浇地，可第二天就说肩膀疼得受不了，整天起不了床。那次后，她似乎对田里的活儿彻底死心了，就算偶尔到田里来，也只是默默地看着我干活儿。

“听说喜欢夏天开的花的人就会在夏天里死去，不知这话是不是真的。”

今天母亲在看我干农活的时候，忽然说了这么一句。我没理她继续给茄子浇水。要这么说的话，现在已经是初夏了。

“我喜欢合欢花，可院里一株也没有啊。”母亲继续平静地说。

“不是有很多夹竹桃吗？”我故意没好气地说。

“那种花我可不喜欢。夏天的花我大都喜欢，可那种花太轻佻。”

“我喜欢蔷薇。不过它四季都开，所以喜欢蔷薇的人就会春天里死一次，夏天里死一次，秋天里死一次，冬天里死一次，得反反复复死四次。”

听我这么说，她也跟着哈哈笑起来。

“休息一会儿吧，”母亲笑着说，“今天妈妈有件事想跟你商量商量。”

“什么事啊？死呀活呀之类的事情我可不听。”

我随母亲来到紫藤架下，在长凳上坐了下来。紫藤花已经开过，下午柔和的阳光透过紫藤叶洒在我们膝上，把我们的膝盖都染绿了。

“这件事早就想跟你说了，不过我想在我们心情好的时候说，今天就是一个好机会。要说也不是件好事，不过今天我感觉能坦然地把它讲出来，希望你能耐心地听我讲完。直治其实还活着……”

我一下愣住了。

“五六天前，你和田的舅舅来信说，有个从前在他公司工作过的人最近从南方回来看他，在闲聊中偶然得知，这个人恰巧和直治在同一部队。他说直治平安无事，不久就会回来。不过讨厌的是，那人说直治好像鸦片中毒很深……”

“他怎么又吸开了！”

听了母亲的话，我惊得目瞪口呆。直治上高中时，受一位小说家的影响，吸食大麻成瘾，欠了药店一屁股债，母亲最后用了两年时间才把债还完。

“是啊，他又开始吸了。听回来的那个人说，他只要戒掉毒瘾就能回来。不过你舅舅在信中说，直治回来后，最好让他待在伊豆家里闭门静养，免得让人担心。因为现在东京一片混乱，正常人都疯狂了，何况他这种刚戒掉毒瘾的病人呢。要是让他去东京工作的话，说不定又会做出什么疯狂举动来呢。另外，你舅舅还提到，受存款冻结、征收财产税等因素的影响，以后给咱们汇钱就越来越困难了。因此，咱们得过拮据的生活了。等直治回来后，给咱们三个人的生活费他就更难负担了，因此舅舅让你趁现在赶快嫁人或找份工作。”

“他是让我去当女佣吗？”

“不是的，你舅舅的意思是让你去驹场那样的地方，”母亲举了一个皇室的例子，“要是能去那家的话，他们和咱家有血缘关系，你去当个家庭教师什么的，也不至于太辛苦。”

“再没别的工作了吗？”

“你舅舅说，别的工作对你来说太难了。”

“不难吧！怎么能太难呢？”

母亲尴尬地笑了笑，没再说什么。

“我不喜欢舅舅的话！”说完我就后悔了，可已经来不及了。

“我穿上这双袜子下地干活……”刚说到一半，我已经泪流满面，哇的一声大哭起来。虽然心里想着“不能对母亲这样，不能对母亲这样”，可嘴里的话不听我使唤，一句接一句地冒了出来。

“妈妈，您不是说，因为有我在你身边，你才会来伊豆，才会继续活下去吗？因为妈妈这句话，我才始终陪在您身旁；为了让妈妈吃上新鲜的蔬菜，我才穿上这双袜子下地干活儿的。我一心一意想着您，可您一听直治要回来，就突然嫌我烦了，让我去皇室家里做女佣，这太过分了！”

我心里虽然很清楚这么说很过分，可嘴就像失控的野马一样，就是停不下来。

“没钱的话，咱们可以卖衣服、卖房子啊！我也可以做很多事，比如村委会的办事员之类的。就算不能在村委会工作，我也可以靠打夯赚钱啊。我不怕贫穷，只要妈妈爱我，我愿一辈子陪在您身边。可现在看来，妈妈您更爱直治啊。好，我走，我会走的。反正从小我就和直治性格不合，我们三个人一起生活都会不幸福的。我和妈妈两个人生活这么久了，我也没什么可遗憾的了。接下来您和直治一起生活，也该让他尽尽孝了。现在的生活我已腻烦了，我走，今天就走，我有自己的去处。”

说完，我便站起了身。

“和子！”母亲厉声叫道，表情异常威严。她一下子站起来，紧盯着我，看起来比我的个子还高。

本来我想向她道歉，可一张嘴却变成了这样的话：

“妈妈，您骗我！您只是想在直治回来前利用我，我就是您的女佣，现在没用了，就让我去皇室家干活儿。”我就那么站着，哇的一声大哭起来。

“你这个傻子！”母亲声音低沉，气得颤抖不已。

我抬起头，盯着她，又说出了一些傻话。

“是啊，我是个傻子。正因为傻，才被您骗，被您嫌弃。我还是离开比较好。贫穷和金钱算什么？我只相信母亲的爱，这才是我生活的全部意义。”

母亲听了，低头啜泣起来。我本想抱着她，说声“对不起”，可担心我干农活的脏手弄脏了她的衣服，便佯装没看见。

“全都怨我，我走，我有自己的去处！”

说完我跑向浴室，边哭边洗了手脚，然后回卧室换衣服。换着换着，我又委屈地号啕大哭起来。为了一个人能尽情地大哭一场，我摇摇晃晃地爬上二楼，倒在床上，用毯子蒙住头，全身颤抖地大哭起来。哭着哭着，我竟恍惚地想起一个人来，特别特别想见他。可同时心里的另一种想法又极力阻止我这么做，让我非常痛苦。

黄昏时分，母亲默默上了二楼，她打开电灯，来到我身旁。

“和子！”她轻轻呼唤着我。

“嗯。”我从床上坐起来，两手边整理头发，边笑呵呵地看着她。

母亲也微笑着在窗户边的沙发上坐了下来，说：

“我平生第一次拒绝了你和田的舅舅的建议。刚才我给他写了回信，告诉他我自己孩子的事情我会解决的。和子，咱们多卖些衣服，还是过宽裕的生活吧。你就别再干农活了，每天干地里的活儿太辛苦了，咱们直接买些贵点的好菜吃就行了。”

地里的农活确实已让我吃不消了，刚才我之所以要大吵大闹，除了太悲伤外，就是因为干农活太累了。

我坐在床上，默默低着头。

“和子！”

“嗯。”

“你说的去处是哪儿呀？”

听母亲这么问，我羞得脸都红到脖子根了。

“是细田先生家吗？”

我没吭声。母亲深深叹了口气说：

“我告诉你一件过去的事吧。”

“您说。”我低声应道。

“你还记得吗？当年你从山木君家回到西片町时，我没责备你，只说你辜负了妈妈。你当时听我这么说，一下子哭了起来，让我觉得自己说话太过分了……”

听母亲这么说，我非常感动，激动得都哭了。

“当时，我之所以说你辜负了我，并非嫌你离开了山木君，而是因为听山木君说你和细田先生是恋人关系。听山木君说这件事时，我羞得脸都红了。细田先生有家有室，你再怎么倾慕他也不可能有结果啊……”

“什么恋人关系？太过分了，那只是山木的臆断罢了！”

“是吗？你该不会现在还一直想着细田先生吧。你说你有自己的去处，是哪儿？”

“反正不是细田先生的家！”

“是吗？那到底是哪儿？”

“妈妈，我最近一直在想人和动物到底有什么不同。不论语言、智慧还是社会关系，人家动物界也都有啊，虽然程度不同。说不定动物界和人类一样也有信仰呢。人类自认为是万物之灵，处处专横跋扈，其实和其他动物并无本质区别。不过，妈妈您知道吗？我觉得人和动物还是有区别的，有种东西动物没有，只有我们人类有——那就是秘密！您不觉得吗？”

母亲的脸颊微微泛红。她嫣然一笑，说：“看来和子的秘密隐藏得很成功啊！妈妈的秘密可是每天早晨向你逝去的父亲祈祷，让他保佑你幸福。”

母亲的话让我突然想起以前和父亲一起去那须野开车兜风时的情形。我们半路下车去欣赏秋天原野的景色。那时，胡枝子、瞿麦、龙胆和女郎花都开了，野葡萄还绿着。之后我们坐电动船去了琵琶湖。我跳进湖里，水藻里的小鱼都来咬我的脚，我的脚影在湖底晃来晃去，非常清楚。

这一幕很突兀地出现在我的眼前，之后又消失了。

我从床上爬下来，抱着母亲的膝盖，终于张口向她道歉道：“妈妈，刚才我错了！”

现在回想起来，那天其实是我幸福人生的终点。不久，直治从南方回来后，我的生活就开始坠入了地狱。

三

不知为什么，我的心情沉重得无法自拔。一种不安感慢慢吞噬着我的内心，就像雷雨过后天空的簇簇白云笼罩在我的心脏周围一样，让我血脉不畅，呼吸困难。我视野模糊，浑身无力，根本无法静下心来打毛衣。

最近，阴雨绵绵，做什么事都无精打采。这天我把藤椅搬到后屋檐下，想把春天没打完的毛衣打完。我想用浅牡丹红色的旧毛线加一些天蓝色的新毛线打件毛衣。浅牡丹红色的旧毛线是二十年前我上小学时，母亲给我织围巾的毛线。当时我把围巾的一头包在头上，镜中的自己看起来就像小鬼一样。因为这条围巾的颜色和其他人的都不一样，所以我一点也不喜欢它。虽然有个来自关西地区的富二代曾像大人一样夸我的围巾好看，但我还是由于害羞，之后一直把它压在了箱底，再没有围过。今年春天，本着废物利用的想法，我决定拆了它打成毛衣。可依然由于不太喜欢这种发暗的颜色吧，打了一半又扔到了一边。今天也是闲着无聊，才又找出来慢腾腾地打了起来。打着打着，我突然发现这种浅牡丹红色的毛线竟然能和灰色的天空融合成一种无法形容的融合色调。由此我才知道，人身上穿的衣服还必须和天空的颜色协调才好看。在细雨蒙蒙的灰色天空下，浅牡丹红色的毛线看起来熠熠生辉，这种神奇的协调感让我目瞪口呆。我拿着毛线，心里暖暖的，飘着冰凉雨丝的天空也像天鹅绒般柔和温暖起来，就像莫奈画的雾中寺院一样。通过这种毛线，我第一次知道了“搭配”的重要性，这真是一种高雅的东西啊！原来为了和冬天的雪色天空搭配，母亲特意挑选了浅牡丹红色，而我却愚蠢地嫌弃它。尽管如此，母亲也没责备我，任由我把围巾丢弃在一边。在我清楚这个道理之前的二十年间，母亲从未刻意说明过，她只是在一旁默默地等我自己搞明白。我在感叹母亲伟大的同时，又深刻醒悟到，我和直治正害得她渐渐羸弱，一步步走向死亡。一想到这些，难以抑制的恐惧和不安便充斥在我的心头。看来以后的生活是凶多吉少啊，都快让人担心死了。想着想着，我感觉打毛衣的手指都没了力气。于是我把织针放在膝盖上，长长叹了口气，然后仰着头，闭着眼，情不自禁地叫了一声：“妈妈！”

母亲坐在墙角的桌前看书，听到我叫她，便奇怪地“嗯”

了一声。我迟疑片刻，才又大声说：“蔷薇花终于开了，妈妈你看到了吗？我才看见。”

紧靠后檐的那株蔷薇花，是和田的舅舅早前从遥远的法国还是英国带回来的，两三个月前才刚移植到这个院中。今早我已看到有一朵花开了，刚才故意夸大其词说自己刚看到。那朵花傲然挺拔，呈深紫色。

“我已经看见了。”母亲平静地答道，“你好像很在意这些事情啊！”

“或许吧。我很奇怪吗？”

“不是的，我只是觉得你特别喜欢做这些事而已。比如给厨房的火柴盒贴上列那尔[①]的图像啦，做一些有玩具娃娃的手绢啦，等等。听你把院里的蔷薇花说得跟个活人似的。”

“那是因为我没孩子啊！”话一出口，连我都吓了一跳，我怎么会说出这种话呢。说完我才意识到自己说漏了嘴，气得撕扯起手上的毛衣来。

我的耳边好像清楚地传来一个男人低沉的声音：“你已经二十九岁了啊。”这声音仿佛是从话筒传出来的，让我的耳朵痒痒的。我一下子羞得面红耳赤。

母亲没吭声，继续看着书。可能是戴口罩的缘故吧，母亲最近话很少。直治十天前满脸黝黑地从南方回来了。他回来后让母亲戴上了口罩。

他在夏天的一个傍晚，突然从后院的后门走了进来。

“唉，这房子的品位可真低啊！干脆挂个牌子，写上‘来来

---

① 儒勒·列那尔，法国现代小说家，散文家，戏剧作家。

轩'，卖烧卖算了。"这是他见到我的第一句话。

两三天前，母亲因为舌病卧床不起。其实她的舌尖也看不出有什么异样，但就是疼得动不了，每天只能喝点粥。我劝她去看医生，她苦笑着摇头说："我怕别人笑话。"我给她涂了鲁哥氏碘液也不管用，这让我很担心。

正在这时，直治回来了。

他坐在母亲的床边，低头鞠躬说"我回来了"，说完就起身在家里看来看去。我跟在他身后，问："你觉得妈妈变了吗？"

"越来越憔悴了。她在这个世上生存太难了，看着就凄惨，还不如早点死了好。""那我呢？"

"越来越粗俗了，看起来就像经历了两三个男人的女人一样。有酒吗？今晚我要喝酒。"

我来到村里唯一的旅馆，告诉老板娘阿咲我弟弟回来了，我要买点酒，可阿咲说不凑巧卖完了。没法我只好回家告诉直治说旅馆的酒卖完了，没想到直治表情突变，直嚷着说我不会买东西。他问了我旅馆的地址后，就穿着木屐跑了出去，之后就一直不见回来。我做了直治喜欢吃的烤苹果和炒鸡蛋，给饭厅换上大灯泡，一直等他回家。没想到阿咲突然出现在厨房门口。

"我说，他在我店里喝烧酒呢，没事吧？"她瞪着那双鼓鼓的鲤鱼眼，像发生了什么大事似的压低声音问我。

"你说的烧酒，就是那种甲醇吗？"

"那可不是甲醇。"

"人喝了不会有事吧？"

"不会，不过……"

"那就让他喝吧！"

听了我的话，阿咲想说什么，但还是咽了口唾沫，点点头回去了。

我到母亲床边告诉她“直治在阿咲那儿喝酒呢”，母亲听了歪着嘴笑了笑，说：“哦，看来鸦片是戒了。那你赶紧吃饭，今晚咱们三个人都睡这个屋，让直治睡中间。”

听母亲这么说，我感动得都想流泪。

半夜时分，直治才拖着沉重的脚步回来。我们三人挤到一个蚊帐里睡。

“你给妈妈讲讲你在南方的故事吧！”等他躺下后，我提议道。

“没啥好说的，我都忘了。只记得回日本后，在火车上透过车窗看见外边的稻田很漂亮。好了，关灯！不然怎么睡啊。”

我关灯后，看到夏夜的月光如水般洒满了整个蚊帐。

第二天早晨，直治趴在床上边吸着烟，边眺望着窗外的大海。

“您舌头疼？”他的口吻就像才知道母亲舌头不舒服似的。

看到母亲笑了笑，他又接着说：“这病绝对是心理作用导致的。您晚上肯定张着嘴睡觉，没事，戴上口罩，把利凡诺尔溶液泡过的纱布夹在中间就可以了。”

听了他的话，我忍不住笑了出来：

“你那是什么疗法啊？”

“我这叫美学疗法。”

“不过妈妈可不喜欢戴口罩啊。”我知道母亲一直不太喜欢口罩、眼罩、眼镜这些戴在脸上的东西。

“妈妈，您愿意戴口罩吗？”我试探性地问道。

“我戴。”没想到母亲用低沉的声音认真地答道。看起来只要是直治的话，她都会听从的。

早饭过后，我按照直治说的，把一块纱布在利凡诺尔溶液里泡了泡，夹在口罩里，拿去让母亲戴。母亲一声不吭地接过去，躺着就直接挂在了耳朵上。她的样子就像一个温顺的女孩子，让人不禁有些伤感。

吃过午饭，直治换上一身西装，说要去东京见朋友和文学导师。他向母亲要了两千日元就走了。这一走就是十天，母亲每天都戴着口罩等着他归来。

“利凡诺尔溶液还真是种好药，我戴上口罩后舌头就不疼了。”母亲笑着说。不过我觉得她在撒谎，因为她说自己病好了，可以下床了，但依然没食欲，话也越来越少了，很让人担心。不知直治此时在东京干什么呢？肯定是和那个小说家上原先生受东京疯狂浪潮的影响，在哪儿游逛呢吧。我越想心里越难受，便故意岔开话题，对母亲说蔷薇花开了，还顺嘴说出了“那是因为我没孩子啊”这种连自己都吃惊的话。我受不了了，“啊”的一声跳了起来。但最后因无处可去，只得摇摇晃晃地爬上楼梯，进了二楼的洋式房间。

这儿打算让直治住。四五天前，我和母亲商量后，请坡下的农户中井先生帮忙，把直治的衣柜、书桌、书柜，还有五六个装满书和笔记本的箱子以及其他直治在西片町老家的东西，一股脑全搬到了这里。为了让直治从东京回来后按自己喜欢的方式放置，这些东西暂时还杂乱地堆放着，我进来后连个落脚的地方都没有。我随手从一只木箱中拿起一本直治的笔记，封面写着“月光花日志”，好像是直治吸食大麻中毒时写的手记，里面杂乱地记着下面这些内容。

内心焦灼，快痛苦死了。虽然痛苦，但又不能喊半句苦。这种开天辟地以来，前所未有、闻所未闻的痛苦，犹如掉进了无底深渊，你们可不要掩饰噢。

思想？是假的。主义？是假的。理想？是假的。秩序？是假的。诚实？真理？纯真？全都是假的。牛岛、熊野的紫藤，素有千年、百年树龄之称，据说其花穗前者最长达九尺，后者可达五尺有余，仅其花穗就足以让人激动不已。

那也是人之子，拥有生命。

逻辑归根到底只爱逻辑，不爱活生生的人。

在金钱和女人面前，逻辑只能羞怯地匆匆离开。

和历史、哲学、教育、宗教、法律、政治、经济、社会类的学问相比，处女的微笑更可贵。这一结论已被浮士德博士勇敢地验证过了。

学问是虚荣的别名，它努力使人类成为非人类。

我敢向歌德发誓，再难的文章我也能写得很漂亮。不过那些整篇结构严谨、调侃适度，既能让读者悲伤流泪，又能使读者正襟危坐，朗读起来就像银幕解说词一样完美的小说，我是无论如何也不会厚着脸皮写出来的。因为我压根儿不认为自己能写出什么杰作来。另外，正襟危坐读小说只是疯子的行径罢了。要那样的话，我恐怕得穿很正式的和服写作才行。其实越是好作品越不装模作样。为了让朋友会心一笑，我故意将一篇小说写得非常拙劣，假装摔了个屁股蹲才搔着头溜走了。你瞧朋友当时那副高兴劲儿！

文章浅薄，为人太嫩，还吹玩具喇叭给人听，这真是日本最傻的人。你还算好的，祝你长寿！——怀着这种感情的祝愿究竟算什么？

朋友得意扬扬地抒发感想：这就是那家伙的缺点，真令人惋惜。他不知道别人爱他。

真的有品行端正的人吗？

百无聊赖。

我需要钱。

不然，

就让我睡着死去吧！

欠了药店近千元的债。今天偷偷把当铺的掌柜请到家里来，他进了我的房间后，我告诉他屋里值钱的东西尽管拿去，我急需钱用。掌柜大概扫了一眼就说："别这样，这都不是你的东西。"听了他的话，我愤愤地说："好，那就把我用零用钱买的东西拿走吧！"可那些凑起来的小玩意儿，没有一样可当的。

比如一件石膏做的人手，叫维纳斯的右手。放在台子上，像一朵大丽花一样雪白雪白的，很漂亮。可仔细一看就明白：这只手是维纳斯被男子窥到自己赤裸后，羞愧地扭曲着淡红色发烧的躯体时的右手。通过这只指尖无指纹、掌上无手纹的雪白娇嫩的右手，维纳斯压抑的凄婉表情就能完全表现出来。然而，这毕竟是一种不实用的烂东西，掌柜仅估价五十日元。

其他还有巴黎近郊大地图、直径一尺左右的赛璐珞[①]陀螺、写出的字比丝还细的特制笔尖，这些都是我意外淘来的。可掌柜看了后就笑着说要走。“等一等！”我拦住了他。最后掌柜抱了一大堆书回去了，我领款五日元整。我书架上的书大都是廉价的文库本，而且是从旧书店买来的，所以很便宜了。

想还一千日元的债，结果仅当得五日元。在这个社会里，我的实力大致如此吧。这可不是笑话啊。

你说我颓废？可不这样就活不下去啊。我希望你们不要指责我颓废，最好对我说“去死吧”。这样更痛快些。然而很少有人会对我说“去死吧”，人们都是些吝啬胆小的伪君子。

正义？所谓阶级斗争的本质并非正义。人道？别开玩笑了。我可知道，捍卫自己的幸福，就是宣告把对方打倒、消灭。你们可不要掩饰噢。

然而，我们的阶级里也没有什么像样的人，尽是些白痴、幽灵、守财奴、疯狗、吹牛专家、满嘴之乎者也者、夸夸其谈者。

---

① 赛璐珞即硝化纤维塑料。

连“去死吧”这句话都不值得给他们说。

战争。日本的战争是自暴自弃。

我讨厌在自暴自弃中死去。我其实想独自一人死去。

人说谎时必定一本正经。近来领导人那种一本正经，哼！

我希望跟不想受人尊敬的人交往。

可那种好人却不会跟我交往。

我假装早熟，人们就说我早熟。我假装懒汉，人们就说我是懒汉。我假装写不出小说，人们就说我不会写小说。我假装说谎，人们就说我说谎。我假装有钱，人们就说我有钱。我假装冷漠，人们就说我冷漠。然而，当我真正痛苦得禁不住呻吟时，人们却都说我的痛苦是假装的。

这似乎颠倒了。

最后，只能自杀吧？

这么痛苦，最终还是以自杀告终。这样一想，我便不由得放声大哭起来。

据说春天的一个早晨，在朝阳照耀着两三朵凋零的梅树枝头上，有个海德尔堡的年轻学生吊死了。

“妈妈！您骂我吧！”

“怎么个骂法呢？”

“骂我是个胆小鬼！”

“好，胆小鬼！……行了吧？”

妈妈慈爱无比。一想起妈妈我就想哭。为了向妈妈认错，我也应该死。

请原谅我，请再原谅我一次吧。

茫茫漆黑中，
小小的鹤雏，
年复一年地，
慢慢长大了，
可叫声依旧是，
那么悲伤。(元旦试笔)

吗啡，阿特罗莫尔，纳尔科蓬，盼得本，巴比纳尔，班奥宾，阿托品[①]。

自尊心是什么？何谓自尊心？

“我很优秀！”“我有很多优点！”一个人，不，一个男人不这么想就活不下去吗？

---

① 以上皆是用于镇静、麻醉的药。

我讨厌别人，别人也讨厌我。

斗智。

严肃 = 傻

总之，只要活着，肯定会骗人。

一封借钱的信

“回信吧！

请给我回信吧。

希望是个好消息。

我预料会蒙受种种耻辱，正在独自痛苦呻吟。

我没有演戏，绝对没有。

求你了。

我快要羞死了。

我没有夸张。

我天天等着回信，白天黑夜都心惊胆战。

请不要击垮我。

墙壁传来了哧哧的笑声，深夜我在床上辗转反侧。

请别让我受辱了，

姐姐！”

读到这里，我合上手记，把它放回了木箱中。然后走到窗口，把窗户完全打开，俯视着烟雨中白茫茫的庭园，回想起了当年的往事。

六年过去了。直治那时吸食大麻导致我离了婚。不，不能这么说，即使直治不吸食大麻，我也会因别的原因而离婚。我觉得这似乎是生来注定了的。直治没钱在药店买大麻时，总是伸手向我要钱。那时我刚嫁给山木，还不能自由支配钱。另外也觉得，私下用丈夫家的钱接济娘家弟弟很不合适，因此我同娘家陪嫁过来的奶妈阿关商量后，把自己的手镯、项链和衣服卖了。弟弟来信说，他需要钱。不过因为痛苦和害臊，没脸见我，甚至连打个电话的勇气都没有。因此让我派阿关把钱送到住在京桥 × 街 × 号茅野公寓的小说家上原二郎先生那里。他说我应该听过上原先生的名字，虽然社会上盛传他的名声不怎么好，但他绝不是那种坏人，所以可以放心把钱交给他。上原先生一收到钱，马上就会给他打电话的。他说自己吸食大麻的事不想让母亲知道，打算趁母亲没有发觉的时候，想方设法治好。他说会用这回我给他的钱还清药店的债，然后到盐原等地的别墅去疗养，等身体恢复健康后再回来。他还说等药店的债一还清，他就下决心不再吸食大麻了，他可以向天发誓，让我相信他；并恳求我对母亲保密，叫阿关悄悄交给茅野公寓的上原先生。于是我按照他信上的要求，让阿关偷偷把钱送到上原先生的公寓去了。但弟弟信上发的誓全是假的，他没有去盐原的别墅，大麻中毒也越来越严重了。他每次都用近乎悲鸣的痛苦语调写信问我要钱，说这回无论如何也要戒毒。他哀切的发誓都让我无法把信看下去。于是我一面怀疑他的话是不是谎言，一面又忍不住叫阿关变卖一些别针之类的饰物，把钱送到上原先生的公寓去。

“上原先生是个什么样的人？”

“矮个儿，脸色不好，很不好打交道，”阿关回答说，“不过很少见他在家，每次都是他太太和一个六七岁的女孩子在家。他太太虽不太漂亮，但很和气，看样子很能干。把钱交给他太太倒是可以放心的。”

那时的我和现在比起来，简直就是另一个人，每天就是无忧无虑地悠闲度日。可弟弟接二连三地问我要钱，而且数额越来越大，我到底还是放心不下。有一天看完能乐[①]后，我让司机把我送到银座，决定一个人步行去京桥的茅野公寓看看。

上原先生独自一人在房间里看报。他身穿条纹和服，外套藏青色外褂，看上去既像老人又像年轻人，像一只从未见过的稀奇动物一样古怪。这就是他给我的第一印象。

“我老婆刚和孩子去取配给的东西了……”

他说话带点鼻音，断断续续。看来他把我错当成了妻子的朋友。我说我是直治的姐姐，他竟哧的一声笑了。不知怎的，我有点害怕。

“咱们出去说吧。”

说完他披上双层外套，从鞋箱里取出一双新木屐穿上后，就头也不回地径直出了公寓。

外面已是初冬的傍晚。从隅田川吹来的风很冷。上原先生迎着风，耸着右肩，默默朝筑地走。我小跑着跟在他的后面。

我们进了东京剧场后面一栋大楼的地下室。进去之后，只见在一个二十榻榻米见方的细长房间里，有四五堆客人围坐在桌子旁静静地喝着酒。

---

① 能乐在日语里意为“有情节的艺能”，是最具代表性的日本传统艺术形式之一。

上原先生喝了一杯酒，然后他让我拿个酒杯也喝一杯。我喝了两杯，一点事也没有。

上原先生一直默默地喝着酒，吸着烟，我也沉默着。虽然我第一次来这种地方，却觉得十分沉静，心情很舒畅。

“喝点酒就好啦。”

“啊？”

“我是说你弟弟。他改喝酒就好了。以前我也吸食过大麻，人们有点讨厌大麻，其实和嗜酒没什么两样，可人们对酒精却相当地宽容。让你弟弟喝酒吧，怎么样？”

“我见过酒鬼。有一年过年要出门时，我家司机的一个朋友像怪物一样满脸通红，躺在副驾驶座上呼呼大睡。我吓得大叫，司机说他是个酒鬼。没办法，司机只得把他从车上拖下去，扛到什么地方去了。他浑身瘫软，耷拉着脑袋，嘴里不停地嘟囔着什么。那是我第一次看到酒鬼，不过我觉得很有趣。”

“我也是个酒鬼。”

“是吗，但看起来不一样啊！”

“你也是酒鬼呢。”

“才不是呢。我见过酒鬼，跟我可完全不一样。”

上原先生这才会心地露出了微笑：

“你弟弟或许不会成为酒鬼，但最好让他成为一个爱喝酒的人。我们走吧，你太晚回家不好吧？”

“不，没关系的。”

“说实话，是我兜里没钱喝不起了。小姐，算账吧！”

“很贵吧？不多的话，我有……”

“是吗？那么你来付账吧。”

“我带的钱或许不够呢？”

我数了数手提包里的钱，然后告诉了上原先生。

“这么多钱，还可以转个两三家酒馆呢。真是的！”上原先生皱了皱眉头说，不过说完又笑了。

“您还要换个地方去喝吗？”我问。

上原先生认真地摇着头说：

“不去了，我已经喝够了。我给你叫辆出租车，你快回家吧。”

我们沿着地下室昏暗的楼梯往上爬。先我一步的上原先生爬了一半忽然转过身来，迅速亲了我一下，我紧闭着嘴唇接受了。

其实我一点也不喜欢上原先生，但那时起却有了个“秘密”。上原先生噔噔噔爬上了楼梯，我则神清气爽，慢慢爬了上去。到了外边，河风迎面吹来，让人感觉很舒服。

上原先生给我叫了辆出租车，我们就默默地分手了。

随着出租车的摇晃，我突然感觉自己的世界一下变得像大海般广阔了。

“我有喜欢的人呢！”

当有一天受到丈夫责备，我备感悲伤时，脱口说出了这句话。

“我知道，是细田吧？你真的无法死了那份心吗？”

我默不作声。

自此以后，每当我们夫妇之间发生摩擦时，这个话题便会被搬出来。我感觉自己的婚姻已无可救药，就像缝制衣服时用错了布料，不得已只能扔掉无法重新使用的旧布料，而选用新布料一样。

“你肚里的孩子，不会是……”

一天晚上，丈夫突然问我。我听了后吓得瑟瑟发抖。现在回想起来，我和丈夫那时都太年轻，不知道什么是情，也不懂什么是爱。我因陶醉于细田先生的画作，常常对别人说，要是能嫁给细田先生，每天的生活都会美满的！要是不能嫁给这么风雅的人，结婚还有什么意义？这样一来我就被大家误会了，不但无法收回因不懂爱情而在众人面前坦言喜欢细田先生这句傻话，而且连肚子里的胎儿都受到了丈夫的怀疑。尽管我和丈夫谁也没有公开说要离婚，但周围的人都开始慢慢对我冷眼相看起来。不得已我带着阿关一起回了娘家，后来我生了死胎，接着生病卧床，从此我便跟山木完全断绝了联系。

对于我的离婚，直治似乎觉得自己也有责任。他号啕大哭："让我死好啦！"最后脸都快哭肿了。我问他到底欠了药店多少钱，他告诉我的金额大得怕人。而且后来我才知道，这个数目还是假的，他不敢说出实际的数额来。他欠药店的实际总额比他告诉我的要多几乎三倍。

"我和上原先生见过面了，他是个好人。今后你就和上原先生一起喝酒玩吧。酒也不便宜，不过喝酒的钱我随时可以给你。欠药店的钱也不用担心，总可以想办法解决的。"

听说我见了上原先生，还说他是个好人，这让弟弟很高兴。那晚弟弟拿着我给的钱，马上就去找上原先生了。

吸毒上瘾或许真是一种心理疾病。我称赞上原先生，向弟弟借上原先生的作品看，说他是个了不起的人。弟弟听后说："姐姐怎么可能理解他呢。"不过他还是非常高兴地推荐我看上原先生的其他作品。就这样我也认真地读起了上原先生的小说，我们两个人常常谈论上原先生的事情。弟弟几乎每天晚上都大摇大摆地去找上原先生玩，慢慢地，他也按照上原先生的计划把兴趣转移到喝酒上来了。为了偿还药店的债务，我偷偷找母亲商量。母亲一只手捂着脸，静静思考了一会儿，之后她抬起头，凄凉地笑着说：“也想不出什么好办法，只能每月还一点，还几年是几年吧。”

那之后，六年过去了。

月光花。唉，弟弟也很痛苦吧。而且前途迷茫，除了每天拼着命喝酒外，他直到现在恐怕都不知道该怎么办才好吧？

所以索性豁出去做个真正的品行不端的人反而会让他感到轻松吧？

他在手记里写道：真的有品行端正的人吗？在他看来，我是个品行不端的人，舅舅也是个品行不端的人，就连母亲好像也是个品行不端的人。品行不端，好像和善良不同吧。

四

要不要给您写信呢？我曾经犹豫了很久。不过今早忽然想起了耶稣的话：要驯良像鸽子，灵巧像蛇。于是我坚定了信心，决定写信给您。我是直治的姐姐。您忘了吗？如果忘了就请回忆起来吧。

最近直治又去打搅您了，肯定给您添了不少麻烦，非常抱歉。（其实直治的事应该由他自己来决定，我替他道歉，好像并无多大意义。）今天我不是为了直治，而是为了我自己的事想麻烦您。我听直治说，因战火您从京桥的公寓搬到现在的住所来了，我很想直接去您东京郊外的新家拜访，可家母最近身体欠佳，我无法丢下母亲不管跑到东京去看您，所以决定给您写这封信。

我有一件事想请教您。

我请教您的问题，按以往的“女子行为规范”来看的话，可能非常狡诈肮脏，甚至可能是一种恶性犯罪，但不解决这个问题，我，不，我们很难照现在的样子活下去。您是我弟弟在这个世界上最尊敬的人，所以我打算将我的想法毫不保留地告诉您，并恳求您给予指点。

我无法忍受现在的生活了。这不是喜欢不喜欢的问题，而是照此下去的话，我们母子三人是无法活下去的。

昨天我又感到很难受，身体有些发烧、胸闷，一时也不知如何是好。中午稍过，坡下农家的女儿冒雨扛着米来了。我按照约定把衣服给了她。那姑娘在餐厅和我面对面喝茶时，用非常成熟的口吻说：

“您家的生活，靠卖东西能维持多久啊？”

“大概可以维持一年半载吧。”我答道。我用右手遮住半边脸，继续说：“我很困，瞌睡得不得了。”

“您太累啦。神经一衰弱就会发困的！”

“或许吧。”

说完我都快哭了，那时我的脑子里忽然冒出了现实主义和浪漫主义这两个字眼。我缺乏现实主义精神，一想到这样无法活下去，浑身就不寒而栗。母亲是半个病人，经常卧床不起。弟弟呢，您也知道，他心理有很大问题。在家时，他每天都要去附近一家兼做旅店的菜馆喝烧酒，每三天就用卖掉我们衣服的钱上东京玩。但最痛苦的不是这些事。我清楚地预感到，自己的生命将在这种日常生活中一天天地泯灭，就像不落的芭蕉叶在芭蕉树上直接腐烂掉一样。这令我非常恐惧，也让我无法忍受。所以即便违背“女子行为规范”，我也要从现在的生活里逃脱出来。

所以我想请教您。

现在我想明确地告诉母亲和弟弟，我很早就爱着一个人，将来准备做他的情人，和他一起生活。这个人您应该也认识。他名字的大写字母是M.C。以前一有痛苦的事我就想飞奔到M.C的身边去，这种感觉都快要烧死我了。

M.C和您一样，也有妻子和孩子。另外还有比我更年轻漂亮的女朋友。但我除了去M.C那里，已没有别的生存选择。我还没见过M.C的妻子，据说是个善良的好人。一想到那位夫人，我就觉得自己是个可怕的女人。不过我现在的生活更可怕，只能依赖M.C了。“驯良像鸽子，灵巧像蛇”，我也想用同样的方式获得我的恋情。不过妈妈、弟弟和其他人肯定不会赞成我。您认为我该怎么办呢？一想到最后我只能自己思考、自己行动，眼泪就忍不住夺眶而出。毕竟这是我长这么大头一次碰到的问题。难道自己就没有办法在人们的祝福声中解决这么难的问题吗？就像思考一道非常复杂的代数因式分解问题一样，我深思熟虑，最后似乎找到了一个能顺利解开问题的突破口，于是整个人一下子变得快乐起来。

但最重要的还是 M.C 怎样看我。一想到这儿，我便没了精神。因为我是送上门的……该怎么说呢，不能说是送上门的妻子，只能说是送上门的情人吧，因此只要 M.C 说他根本不愿意，那可就完了。所以我想请您去问问他。六年前的某一天，我心中出现了一道淡淡的彩虹，它不是什么爱情，但随着岁月的流逝，那道彩虹的颜色越来越浓艳，从此我再也没有遗忘过它。阵雨过后的晴空中出现的彩虹很快会消失，但架在人心中的彩虹却不会消失。请您问问那个人，看他到底怎么想。是不是那雨后的彩虹，早已消失了？

要是那样的话，我也就不得不抹掉我内心的彩虹了。不过得先结束我的生命，不然我心中的彩虹是不会消失的。

我盼望着您的回信，上原二郎先生（我的契诃夫，My Chekhov。M.C）。

最近我胖起来了。虽然我渐渐成了一个动物般粗俗的女人，但我觉得自己更像一般人了。这个夏天，我只读了一本劳伦斯的小说。

没收到您的回信，所以我再次给您写信。上封信里充满了蛇一般狡猾的诡计，您可能一个个都识破了吧。的确，那封信的字里行间都充斥着我的狡诈。您可能觉得我那封信的意图只是想向您要钱，请您接济我的生活。这一点我并不否认，可要是只为找个保护人的话，对不起，我没必要特地选择您。喜欢我的有钱老人并不少。不久前我就遇见了一位向我提亲的怪人。对方的名字您可能也知道，是位六十多岁的单身老人，据说还是某艺术院的会员呢。这位艺术大师为了我，亲自来到了我家。他住在西片町我们原来的家附近，由于过去和我家比邻而住，有时也会碰见他。记得一个秋天的黄昏，我和母亲坐车从他家经过，看到他一个人呆呆地站在家门口。母亲透过车窗向他点头致意，没想到他总爱板着的黑脸一下变得比霜叶还红。

“他好像恋爱了，”我打诨说，“妈妈，他喜欢上您了？”

母亲听了，却很平静地自语道：

“那么了不起的人，不会的。”

我家素有尊敬艺术家的习惯。

这位艺术家的夫人前几年去世了，他通过一位跟我和田的舅舅很要好的皇族谣曲爱好家向我母亲提亲，母亲叫我把自己的想法直接告诉他。我不愿意，没多想就直截了当地写信告诉他我现在并不想结婚。

“我拒绝他没事吧？”

“没事的，……我也觉得不太合适。”

当时他住在轻井泽的一栋别墅里，当我把拒绝信寄出去的第二天，艺术家来伊豆温泉办事的途中，竟亲自到我家来拜访了。我寄出去的回信和他擦肩而过，当然他不知道我已经拒绝他了。看来艺术家年纪再大，做事都像小孩一样随意。

因为母亲身体不适，我只好出来接待他。我在中式房间给他倒了一杯茶后，说：“我拒绝您的回信应该已经寄到轻井泽了。我是经过认真考虑的。”

“是吗？”他很紧张，揩了揩汗珠说，“请您再好好考虑一下！我……怎么说呢，也许我无法在精神上给您带来幸福，但在物质上，我绝对可以给您无尽的幸福。这一点我敢保证。嗯，简单说就是这么回事。”

“您说的那种幸福，我不太明白。请恕我直言，契诃夫在给妻子的信中写道：‘给我生个孩子吧，生一个我们的孩子吧！’尼采的随笔中也有‘我从未遇到我要她给我生孩子的女人’这样的话。我想要自己的孩子。幸福之类的东西，有没有都无所谓。我也需要钱，不过只要够抚养孩子就行了。”

听了我的话，艺术大师奇怪地笑了笑，装模作样地说了一些和他的年龄不太相称的话：

“您可真与众不同啊！不管对谁都这么心直口快。跟您这样的人一起生活，肯定会让我在工作上灵感不断的！”

如果我能让这么伟大的艺术家在工作上充满活力，

应该也是一件极有意义的事情，可我就是接受不了自己被那个艺术家抱在怀里的样子。

“我对您没有感情也行吗？”我微微笑了一下，问道。

艺术家一本正经地回答说：“女人这样就可以，不一定非要有感情的。”

“可我这种女人，是无法接受没有感情的婚姻的。我已经年龄不小了，明年就三十岁了。”说完，我觉得自己说漏了嘴。

我都三十岁了。记得有篇法国小说写到，女人在二十九岁前还有少女的气息，可一过三十岁，她身上的少女气息就荡然无存了。这话令我感到无限悲凉。抬头看窗外，正午的阳光洒在海面上，波浪闪闪发亮，就像撒下了无数玻璃碎片一样。读那本小说的时候，我只觉得这句话说得不错，现在想起来，只朦胧觉得“女人到三十岁就完了”这句话说得没错，三十岁前的美妙时光真令人怀念啊。手镯、项链、衣裳、腰带，这些东西一旦从身边消失后，我身上的少女气息就越来越少了吧？一个贫穷的中年妇女。啊，真令人悲哀！不过最近我才明白，中年妇女也是女人啊。我记得，十九岁时，一位即将回国的英国女教师对我说：

“你现在千万不可谈恋爱，一谈恋爱就不幸福了。要恋爱也要等到长大之后，最好三十岁以后再谈。”

不过那时我不明白，我想象不出三十岁以后自己是什么样。

“听说你家要卖掉这栋别墅……”艺术家突然阴险地说。

听了他的话，我不由得笑了：

“不好意思，您的话让我想起了《樱桃园》[1]。您想买吧？”

艺术家好像敏感地意识到了什么，他不悦地闭着嘴，不作声了。

确实有个皇族打算用新币五十万元买下这所房子，不过很快就没下文了。艺术家说的可能是这个传闻吧。最终他因不满被我看成《樱桃园》里的罗巴辛，没聊几句便悻悻地走了。

您不需要像罗巴辛一样，这一点您可以放心，我只求您接受一个送上门的中年女人就行了。

我初次跟您见面，已是六年前了。那时我对您的为人一无所知，只知道您是我弟弟的老师，而且是个不太好的老师。后来和您一起喝了酒，您还胡闹了一下呢。我没怪您，反倒感觉很舒畅。那时我说不上喜欢您也说不上讨厌您。之后为了叫弟弟高兴，我就从他那儿借您的书来看，有意思的，没意思的，就那么读着。可这六年当中，不知不觉您却像雾一样慢慢渗

① 《樱桃园》是契诃夫晚年的一部力作。

入了我的内心。那天晚上我们在地下室楼梯上的一幕经常清晰地出现在我的眼前，成为决定我命运的大事。我越来越想您了，当我意识到自己已经爱上您后，曾感到不安和无助，独自一人暗暗地哭泣过。在我心里，您和别的男人完全不同。我并不是《海鸥》里喜欢作家的妮娜，我喜欢的并不是小说家，您也不要认为我是一个文学少女。我只希望给您生个孩子。

假如您之前还单身，我也没嫁给山木，我们相遇而结婚的话，我就不会像现在这么痛苦了。可现在我不得不认命，这辈子是不可能和您结婚的了。我不想强占您夫人的地位，那样做太无耻太残忍。我就当您的小老婆（这字眼我一点也不愿意用，但叫情人的话，又和通常说的小老婆没什么区别，所以我还是直白地说吧）也没关系。不过一般来说，小老婆的日子都不好过。因为小老婆一旦失宠就会被抛弃；男人在接近六十岁时都会回到正妻的身旁。我住在西片町时，也曾听老仆和乳母聊天时说“小老婆可当不得”。可那只是社会上的一般情况，和我们的情况不同。您最看中的应该是您的工作吧，如果您爱我的话，那我们两个人的爱情会对您的工作有所帮助的！这样一来，您夫人也会理解我们的。我的这种想法好像有点奇怪和牵强，可我坚信自己的想法没错。

现在就看您的回复了。喜欢我？讨厌我？或两者都不是。虽然很害怕您的回复，但我又必须问清楚。上封信中我说我是一个送上门的情人，这封信中我又说自己是一个送上门的中年女人。可仔细想想，要是您不答应的话，我即使想送上门也没法送，只能一个人呆呆地憔悴下去。您得说一句话啊！

我忽然想问问您，您因在小说里大胆描写偷情之类的故事，而被世人冠以坏人的名号，但您其实还是个墨守世俗常规的人吧？我不懂什么世俗常规，只想过自己喜欢的生活，除了您，我从未想过给别的男人生孩子。如果您能理解我的话，就请给我回信，把您的想法明确告诉我。

雨停后，又刮起了风。现在是下午三点，我要去领配给的一级酒，手提装着两只空朗姆酒瓶的袋子，口袋揣着这封信，十分钟后我就会到达坡下的村庄。这酒不是给弟弟的，我想自己喝。每晚喝一玻璃杯，因为酒用玻璃杯喝才有味。

您不想来我这里吗，M.C先生？

今天又下雨了，是模糊的蒙蒙细雨。我每天都足不出户，静待您的回音，可时至今日依然没有收到您的回信。您究竟在想什么呢？是不是我不该在上一封信里提那位艺术大师？您或许认为我写那件相亲的事是为了激起您的竞争心，不过请您放心，那门亲事就那样结束了。刚才我和母亲谈到这件事还笑呢。母亲不久前舌尖痛得不行，用了直治推荐的美学疗法后，舌尖不痛了，人也有精神了。

刚才我站在檐下的走廊里，一边眺望着风卷起的蒙蒙细雨，一边想您的时候，母亲在餐厅叫我：

“牛奶煮好了，你进来喝吧。”她说，“天冷，我煮热了一些。”

我们在餐厅一边喝着热气腾腾的牛奶，一边说着前几天那位艺术家的事。

“我和他根本就不般配吧？”

“是不般配。”母亲平静地答道。

“我太任性了。我并不讨厌艺术家，那个人收入也不错，嫁给那样的人也挺好的。但还是吹了。”

“和子你真坏。你不愿意，还跟人家高高兴兴说了半天话，真不知道你是怎么想的！”母亲笑着说。

“那样可有意思了，我还想跟他多谈谈呢。是不是我的做法不慎重？”

“没有，和子你和谁都能聊得来啊！”

母亲今天的精神非常好。她看了看我昨天第一次梳的发髻，说：

“这种发髻只适合头发少的人，对你来说这个发髻就过于显眼了，应该戴一顶小金冠。你梳这个不合适。”

“听您这么说我很伤心。妈妈，您不是说我的脖子很白很美，梳头时最好把脖子露出来吗？”

“你光记得这些事。”

“别人表扬我的事，再小我也会一直记得。这些事会令人高兴啊。”

“上次那个人也称赞过你吧？”

“是啊，所以我才和他聊呢。他说跟我在一起就会有灵感……啊，真让人受不了。我虽然不讨厌艺术家，但像他那样假装正人君子的样子，我可不喜欢。”

“直治的老师是个什么样的人？”

听母亲这么问，我大吃一惊。

“那我可不知道，只知道是直治的老师，还是个大家公认的坏人。”

“大家公认的？”母亲饶有兴趣地喃喃道，“这个词真有意思。大家公认的话反而让人放心了。就像脖子上系着铃铛的小猫让人觉得很可爱一样。那种大家都不了解的坏人才可怕呢。”

“可能是吧。”

我高兴得不得了，身子一下轻飘飘的，就像被吸到天上去的云烟似的。您应该知道我为什么高兴吧？如果您不知道的话……我可就要揍您了。

您真的不想来这儿玩吗？我叫直治带您来好像不太合适，还是您装作喝酒，由直治陪着顺路前来比较好。不过最好您趁直治去东京时一个人来。因为直治在家的话，他肯定会拉您去阿咲那里喝酒，我就无法跟您在一起了。我家世代喜欢艺术家。原来有个叫光琳的画家，曾长期住在我们京都的家里，给我们家的拉窗上画了很漂亮的画。因此我想母亲一定会很高兴您来我家的，并会安排您住二楼的西式房间。到时您记得把电灯关掉，我会手拿小蜡烛，在黑暗中上楼见您的……这可以吗？是不是太突然了。

我喜欢坏蛋，特别是那种大家公认的坏蛋。其实我也想成为一个大家公认的坏蛋，只有那样我才能活下去。您可能是日本第一号大坏蛋吧？听弟弟说，最近又有很多人开始恶毒地攻击您，说您卑鄙无耻，令人讨厌。但我听了之后却越发喜欢您了。我想您这种人一定有很多女朋友，但不久您就会逐渐喜欢我一个人的。我一直有这种直觉。您跟我一起生活，每天就能愉快地工作。因为从小人们就常常对我说："跟你在一起就感觉不到辛苦。"到现在我从没招人讨厌过，大家都说我是个好孩子。因此我觉得您也一定不会讨厌我的。

只要咱们能见面，就不需要回信了。我真想见见您，去您东京的家里找您可能最方便了，可我母亲是半个病人，我得像护士兼女佣一样片刻不离地伺候她，根本没法离开。所以我恳求您到我这里来吧。我希望见您一面，见面之后您就会明白一切的。我嘴角的小皱纹，这些象征着时间和悲哀的皱纹比任何话语都能清楚地证明我对您的思念。

在第一封信中提到我心中出现了一道彩虹，这道彩虹没有萤火虫和星光那么高雅美丽。要是那么清淡遥远的话，我就不会这么痛苦，也可以逐渐把您忘掉。我心中的彩虹是一座燃烧着火焰的桥，我感到心都要烧焦了。恐怕一个吸食大麻成瘾者，因买不到大麻而焦灼的心情也没这么痛苦吧？我没错，我没做邪恶的事情。虽然这么想，我有时还是会不寒而栗，忽然觉得自己是在做一桩大蠢事。我也时常反省自己是不是疯了。当然，我也有冷静计划事情的时候。真的，您到这儿来一趟吧，什么时候都行，我哪儿也不去就等候着您。请您相信我。

再见一面吧，那时您要是不愿意的话，明确告诉我好了。我心中的火焰是您点燃的，所以也请您来熄灭，靠我一个人的力量是灭不了的。总之见一面吧，见一面我就得救了。要是在《万叶集》或《源氏物语》的时代，我的想法没一点问题。我的愿望是当您的爱妾，当您孩子的母亲。

如果有人嘲笑这封信，就是嘲笑一个想努力活下去的女人，嘲笑一个女人的生命。我不能忍受海港内滞积着的令人窒息的空气，即便港外有暴风雨，我也要扬帆起航。停歇的帆都是污秽的。那些嘲笑我的人肯定都歇着帆，什么事都不会干。

痛苦的女人。在这个问题上最痛苦的人是我，而对此感觉不到任何痛苦的旁观者抱着污秽的帆停止不前，却还要对我指手画脚，实在是太无聊了。我不希望别人随便说我有什么什么思想。我从未在什么思想或哲学的指导下采取过行动。

我知道，那些得到社会认可、被人尊敬的人都在说谎，都是假的。我不相信这个世界。只有那些公认的坏蛋才是我的朋友。即使被钉死在公认的坏蛋这个十字架上我也心甘情愿。就算受到万人谴责，我也要回击他们：你们才是没有标签的更危险的坏人！

您能理解吗？

恋爱不需要理由。这种大道理只不过是弟弟的说法罢了。我等着您的到来，想再见您一面，仅此而已。

等待。啊，人的生活里有喜、怒、哀、乐等感情，但这些感情只占人类生活的百分之一，其余的百分之九十九就是在等待中度过啊！我怀着焦灼不安的心情时刻等待着走廊上传来令人幸福的脚步声，可都落空了。唉，人类的生活实在太凄惨了。大家都后悔出生到这个世界，每天都要从早到晚地在等待，真是太悲惨了。不过来到这个世界也不错，这样我就能高兴地观察生命、人类和世界了。

您不能冲破道德的阻碍吗，M.C（这不是“我的契诃夫”之意，我并不迷恋作家。它指的是“我的孩子”。）？

五

今年夏天，我给一个男人写了三封信，可他一封也没给我回。当时我走投无路，写了三封信向他倾诉心声，并且顶着九死一生的压力寄给了他，但等来等去一直没见到他的回信。我曾若无其事地问过弟弟直治，那个男人照旧每晚饮酒作乐，写的作品越来越露骨，屡招世人的白眼和憎恨。他动员直治从事出版业，直治欣然接受，邀请这个男人及其他两三位小说家做顾问，拉拢客户出资。从直治的话里可以感觉到，我所迷恋的这个人身上根本没有我的任何气息。我羞愧难当，觉得现实中的他和我印象中的他简直就是判若两人。一时之间我的内心备感凄凉，就像独自一人置身于深秋黄昏的荒野，叫天天不应，叫地地不答。难道这就是失恋的感觉吗？夜幕降临，寒意渐深，置身荒野的我只有死路一条，一想到这里，我不禁悲恸起来，双肩和胸口剧烈起伏，感觉快要窒息了。

看来无论如何我必须亲自上京去见上原先生了。我这艘船已经扬帆出港，无路可退，只能朝目标前进了。正在我悄悄准备上京之时，母亲的身体突然出现了问题。

一天晚上，她咳嗽得很厉害，一量体温，已经烧到三十九度了。

“可能是今天太冷了，明天就好了吧。”母亲咳嗽着小声说。我感觉她这次不是简单的咳嗽，打算第二天请村里的医生来给她看看。

第二天早上，母亲的烧退到了三十七度，也不太咳嗽了。我还是去了村里的诊所，告诉医生我母亲最近身体很弱，昨晚又发烧咳嗽，感觉和普通的感冒咳嗽不太一样，请他给母亲检查一下。

医生说他马上去。说完他从客厅一角的柜子里取出三个梨给我，说这是别人送给他的。午饭刚过，穿着夏季白色褂子的医生来了，他依旧花了很长时间望闻问切，之后面对着我说：“不用担心，吃点药就好了。”

我有些想笑，可还是忍着问道：“要打针吗？”

“那倒没必要，就是感冒，静养休息几天就会好。”

可是，接下来一周，母亲的烧一直没退。虽然不咳嗽了，但体温早上是三十七度七，一到傍晚就烧到三十九度。可医生从给我母亲看完病的第二天起就因为拉肚子在家休息。我去诊所取药的时候，请护士把我母亲的症状转告给医生，可医生让护士告诉我，我母亲的病只是一般的感冒，不用担心，只给我开了些药水和药片。

直治照旧一去东京玩就是十几天不着家。我非常担心害怕，只得写明信片告诉和田的舅舅，说母亲的病不太正常。

母亲烧到第十天时，腹泻痊愈的诊所医生才又来给母亲看病。

医生表情严肃地用手检查了母亲的肺部，叫道："清楚了，清楚了！"然后对我说："清楚发烧的原因了，是左肺积水引起的。可能会持续发烧，不过不要紧，只要静养就可以了。"

"原来是这样啊！"听到村里医生的诊断结果，我就像溺水者抓到了救命稻草一样，终于放心了。医生走后，我对母亲说："太好了，妈妈，只是一点积水，很常见，只要你意志坚强，就会自己好的。都怪夏天的气候让人身体不适，我讨厌夏天，也讨厌夏天开的花。"

妈妈耷拉着眼皮笑着说："人们都说喜欢夏天开的花的人就会死于夏天，我也觉得我活不过今年夏天，可因为直治回来了才活到了秋天。"

听了母亲的话，我心一酸。那么不像话的直治，竟是母亲的生命支柱。

"夏天已经过去了，妈妈你也应该度过危险期了。妈妈，院子里的胡枝子花已经开了，加上女郎花、地榆、桔梗、黄背草和芒草，咱家院里可是一幅秋天的景象啊。进入十月份就应该凉快了。”

我暗自祈祷这个闷热的九月快点过去。那样，当菊花盛开，秋高气爽的日子到来时，母亲的烧也退了，身体也康复了，我也能去见那个人了。我的计划也就能够像大朵开放的菊花一样成功实现了。啊，希望十月早点到来，母亲早点退烧。

给和田的舅舅寄去明信片一周以后，受和田的舅舅委托，以前做过御医的三宅老先生带着护士从东京来给母亲看病了。

三宅老先生是我已故父亲的旧交，看到他，母亲也很高兴；不过老先生平素举止粗鲁，言语粗俗，这让母亲有些担心，所幸当天看完病两人海阔天空交谈甚欢。我在厨房做好布丁端到房间去的时候，病好像已经看完了，老先生把听诊器像项链一样胡乱搭在肩上，斜躺在走廊的藤椅上悠闲地闲聊着：“我们在地摊上，不管好吃不好吃都是站着吃乌冬面……”

母亲面无表情地抬头看着天花板，听着他说话。一切正常，我放下心来。

我鼓足勇气问老先生：“怎么样？村里的医生说左肺有积水。”

老先生若无其事地说：“什么呀，没事！”

“太好了，妈妈。”我会心地笑着。冲妈妈叫道：“医生说没事。”

这时，三宅医生从藤椅上站了起来，朝我递了个眼色，进了旁边的中式房间，我悄悄跟了进去。

老先生站在中式房间挂有饰物的墙角说：“能听见咕噜声！”

“不是积水吗？”

“不是。”

“不是支气管炎吗？”我噙着泪问道。

“不是。”

“是结核！”

我接受不了，如果是肺炎、积水或胸膜炎的话，我有能力给母亲看好。可是如果是结核的话就无能为力了。我两腿发软都快站不住了。

“听声音很糟吗？能听见咕噜声吗？”我吓得抽泣起来。

“左肺右肺都是。”

“可妈妈那么有精神，她还说饭很香呢……”

“我很遗憾。”

“不会吧？多吃点黄油、鸡蛋和牛奶就会好吧？只要身体有抵抗力烧就会退吧？”

“嗯，什么都多吃点。”

“是啊，她每天都吃五个西红柿呢。”

“吃西红柿挺好的。”

“那她的病会好吧？”

“这次的病可能会要她命的，你最好要有心理准备。”

这个世上有很多事情是人的力量无法掌控的。我第一次体会到这种绝望的感觉。

“那我母亲还能活两年还是三年？”我声音颤抖着，低声问。

“这不好说，总之现在已经无能为力了。”

三宅先生当天预订了长冈温泉，便和护士一起离开了。我把他们送到门口后，精神恍惚地回来坐在母亲的身边，若无其事地冲母亲笑着。母亲问道：

“医生怎么说？”

“他说烧退了就好了。”

“我的胸部有问题吗？”

“不要紧，症状和您以前生病时一样。慢慢天凉快了，您就会好起来的。”

我只能对母亲撒谎，不能告诉她这次的病会要她的命。我无法想象母亲会离我而去，那样我也会活不下去的。今后我要忘掉一切，给妈妈做很多很多好吃的——鱼、汤、罐头、牛肝、肉汤、西红柿、鸡蛋、牛奶、高汤。要有豆腐的话，就可以做豆腐味噌汤、白米饭、年糕。我可以卖掉我所有的东西给妈妈做这些好吃的。

我起身去了中式房间，把里面的躺椅搬到后廊能看见母亲的地方坐了下来。从母亲的脸上一点也看不出她是个病人，她的眼睛美丽清澈，脸色红润。每天早上她都按时起床，自己去卫生间洗漱，并在三榻榻米大的洗澡间梳妆打扮。然后坐在床上吃早饭，稍事休息之后，花一上午时间读书看报，可一到下午又开始发起烧来。

“妈妈这么有精神，病一定会好的。”我心里对三宅先生的诊断结果抱有一个大大的问号。

到了十月，菊花将要盛开的时候，母亲开始整天昏睡。我睡梦中老出现我没见过的一幕。梦见很熟悉的森林中的湖泊，我和一位穿和服的青年一起走着。周围笼罩着绿色的雾，湖底有一座别致的白色小桥。

“啊，桥都沉到水下了，今天哪儿也去不了了，只能住在这个酒店了，应该还有空房间吧。”

湖边有一座石头建的酒店，酒店的石头上蒙了一层湿润的绿雾。石门上没有金色的文字，只刻着 HOTEL SWITZERLAND。我刚看到 SWI 这三个字母时，突然想起了妈妈。不知她怎样了，她会来这个酒店吗？我和青年一起穿过石门来到了前院。雾气笼罩的院子里一簇簇大红花像绣球花一样怒放着。小时候，当我看到被子上绣着的绣球花时，就觉得无名的悲伤，看来真有这种花啊。

“你冷吗？”

“有点。雾水打湿了耳朵，耳朵有点凉。”我笑着答道，“不知我妈妈怎么样了？”

于是，青年面带慈祥的微笑，语气沉重地说：“您母亲正躺在坟墓下面。”

“啊！”我小声叫了一声。原来我母亲已经去世了，她的葬礼都已结束。一想起我母亲已经去世，一种无名的凄凉感令我不由得激灵一下，我醒了。

从阳台望去才知道已是黄昏时分了。外面下着雨，绿色的凄凉感像梦一样正笼罩在周围。

“妈妈！”我叫道。

“有什么事吗？”母亲平静地答道。

听到母亲的声音，我高兴地一下跳了起来，跑到母亲的房间，对她说：

“我刚才睡了一觉。”

“是吗，我还以为你有什么事呢！你这一觉睡得可真长啊！”母亲可爱地笑着说。

看到母亲这么优雅地活着，我又高兴又激动，不禁泪眼婆娑。

“晚饭您想吃什么？”我用欢快的语气问道。

“我什么都不想吃。今天，烧到三十九度五了。”

母亲的话令我沮丧，我无言以对，只能默默环视着昏暗的房间。突然有一种想死的感觉。

“三十九度五，您觉得难受吗？”

“没什么，就是开始发烧时不舒服。头有点疼，身体发冷，然后就烧起来了。”

外面天已经黑了，雨也停了，但开始刮风了。我打开灯，转身正要去厨房时，母亲突然说：

“太晃眼了，不要开灯。”

“您不喜欢在黑暗中躺着吧？”我转头问道。

“闭着眼睡觉呢，开不开灯都一样，我一点也不寂寞，倒是有些怕晃眼，今后就不要开这个房间的灯了。”

一种不祥之感再次油然而生，我默默地关掉屋里的灯，去了隔壁房间。我打开隔壁房间的台灯，难以忍受的寂寥感让我冲进厨房，打开一盒鲑鱼罐头，也没加热就扣到米饭上吃了起来。没吃两口，我的眼泪就吧嗒吧嗒掉了下来。

到了晚上，风越刮越大，九点左右开始下起了暴雨。走廊门口两三天前卷起的帘子被吹得哗啦哗啦直响。我在母亲隔壁房间里异常亢奋地读着罗莎·卢森堡的《经济学入门》。这本书是我前两天在二楼直治的房间找到的。除了这本书，我还擅自拿了《列宁选集》、考茨基的《社会革命》。我把这三本书放在我隔壁房间的书桌上，母亲早上洗完脸从书桌旁经过时看见了，便随手拿起来翻了翻，小声叹了口气又默默放了回去。之后她表情严肃地看了我两眼。我能感觉到她的眼神里充满深深的悲哀，但没有一点拒绝和厌恶。母亲喜欢读雨果、大仲马父子、都德等人的书，但我知道那些书里也有革命的内容。虽然“天生”二字不太恰当，但我觉得像母亲那样天生有教养的人，应该是能够接受革命思想的。其实我自己有时读罗莎·卢森堡的书也会有些不安，不过我对那些书还是非常感兴趣。说起经济学，其实这本书从经济学角度读起来是很无聊的，净讲些众所周知的简单事情。也可能是我完全不懂经济学才会有这种感觉吧。总之，我觉得很无聊。人都是吝啬的，如果没有这个前提的话，经济学就是一门无法成立的学问。因为对于不吝啬的人，他们对分配等问题是毫无兴趣的。即便这样，我读这本书的时候，对有些奇怪的说法还是会感到兴趣盎然。吸引我的是这本书的作者直接从根本上破除旧思想的一种无所畏惧的勇气，就像少妇违背道德也会义无反顾地冲到自己爱人身边一样。破除思想，“破除”二字很悲凉，但也很美丽，它是一种破除旧的、重建新的，直至达成目标的梦想。尽管一旦破除旧的后，可能永远看不到自己的目标，可即便那样，为了爱情我依然要勇敢地去破除，勇敢地起来革命，就像罗莎悲壮地迷恋马克思主义一样。

我想起了十二年前一个冬天的事。

“你可真是一个爱读《更级日记》的少女啊！我无话可说了。”

我的一个朋友从我身边离开时这么说。当时我把她借给我的列宁的书——我还未曾读过——还给了她。

“你读了？”

“不好意思，我没读。”我站在能看见东京圣尼古拉大教堂的桥上说。

“为什么？为什么？”

那个朋友比我个子高一点，精通外语，戴着红色的贝雷帽，长得很漂亮，酷似蒙娜丽莎。

“我不喜欢这本书封面的颜色。”

“你真怪啊！不是这个原因吧？是你害怕我吧？”

“我不怕你。我受不了那个封面的颜色。”

“是吗？”

她不悦地说，并称我为“更级日记”少女，说给我讲什么都没用。

我们默默地站着，看着冬天里的河流。

“祝你幸福。如果是永别，就祝你永远幸福。——拜伦”

她边流利地背诵着拜伦的诗，边轻轻地拥抱着我。我害羞地小声说：“对不起。”说完，便朝御茶之水车站走去。当我走了几步回头看时，那个朋友依然站在桥上，静静地看着我。

从那以后，我再没见过那个朋友。我们虽然在同一个外国老师家上课，但不在同一所学校。

十二年后，我依然沉浸在《更级日记》中。我也不知道我这些年做了些什么，没有革命、梦想，甚至不知道恋爱。大人一直告诉我们，革命和爱情是最愚蠢、最让人忌讳的两件事。在战前和战争中那一段时间，我们也一直那么认为。可战争失败后，我们不再相信那些世俗的大人了，开始觉得走他们教导我们的相反道路才是正确的人生之路。我们认为革命和爱情其实是这个世界上最美好、最吸引人的事情。正因为这两件事太美好了，那些大人才吃不着葡萄说葡萄酸，故意骗我们。我甚至坚信人都是为了革命和爱情才来到这个世界上的。

母亲笑嘻嘻地从隔门探头进来说：

“还没睡呀？你不困吗？”

我抬头看了看桌上的表，已经十二点了。

“我一点也不困。社会主义内容的书籍让我很兴奋。”

“是吗？还有酒吗？这种时候喝点酒就会睡个好觉的。”

母亲半开着玩笑，表情带着颓废，很妖艳。

不久到了十月，但迎来的不是秋高气爽，而是像梅雨季一样的持续潮湿闷热的天气。一到傍晚，母亲依旧会发烧到三十八九度。

一天早上，我吃惊地发现，母亲的手开始浮肿了，就连她最爱吃的早饭也吃不了多少，只在房间里喝一小碗粥。她开始讨厌刺激气味的饭菜，那天我做的是松茸清汤，她连松茸的香味都不喜欢。她端着碗闻了一下没喝，又去吃别的菜了。当时我看到母亲浮肿的手吓了一跳。她的右手肿得圆鼓鼓的。

“妈妈，您的手没事吗？”她苍白的脸看起来也有些浮肿。

“没事啊。就这样子，没什么事。”

“什么时候肿的？”

母亲沉默不语。我差点失声痛哭起来。这双手不是母亲的手，是另一位中年女人的手。母亲的手应该更小，更纤细才对，那双手我很熟悉，非常温柔，非常可爱。那样的手永远消失了吗？虽然她的左手还不太浮肿，但也不忍直视。我赶紧把视线转移到壁龛的花篮上。

我忍不住眼泪，赶紧站起来跑进了厨房。直治正一个人吃着半熟的鸡蛋。他待在伊豆的家里时，晚上都会去阿咲的店里喝烧酒，早上懒洋洋地在厨房只吃四五个半熟鸡蛋，然后就去二楼睡觉了。

“妈妈的手肿了。”我低头对直治说，说着说着便抱着肩膀低头哭了起来。

直治没说话。我抬头扶着餐桌说：“这下完了，你看见了吗？手都肿成那样了，这下可完了。”

直治也黑着脸说：“最近才肿的，真是没办法啊。”

“我得给她治好，得想办法给她治好。”我用右手攥着左手说。突然，直治抽泣了起来：

“为什么都是倒霉事？为什么我们碰见的都是倒霉事呢？”他一边说，一边用拳头使劲揉眼睛。

那天直治上京去给和田的舅舅汇报母亲的病情，商量今后该怎么做。我除了侍奉母亲外，几乎是从早哭到晚。在晨雾中取牛奶时、对着镜子梳头时、涂口红时，我一直都在哭。和母亲一起度过的幸福时光，一起经历的往事像画一样一件一件浮现在我眼前，一想到这些我就哭个不停。傍晚天黑下来后，我一个人在中式房间的阳台上，又哭了很久。秋空星光点点，一只猫卧在我的脚旁一动不动。

第二天，母亲的手比前一天肿得更厉害了，饭也没怎么吃，连橘汁都嫌刺激不愿意喝。

“妈妈，您再戴上直治上次说的那种口罩吧。”我本来想笑着说的，可因为心里难受一张嘴便哇的一声哭了出来。

“你每天很忙，太累了吧？不行就雇一个护士吧。”母亲平静地说。看来和她的病比起来，她更关心我的身体。听她这么说我更难受了，站起来跑到三榻榻米大的洗澡间放声大哭起来。

午饭刚过，直治带着三宅老医生和一名护士回来了。平时爱开玩笑的老先生，这次也脸带怒意，直接冲进母亲的房间立刻检查起来。他低声自言自语道："身体越来越弱了啊！"随后给母亲打了一针樟脑液。

"医生，您住哪儿呢？"母亲迷迷糊糊地问。

"还在长冈。我已经预约好了，您不用担心。生病的人不要操那么多心，想吃什么就多吃点什么，这样多吸收营养病才会好。明天我再来，这名护士就留在您身边照顾您吧。"

老先生冲着病床上的母亲大声说完，起身给直治递了个眼色。

直治和护士送医生离开了。不一会儿他强忍着泪水回来了。

我俩悄悄地来到了厨房。

"已经不行了，是吧？"

"真没办法啊。"直治歪着嘴笑了笑说，"妈妈太虚弱了，医生说或许就这两天了。"直治说着说着，眼里噙满了泪花。

"要不要给亲戚们发电报呢？"此时我倒一下平静下来。

"这件事我和舅舅也说了，不过他说现在已经不兴让亲戚们来了，即便让亲戚们来，这么小的家反倒失礼。附近也没有像样的住的地方，长冈温泉也只能预约两三个房间，总之我们已经没钱去邀请那些大人物来了。舅舅应该马上就来，不过那人向来吝啬，也靠不住。昨晚他不提妈妈的病情，倒是把我狠狠说了一顿。被吝啬者说教后，幡然醒悟者从古至今恐无一人。妈妈和他虽然是姐弟俩，可性格却一个天上一个地下啊，我可不喜欢他。”

“我无所谓，不过你今后还得靠舅舅啊……”

“我才不愿意呢，我宁愿当个乞丐。姐姐你今后才应该投靠舅舅呢。”

“我……”我流着泪说，“我有自己的去处。”

“你的亲事定了？”

“没有。”

“自己养活自己吗？当做苦力的女仆吗？算了吧，算了吧。”

“也不是自己养活自己，我要当一名革命家。”

“哎？”直治惊讶地看着我。

这时，三宅医生带来的陪护护士过来叫我：“夫人好像有什么事！”

我赶紧来到妈妈的房间，坐在被子旁靠近母亲问道：“您有什么事吗？”

母亲想要说什么，可没说出来。

“您想喝水吗？”我问道。她轻轻摇了摇头，看来她不想喝水。过了一会儿，她小声说：

“我做梦了。”

“是吗？什么梦啊？”

“我梦见蛇了。”

我的心紧了一下。

“你看看，走廊一侧的垫脚石上有条红色的母蛇吧？”

我觉得心里一阵发冷，起身到走廊，隔着玻璃窗往外一看，垫脚石上的确有条蛇伸长身子在晒太阳。看得我一阵头晕目眩。

我盯着那条蛇，心里念叨：我认识你，你看起来比那时候长大了一些，但也老了一些。被我烧了蛇蛋的母蛇啊，我知道你要报仇，不过请你先去那边，赶快给我去那边。

但那条蛇一动也不动。我不想让护士看到，便跺了一下脚，故意提高嗓门大声说：

“没有啊！妈妈，你是不是做梦梦见的啊？”

说完，我瞟了一眼垫脚石，只见那条蛇终于慢慢地从石头上爬走了。

坏了，这下坏了。看到那条蛇的那一刻，我从心底第一次感到了绝望。听说父亲去世时，他的枕边就有一条小黑蛇。当时我还看到院里的树上爬满了蛇。

母亲看起来连从床上起身的力气都没有了，总是昏昏沉沉地睡着。虽然有护士照顾她，但她每天几乎都吃不下饭。看到蛇以后，我决定化悲痛为力量，每天尽量陪侍在母亲身旁，以求心里的平静和短暂的幸福。

第二天开始，我紧靠在母亲的枕头边打起了毛衣。我打毛衣和做针线活比一般人要快得多，但做工不行。从前，妈妈总是手把手地教我。其实我那天也没心情打毛衣，但为了自然地坐在母亲身旁，才搬出毛线来，心无杂念地打了起来。

母亲一直盯着我的手，说：

“你在给自己打袜子吗？你要是不加八针的话，穿起来就紧了。”

我小时候再怎么学都打不好毛衣，听母亲这么说，又害羞又怀念小时候的时光，一想到母亲再也不能教我打毛衣了，一时不禁泪眼婆娑，看不见针眼了。

母亲这么躺着，看不出一点痛苦的样子。从早上起就没怎么吃饭，我用纱布滤了茶不时让她喝两口。不过她意识倒还清醒，不时会平静地跟我说话。

“登有天皇陛下照片的报纸，你拿来再让我看一次。”

我把那张报纸举在母亲的脸前：

“天皇看起来老了啊！”

“不，这是照片照得不好。最近天皇的照片看起来很年轻，很有朝气。反倒是现在这个时代，天皇看起来很愉快啊！”

“为什么？”

“因为天皇陛下被解放了啊！”

母亲干笑了笑。过了会儿说：“我想哭都没眼泪啦。”

我突然觉得母亲现在很幸福。幸福感就像悠悠发光的金沙一样，沉浸在深深的悲哀之中；可一旦超越悲伤的界限之后，就会有一种不可思议的微薄希望，这就是幸福感。要真是这样的话，天皇陛下、母亲和我现在的确很幸福。平静的秋日上午，柔和的阳光洒满了庭院。我放下打了一半的毛衣，一边抬头远眺远处闪闪发光的大海，一边对母亲说：

“妈妈，我过去是不是很不懂事啊？”

我还想说下去，但看到护士在墙角正准备给母亲静脉注射，觉得不好意思，便住了嘴。

“你说过去……”妈妈微微笑着问我，“那么你现在懂事了？”

我一下面红耳赤。

“人情世故我也不懂。”

妈妈仰着头，自言自语小声说着：“我也不懂人情世故啊！恐怕也没人懂吧。不管活多久，大家都是孩子，什么都不懂的。”

可我必须活下去，就算长不大，也不能再向母亲撒娇了，接下来我必须和世俗斗争了。今后这个世上，恐怕再也没有像母亲一样，与世无争、不卑不亢、美满悲壮地度过一生的人了。我忽然觉得死去的人很美，反倒是活着的、苟延残喘的人很丑陋，充满血腥味，很肮脏。我总觉得榻榻米上有条怀孕的、在打洞的母蛇。但我并没完全死心，不管卑鄙也罢，苟延残喘也罢，为了完成自己的心愿，我依然要和世俗斗争下去。当面对母亲将不久于人世这个事实时，我的浪漫和感伤都逐渐消失了，取而代之的是越来越狡诈的自己。

那天午饭时间刚过，我正在给母亲喂水润嘴时，门外响起了停车声。原来是和田的舅舅和舅妈驱车从东京赶了过来。舅舅一坐在母亲的床边，母亲便开始用手绢半遮着脸，盯着舅舅的脸哭了起来。不过只是抽泣着，没有眼泪流出来，就像个玩具娃娃一样。

“直治去哪儿了？”好一会儿，母亲才转过脸问我。

我爬上二楼，对正斜卧在沙发上看最新杂志的直治说：“妈妈叫你呢。”

“唉，那个悲伤地，你真能忍受坚持啊！看来你满不在乎啊！你可真薄情啊！我可不行啊。我内心悲痛肉体脆弱，实在没有力气待在母亲身旁啊！”

直治这么说着，穿衣和我下了二楼。

看见我们两人坐在她身边，母亲突然把手从被子里伸了出来，默默地一手指着直治，一手指着我，然后脸朝舅舅把两只手掌合了起来。

舅舅用力地点点头，说：

“我明白，我明白！”

母亲好像放心了。她轻轻闭上眼睛，把手慢慢放进了被子。

我哭着，直治也低头呜咽了起来。

这时，三宅老医生从长冈过来给母亲打了针。母亲见到舅舅后，好像心里已没什么遗憾了，平静地说：“快请医生休息！”

老医生和舅舅对视了一下，默默地，两人的眼里也闪动着泪花。

我进入厨房，准备了舅舅爱吃的油豆腐乌冬面，端了四份到中式客厅。舅舅掏出他带来的丸之内酒店的三明治，给母亲看了看放在了她的枕边。

“你最近很忙吧？”母亲小声问。

大家在中式客厅说了会儿闲话后，舅舅和舅妈说他们当晚有急事，必须赶回东京。他们给了我一个装钱的信封后，便准备和三宅医生、护士一起回去了。在给留下来的护士交代了一些注意事项，并告诉我母亲意识尚清晰、心脏的问题还不太严重，只要打四五天针就会没事之后，他们当天便驱车回了东京。

送完他们回来，我刚一到母亲身边，就见她和蔼地笑着，小声说：

“忙坏了吧？”

她的表情很生动，甚至可以说很鲜亮。我想肯定是见着舅舅心里高兴的缘故。

“不忙。”我心情稍稍轻松了些，乐呵呵地答道。

仅三个小时之后，母亲便去世了。寂静的秋日黄昏，护士确认了母亲的脉搏后，在我和直治这两个最亲的家人守护下，日本最后一个贵妇人——美丽的母亲离我们而去了。

母亲死后，她脸上的表情丝毫没变。父亲去世时，脸色骤变；可母亲的脸色没一点变化，只是没了呼吸，甚至都不知道她什么时候停止呼吸的。脸上的浮肿几天前就消退了，脸颊像蜡一样很光滑，薄薄的嘴唇斜带着笑意，比她活着时还美艳动人，感觉很像哀痛的圣母玛利亚。

六

战斗开始了。

我不能长期沉浸在悲痛里，不管错与对，我必须战斗。最新伦理，这么说好像有些伪善，其实就是爱情。和罗莎离不开经济学一样，我现在也不能没有爱情。耶稣揭穿了这个世上宗教学家、道德家、学者、权威的伪善嘴脸，他为了惩戒自己的十二弟子未能给人直接、如实地传达神的纯真的爱，而要把他们派往远方时所告诫他们的话，和我的情况很相似。

“腰袋里不要带金银铜钱。行路不要带口袋，不要带两件褂子，也不要带鞋和拐杖。我差你们去，如同羊进入狼群，所以你们要灵巧像蛇，驯良像鸽子。你们要防备人，因为他们要把你们交给公会，也要在会堂里鞭打你们；并且你们要为我的缘故，被送到诸侯君王面前。你们被交的时候，不要思虑怎样说话，或说什么话，到那时候，必赐给你们当说的话。因为不是你们自己说的，乃是你们父的灵在你们里头说的；并且你们要为我的名被众人恨恶，唯有忍耐到底的必然得救。有人在这城里逼迫你们，就逃到那城里去。我实在告诉你们，以色列的城邑，你们还没有走遍，人子就到了。

“那杀身体不能杀灵魂的，不要怕他们，唯有能把身体和灵魂都灭在地狱里的，正要怕他。你们不要想，我来是叫地上太平；我来并不是叫地上太平，乃是叫地上动刀兵，因为我来是叫人与父亲生疏，女儿与母亲生疏，媳妇与婆婆生疏。人的仇敌就是自己家里的人。爱父母过于爱我的，不配做我的门徒；爱儿女过于爱我的，不配做我的门徒；不背着十字架跟从我的，也不配做我的门徒。得着生命的，将要失丧生命；为我失丧生命的，将要得着生命。”

战斗开始了。

如果为了爱情，要我发誓恪守耶稣的这个教导的话，我肯定会遭受耶稣训斥的。我不懂为什么“爱情”不行，而“爱”就可以呢？它们不是一回事吗？为了不明不白的爱、爱情和悲伤，而把身体和灵魂都毁灭在地狱里的人，啊，我敢肯定我就是那样的人。

在舅舅的帮助下，在伊豆举行了母亲的不公开葬礼，在东京举行了正式葬礼。之后我和直治就在伊豆别扭地过着见面也不说话的生活。直治拿走了母亲全部的珠宝，谎称要用作出版事业的投资。当他在东京喝酒喝累后，就会像个重症病人似的满脸苍白、摇摇晃晃地回家睡觉。有一次他竟然带了个年轻的舞女回家，当他满脸尴尬地面对我时，我便对他说：

“今天我想去东京，去很久未见的朋友那儿一趟。可能会住两晚或三晚，你来给咱们看门，饭就让你带来的那个人给你做吧。”

我聪慧得像蛇一样一下就抓住了直治的弱点，然后把化妆品和吃的东西收拾进包里，极其自然地上京去见那个人了。

很早以前，我就从直治那里打听到那人战后的新家所在地。在东京郊外的省线荻窪站北口下车后，走二十分钟就到了。

那天的秋风很大。在荻窪站下车时，天已经快黑了。我将那人所在的社区说给过往的行人，请他们指给我大致的方位。然后用了将近一个小时徘徊在黑暗的郊外小路上。因为害怕，我流着泪，在石子路上又绊了一跤，连木屐的带子都绷断了。就在我不知该怎么办才好时，猛然抬头看见右首第二家的门牌在夜色中模糊地浮现着白色的“上原”二字。我光着一只脚走到那家玄关仔细一看，门牌上的确写着“上原二郎”，只是屋里一片漆黑。

该怎么办？一瞬间我有些踌躇，不过很快我就下定决心，把身体贴在玄关上，两手抚摸着玄关的隔窗，小声嘟囔着说：

“有人在吗？上原先生。”

没想到有人应声了，是个女人的声音。

大门从里面开了，一位纤细的、带有古典气息的女人在黑暗中冲我笑着。她看起来比我大三四岁。

“请问您是？”她询问的语气里没有半点恶意。

“不是，那个……”我没告诉她我的名字。我的爱情让我对这个女人怀有愧疚感。我惴惴不安，近乎卑屈地说：

“老师在吗？”

“哦，”她有些可怜地看着我说，“他的去向我基本……”

“他出远门了吗？”

“那倒没有。”她用一只手捂着嘴，看起来很可笑，“你去荻窪站前那个叫白石的关东煮店问一下大概就会知道他的行踪。”

“是吗？”我高兴得快跳起来了。

“哎呀，您的鞋……”

在上原夫人的邀请下，我进屋坐在地板上，给木屐换上了夫人拿来的轻便鞋带，这是一种木屐带子断了时可轻松置换的皮革鞋带。这期间，夫人点着灯端到玄关来了。

“真不凑巧，我家两个灯泡都坏了。最近这电灯泡又贵又不经用。我丈夫在家的话我就会让他买的，可他昨天、前天都没回家。我们为了不花钱，连着三晚很早就睡了。”

她轻松地笑着说。在她身后，站着一位十二三岁的瘦削女孩子，眼睛大大的，不太亲近人。

我虽然没觉得她们是我的敌人，但她们母子今后肯定会认为我是敌人的。这么一想，我就觉得我热烈的恋爱之行一下子凉了。修好木屐的带子后，我起身拍了拍手。在把两手的脏东西拍落的同时，全身突然被一种愧疚所笼罩，我跑进屋内，在黑暗中拉着夫人的手哽咽着，全身剧烈地晃动着。哭着哭着，我突然很讨厌刚才装模作样的自己。

“谢谢您。”我非常恭敬地鞠了躬，走了出来。秋风拂面，战斗开始了。爱恋、喜欢、向往、真心爱恋、真心喜欢、真心向往。因为真心爱恋，所以难以控制；因为真心喜欢，所以难以控制；因为真心向往，所以难以控制。上原夫人的确是一个难得的好人，上原小姐也很漂亮。可是我站在上帝的审判席上，一点也没有负罪感。人都为爱情和革命而生，这一点上帝也不会惩罚我的。我一点也没错，正因为真心喜欢他，我才大胆地来见那人一面。就是两晚、三晚露宿野外，我也一定要见到他。

我很快就找到了车站前叫白石的关东煮店，但那个人不在那儿。

“他肯定在阿佐谷呢。从阿佐谷车站北口一直走，走一丁半左右吧，有一个五金店，从那儿往右拐进去半丁左右，有一家叫柳屋的小饭馆。上原先生最近和柳屋的陪酒女打得火热，他成天就泡在那儿呢。”

我去车站买了票，坐上了开往东京的省线电车，在阿佐谷下车后，出北口走了大约一丁半，再从五金店朝右拐进去了半丁。柳屋就藏在那里。

“他刚才走了。和一大群人一起，说是要去西荻千鸟居酒屋的老板娘那儿喝通宵呢。”

一个比我年轻，很沉着，很有品位的女孩子热情地告诉我。她好像就是和那人打得火热的陪酒女。

“千鸟？在西荻的什么地方呢？”我内心忐忑，眼泪都快出来了，感觉自己都快疯了。

“我也不太清楚。好像从西荻窪站下车后从南口往左拐。总之你问问交警就明白了。不过他经常不止在一家喝酒，去千鸟前也有可能去别的地方的。”

“我去千鸟看看，再见。”

我沿原路返回，从阿佐谷坐省线开往立川方向的电车，经荻窪，在西荻窪站南口下车，迎着寒风辗转找见一个派出所，打听了千鸟的方位后就走夜路前往。看见千鸟蓝色的灯笼后，我毫不犹豫地打开门走了进去。

刚一进去的房里没铺榻榻米，里面六榻榻米大的房屋中烟雾缭绕，十几个人围坐在一张大桌子前，喧闹着喝着酒。中间还坐着三个年龄比我小的姑娘，也都吸着烟、喝着酒。

我站在门口环视一圈后，终于发现了那个人。就像做梦一样，不，整整六年就像一个陌生人一样。

这就是我的彩虹——M.C，我生活的全部意义。六年了，他依然头发蓬乱，只是已经发黄变薄了。脸色发黄浮肿，眼角赤红，前牙脱落，嘴唇不停抖动，就像一只弓着背的老猴坐在屋角一样。

一个女孩子看见了我，递眼色给上原先生。那个人坐着，扭着细长的脖子看着我，面无表情，用下巴示意我过去。其他人好像对我毫无兴趣，继续吵吵闹闹。不过，他们挤着坐了坐，在上原先生的右侧给我腾出了一个位子。

我默默坐着。上原先生给我的杯子里倒满了酒，然后给自己的杯子也斟满了酒。他用爽快的声音低声说："干杯。"

两只杯子无力地碰在了一起，发出了一声悲切的声音。

"断头台、断头台，骨碌骨碌"，不知谁先喊了一句，马上有人应答："断头台、断头台，骨碌骨碌。"只听当的一声，酒杯响亮地碰在一起，两人一饮而尽。紧接着，四周响起了一片"断头台、断头台，骨碌骨碌"声，伴随着这首不知什么意思的歌声，大家开始频繁地碰杯喝酒。在这种滑稽节奏的带动下，大家纷纷拼命把酒往嘴里灌。

"失敬！失敬！"

刚有人踉踉跄跄着离开，马上有新的酒客补进来，朝上原先生点头示意后，就加入了酒桌。

"上原先生，那个地方，那个地方，就是'啊啊啊'那个地方，怎么读才好呢？是'啊、啊、啊'呢'，还是'啊啊、啊'呢？"探头询问的人好像是新剧演员藤田，我还记得他在舞台上的样子。

"是'啊啊、啊'。就像'啊啊、啊，千鸟的酒不便宜啊'这样的节奏。"上原先生答道。

"脑子里光是钱的事啊。"一个姑娘说。

"两只麻雀一钱，是贵还是便宜啊？"一位年轻的绅士说。

"耶稣有句话叫若有一文钱没有还清，又说五塔兰特[①]、二塔兰特、一塔兰特，真是很麻烦的比喻呀！他把钱算得可真细啊！"另一个绅士说。

"还有，那家伙可是个酒鬼啊。我感觉《圣经》里关于酒的比喻出奇地多，一调查，果然是。你看，《圣经》就批判说'看吧，贪食好酒的人'。不是喝酒之人，而是好酒之人，这说明他很能喝，至少得一升吧！"第三位绅士说。

"行了行了，你们都是畏惧道德，而用耶稣做幌子的吧。阿惠，来，喝酒！断头台、断头台，骨碌骨碌。"上原先生用力和最年轻漂亮的姑娘当地碰了酒杯，咕咚一声喝干了杯中的酒。顺着嘴角流下来的酒滴把他的下巴都弄湿了。只见他毫不在乎地胡乱擦了擦，接下来连续打了五六个喷嚏。

我悄然起身进了隔壁一个房间，向脸色苍白、身体消瘦的

① 塔兰特：古代中东等地使用的质量单位。

老板娘问了厕所的位置。上完厕所再次经过隔壁房间时，看见刚才那个最年轻漂亮的、名叫阿惠的姑娘站在那里，好像在等我似的。

“您肚子饿吗？”她亲密地笑着问我。

“嗯，有点。不过我带着面包呢。”

“也没什么东西好款待你们的，”病怏怏的老板娘慵懒地侧卧在火炉旁说，“就在这个房间吃点饭吧。和那些酒鬼们在一起，一晚上也吃不上饭的。请坐到这儿来，阿惠你也过来。”

“哎，阿娟，没酒了！”隔壁房间有个绅士叫道。

“来了，来了。”三十岁上下的女服务员阿娟穿着漂亮的条纹和服一边答应着，一边端着装有二十几瓶酒壶的盆从厨房出来了。

“等一下。”老板娘叫住她，笑着对她说，“给这儿拿两瓶。另外，阿娟，麻烦你去巷里的铃木家再要两碗乌冬面来，快点！”

我和阿惠并排坐在火炉旁，烤着手。

“天冷了，请盖上被子吧。喝点酒吧！”

老板娘说着，给自己的茶杯倒了一杯酒，然后给另外两个茶杯也倒了酒。我们三人默默喝了起来。

“大家都很能喝啊！”老板娘平静地说。这时只听哐当一声，酒馆的门被打开了，一个年轻的男子走进来说：

“先生，我拿回来了。我们社长真抠，开始我说要两万，最后缠了半天，才给了一万。”

“是支票吗？”上原先生兴奋地问。

“对不起，是现钱。”

“没事，我写收据。”

于是，从那张酒桌不停传来“断头台、断头台，骨碌骨碌”的碰杯声。

“阿直呢？”老板娘认真问阿惠。听她这么问，我暗吃一惊。

“我不知道，我又不是他的跟班。”阿惠慌忙说，脸一下红了。

“最近，他是不是和上原先生闹别扭了？平常两人可总在一起啊！”老板娘平静地说。

“听说他喜欢上跳舞了，还认识了跳舞的女朋友。”

“这个阿直，既酗酒又玩女人，真是坏透了！”

“这全是上原先生教导有方啊！”

“不过，阿直品性本来就不好，那种落魄的公子哥……”

“我说，”我笑着插嘴道——我觉得再沉默下去，这两人还会说出更无礼的话来，“我是直治的姐姐！”

听我这么说，老板娘吃惊地望着我。阿惠倒很平静。

“您长得很像阿直。刚才您站在昏暗的外间时，我就这么觉得了。”

“是吗？”老板娘一改刚才的腔调，“这么肮脏的地方，真是难为您了。这么说，您之前就认识上原先生？”

“嗯，六年前就认识了……”说了半截子，我就低下了头，眼泪差点流了出来。

“断头台、断头台，骨碌骨碌。断头台、断头台，骨碌骨碌。”上原先生嘴里嘟囔着，来到我们这边的房间。扑通一声盘腿坐在我身边，默默地把一个大信封交给了老板娘。

“下不为例噢，今后可别再想着糊弄我了！”老板娘一边笑着说，一边接过信封，看也没看就直接塞进了火炉旁的抽屉里。

“之后的酒钱我会给你的，只不过得到明年了。”

“又是这么说。”

一万日元。这么多钱够买多少电灯泡啊！我要有那么多钱，就够生活一年了！

啊，这些人的活法好像有问题！不过他们可能和我的爱情一样，不这样就活不下去了。如果人在这个世上必须活下去的话，那我们就不该去厌恶他们这种坚持生活的方式。人活着，本身就是一件让人痛苦窒息的大事！

“总之呢，”隔壁房间的一位绅士说，“今后要在东京生活，必须会用‘你好’这种轻薄至极的话打招呼。现在要求我们的厚重、诚实这些美德，也会逐渐消失的。厚重？诚实？呸！靠这些是无法生活下去的。如果你轻易说不出‘你好’的话，只能有三个选择：一是回家务农，二是自杀，三是做女人的情夫。”

“那些一个也不会做的可怜家伙，至少还有最后一个唯一的手段。”另一个绅士说。

“咱们让上原二郎请客，一起痛饮吧！”

于是，又是一阵“断头台、断头台，骨碌骨碌”声。

“你没住的地方吧？”上原先生低声问。

“您是说我吗？”

我感觉到一条毒蛇朝我扬起了脖子，一种近乎敌意的感觉让我一下绷直了身体。

“你愿意和我们挤在一起睡吗？不过可冷了。”上原无视我的敌意，依旧自顾自地说着。

“那恐怕不行吧！”老板娘插嘴道，“真可怜！”

“切！”上原先生咂嘴道，“那你就别来这种地方啊！”

我沉默不语。这个人肯定看过我的信了；并且我从他的话里已经察觉到，他应该非常喜欢我。

“真让人头疼啊。问问福井小姐，在她那儿住怎么样。阿惠，你能带她去吗？算了，你们两个女人路上太危险了。真麻烦啊！老板娘，你把这个人的鞋拎到厨房吧，我去送送她。”

外面夜已深，风基本停了，满天的星星眨着眼睛。我俩并排走着。

“我可以和大家挤着睡的。”

上原先生迷糊地应道：“嗯。”

“你想单独和我在一起，对吧？”我笑着问。

“我也是情难自抑啊！”上原先生歪着嘴，苦笑了一下。我已经深深意识到，他其实非常喜欢我。

“你每晚都喝很多酒吗？”

“是的，从早上就开始喝了。”

“好喝吗？酒。”

“可难喝了。”听他这么说，我不禁感到背上有些发凉。

“您的工作呢？”

“别提了，写什么都写不好，只能叹气悲伤了。真是到了生命的黄昏、人类的黄昏和艺术的黄昏了！这说法听起来有些酸酸的吧？”

“尤特里罗[①]！”我几乎不假思索，脱口而出。

---

① 尤特里罗是20世纪法国画坛杰出的天才画家，享有“巴黎之子”美誉。

“对，尤特里罗！人们都不喜欢他，他竟然还活着。他真是一个大酒鬼、一个空躯壳啊！最近十年他的画真是越来越粗俗了，都不行！”

“不光是尤特里罗吧？其他的大家也都……”

“没错，都衰落了。不过新芽们也都在新芽期衰落了。霜，frost，这个世界经常被霜所笼罩啊！”

上原先生轻轻搂着我的肩，我的身体就被他那双层大衣袖子包了起来。我没拒绝，反倒依偎着他慢慢走着。

路旁有一根树枝，光秃秃的，没有一片树叶，枝尖直指夜空。

“这树枝很漂亮啊！”我禁不住喃喃说道。

“嗯，花和深黑色的树枝很协调。”他没料到我会这么说，慌忙附和道。

“不是的。我说我喜欢这种不带花、叶子和树芽的光秃秃的树枝。就是这样，它还是好好地活着呢！和枯枝完全不同。”

“只有自然界不会衰败啊！”说完，他又连续打了好几个喷嚏。

“您没感冒吧？”

“不，不是的。这其实是我的一个怪癖。酒喝到一定的饱和度之后，马上就会这么打喷嚏。就像喝醉酒的气压计一样。”

“爱情呢？”

“唉？”

“您肯定有红颜吧，达到饱和度的女人？”

“什么啊！你就别逗了。女人都一样，太烦人了。断头台、断头台，骨碌骨碌。要说也有一个，不，半个人。”

“我的信，您看了？”

“看了。”

“那回信呢？”

“我讨厌贵族。随时随地都趾高气扬，傲慢无比。你弟弟阿直堂堂贵族男士，有时也会耍小脾气，让人无法和他待在一起。我是乡下老百姓的儿子，从这种小河边走过时，就会想起小时候在家乡小河边钓鱼、捉青鳉鱼的情景来。”

我们沿着河边的小路走着。漆黑的河底传来哗哗的流水声。

“不过，你们贵族是绝对理解不了我们这种感伤的，你们只会嘲笑我们。”

“屠格涅夫呢？”

“那家伙是个贵族，所以我不喜欢。”

“可是，《猎人日记》……”

“只有那一篇写得比较好。”

“写的是农村生活的感伤……”

“那家伙是个乡下贵族，这一点还可以接受。”

“我现在也是一个乡下人，一个种田的乡下穷人。”

“你现在还喜欢我吗？”他语气很粗暴，“还要生我的孩子吗？”

我没回答他。

他靠近我，就像岩石从山上滚落一样，疯狂地吻了我。他的吻充满了性欲气息。被他吻着时我流着泪，流着屈辱、悔恨的苦涩泪水。眼里溢出的泪水打湿了我的脸颊。

之后，我们又一起并排朝前走。

“糟了，迷上你了。”他笑着说。

可我笑不出来，只是皱着眉，抿着嘴。

真是没办法啊。要是用语言表达出来的话，我心里就是这种感觉。我觉得自己趿拉着木屐走路的样子很放荡。

“糟了。”他又说了一遍。

“咱们一直走下去吗？”

“别装腔作势了。”

“你这家伙！”上原先生用拳头轻轻捶打着我的肩膀，又打了一个大喷嚏。

福井家的人都已睡下了。

“电报，电报，福井，你的电报！”上原先生敲着门，大声喊。

“是上原吗？”屋里有个男人问。

“没错。王子和公主来你家借宿一晚。这么冷的天，我一个劲地打喷嚏，眼看美好的爱情剧就要变成滑稽戏了。”

门从里面被打开了。只见一位五十多岁、秃头小个子大叔穿着鲜艳的睡衣，脸上挂着怪怪的憨笑，迎接我们。

“打扰了。”上原说完，穿着斗篷径直进了家门，“工作室太冷了，就住你家二楼吧。来！”

他拉着我的手，爬上走廊尽头的楼梯，进了一个黑黑的房间。他到屋角拉亮了灯。

“有点像饭店的房间啊。”

“嗯，这都是暴发户的喜好。家里挂这些劣质的画真是糟蹋了，太不吉利，会招来灾难的。今天只能借宿在这儿了，快睡吧！”他就像在自己家一样，随手打开壁柜把被子拿了出来，“你睡这儿吧，我回家了。明天早上我来接你。厕所在楼下右侧。”

他摇摇晃晃地咚咚咚下了楼梯，一下就消失了。

我关了灯，脱下以前父亲用天鹅绒给我做的外套，解下腰带，没脱和服就直接钻进了被窝。太累了，再加上喝了酒，我身体很沉，一下就睡着了。

不知什么时候，我发现他竟躺在我的身边。经过近一个小时的无言反抗，我觉得自己很可怜，最后放弃了。

“不这样做，您就不安心？”

“嗯，是这种感觉。”

“您是不是搞坏身体了？咯血吗？”

“你怎么知道的？其实最近我的身体非常差，不过谁也不知道。”

“因为您嘴里的气味和我母亲去世前的一样。”

“我一直都拼着命往死里喝酒，因为活着我只感到悲伤。我没有闲情逸致去感觉空虚寂寞，我感觉到的只是悲伤。当你心情郁闷，四周净是叹息声的时候，你就会觉得自己不可能有幸福。当你明白自己活着根本没有幸福和荣誉可言时，你会是什么心情呢？努力，那只是饥饿野兽的饵食罢了。凄惨的人太多了。我这些话酸不酸？”

“不。”

“只有爱情。就像你信里说的那样。”

“是的。”

我感觉那样的爱情已经消失了。

天亮了。

房间里有了亮光后，我一直盯着睡在我身边的这个男人的睡脸，那是一张快要死去的人的脸，一张极度疲劳的脸。

牺牲者的脸，高贵的牺牲者。

我的爱人，我的彩虹，我的孩子，他又可憎又狡猾。

望着这张世上独一无二的、异常美丽的脸庞，我心情激动，感觉爱情重又回到了我的身边。我抚摩着他的头发，主动吻了他。

这是一种悲伤的爱情成就感。

上原先生一睁眼就紧紧抱住了我：

“我是个平民，让你受委屈了。”

我已经离不开他了。

“我现在很幸福。即便四周都是叹息声，我现在的幸福感也已经饱和了。幸福得真想打喷嚏。”上原先生呵呵笑着，“天这么晚了，都黄昏了。”

“现在是早上。”

我弟弟直治当天早上自杀了。

七

直治的遗书：

姐：

我受不了了，先走了。

我实在不懂我为什么要活着。

就让那些想活着的人活着吧。

人有生存的权利，同样也应该有死的权利。

我这种想法一点都不新奇，这种理所当然的、极其质朴的道理，只是人们害怕而不愿意说出口罢了。

想要活下去的人，遇到任何困难都会顽强地活下去。这一点非常棒，绝对是人类的优秀所在。不过，我觉得死也不是罪。

我觉得自己这棵草很难在这个世界的空气和阳光中活下去。总觉得要活下去还缺点什么。我也是拼尽全力才活到了现在。

我上高中后，第一次遇见了一些坚强的朋友，他们生长的环境和我完全不同。他们很强势，为了不败给他们，我依靠吸食大麻，狂乱地和他们对抗。之后当兵进了部队，为了活下去，依旧吸食鸦片。姐可能不理解我这种心情吧。

我曾经想变得粗俗、凶残一些，因为这是结交大众朋友的唯一途径。喝酒是不行的，它不能让我一直处于晕乎乎的状态，必须吸食大麻才行。我必须忘记自己的家，必须和父亲的血统抗争，必须拒绝母亲的关心，必须对姐姐冷淡。因为不这样，我就拿不到进入普通大众圈的入场券。

最后我变粗俗了，也慢慢会用粗俗的言语了。但我只是一个笨拙的工匠，那些话有一半，不，有百分之六十左右都是现学现卖的东西。在普通大众的眼中，我依然还是一个装腔作势、让人作呕的人，他们根本不愿打开心扉和我一起玩。现在我身上百分之六十的粗俗是现学现卖的，所以剩下的百分之四十也已彻底变粗俗了。以前脱离了的沙龙是绝对回不去了，因为我一刻也无法忍受那些所谓上流沙龙里的高雅，那只会让我想呕吐。而那些地位显赫、目中无人者，也会对我的粗俗举止目瞪口呆，拒绝接纳我。以前抛弃的世界回不去了，现在只能坐在大众施舍给我的、充满敌意的观众席上。

从古至今，像我这种生命力虚弱、身上有缺陷的小草，没有一点思想，只能自生自灭。但我想说，很多情况都让我难以活下去。

人都是相同的。

这句话究竟有没有思想呢？我觉得发明这句话的人应该不是宗教家、哲学家和艺术家。这只是普通大众喝酒时创造出的一句话。就像蛆一点一点从地下爬出来一样，最初不知谁先说出这句话，之后慢慢传开，最后蔓延并污染了全世界。

这句奇怪的话和民主主义、马克思主义也没任何关系。它只是喝酒时丑男回敬美男的一句话，充满了急躁和妒忌，毫无思想可言。

可是，这句酒场嫉妒谩骂的话，却被冠以思想的名义在普通大众间肆虐传播。本来和民主主义、马克思主义毫无关系，不知什么时候，却被荒诞地、拙劣地作为政治思想和经济思想来使用。就连梅菲斯特[①]大放厥词，把这句话和思想偷换概念时，也受良心的遣责而犹豫不决吧。

人都是相同的。

这是一句多么卑劣的话啊！蔑视别人的同时，也小看了自己，毫无自尊可言，目的是教人们放弃所有的努力。马克思主义尊重劳动者，不说人都是相同的；民主主义重视个人的尊严，也不说人都是相同的。只有牛先生会叫："哞哞，你们再怎么装腔作势，不都是相同的人吗？"

为什么会说相同，而不说优于别人呢？因为这是一种奴性的复仇。

这句话其实是很猥亵、很瘆人的。人们互相防备，所有的思想被强奸、努力被嘲笑、幸福被否定、美貌被亵渎、荣誉被抹黑。我想所谓的"世纪性的不安"，都是由这一句奇怪的话引起的。

尽管很讨厌这句话，但我还是受它胁迫，怕它怕得浑身发抖，不论做什么事都害羞不已，非常不安。紧张得身心无处安顿，只得靠酗酒、吸大麻，求得片刻的平静。就这样我越来越颓废了。

你可能会说我太软弱，说我是一棵有致命缺陷的小草。或者前面提到的牛先生可能会笑话我，说我在给自己找借口，说我本身就是个贪玩的人、懒惰者、

① 歌德《浮士德》中的魔鬼。

随便的乐观主义者。之前别人这么说我时，我只会腼腆地、含糊地点头默认。可在我结束自己生命之际，我要抗争两句。

姐，请你相信我。

我游玩时一点也不快乐，或许是我不知道快乐的重要性。总之，我只是为了摆脱自己是贵族这个阴影，疯狂地玩罢了。

姐，我们真的有罪吗？出生在贵族家庭里是我们的错吗？就因为生在这种家里，我们就永远要像犹太人一样，惶恐地谢罪，战战兢兢地生活吗？

我本应该早点死，我只因为对妈妈的爱，才没死。人有自由生存的权利，同时也有随时结束自己生命的权利。不过母亲活着时，这种死亡权利必须保留。因为这种权利是会害死母亲的。

不过现在好了，我死后没人会伤心欲绝了。不过，姐，我知道你们失去我之后会怎么伤痛，不过那种装模作样的感伤就没必要了。得知我的死讯你们肯定会哭泣的，不过你想一下我活着时的痛苦以及完全获得解放的喜悦，你们就不会那么悲痛了。

那些对我没有丝毫帮助的正人君子，只知指手画脚，指责我不该自杀，应该坚强地活下去。这些人应该都是些能心平气和建议天皇陛下当水果店老板的“大人物”。

姐，死是我最大的解脱。因为在别人眼里，我没有生活能力、不会挣钱，甚至都凑不到人群里去。和上原先生一起喝酒玩乐时，我自己的那份花销我总是自己埋单。虽然上原先生很讨厌我这种做法，说这是贵族的虚伪自尊，其实我埋单并非为了自尊，是因为我无法用上原先生的劳动所得去吃喝、玩女人。要说这全是因为我尊敬上原先生的工作，好像也不全是，我也说不清楚，就是觉得被人请客吃喝，心里有些害怕。尤其是那人用自己的本事换来的钱请我吃喝，我就更觉得心里痛苦，忍受不了。

另外，我已从家里拿走了不少钱和物，已经够让你和妈妈伤心了。我自己并不快乐，计划投资出版业也只是一个借口，我并没有诚心去做。一个连别人请客吃饭都无法接受的人，仅靠认真做事是根本不能赚到钱的，我再愚蠢，这一点道理还是明白的。

姐，我们已经成了穷人。我一直想请别人吃饭来着，可活着时却变成了别人不请客就活不下去的程度。

姐，为什么必须活下去呢？我受不了了，我要自杀。当兵时我已经得到一种能安静死去的药。

姐，你长得很漂亮（我一直为有漂亮的妈妈和姐姐而自豪），也很聪明，所以我一点也不担心你今后的生活。我也没资格替你担心，就像小偷同情被偷了东西的人一样，我只感到面红耳赤。姐，以后你肯定会有自己的孩子，和自己丈夫一起幸福生活下去的。

这是一个长期深藏在我心底的秘密。在战地时，我就一直想着这个人，好多次梦见她，甚至从梦中惊醒。

她的名字，就是烂在心里也不能说出来。不过，现在我要死了，我本想把这个秘密只告诉姐姐你，可还是无法说出她的名字来。

可是，一想到我如果把这个秘密深埋心底，对谁也不说就死去的话，我的尸体被火化后，埋藏这个秘密的心底也会烧不净，臭烘烘地残留下来，就非常不安。所以我还是决定把这个秘密委婉地、模糊地、像虚构的故事一样告诉姐姐一个人。读了这个虚构的故事，你马上就能知道这个人是谁。所谓的虚构，只不过是我打的一个幌子而已。

姐，你知道吗？

那个人你肯定知道，但你不一定见过。那人比你大一点，单眼皮、眼角上挑，头发没烫过，很粗，总在脑后梳成一个发髻。她总是梳着简单的发髻，穿着很廉价的衣服，但一点也不邋遢。她的打扮很得体、很干净。她是一位中年西洋画家的太太。这名画家战后因发表了很多新兴画法的画而一举成名。这位画家生性粗暴，但他太太却表现得异常心平气和，总是微笑地面对一切。

我起身说："我得走了。"

她也站起来，毫无戒备地靠近我，仰头看着我说："为什么？"

她语气很平静，之后神情怪怪地歪头盯着我的眼睛，她的眼里没有一丝邪恶和装饰。一般我和女人对视时，经常会羞怯地移开视线，可这一次我没感到一点害羞和不自在。我隔着一尺左右的距离，心情舒畅地和她对视了六十秒以上。看着她的眼睛，我不由自主地微笑了起来。

“不过……”

“他马上就回来了。”她依旧很认真地说。

我突然觉得用“正直”一词不正可以形容她的表情吗？这种表情和那种教科书式的、中规中矩的表情不同，用“正直”一词表达的传统美德不就是她脸上的可爱表情吗？

“我下次再来。”

“好吧。”

自始至终，我们俩的对话就不自然。这是我某年夏天的一个下午经历的事。当时我去拜访那位西洋画家，刚好他不在家。不过他太太说他马上就回来了，让我进她家等。于是我就进了她家，可翻了三十分钟杂志，画家还不见回来，我起身告辞时便发生了上面的对话。那天画家太太的眼神让我陷入了一场苦恋。

画家太太用“高贵”一词修饰一点也不为过。在我身边的贵族里，除妈妈以外，再没有一个人有她那样纯洁、正直的眼神了。

一个冬天的傍晚，我再次被她脸庞的侧影吸引了。还是在那个西洋画家的家里，我和画家坐在暖桌[1]前，从早上开始一边喝酒，一边闲聊着那些文化名人的奇闻逸

① 暖桌是日本的取暖用具。

事。不久画家就喝醉了，他躺在一边鼾声不断。我最后也喝醉躺下了……突然间感觉有人给我盖上了毛毯，我微睁惺忪的双眼，看见东京冬季淡蓝色的夕阳下，画家太太正抱着女儿平静地坐在窗口处。太太端庄的侧脸在远处淡蓝色天空的烘托下，就像欧洲文艺复兴时期的侧脸画一样，轮廓鲜明逼真。她给我盖上毛毯这一举动，不带有任何色情和欲望，让人觉得用“人性”一词修饰再恰当不过。这种潜意识里帮助别人的善良举动，就像一幅美丽的画一样，让我从远处静静地欣赏。

我闭上眼，一股爱恋、思慕的狂热感情在心中油然而生，一时间眼里难以自抑溢出的热泪，顺着脸颊打湿了毛毯。

姐，我一开始去那位画家的家里玩是陶醉于他独特的笔触，以及他画法深处所隐藏的狂热激情。可随着交往的深入，发现这个人其实很没教养、很荒唐、很卑鄙。和他正相反，我被他太太的善良心底所打动，我爱这种拥有正常爱心的人。为了见她一面，我才经常去画家那里的。

如果说西洋画家的画作里多少带有艺术的高贵气息的话，我觉得那应该是他太太善良心底的反映。

现在让我评价那位画家的话，我觉得他应该是一个酒鬼、喜欢游逛的精明商人。为了挣取游玩的费用，他在画布上乱涂一气，然后利用宣传造势，最后以高价卖出。那人有的只是乡巴佬的无耻、过度自信和狡猾的商业头脑。

恐怕他对别人画的画，不管是外国画还是日本画，都是全然不懂的；甚至对自己画的画也搞不清楚。他只是为了获取游乐资金而疯狂地用画具在画布上乱涂乱画罢了。

更让人吃惊的是，他对自己的荒唐行径，竟感觉不到一丝怀疑、羞耻和害怕。他这种连自己的画都不懂的人，得意忘形，根本不懂别人工作的重要，只是一味贬低诽谤。

这人的颓废生活，说起来好像很辛苦，其实是一个什么也不懂的乡巴佬，来到梦寐以求的大都市后获得了意外的成功，便忘乎所以，每天到处游玩。

有次我给他说："朋友懒惰游玩时，我是无法一个人独自努力学习的。因害羞、胆怯，我就是不想玩也得加入他们和他们一起玩。"

没想到，这位中年西洋画家却平静地说：

"唉？这是你讨厌的贵族气质在作怪吧。我看到别人玩而自己不玩的话，就觉得很吃亏的，所以别人玩时我也会疯狂玩的。"

听了他的话，我打心底瞧不起他。他对自己的放荡不羁一点也不害羞，还对自己的无节制游玩感到骄傲呢，真是一个只知游玩的傻子。

我虽然说了那个西洋画家的很多坏话，不过他毕竟跟姐姐毫无关系；并且我和他也交往了那么久，在我临死之际，我还是挺想念他，甚至还有再见他一面的冲动，所以现在我对他一点也不憎恨。其实那人也有很多苦衷，也是有很多长处的，我就不多说了。

姐，我只想告诉你，我因思慕那个画家的太太，内心很痛苦很焦急。不过你知道这件事后，也没必要告诉别人，也不用再费事地去帮我实现这个生前的愿望。你只要一个人偷偷知道就行了。我对姐只有一个请求，那就是只要姐能理解我这么长时间的辛苦，我就非常高兴了。

我曾梦见和那位太太牵着手，她说从很早以前也喜欢我。从梦中醒来后，我手里好像还留有太太的手温，我觉得这样已非常满足了，是时候该放手了。我并不害怕杀人的道德，我只是非常害怕那个不太正常或者说是疯子的西洋画家。虽说我想放手，可心里的火却无处发泄，于是我抓到什么算什么，疯狂地玩起了各种各样的女人，疯狂程度就连那名画家有天晚上都吃惊不已。我这么做只是想不再幻想那位太太，想彻底忘记她。可是我做不到，最终我还是只爱一个女人。我可以明确告诉你，除了那位太太，我从未觉得其他女人漂亮、可爱。

姐，就让我死前告诉你吧，那位太太的名字叫小菅。

昨天我之所以带了一个不太喜欢的舞女（这个女人其实有很多我不喜欢的地方）回家，不是因为我想自杀。虽然我已打算最近结束自己的生命，而是因为这个女人缠着我要来旅游，而我也在东京玩累了。我想和这个傻女人在咱们家休息两三天也是个不错的主意，虽然会给姐姐你带来一些影响，但还是带她来了。

当你离开家去东京见朋友后，我突然觉得结束自己生命的机会来了。

我本来是想在西片町家里最里面的那个房间自杀的。死在街上或野外的话，我的尸骸会被好事者们扔来扔去的，这一点我无法接受。可西片町的家转卖给了别人，现在只能死在这个山庄的家里了。不过姐姐在时我自杀的话，第一个发现的人肯定是姐姐。一想到姐姐看到我自杀后惊愕恐怖的样子，我就心情沉重，难以自杀。

于是一个好机会来了。我想趁姐姐不在时自杀，这样那个愚蠢的舞女就会第一个发现了。

昨晚，我俩喝完酒后，我让她去二楼的西式房间睡，我一个人就坐在妈妈生前住过房间的坐垫上，给你写这封遗书。

姐，我已经没有任何活下去的希望了，再见。

最终我将自然死去。人并不是只有思想会消失的。

我还有一个不太好意思说的请求。姐，你不是正用妈妈的硬麻和服给我改做夏天穿的和服吗？就请你把那件和服放在我的棺材里吧，我想穿它。

天快亮了。姐，一直以来给你添了很多麻烦。

再见了！

现在我已从昨晚的酒醉中完全清醒了，我想没有醉意地死去。

再说一次，姐，再见了！

姐，我是贵族。

八

一切都如梦境。

大家一个个都离我而去了。

料理完直治的后事，我一个月的时间都一个人住在冬天的山庄里。

我用流水一样平静的心情，给那人写了一封信寄了出去。那可能是我写给他的最后一封信。

你好像也抛弃了我，不，应该是渐渐忘了我吧。

不过我现在很幸福，我如愿怀上了孩子。我现在虽然失去了一切，但我肚里的小生命却让我在孤独中微笑。

我从没觉得自己肮脏的计划失策了。最近我也渐渐明白了，这个世界上战争啦、和平啦、贸易啦、组织啦、政治啦，到底都是为了什么。你不懂这些，所以你才不幸。现在我告诉你，这都是为了女人能生一个好孩子。

我一开始看中的并不是你的人格，也没指望你为我负责，我只是为了完成自己的爱情冒险任务。现在我已如愿完成了，所以我的内心就像森林里的沼泽一样平静。

我认为我已经胜利了。

玛利亚即使生的不是她丈夫的孩子，她也会感到很自豪，因为他们是圣母和耶稣。

我漠视传统道德，获得一个孩子我也很满足。

你今后恐怕也会和以前一样，喊着“断头台、断头台”和那些绅士小姐们饮酒作乐，继续过颓废的生活吧。但我不会劝你停止那么做的，因为那种生活可能是你最后的斗争方式吧。

我不想假装关心你似的劝你戒掉酒、治好病，长久从事体面的工作。和所谓的“体面工作”相比，后人可能会更佩服你舍命尝试堕落生活的。

牺牲者，你我肯定都会成为道德过渡期的牺牲者的。

革命到底在哪儿进行了？反正我们的周围，旧的道德传统依旧盛行，丝毫未变，我们依旧看不到光明的前途。海面再怎么波涛汹涌，可海底依旧纹丝不动，海狸照旧平静地睡着觉，没有任何变化和革命。

不过我依然觉得，自己在第一回合的战局中，尽管很小，但的确撼动了旧的道德传统。接下来，我会和孩子一起进行第二回合、第三回合的斗争。

生下自己喜欢的人的孩子，并把他养大成人，就代表着我道德革命任务的完成。

你即便忘了我或者因酗酒而亡，为了完成自己的道德革命，我都会顽强地生活下去。

最近我从某人那儿详细得知了你人格的低下；不过，我知道让我坚强起来的人是你，让我心里升起革命彩虹的人是你，给我活下去动力的人还是你。

我为你而自豪，我生下孩子后，也要让他为你而自豪。

私生子和他的母亲。

我们要与旧传统道德抗争到底，像太阳一样热情地活下去。也请你用自己的方式斗争下去。

革命还没一点起色，还需要很多很多珍稀而高贵的牺牲者。现在已有一个小牺牲者了，他叫上原。

我对你已无所求，不过为了这个小牺牲者，我还有一个请求。

那就是请你的太太抱一次我生的孩子，只一次就行。那时我会这么说：

“这是直治和一个女人偷偷生下的孩子。”

为什么我要这么说，其中的缘由我不能告诉任何人。就连我都不知道自己为何要那么做。但我必须那么做，为了直治和这个小牺牲者，我必须那么做。

你可能会不高兴。即便那样也请您一定要忍耐。因为这是一个被你抛弃、遗忘的女人唯一的一点不顺你心意的请求，请你一定要接受。

M.C，我的滑稽戏演员。

昭和二十二年二月七日

Good bye

变心〈一〉

在一位文坛大师的遗体告别式结束的时候，天空开始飘起雨来。这是一场早春时节的小雨。

遗体告别式结束后，两个男人撑着一把雨伞边聊天边往回走。两人和去世的大师只是工作上的关系，因此毫不顾忌地聊着女人。身着花纹和服的高个子半老男人是位文人，比他年轻很多的另一个男人是位编辑，戴着赛璐珞框眼镜、穿着条纹西裤，显得非常英俊潇洒。

“听说那家伙也很好色的！”文人开口说，“我看你也该收收心了，瞧你那一脸疲惫的样子。”

“我也正打算全部了断呢。”编辑红着脸回应道。

这位文人一向说话露骨，口无遮拦，编辑总是对他敬而远之的。可今天自己没带伞，不得已只好躲在文人的蛇眼雨伞下，结果被他嘲弄了一番。

“打算全部了断”这句话也并非搪塞。编辑的内心正在发生着变化。战争已结束三年了，他的内心也发生了很多改变。

《尖塔》杂志总编田岛周二，三十四岁，讲话带有关西腔，但从不跟人提自己的出生地。他一向精明，表面是《尖塔》杂志的总编，可私底下却一直帮助商人从事黑市交易，以此牟取暴利。不过就像俗话说的一样，不义之财如流水，他不仅嗜酒如命，还包养了近十个情人。

他有家庭，现任妻子和他是二婚。前妻给他生了个智障女儿后，得肺炎死了。之后，他卖了东京的房子，借住到埼玉县的朋友家。在朋友家住的这段日子，他与现在的妻子结了婚。现在的妻子是初婚，娘家是户家境殷实的地主。

战争结束后，他将妻子和女儿放在妻子的娘家，只身回到东京。在郊区租了一间小公寓休息睡觉。白天，精明的他四处奔波，赚了不少钱。

然而，三年之后，他的想法开始慢慢有了变化。或许是因为周围的社会发生了微妙变化，也或许是因为长年的过度纵欲，近年来他愈发显得苍老起来。或许只是因为上了年纪的原因吧。他感叹色即是空，对酒也失去了兴趣，只想买间小房子，把妻女从乡下接过来……最近，对家人的思念之情开始不停地萦绕在他的心头。

他打算从黑市交易的工作中收手，专心当一个杂志编辑。但在此之前必须解决一些问题。首先，必须和那些女人彻底地分手。不过一想到这事，就连一向精明的他也感到束手无策，连连叹息。

“打算全部了断……”高个子文人撇了撇嘴苦笑道，“这当然可以，不过，你到底有多少个女人啊？”

变心〈二〉

田岛哭丧着脸。他想来想去，觉得仅凭自己一己之力，还是无法妥善处理好这件事情。这件事要是能用金钱解决的话，倒也容易办了，但那些女人肯定不会就这么容易善罢甘休的。

“现在想起来，自己当时真的是疯了，竟然招惹了这么多女人……”

田岛突然决定将所有的事都告诉眼前这位轻佻的文人，向他寻求一些解决方法。

“没想到你的经历这么神奇啊！不过奇怪的是，越是多情的人怎么越是惧怕道德啊！而这又恰恰是吸引女人的地方。像您这样相貌英俊、有钱、年轻，再加上道德高尚，当然受女孩子欢迎了。只是你想了断，对方不会答应吧？”

“是啊！”

田岛用手帕擦着脸。

“你没哭吧？”

“没有，就是雨水模糊了镜片。”

“可你的声音明明带着哭腔啊！你不会这么脆弱吧？”

田岛虽然协助黑市交易，没什么道义可言，但正如文人所说的那样，他多情，而且对女人非常绅士，所以女人们都十分信任和依赖他。

“你有什么好办法吗？”

“没有啊。你要能去国外待个五六年就好了，不过现在出国可不是件容易的事啊。不然你索性把所有女人都叫到一起，叫她们一起唱《友谊地久天长》，举杯痛饮，同声歌颂友谊地久天长，然后逐一给她们颁发毕业证书，最后再装疯卖傻，赤身裸体地逃走。这样一来她们肯定大为震惊，就此作罢的。”

看起来他的话没有一点帮助啊。

“不好意思，我得从这儿乘电车走……”

“不要这么着急嘛，咱们一起走到下一站吧。毕竟这可是件大事，我们再商量商量看有没有什么好的办法。”

文人这天看起来极为空闲，不愿放田岛走。

“不用了，我还是自己想办法吧。”

“哎呦，你一个人可解决不了。你不会想死吧？那样我会担心死的。因女人爱慕而寻死可不是什么悲剧，而是喜剧，不，应该是出闹剧。那实在太滑稽了，没人会同情你的。你最好还是放弃死的念头吧。嗯，我有一个好办法。你想办法找个绝世美女来，把所有事情都告诉她，请她假扮你的妻子，然后带她去找那些女人。这样肯定会有效果的，女人们一定会知难而退的。怎么样？要不要试试？”

就像溺水者抓住了救命稻草一样，田岛开始对这个计策动心了。

行动〈一〉

田岛决定试试，但仍面临一个难题。

那就是找绝色美女。要说丑女人，在电车站随便走几步就能找出三十几个来，但绝世美女恐怕只是传说吧。

田岛本就帅气英俊，加上又爱时髦、好面子，每当与姿色平平的女人走在一起时，都会谎称肚子疼逃走；他交往的情人虽然都是风姿各异的美人，但也没有一人可称得上绝色美女。

虽然田岛也觉得那个轻佻文人在下雨天随口胡诌的“妙计”有些可笑，但无奈自己实在想不出什么更好的法子来。他决定姑且一试，说不定在某个人生拐角，真有个绝世美女在等着自己呢。于是田岛眼镜背后的双眼开始不停地转动起来。

舞厅、咖啡厅、候车室，只有丑八怪！办公室、百货公司、工厂、电影院、脱衣舞表演厅，也没看见。他又隔着女子大学校园的栅栏围墙寻觅、在选美大赛的会场转悠、借口学习混进电影新人面试会，可折腾了一大圈下来，依然没找到绝世美女。

没想到目标竟然在回家的路上出现了。

田岛已经绝望了，傍晚时分他愁容满面地走在新宿站后的批发市场附近。他一点也不想去找那些情人，甚至想起她们都禁不住打冷战，看来是时候跟她们彻底做个了断了。

“田岛先生！”

背后传来的喊声，把他吓了一大跳。

"嗯……请问您是哪位？"

"哎呀，讨厌！"声音难听得就像乌鸦叫一样。

"咦？"他重新打量眼前这个女人，才发现自己看走了眼。

田岛认识这个女人，她是个黑市商人，具体说是个行商。田岛只向这个女人买过两三次黑市物资，但她乌鸦般的嗓音和惊人的力气却令他印象深刻。这个女人看起来很瘦弱，却能轻松背起十贯重的东西。经常穿着劳动服、劳动裤和长胶鞋，满身沾着泥巴、散发着臭鱼腥味，像乞丐一样，是男是女都看不清楚。时髦的田岛每次和她交易完后都要马上洗手。

没想到这个女人之前竟是个灰姑娘。现在的她身着洋装，品位高雅，身材纤细，手脚娇小可爱，看起来只有二十三四岁，不，应该是二十五六岁，一脸略带忧愁的神情，犹如梨花带雨般高贵而又楚楚动人，完全是个绝色美女！根本无法想象她是一位能轻松背起十贯重物的行商。

美中不足的是她的声音，不过只要她沉默不语便无妨。

嗯，可以好好利用她一番。

行动〈二〉

常言道，人靠衣妆马靠鞍，尤其是女人，稍加打扮，就会有不可思议的惊人变化。或许女人本来就有不可思议的魔力吧。但能像眼前这个女人（永井绢子）如此华丽变身的却实属罕见。

“看来你挣了不少钱啊，打扮得这么优雅漂亮。”

“哎呀，快别胡说了。”这个女人的声音实在难听，给人的优雅高贵之感顷刻间荡然无存。

“我有事想拜托你。”

“你这小气鬼，又想从我这儿捞什么好处？”

“哎呀，不是生意上的事，那种事我已经收手不干了。你还在继续做掮客吗？”

“当然了，不干哪来饭吃？”她说话的样子让人感觉很粗俗。

“不过，看你这身打扮可不像干那活儿的样子啊。”

“我毕竟是女人嘛，偶尔也会打扮打扮，去看场电影什么的。”

“今天你去看电影了？”

“对，已经看完了，叫什么来着，‘徒足旅行’。”

“是‘徒步旅行’吧。你一个人吗？”

“哎呀，讨厌，你又开我玩笑！你觉得我会跟男人一起来吗？”

“我就知道你一个人来，所以才想请你帮个忙。只要一个小时，不，三十分钟就可以，只要你露个脸就行。”

“不会是干什么坏事吧？”

“总之对你没坏处。”

两人并肩走着，引得擦肩而过的人纷纷回头观望。但人们看的不是田岛，而是绢子。就算是美男子田岛，在绢子的高贵气质面前也是相形见绌。

田岛带绢子去了自己常去的黑市餐厅。

“这儿有什么招牌菜吗？”

“嗯……这儿的猪排不错。”

“来一份吧，我饿了。还有什么好吃的？”

“基本的东西都有，你想吃什么？”

“这里的招牌菜除了炸猪排还有什么？”

“这里的炸猪排分量很足呢！”

“你怎么这么小气？真气人，我自己去里面问。”

力气惊人，食量惊人，但同时又是个十足美女的她，当然不能错过这个难得的好机会了。

田岛喝着威士忌，一边嫌弃地看着吃个不停的绢子，一边给她讲着自己的所求之事。绢子自顾自地吃着，也不知她有没有认真听，反正看起来对田岛说的毫无兴趣。

“你愿意帮我吗？”

“白痴啊你，这绝对不行！”

行动〈三〉

对方直白的反应让田岛很受打击，但他还是继续说道：“是啊！正因为这事难办我才来求你的，我也是实在没办法了。”

“没必要搞得这么麻烦吧！要是你厌烦了，从此不要联系不就行了。”

“那么做太草率，也太无情了。对方今后可能会结婚，也可能会结识新的情人，所以给她们一个清楚的结果是我们男人应负的责任。”

“呸，什么责任？明明是想分手，又何必搞得那么暧昧呢！真是活脱脱一个令人作呕的猥琐大叔！”

“喂！你再说这么难听的话，我可生气了哦。你说话可要注意分寸，不能光知道吃。”

“金团还没做好吗？”

“你还要吃吗？这么吃你的胃会被撑坏的。你这可是病呀，得去看医生。你从刚才开始就已经吃得不少了，吃得差不多就行了。”

“你真小气。我告诉你，其实女人一般都能吃这么多的。那些嘴上说饱了不愿多吃的小姐，只不过是为了顾及自己的形象而已。要是我的话，无论多少都能吃得下。”

“呀，别吃了吧，这家店可不便宜呢。你平时也吃这么多吗？”

“才不是呢，我只有在别人请客时才吃这么多。”

“那这样吧，回头我再请你好好吃一顿。你看我这次请你帮忙的事……”

“我的工作不能耽搁啊，不然我的损失就太大了。”

“这些我会另外补偿你的。每次我会按照你工作的收入如数付给你的。”

“只要跟着你就行吗？”

“嗯，差不多。不过我有两个条件。第一，你不要在那些女人面前随便说话，只要微笑、点头、摇头就可以了。第二，不能在别人面前吃东西。只有我们两人时，你吃多少都没关系，但有别人的情况下，你最多只能喝一杯茶。”

“还有，你一定会付我钱吧？你这么小气，不会骗我吧？”

“你放心，这件事我会拼全力做的。要是失败了，我也就完了。”

“你要腹水一战？”

“腹水？笨蛋，是背水一战。”

“啊，是吗？”绢子一脸满不在乎。田岛心中越发厌恶起她来，但是她真的很美，美得不可方物。

她吃了炸猪排、鸡肉饼、金枪鱼刺身、墨鱼刺身、中华拉面、鳗鱼、什锦火锅、牛肉串烧、寿司拼盘、虾肉沙拉、草莓牛奶。除了这些，她还想要金团。哪个女人会吃这么多啊？还是……

行动〈四〉

绢子住在世田谷一带，早上她要做行商生意，一般下午两点以后才有空闲。田岛和她约定，每周利用一次他俩都有空的时间，由田岛打电话联系，两人在某个地方碰面后一起去见要分手的情人。

几天后，两人的行动便正式开始了。他们一起去了日本桥某商场里的一个美容店。

前年冬天，风流的田岛偶然路过一家美容院，便进去烫了次头。店里的美发师叫青木，三十岁上下，是位战争遗孀。其实田岛并没有主动勾引她，倒是她主动向田岛投怀送抱的。青木每天从商场的筑地宿舍到日本桥的美容店上班，收入勉强够一个单身女人生活。田岛时常贴补她一些生活费用。直到现在，筑地宿舍附近的人还都认为两人之间是情人关系呢。

不过，田岛很少去日本桥青木工作的美容店。因为他觉得像自己这样英俊潇洒的男子在店里进进出出的话，肯定会影响青木的工作。

但这天，他却突然带着一个绝色美人来到了青木的店里。

“你好。”冷淡地打过招呼后，他向青木说，“今天我带内人前来拜访，我从外地把她接了来。”

这样做就足够了。青木也是位眼神清澈、肌肤雪白、无可挑剔的美人。但和绢子站在一起相比，竟有天壤之别之感。

两位美女相视示意，青木便脸露卑怯欲哭的神色。胜败早已明了。

前文已经说过，田岛对女人一向坦诚，从未谎称自己是单身，一开始就将妻子远居在农村之事向对方讲明了。现在告诉对方说妻子终于回到自己身边来了，而且还是位年轻、高贵、有教养的绝色美人。

所以，青木除了欲哭无泪之外也别无他法。

“请帮我内人打理一下头发吧。”田岛趁势要求，接着满是揶揄地解释道，“大家都说，就是银座也找不到像你手艺这么好的美发师。”

这倒不是句客套话，青木确实是位手艺不错的美发师。

绢子面向镜子坐下。

青木给绢子披上白色的披巾，开始打理绢子的头发。她的眼里早已噙满了泪水。

绢子一脸坦然。

田岛更是离开了美发店。

行动〈五〉

当绢子的美发套餐结束时，田岛又悄悄地回来了。他把一捆一寸厚的纸币，悄悄塞进美发师白色的上衣口袋里，然后用满含祝福的语气细声道“Good bye”。那个声音连他自己都感觉很意外，充满了怜悯、抱歉、温柔和忧伤之情。

绢子默默地站了起来，青木也一言不发地给她整理着裙子。田岛提前一步冲到了店外。

啊，别离真是痛苦啊！

绢子面无表情地随后跟了出来。

“也没有那么好。”

“什么？”

“烫发手艺。”

“白痴！”田岛真想冲绢子怒吼一声，但是在商场里，他还是控制住了。青木这个女人绝不会背后说别人的坏话，也不贪钱，还经常给他洗衣服。

“这样就可以了吗？”

“是的。”田岛十分失落。

“这样就被甩了啊，那个女人可真是没出息。好歹也是位美人啊，就那点想法……”

“你给我住嘴！不许没礼貌地用‘那个女人’称呼她，她可是个老实人，和你完全不一样。总之，你给我闭嘴。听到你乌鸦般的声音，我都快疯了。”

“哎呀，那怨我了！”

哎，多么粗俗的玩笑啊！田岛快要疯了。

为了满足自己的虚荣心，田岛和情人在一起的时候，总会把自己的钱包交给情人，让她们随意买东西，而自己则装得很大方，好像完全不在意似的。不过，迄今为止还没有哪个女人用他的钱随意买过东西。

但是，眼前这位女士嘴上说着抱歉却淡定地花着他的钱。商场里的高价物品琳琅满目，她堂而皇之并且毫不犹豫地挑选着各种奢侈品，不过她挑选的东西都出奇地优雅、有品位。

“你差不多就行了。”

“你真小气！”

“你还想吃点什么吗？”

“嗯，今天就给你省省吧。”

“把钱包还给我。接下来的花费不能超过五千日元。”

他现在早已没有什么虚荣心可言了。

“我没花那么多钱啊。”

“不，刚才你已经花了。一会儿我查一下余额就知道了。你花的绝对超过一万日元了，上次的饭就不便宜。”

“你要是这样说的话，那咱们就别干了算了。你以为我喜欢跟着你到处跑啊！”

面对这种赤裸裸的威胁，田岛只能连连叹气。

惊人的力量〈一〉

但田岛也不是什么等闲之辈，他通过给黑市介绍生意，一次就能轻易赚取十几万，可以说是一个聪明绝顶的厉害人物。

他绝对不会默默容忍绢子这么挥霍自己的钱的。不让对方付出相应的代价，他是绝对不会善罢甘休的。

好个混账、狂妄的女人！我一定要给她点颜色看看！

看来分手计划先得放一放再说，眼下必须先得改造好那个家伙，让她变成一个懂礼貌的、顺从的、节俭的和胃口小的女人，之后才能继续行动。如果照现在这样子下去，钱都打了水漂，根本无法完成分手行动。

制胜的秘诀就是不动声色地接近敌人。

田岛打算通过电话簿查清楚绢子公寓的地址，然后买一瓶威士忌和两袋花生米去拜访，肚子饿了就让绢子给自己做饭吃。到时自己大口灌下一瓶威士忌，就佯装醉酒赖在她家不走，之后便可伺机行动了。最重要的是这种方法十分划算，连房租都省了。

一贯对自己的魅力信心十足的田岛，竟然会想出如此蛮横和不知廉耻的卑劣策略来，看来他真的是束手无策了。绢子的过度挥霍，已经快把他逼疯了。世人就算不贪恋女色，但如果对金钱过分执念，急于翻本的话，结果往往也会不尽人意的。

由于对绢子憎恶至极，田岛使出了一般人不常用的下流手段，没想到差点丢了自己的性命。

傍晚，田岛找到了绢子在世田谷的家，那是一栋阴森森的木造二层公寓。绢子的家正对着二楼楼梯口。

他敲了敲门。

“谁呀？”

屋里传出熟悉的乌鸦嗓音。

门打开了，屋里的景象一下把田岛吓呆了。

屋里杂乱不堪，又脏又臭。

啊，他的心一下凉了一大截！只见四个半大的榻榻米表面黝黑光亮，犹如波浪一样高低不平，丝毫找不到边沿。屋里全是做行商生意的工具，像石油罐、苹果箱、一升装的瓶子、包袱卷、鸟笼状的东西、废纸屑等，全都散落一地，让人无法下脚。

“是你呀！你怎么来了？”

绢子身上穿的衣服，还是几年前见她时穿的乞丐装，裤子皱巴巴的满是污垢，根本看不出她到底是男人还是女人。

房间墙上贴着一张无尽会社的宣传海报，除此之外看不到任何装饰性物品，甚至连窗帘都没有。这真的是一位二十五六岁的姑娘的房间吗？只有一只小小的灯泡昏黄地亮着，屋内显得十分荒凉。

惊人的力量〈二〉

“我来看看你。”田岛有点惊慌失措，说话的声音也变得和绢子一样，有点乌鸦嗓音，“不过，我还是下次再来吧。”

“你肯定有什么事吧？你可是那种无利不起早的人哪。”

“嗯，今天真的……”

“有事你就直说吧！别磨磨叽叽的，像个娘们儿一样。”

这屋子实在不忍直视啊！看起来今天必须在这里喝威士忌了。哎，早知道买更便宜点的就好了。

“我可不是娘们儿，我是爱干净的好吗？你看你今天穿的也太脏了吧。”田岛一脸嫌弃地说道。

“今天呀，我背了些重东西，感觉有些累，回家后一直睡到现在。对了，我给你推荐个好东西，进来说吧，很便宜哦。”听说是能赚钱的生意，田岛也顾不了屋子的脏乱了，他脱了鞋，挑了一块能下脚的地，连外套都没脱就直接盘腿坐下了。

“你好喝酒，应该喜欢吃乌鱼子吧？”

“很喜欢。你家有吗？请我吃吗？”

“开什么玩笑？你要付钱的。”绢子毫不客气地将右手伸在田岛眼前。

田岛厌烦地撇了撇嘴说：“你的所作所为，真让人生无可恋啊。把手给我拿回去！乌鱼子什么的，我才不稀罕呢，那种猪食。”

“便宜卖给你了，傻子，可好吃了，这可是正宗货。别犹豫了，快掏钱吧。”

她晃着身子，丝毫没有缩手的意思。

不幸的是，田岛就是喜欢吃乌鱼子。喝威士忌的时候，吃点鱼，再配上它就太完美了。

“那就给我少来点。”田岛憎恶地将三张大钞甩在绢子的手上。

“还差四张。”绢子平静地说。

田岛惊愕地说道：“臭娘们儿，差不多得了。”

“真小气，你就大方点买下一整块嘛。难道买木松鱼还买半条呀，真是吝啬。”

“行，那我就买一块！”

就连平时文质彬彬的田岛，此刻也禁不住火冒三丈，“看着！一张，两张，三张，四张，够了吧。把手给我缩回去，我真想看看什么样的父母才能生出你这么个不知廉耻的人来。”

“我倒是也想见见他们长什么样，然后揍他们一顿。扔下我不管，就算是根葱也会枯死的。”

“谁要听你讲无聊的身世。借我个杯子，我要喝酒吃乌鱼子。嗯，这袋花生米给你。”

惊人的力量〈三〉

田岛咕咚咕咚连喝了两大杯威士忌。他今天本打算让绢子请自己客的，结果却被迫买了贵得离谱的所谓正宗乌鱼子，之后绢子便随手将那块乌鱼子咔嚓咔嚓切开，盛在一个脏兮兮的盘子里，又在上面撒了很多味精。

“请享用吧。味精是赠品，不用客气。”

这么多乌鱼子哪里吃得完！另外，撒上味精简直是胡来。田岛一脸悲催。七张大钞就算是用蜡烛烧了，也不会觉得如此心痛啊。真是浪费，毫无意义的浪费！

田岛欲哭无泪，他从盛满乌鱼子的盘底夹起一片没有沾上味精的乌鱼子，吃着问道：“你做过饭吗？”他现在连说话都战战兢兢的。

“会做，就是经常嫌麻烦不愿做。”

“洗衣服吗？”

“看你这话说的，不管怎么说我也是很爱干净的。”

“爱干净？”田岛吃惊地环顾着荒凉、脏臭的房间。

“这屋子本来就脏得没法收拾，再加上干我们这一行的，都是把东西到处散放的。不信你看看我的壁橱！”

绢子说着便站了起来，“唰”的一下子打开了壁橱。

田岛看了立刻目瞪口呆起来。

只见整个壁橱干净、整洁、闪闪发光，并且散发出阵阵芬香。衣柜、镜台、皮箱、鞋柜上摆着三双小巧可爱的鞋子。这壁橱简直就是这乌鸦嗓子灰姑娘的秘密魔法屋。

还没等田岛缓过神来，绢子便迅速关上了壁橱，在离田岛不远的地方随便坐了下来。“说起时髦，我觉得一周打扮一次就足够了，我又不想吸引男人，平时穿成这样就行了。”

“但是，你这裤子也有点太过分了，太不卫生了。”

“怎么了？”

“太臭了。”

“别装高雅了，你不也经常浑身酒气吗？难闻死了。”

“这么说我们是臭味相投了。”随着醉意越来越重，田岛对绢子房间的荒凉和她的乞丐打扮开始不那么在意了，他开始琢磨该实施他原来想好的计划了。

“我们真是不打不成交啊！”田岛笨拙地说道。即使再伟大、再有学问的男人，在这种场合下也显得笨嘴笨舌的，但结果一般都会出乎意料地奏效。

惊人的力量〈四〉

“可以听见钢琴声呢。”

田岛开始装模作样起来。他眯着眼，侧耳听着远处的广播。

“你也懂音乐？看你的长相就知道你五音不全。”

“白痴，你不知道我是音乐通吗？要是名曲的话，我可以听一整天的。”

“这是什么曲子？”

“肖邦。”他信口胡诌道。

“咦！我还以为是越后的舞狮曲呢。”

两个音乐白痴间这种牛头不对马嘴式的对话，让对方都提不起一点兴致，于是田岛马上转换了话题。

“你应该谈过恋爱吧？”

“胡说什么呢，我可不像你那么淫乱。”

“请注意一下你的用词，真是个粗俗的家伙。”

田岛立刻不快起来，他喝了一大口威士忌后，心里琢磨道：看来今天的计划无法得逞了。但要是现在就败下阵来的话，就会有损自己魅力美男这一美誉的，今天无论如何都要成功。

“我告诉你，恋爱和淫乱可是有本质区别的。你真是什么都不懂！”

说完，他被自己冷冰冰的语气一下给惊醒了，心想虽然时间尚早，不妨装作烂醉顺势躺下吧。

“啊，我有些醉了，喝得太多了。让我在你这睡一觉吧。”

“不行。”乌鸦嗓子粗鲁地喊道，“别给我装蒜，我早就看透你的心思了。想留宿的话你得出五十万，不，一百万。“

看来计划要彻底完蛋了。

“你至于这么生气吗？我喝多了，想在你这儿……”

“不行，不行，你快回去吧！”绢子说着站起来，打开了门。

无奈之下，田岛决定使出最拙劣的招数——他在起身之时一下抱住了绢子。

只见绢子“咣”一拳打在田岛的脸上，田岛“嗷”地发出一声诡异的惨叫。

田岛瞬间想起绢子能轻松扛起十贯重物的牛力来，便立刻毛骨悚然地叫着“对不起。你这个小偷！”一边莫名其妙地赤脚飞奔出了走廊。

绢子淡定地关上了门。

不一会儿，门外传来了田岛的声音：“不好意思，我的鞋……还有，能不能给我一根细绳，我的眼镜架断了。”

田岛满腔怒火，他感觉这是自己这个魅力美男从未遇到过的奇耻大辱。他用绢子施舍的红绳拴好镜片，戴在耳朵上，垂头丧气地说了声“谢谢”，然后便走下了台阶。中途因踩空台阶，又发出一声惨叫。

冷战〈一〉

田岛对自己在永井绢子身上的投资感到十分痛惜。他还从未干过这种赔本买卖，所以一定要想尽办法利用和活用她，尽量挽回损失。可她力大如牛、食量惊人、贪得无厌……

天气慢慢转暖，百花都开始齐放了，可田岛却愁眉苦脸，心情郁闷。自从那晚完败后已经过去四五天了，田岛新换了眼镜、脸上的肿块也消散了。他试着拨通了绢子公寓的电话，打算打一场心理战。

“喂，我是田岛。上次醉得太厉害了，啊……”

“独自生活的女人，总会碰到各种事情的。放心吧，我不会放在心上的。”

“不，经过上次的事后，我也仔细考虑了很长时间。我最后决定和那些女人分手，买座小房子，把妻儿从乡下接来，组建一个幸福的家庭。你说这从道德层面上讲，不会是件坏事吧？”

“我不知道你到底想说什么，但男人一般一有钱，就会开始小气地计较这些事情了。”

“所以你认为这是件坏事吗？”

“这可不是件小事。看来你存了不少钱啊！”

“别光说钱的事，从道德层面、也就是说从思想层面上，你怎么看这个问题？”

“这是你自己的事，我可不想考虑。”

“这确实是我自己的事，我呢，觉得这是件好事。”

“这不就行了。我挂电话了，不想跟你聊这种无聊的话题了。”

“可这对我来说是攸关生死的大事啊。我始终认为要尊重道德。帮帮我，我只想做件好事。”

“真奇怪啊！你是不是又想装醉卖傻啊？告诉你，我不会上当的。”

“我可没开玩笑。你不知道人人都有行善事的本能吗？”

“没什么事的话，我就先挂电话了。从刚才开始我就想尿尿，一直憋着呢。”

“等一下。一天给你三千日元怎么样？”田岛突然决定把心理战转变为金钱诱惑。

“请我吃饭吗？”

“不，这个就请你体谅一下，我最近收入也不多。”

“没一万日元我可不干。”

“那就五千日元吧。这可是道德问题啊。”

“我快憋不住了，挂了啊。”

“五千日元，拜托了。”

“你可真是个混蛋。”

随即话筒里传来咯咯的笑声，应该是答应了。

冷战〈二〉

既然这样，就要最大限度地利用和活用绢子，除了一天给她五千日元外，一片面包、一杯水也不能便宜她。如果不好好利用她，自己就亏大了。千万不能心软，心软是大忌，否则自己就会身败名裂的。

虽然曾被绢子揍得嗷嗷直叫，但田岛现在却发现了可以利用绢子牛劲的方法。

在他的情妇当中，有一个叫水原惠子的西洋画画家，不到三十岁，画技平平，在田园调布租了个两室公寓，一间是起居室，另一间用作画室。当时，惠子在一位画家的介绍下，请求田岛让她为《尖岛》杂志画插画或版画。田岛觉得她面红耳赤、局促不安的样子十分可爱，便帮助她增加收入，解决生计问题。惠子举止温柔，沉默少语，十分爱哭。但她绝不会号啕大哭，只会像小女孩一样嘤嘤啜泣。

不过，有一个最大的难题，就是惠子有一个哥哥，在满洲的军队里待了很长时间，从小就是个脾气粗暴的人，长得高大威猛。他第一次从惠子那里听到她和田岛的事时就大为不悦。好像这个当军曹或伍长的情人哥哥，对魅力美男田岛来说，从一开始就是一个非常不利的因素。

最近，惠子的哥哥从西伯利亚回来后，一直住在惠子家。

因为不想见惠子的哥哥，田岛便想打电话把惠子约出来，但似乎行不通。

“我是惠子的哥哥。”一个强劲有力的男声接的电话。她哥哥果然在家。

“我是杂志社的，想和水原小姐商量商量插画的事……”田岛的声音有些颤抖。

“不行，她感冒睡着了。工作上的事情之后再说吧。”

真是倒霉。看来约惠子出来这件事没戏了。

但因为害怕惠子哥哥，就一直拖着不和惠子提分手之事，这对惠子来说很不礼貌。不过现在惠子因感冒卧床不起，再加上和从部队复员回来的哥哥住在一起，惠子的手头肯定缺钱用。现在或许是个机会。去看望看望生病的她，说些关心她的话，再悄悄给她一些钱。估计那个军人哥哥也不会因此而生气打人的，说不定比惠子还感激自己，一个劲地要跟自己握手呢。就算万一惠子的哥哥对自己动武，自己也可以在力大如牛的绢子的保护下没事的。

对，就像这样百分之百地利用和活用绢子。

“记住了吗？这次也应该没什么问题。那儿有个粗暴的男人，如果他要动武的话，您就一下制服他。对，那个家伙应该不是您的对手。”

他明显用非常客气的口吻对绢子说。

（未完）

灯笼

我越辩解，人们越不相信我；我遇到的每个人，都会提防着我。我原本只是因为思念而去看望他们，可迎接我的却是“你来干什么”这种怀疑的目光。这真让人受不了。

我现在已不太想出门了，即便是去附近的澡堂，也会挑黄昏的时候去，因为我不想碰见任何人。可在仲夏时节，我的白色浴衣在暮色中还是会显得特别扎眼，这让我感觉很不自在。幸亏从昨天开始，天气开始明显转凉，已经到了该穿斜纹布衣的时候了。我打算立刻换上黑色单层小和服，穿着它度过接下来的秋天、冬天和春天。等到明年夏天的时候，我还必须穿着白色浴衣穿街过巷的话，那可就太惨了。所以我希望至少在明年夏天之前，我可以身着牵牛花纹的浴衣大摇大摆地走在大街上，可以化着淡妆穿行在庙会拥挤的人群中。一想到那种喜悦，我的心就禁不住怦怦直跳。

没错，我是偷了人家的东西，而且我也知道自己错了。可是……算了，我还是从头说吧。我可以对天发誓，我并不指望大家原谅我，只要有人相信我就行了。

我是穷木屐匠家的独生女。昨天夜里，我正在厨房切大葱，忽然从我家后面的空地里传来了小孩子的哭叫声，“姐姐……”我听见后，不禁停下手头的活儿胡思乱想起来。要是我也有个非常黏我、哭喊着要找我的弟弟或妹妹的话，兴许我就不会这么落寞了吧。一想到这里，被葱味熏着了的眼睛顿时噙满了泪水。我用手背抹了抹眼泪，不料葱味儿越发刺激，眼里的泪水使劲流个不停，我一时真不知如何是好了。

就在今年樱树吐出新芽的时节，隔壁的理发店传出了关于我的流言蜚语——那个不愿嫁人的姑娘开始犯花痴了！那时正值庙会，瞿麦花、鸢尾花等都被装饰在夜店门口，好不热闹。一到黄昏，水野君就会来接我。每天不等天黑，我便换上和服、化好妆，在家门口进进出出。邻居们见状，便在背后指着我，交头接耳地取笑我说，“那个木屐匠家的咲子开始犯花痴了”。不过这些是我后来才有所耳闻的，当时我父母应该也有所察觉，但他们什么也没说。

因为家境贫寒吧，我今年二十四岁了还没有嫁人或招婿。不过除此之外还有一个原因，就是我母亲曾是城里一个有权势的地主家的小妾，她和我父亲好上后，便不顾地主家的恩情，私奔到了父亲家，之后不久便生下了我。因为我长得既不像那个地主，也不像我父亲，一时间竟遭人冷遇，长期被人当作私生女看待。我这种出身的人当然嫁不出去了。不过话说回来，像我这样平庸的人即便生在达官显贵家里，恐怕也不会有什么好姻缘吧。因此，我也不怪父母，不管别人怎么议论，我都坚信我是他们的亲生女儿。父母很疼爱我，我也常常安慰父母。他们都是生性怯懦之人，就连对我这个亲生女儿也非常客气。我一直觉得怯懦的人需要被呵护，所以为了父母，不管多么痛苦，多么悲凉，我都要忍耐下去。但自从认识了水野君之后，我对他们的孝敬开始有所怠慢了。

说起来都有点不好意思，水野君比我小五岁，还是一名商业学校的学生。我是一个喜欢一见钟情的女人，喜欢上他我也没有办法。我和水野君是在今年春天认识的，当时我去附近的医院看左眼的眼病，在候诊室里见到了他。他和我一样，左眼上缠着绷带，烦躁得紧锁着眉头，不断地翻弄着小词典查着什么，样子看起来非常可怜。一旁的我左眼上也缠着绷带，心情抑郁，就连候诊室窗外被烈阳炙烤着的椎树嫩叶，看上去也像燃烧着一样，带着蓝色的火焰。可能是我眼缠绷带的缘故吧，我看到的一切，都像遥远的神话国度，而水野君的脸庞也恍若天外之物，看起来又帅气又尊贵。

后来我得知，水野是个孤儿，身边没有一个亲密之人。他家原本是个有相当实力的药材批发商，他母亲在他还是婴儿的时候就过世了，父亲也在他十二岁时离开了人间。从那以后家道中落，两个哥哥和一个姐姐分别被远房亲戚带走，他也被药店的掌柜收留了。虽然现在他在上商业学校，但似乎每天都过得郁郁寡欢，很不快乐。他曾亲口对我说，只有和我一起散步的时候他才感到快乐。他手头不宽裕，常常连日用品也买不起。他跟我说，他和朋友约好夏天要去海边游泳。但我发现说这话时，他一脸无精打采，看不到半点高兴的神情。也就是那个晚上，我偷了东西，偷了一条男士泳裤。

我悄悄溜进城里规模最大的大丸百货店，装作随意挑选普通女装的同时，顺手抓起身后的一条黑色泳裤，偷偷夹在腋下，然后便若无其事地离开了。可我刚走出不远，后面便传来了“喂！喂！”的叫喊声。顿时，我吓得差点叫出来，在强烈的恐惧感的驱使下，我像疯了似的撒腿就跑。“抓小偷！”只听背后一声大喊，感觉肩膀被人抓了一下，我打了个趔趄，刚想回头，脸上就挨了一拳。

随后我被带到了派出所。派出所门前挤满了人，全都是周围熟悉的面孔。我披头散发，腿肚子也从浴衣的裙裾下露了出来，真是狼狈不堪。

一名警察让我坐在派出所里面一个铺着榻榻米的小房子后，便开始审问起我来。这个警察大概二十七八岁，皮肤白皙，长脸，戴着一副金边眼镜。他大致问了我的名字、住所和年龄，并一一记录在本子上。之后他突然嘿嘿笑着问我：“这次是你第几次犯事了？”我顿时毛骨悚然，浑身发冷，一时语塞，竟不知如何回答他。我心里清楚，如果不巧妙地为自己开脱，再这样沉默下去的话，就会被关进牢房、冠以重罪的，于是极力想替自己找一个辩解的理由，但想来想去也不知道怎么说才好，整个人一下陷入前所未有的惶恐之中。最后，我终于大声说了起来，并且说出来的话连我自己都觉得不可思议。一旦开了口，我就像被狐狸附了身似的，开始疯狂地说个不停。

“你不能把我关进牢房，我不是坏人。我二十四岁了，这二十四年来我很孝顺，一直都在很用心地伺候父母。我不是坏人，从没被人在背后指责过。水野君是个优秀的人，我相信他将来一定会成为一个了不起的人，所以我不能让他现在丢面子。他和朋友约好要去海边游泳，我只想让他和别人一样，准备一条泳裤去海边，这有什么不对吗？没错，我很愚蠢，我只是想让水野君准备得体面些。他和别人不同，是个出身高贵的人。为了让他在社会上活得体面些，我无所谓，做什么都可以，这是我的工作。你不能把我关进牢房，在这二十四年里，我从没做过一件亏心事，一直都在努力照料着羸弱的父母。不要！不要！不要把我关进牢房，你没理由把我关进牢房的！二十四年来，我努力了又努力，你不能仅仅因为我今晚鬼使神差的一次错误伸手，就让我二十四年的辛苦努力付诸东流啊！不，是毁了我的整个一生啊！这可不行，我觉得这太荒唐了。这一生，就因为右手一次不小心移动了一尺的距离，就要作为我偷盗成性的证据吗？这也太过分了！太过分了！这两三分钟的事儿就要毁了我的一生吗？我还年轻，今后的路还很长，我会像以前一样，继续忍受着贫穷坚强地活下去，仅此而已，我什么都没变，还是昨天那个咲子。就一条泳裤，能给大丸百货店带来多大的麻烦呢？不是有人骗了别人一两千日元，甚至让别人倾家荡产，也照样受到众人的称赞吗？牢房究竟是为谁而设立的呢？被关进牢房的净是些穷人，那些人正直而懦弱，根本不会骗人的。因为他们不会狡猾地欺骗别人，最后迫于生计，没办法做出偷抢两三日元的傻事来，因此就被关五年、十年大牢。哈哈哈哈！真是荒唐！荒唐！怎么会这样？真是太荒唐了！”

我一定是疯了。警察铁青着脸，直直地盯着我。我突然对这个警察萌生了一丝好感，我一边哭一边向他挤出一丝微笑。看来我被警察当成精神病了，他接着小心翼翼地把我带到了警察局。那晚我被关进了拘留室。第二天早晨，父亲前来接我回家，在路上他什么也没说，只悄声问：“他们打你了吗？”

看到当天的晚报，我的脸刷地一下红到了耳根。上面刊登着我的事儿。标题是“顺手牵羊还强词夺理，变态激进的少女大放厥词”。不仅如此，邻居们开始在我家周围四处观望。最初我还不知道原因，等我察觉到他们都是来窥探我的时候，我不禁气得直打哆嗦。我没想到，自己那个小小的动作竟造成了这么严重的后果！那时如果家里有毒药的话，没准儿我就毫不犹豫地喝下去了；或者周围有竹林的话，也许我就悄悄钻进去上吊自尽了！没过两三天，我们家的木屐店就关了门。

之后不久，我收到了水野君的来信。

> 我是这个世界上最信任你的人，但我觉得你教养不足。咲子，你是一名正直的女性，但你所处的环境不好。我一直试图帮你改掉那些不足，但那些东西太难改变了。人不能没有学问。前几天我和朋友一起去海边游泳时，就一个人是否需要上进心这个问题讨论了很长时间。我觉得我们将来都会很了不起的。咲子，你以后也要谨言慎行。你要通过向大众深刻地忏悔，来尽量弥补你所犯的过错。因为大众只会憎恶罪过，而不会憎恶其人。
>
> 水野三郎
>
> （读后请一定将本信烧毁，连同信封一起烧毁！一定！）

以上是信的全文。看来我一直忘了水野君原本是有钱人家的孩子这件事。

如坐针毡的日子一天天过去后，我才意识到天气已经变得这么凉了。今晚，父亲说：“电灯这么暗，搞得大家心情很郁闷啊！”于是他就把六榻榻米房间的灯泡换成了明亮的五十瓦的电灯泡。我们一家三口在明亮的灯光下享用着晚餐。母亲用拿着筷子的手遮着眼睛，兴奋地嚷嚷着“啊，好刺眼，好刺眼……”，而我在一旁给父亲斟着酒。我突然觉得，原来给房间换个灯泡这种小事都能让我们如此幸福。我家并不凄凉，就连一盏简单的电灯泡都能让我们家像走马灯一样绚丽。此时，一股淡淡的喜悦涌上我的心头，我甚至想告诉庭院里鸣叫着的小虫子们：想来偷窥就来吧！我们一家三口是幸福美好的。

美男子和香烟

虽然我一个人独自战斗到现在，但心里总觉得快要输了，胆怯得不得了。尽管如此，我现在也不会恳求那些蔑视我的人说：“我错了，请让我成为你们的朋友吧！”我依然决定一个人喝着廉价酒，继续战斗。

我所说的战斗，概括来说，就是与守旧派做斗争，与日常生活中的阿谀奉承者做斗争，与滑稽可笑的装腔作势者做斗争，与小气的人和事做斗争。

我可以在神面前负责任地说，为了这场战争我已经失去了一切。现在我每天就是一个人拼命喝酒，因为感觉快招架不住了。

守旧派们大都心地不好。他们常常厚颜无耻地用一套一套迂腐至极的文学理论和艺术理论，肆意将拼命萌发的新芽踩死在脚下，对此他们却没有一丝罪恶感，实在让人害怕。他们稳如磐石，外力已无法撼动；他们为了保命、捞钱，为了博得家人开心拼命投机钻营；他们结党营私，和所谓的狐朋狗友一起联手欺负形单影只的年轻人。

我快招架不住了。

前些时候，我独自一人在一个地方喝廉价酒时，三位年长的作家也走了进来。我跟他们并不熟悉，可他们却莫名其妙地把我围起来，醉醺醺地开始无厘头地批评起我的小说来。我喝再多的酒也不喜欢闹事，所以当时对他们的恶言恶语也只是一笑了之，并没放在心上。可回家吃晚饭时，却越想越觉得懊恼，一时竟抽咽起来，最后放下碗筷不禁号啕大哭。边哭边对伺候我吃饭的妻子说："人、人家这么拼命写的东西，却被他们那么随意取笑……那些人可是前辈啊，是大我十岁甚至二十多岁的前辈啊，他们却合起伙来这么否定我……真是太卑鄙了，太狡猾了……既然如此，我也不客气了，我也要公然批评他们，跟他们斗争……他们真是太过分了。"

我不停地控诉着，哭得越来越厉害了。一旁的妻子一脸惶恐，劝我说："行了，早点睡吧。"然后把我扶到了床上。可我躺下之后，仍然委屈地抽泣个不停。

啊，人活着真艰难！男人要活下去就更辛苦、更可怜了。看来我只能迎难而上，不停奋击，并且最后必须取胜。

就在我哭过几天后，一名年轻的杂志社记者找到我，让我做一件很不可思议的事。

"您可以去上野看看那些流浪汉吗？"

"流浪汉？"

"对，我想拍一些您和他们在一起的照片。"

"我和流浪汉在一起的照片？"

"是的。"他平静地回答道。

为什么要选我呢？我想恐怕是他觉得太宰治和流浪汉、流浪汉和太宰治之间存在什么因果关系吧。

“好的，我去。”

我这人在受委屈的时候，总会条件反射性地倔强应战。

于是我马上起身换上西服，催促着那名年轻的记者出了门。

那是一个寒冬的早晨，我用手绢擦着鼻涕默默地走着，心里却是五味杂陈。

我们从三鹰站乘坐省线到东京站后，又换乘市营电车，在那名年轻记者的带领下，我先去了他们杂志社总部。进了会客室后，他立刻拿出一瓶威士忌招待我。

想来这可能是杂志社编辑部的好意或策略，他们觉得我比较怯懦，不让我喝点威士忌壮壮胆，我就没法跟流浪汉自然地交谈吧。但恕我直言，那种威士忌的味道很是奇怪。我素来也品尝了各种各样奇奇怪怪的酒，这些酒也不一定都是好酒，但像这样独饮威士忌还是头一回。那酒虽然贴着洋标签，瓶子也很好看，但瓶里的酒却浑浊不堪，可以说是威士忌中的浊酒了。

即便这样的酒我也喝了，大口大口地喝了。我还推荐围在会客室的记者们也尝一尝，可他们都笑着拒绝了。我听说这些记者大都非常能喝，但他们却没有喝。看来这些酒中豪杰也对威士忌中的浊酒敬而远之啊。

最后只有我一个喝醉了。我一边笑着一边对他们说：“你们这群家伙不觉得很失礼吗？用你们都不喝的美味威士忌劝客人喝，你们真是太过分了！”

记者们看我醉意袭来，便打算趁着我酒劲未消时让我去见流浪汉。他们不失时机地把我带上车，带我来到了上野站的地下通道，那儿号称“流浪者之窝”。

但这些记者天衣无缝的计划可以说并没成功。我进了地下通道后，便毫不犹豫地径直朝前走去。在地下通道的出口附近，我看见四个少年正在烤鸡肉店前吸烟，我硬着头皮靠近他们，说："别吸烟了，烟越吸肚子越饿的。别吸了，我给你们买烤鸡吃。"

少年们立刻扔掉了手里的烟。他们看起来还都是十来岁的孩子。我冲烤鸡肉店老板说："喂，给这些孩子一人一串烤鸡肉。"这么说时我其实很难为情。

这也算是善行吗？真让人受不了。我突然想起瓦雷里的一句名言，更加觉得难为情了。

如果我当时的做法被一般人认为多少有点友好的话，那我就会被瓦雷里极度鄙视了。

瓦雷里说：当你行善时必须心怀歉意，因为再没有比行善更伤人心的举动了。

我感觉像感冒了一般，蜷缩着背大步大步地走出了地下通道。

四五个记者追了上来，其中一个问我："怎么样？是不是感觉像地狱一样？"

另外一个记者说："不用说，就是另一个世界吧。"

又一个记者说："您一定很吃惊吧，对此您有什么感想？"

我不小心笑出了声说："地狱？怎么会，我一点也没有吃惊。"

说完我便朝上野公园的方向走去，边走我不停地说了起来。

"其实我什么也没看到，我一边想着自己的辛苦，一边径直匆匆穿过了地下通道。不过我明白了你们为什么要选我来地下通道，因为我是一名美男子。”

大家都笑了。

“我可没开玩笑。你们可能都没有注意到，当我径直朝前走时，我发现那些躺在黑暗角落里的流浪汉大都是些非常端正的美男子，也就是说，美男子沦落为地下通道里的流浪汉的可能性很大。像你们这种肤白貌美的美男子可是很危险的哟，可得小心点，我也得多加注意了啊。”

说完，大家又开始哈哈大笑起来。

自以为是！自以为是！不管别人说什么都自以为是，等你突然回过神来时，你已经躺在地下通道的一个黑暗角落里，已经不是一个正常的人了。只是从地下通道过了一下，我就已经明显感觉身体在战栗了。

“除了美男子这个发现，您还有其他的发现吗？”

“香烟。那些美男子看起来都没喝醉酒，但他们大都在吸烟。香烟可不便宜啊！买烟的钱足够买一张草席或一双木屐了吧。可他们却宁愿直接躺在混凝土上，光着脚，吐着烟圈。人啊，不，现在的人啊，再怎么落魄，就算全裸着身子，也好像必须要抽烟啊。不要说别人，就连我好像也有那种想法。看来我去地下通道生活的色彩越来越重了啊！”

走到上野公园前的广场时，我看见刚才那四名少年正沐浴着冬日正午的阳光，开心地一起玩耍着。我不由自主地朝他们走了过去。

“就那样别动，就那样！”

一个记者拿着照相机冲着我们边叫喊着，边咔嚓咔嚓地拍了照。

“再次笑一笑！”

那个记者瞄着镜头，大声叫道。其中一个少年看着我的脸说：“一面对面，我就想笑。”

他一说，我也跟着笑了起来。

天使在空中飞舞着，遵从神的旨意，他们的翅膀消失了，像降落伞一样飘落在世界的各个角落。我飘落在了北国的雪地上，你飘落在南国的橘柑田里，而这些少年则飘落在了上野公园里，仅此不同而已。少年啊，今后就算长大成人，也一定不要太在意自己的容颜，不要吸烟，除节日以外不要喝酒，但在心里要永远装着自己心爱的姑娘哟。

附记

记者后来给了我当时拍的照片。一张是我和少年互相笑着的照片，还有一张是我蹲在那些流浪儿童面前，抓着一个孩子的脚的奇怪照片。如果日后某个杂志把它刊登出来的话，很可能会招致这样的误解：太宰治真会装腔作势，好像自己是基督一样在给约翰传中的弟子洗脚啊。真是的！为了避免这种误解，我在这里要声明一下：那只是我好奇光脚走路的孩子的脚底是什么样的动作而已。

还有一个好笑的。那两张照片被送来的时候，我指给妻子说：“这个就是上野的流浪汉。”妻子认真地问我：“啊，这就是流浪汉啊？”边说边使劲盯着照片看。当不经意间发现妻子盯着看的地方时，我惊叫道：“你看哪儿呢？那是我啊！是你的丈夫我啊！流浪汉在我旁边啊。”

我妻子是一个非常认真的人，基本不开玩笑。她好像真把我认成流浪汉了。

皮肤和心

有一天，我突然发现自己左胸下面长了豆子般大小的大疙瘩，周围还密密麻麻长了些红色的小疙瘩，心里非常郁闷。它们一点都不痒，但是我就想洗澡的时候用毛巾拼命搓洗它们，几乎快要把皮肤搓烂了的节奏。即使这样，那些疙瘩依然没有消失。回到家后，我坐在梳妆台前对着镜子仔细看了看胸部，心情更加烦闷了。澡堂到我家走路用不了五分钟，就这点时间，那些疙瘩从胸部一直扩散到到腹部，现在竟然有两个巴掌左右那么大了。那些疙瘩像烂熟的红草莓一样，在我看起来犹如地狱绘一般让人眼前发黑。从那时起，我不再是以前的那个我了。我甚至感觉自己人不人鬼不鬼的了。“六神无主”四个字大概最能表达我现在的状态吧。我一直呆坐着，感觉自己被乌云笼罩般难以再开心起来。我的灵魂似乎要飘离这个凡尘俗世，从此以后我好像只听见周围一些微弱的细语，那些细语仿佛来自地狱，阴暗消沉，让人心情更加郁闷。过会儿我再看了看镜中自己赤裸的身体，竟然发现又接二连三地冒出新的红色的小疙瘩，这儿一个，那儿一个，像雨滴侵蚀地面一样，很快我的脖子周围、胸部、肚子、背上满是红色的疙瘩。我捂住了脸，镜子里的那个人，那个背部如赤霞映射过一般，白色的皮肤已经全部被红色疙瘩占据的人，我再也看不下去了。

“我这儿好像长了些东西。”我让老公看了我的那些疙瘩。那应该是六月初的事了。他当时穿着短袖短裤，刚下班回来悠闲地坐在那儿抽着烟。我说完后他走过来让我左转右转了一下，按了按那些疙瘩，皱着眉仔细查看着。

“不痒吗？”他询问道。“不痒，”我回答说，“不痛不痒，没什么感觉。”他有些疑惑，又把我带到走廊，借着夕阳的余晖，又细细地查看了一下。他对我的身体健康一直很关心，平时虽然不善言辞，但我心里明白他的真心。此时此刻，当我站在走廊光亮的地方被他来回查看我赤裸着的身体，我竟然有些放心起来。我像做祷告般内心平静，闭上双眼，内心希望永远这样下去。

“我也不知道咋回事，如果是荨麻疹的话会痒的，有没有可能是麻疹呢？”

我苦笑着穿上衣服说：“或许是米糠过敏吧，我每次去洗澡总会用米糠擦拭胸部和脖子。”

就这样，我们暂时就认定病因是米糠过敏了。随后，他去药店买到了一支膏体黏糊糊的药膏，认真地帮我抹药，还按摩了红色疙瘩的周围，希望能早点见药效。涂完药后，我感觉那个地方的温度降下来了，心情也变得轻松起来。

“不会传染给你吧？”

“没事，别瞎担心。”

虽然他嘴上那么一说，但我知道他很心疼我。从他帮我抹药时难受的表情，我能感觉到他在心里祈祷着我能快点好起来。

一直以来，他都非常细心地呵护我。对我外表不完美的地方，他连开玩笑都很少提及。单纯而美好的他，还会经常对我表白。

“我觉得你很美，我喜欢这样的你。”

每当他这样说，总会让我不知所措。我们俩是在今年三月份才结婚的。说起结婚，至今我都觉得难以启齿。我眼看二十八了，长相一般，嫁不出去。二十四五岁时有过两三次相亲的经历，但很快也都不了了之。家里只有母亲、妹妹和我三人，经济条件也不太好，从不奢望能够跟一位国家栋梁、社会精英结为夫妇。对我而言，组建一个幸福家庭简直就像白日做梦。到了二十五岁，我决定这一辈子哪怕不结婚，也要赡养母亲、养育妹妹，担负起家庭责任，这就是我唯一的人生目标。我的妹妹比我小七岁，今年二十一了，是一个容貌俏丽，懂事明理的好孩子。我希望能有一位良人爱她疼她一生，那个时候我就能追求我自己的生活了。在此之前，家里的大小事我都要负责照料，我要守护这个家。做了这个决定后，我的内心不再烦恼，所有的痛苦、寂寞都烟消云散了。另外，我在负责家务之余，还学习了裁缝的手艺，邻居家有要给小孩做衣服的活儿我也试着开始接一些。大概在这个时候，我遇到了我现在的老公。介绍他给我的是我已故父亲的朋友，这位叔叔跟我父亲生前关系就像亲兄弟，因此我也不好马上拒绝。从叔叔那里得知，被介绍的人是小学毕业，无父无母也没有其他兄弟，叔叔看他可怜，在他很小的时候就带回家抚养。当然，不是亲生的也就没有所谓的家产继承了。如今他也三十五岁了，从事图案设计工作，据说手艺还不错，生意好的时候一个月能赚两百多日元，生意一般的时候也可能很少，因此估计平均月收入也就七八十日元吧。另外，他有过一次婚史，和前妻在一起生活了六年，不知为何前年突然离婚了。那之后，由于年纪大、学历低、没钱等原因，他对二婚也就不抱什么期望了，想着打一辈子光棍好了。但是，那位叔叔不同意，认为这样会惹闲言碎语，催着他赶快再婚，这样叔叔才能安心。听到这里，我和母亲不禁面面相觑，有点不安。这确实算不上一门好的亲事，即便我是一个嫁不出去的丑女，但也没做什么丢人现眼的事，没必要非得嫁给这样一个男人吧。一开始，我非常生气，后来又觉得很难过。除了拒绝，别无他法。可是由于叔叔是父亲的恩人、好兄弟，又不能立马回绝。但是转念一想，这个男的也真是命运坎坷啊，说不定还真是一个善良的人呢。再看看我自己，也只是高中毕业而已，无才无能又不富，大龄剩女还丑得要命。父亲还过世了，家里也没什么背景和靠山。这样想想，我和他还算是般配吧。反正我也不会有别的更好的选择了，要是再辜负叔叔的一片好意，以后两家的关系肯定也会变得很尴尬。于是，我的情绪慢慢平静下来，有点脸红地点了点头。母亲很担心地问我，你真的愿意吗？我没再多说一句，直接答应了叔叔，说自己愿意这门亲事。

婚后，我很幸福。不，嗯，确实应该说是很幸福的。丈夫待我如视珍宝，或许这种极致的幸福，在今后会有别的什么惩罚吧。让我唯一有些苦恼的是，丈夫遇事有些软弱，加之有被女人抛弃的经历，更显得有些唯唯诺诺的；待人接物总显得不自信，长得有些瘦小，没有福相。他在工作上倒是很认真、上进，对于他的设计图，我一直觉得有些似曾相识。后来才得知，这竟是一段奇妙的缘分。当我问及他设计图背后的故事时，我的内心开始小鹿乱撞，也就是从那时开始，我好像喜欢上了他。原来，银座那家知名化妆品店的蔷薇藤蔓商标，就是他设计的。不仅如此，那家店内销售的所有香水、香皂、蜜粉等商标的创意，以及宣传广告等，都是他的设计。大概从十年前起，他就成了那家化妆品店的专属设计师。与众不同的蔷薇藤蔓商标、宣传海报、平面广告等，都出自他手。到现在，那个独特的蔷薇藤蔓图案，就连外国人都知晓，哪怕不知道店铺的名字，只要看到那相互缠绕的、典雅的蔷薇藤蔓图，都会过目难忘。我也是自女校时期就知道那个蔷薇藤蔓图，女校毕业后，也一直使用那家店的化妆品，可以说是铁粉了。但，我从未想过那个商标设计师是谁，真是一个糊涂虫。可是，大概很多人都和我一样吧，只看见了美丽的宣传图片，却从未想过这些图案的设计者。设计师就是这样一种在幕后默默工作的人群。直到嫁给他以后，我才知道这个事实，内心十分激动，幸福感油然而生。

“我在女校时，就非常喜欢这个图案了，原来是你设计的呀。真开心，我觉得自己好幸福。原来我们的缘分，从十年前就开始了。嫁给你，是十年前就已经注定的呀！”我激动地说道。听到这样的话语，他的脸又红了起来。

“别开玩笑了，我那也只是手艺活罢了。”他有些难为情地眨着眼睛，无力地苦笑着，一副无奈的表情。

他这个人总是不自信，我什么都没说，可他却似乎很在乎自己没学历、二婚、经济条件差等。可是，如果要这样想，那我一个大龄剩女又该怎么办呢？夫妻两人都不自信，垂头丧气，脸上便会长出更多的皱纹。有时候，他也想让我对他撒撒娇。可是，我一个二十八岁的黄脸婆，本来对自己容貌就不自信，再看见他那副唯唯诺诺的样子，就泄气了，哪里还有心情对他甜甜地撒娇呢。明明我心里是喜欢他的，表现出来的却是满不在乎。这样一来，他更加情绪低落了，我虽然明白他的心思，可是两个人难以沟通，夫妻关系也愈发相敬如宾。他似乎也知道我对容貌不自信，偶尔也会突如其来地、笨拙地赞美我的妆容，或者衣服款式。我知道他的体贴，可越是这样，我心里愈加难受，难受得想哭。他是一个好人，关于前妻的事，只字不提。正因为如此，我几乎都忘记了他有过婚史的事了。说起这个家，是我们结婚后新租的房子，他之前住在赤坂的单身公寓里。大概是不想留下过去不好的回忆，以及照顾我的情绪，他把前一段婚姻中的家具等都处理掉了，只带着工作相关的工具搬进了这个新家。随后，我也从母亲那里稍微取了一点钱，两人再慢慢地添置了些家具；被褥和柜子，则是我从娘家带来的，他前妻的痕迹一点也没有留下。至今我都难以相信，他曾经和除我之外的女人，一起生活过六年。说真的，如果他没有那么自卑、敏感，而是对我粗线条一点，偶尔发发火，或许我还能对他撒撒娇。这样的话，我们家一定是充满欢乐和笑声洋溢的。但，我们两人都对自己的缺点耿耿于怀，使得夫妻关系更加不自然——我就不用说了，但是想不通，他为什么要自卑呢？他虽然只是小学毕业，可是文化素养完全不次于大学生水平。说到唱片收集，他的品位不俗；此外，他也常在工作之余，阅读一些我都没听说过的国外作家的作品；还创作出那个世界知名的蔷薇藤蔓商标。他经常自嘲赚不到钱，可是旺季时段，也有一两百日元的大金额收益；即使我们没有太多钱，他也会想着带我去体验伊豆的温泉；但即使现在，他还是一直自责，家中的被褥、柜子等家具是我从娘家带来的。他如此在意，反而让我更加内疚，仿佛做了什么错事一样。明明都是一些便宜的小物件罢了。越这样想，越发想哭，觉得因为同情或怜悯结婚就是错误的，还不如自己一个人生活来得轻松；甚至，我还有过一些坏念头，如果能找一个更加有信心、强大的男人就好了。我是一个坏女人。结婚后，从青春期以来对婚姻的美好憧憬，就在这样的灰色气氛中消磨掉了。心中的悔恨，就如同咬到舌尖般，痛苦喷涌而出，现在该如何弥补呢？两个人静静地端起碗筷吃饭时，泪水夺眶而出。都怪自己贪心，都是黄脸婆了，还妄想在婚姻中享受到青春时代所期待的恋爱，这就是一个笑话。我能够拥有现在这样的一段婚姻，已经够幸福的了，一定要这样去想。可能就是因为我不懂得知足，太过任性，才会长出这样恶心的红疙瘩。或许是因为涂了药，疙瘩没有再继续扩散，说不定明天就能好起来呢？我在心中默默祈祷着，早早地休息了。

边睡边想，我越发觉得后怕。得什么病都可以，唯独这皮肤病，我是万万不能忍受的；再苦再穷我都不怕，就是不愿意染上这皮肤病；哪怕断条胳膊、少条腿，也比染上这皮肤病好多了。在女校上生理课时，老师讲授到皮肤病的病原体，我就浑身发痒；看到课本上印刷着病虫和细菌的页面，我就想把那页书给撕掉。然而，老师却似乎毫无感觉，不，即使老师，也无法这么淡定。他肯定是由于工作原因，不得不故作镇定，一定是这样的。

这样一想，就越发觉得老师虚伪，内心更觉得不舒服 。生理课结束后，我和朋友开始讨论哪一种现象最不能忍受——疼痛、挠痒痒、瘙痒，将三个现象依次排序。对此，我果断认为，瘙痒是最难受的。不是吗？疼痛和挠痒痒，都有人的感知承受范围。比如，被打了，被割伤或者挠痒痒，当这种痛苦达到人的承受极限时，人就会晕厥。晕厥后失去意识，就感受不到外界的痛苦，如登极乐世界般，得到解脱。这样一来，即使死去，又有什么大不了呢？但是，瘙痒却不同。它如同潮水般，一波还未平息一波又来侵袭，如此反复延绵；它不会让你一次性达到可承受的极限，因此也不会晕厥过去，更不会死去；它让你在看不到终点的痛苦之旅中，持续煎熬、挣扎。不管怎么说，瘙痒，真的是最难以接受的了。如果在旧时代的审讯厅被严刑逼供，鞭打、针扎、挠痒痒等，都不会让我供认。在受刑期间，我可能会晕过去，反复受刑两三次大概就死去了。但我一定会坚守那份傲骨，绝不认罪。然而，如果拿出一篮子跳蚤、虱子、疥癣虫，恐吓说会倒在我的背上。我可能就会汗毛直立、浑身颤抖，双手合掌求饶，完全顾不得什么骨气和脸面了。即使想想那个场景，都觉得浑身难受。在课间休息时，我和朋友聊了我的感受，大家不约而同表示有同感。有一次，在老师带领下，全班同学去上野科学博物馆。一到三楼标本室，我被吓得一声惨叫，大哭不止——像螃蟹那么大的寄生虫标本，被固定在展台上，看着恶心极了，我真想用棍子把它们全部打个粉碎。

之后连续几天，我吃不好睡不好，总觉得身上到处发痒。连带着也开始讨厌菊花，总觉得那一片片小花瓣，像某些东西；看到树干上麻麻赖赖的凸起，也会全身发痒；对于那些淡定地吃着鱼子的人，真的完全无法理解。牡蛎壳、南瓜皮、石子路、被虫咬过的树叶、鸡冠、芝麻、带花纹的布、章鱼脚、茶渣、虾、蜂窝、草莓、蚂蚁、莲菜、苍蝇、鳞片等，我全都讨厌；就连标注的假名也是，小假名看起来就像虱子。茱萸籽、桑果也是如此。就连看到被放大的月球照片，都忍不住想吐。有时，触摸带有刺绣的花纹，我也浑身难受。正因为如此，我对皮肤护理格外注意，基本没有出现过任何皮肤问题。结婚后，我更是坚持每天都泡澡，用米糠擦拭身体。肯定是清洁过度了，才会皮肤过敏，长出这些红疙瘩，我懊恼极了。我做了什么坏事吗？老天爷！世界上有那么多病，为什么偏偏让我得上我最讨厌的皮肤病。就像子弹正中靶心，把我推向最厌恶的深渊。我百思不得其解。

次日，天刚亮，我便起床，偷偷地照镜子。天哪！镜子里是一个怪物，那不是我。那副身体就像被压烂的西红柿一样，脖子、胸部、肚子上到处都布满了奇丑无比的、豆粒大小的红色疙瘩。简直就像全身长满了犄角，犹如雨后的蘑菇头，密密麻麻地破土而出。而且，还在向两腿蔓延。妖怪、魔鬼，我已经完全不像一个人了。让我死吧。不能哭，变成这样一副鬼样子，再抽抽噎噎地哭，就更加丑陋了。身体就像慢慢熟透、烂掉的柿子一样，真是讽刺呢。我竟然落到这样一种凄惨、不知所措的境地。我不能哭，得掩饰一下，丈夫他还不知道呢。原本就不漂亮，现在身体还变成这副鬼样子，我不想让他看见如此丑陋的我。面对像废物、垃圾一般的我，他还能怎样安慰我呢？我也不愿意被安慰。如果，面对这样的身体他还能体贴、照顾，我反而会瞧不起他。不行，我想就这样分手吧。不要再关心我，不要再看我，不要再出现在我眼前。唉，要是有更大的房子就好了，我想待在一个离他远远的房间里。如果没有结婚，该多好。如果没有活到二十八岁，在十九岁得肺炎那年就死掉了，该多好。如果那个时候死掉了，现在就不会这么痛苦，这么丑陋，这么烦恼了。我紧闭双眼，一动不动地跪坐在榻榻米上，直喘粗气。我感觉我的心已经被魔鬼占据了，世界一片寂静，我已经不再是以前的我了。我缓缓地，像动物一样爬起来，穿上和服。我深感和服的功效，无论怎样丑陋的躯体，它都能将其完美地包裹、掩饰。我打起精神，走向晾衣服的阳台，看着刺眼的太阳，长叹一声。耳边传来了广播体操的音乐，我一个人开始做起了体操，小声地数着一、二的口号，试着装作很有精神的样子。可是，我突然悲伤起来，如果不继续做操就会忍不住哭出来。或许是因为动作幅度太大，脖子和腋下的淋巴开始隐隐作痛，按了一下，发现都是硬邦邦的。我一下子慌了神，瘫坐到地上。我长得不漂亮，一直以来都活得小心翼翼，为什么老天爷还要欺负我呢？瞬间一股无名火涌上心头。这时，老公的声音突然出现。

“原来你在这儿啊，好像有点不开心？”他温柔的语气关切地问我，“怎么了？今天好一些了吗？”

我本想回答说好一些了，然而我却推开他搭在我肩膀的手，站起来冷淡地说了句：“我进去了。”我怎么说了这句话！我好像有点恍惚了，自己在说什么，甚至在做什么、在想什么，我根本没意识。现在的我谁也不相信，包括我自己。

“让我看看好吗？”他完全不解的语气，小心翼翼地试探道。

“不要。”我转身面对着他，抬起双手指着自己的胳肢窝说，

“连这种地方都莫名其妙冒出了这些硬疙瘩。”我忍不住号啕大哭起来。我知道我一个已经二十八岁的黄脸婆这样矫情很丢脸，但眼泪就像断了线的珠子一样根本停不下来，哭到甚至口水都流了出来。

“好了，别哭了！我带你去看医生！”我从来都不知道他能如此果断。

那天他请了假，翻阅了所有报纸上能治疗皮肤病的相关宣传广告后，带我去一家皮肤科数一数二的知名医院，提前挂了位皮肤科医生的专家号。我一边换衣服准备出门一边问道：

“要脱光给医生看吗？”

“当然啊。”他非常认真地回答，“你不要把医生当成男人就好了。”

我的脸有些发红了，心里一丝暖意。

外面阳光灿烂，可我觉得自己就像一条丑陋的毛毛虫。如果这个皮肤病治不好，我的世界就永远是一片黑暗。

“我不想坐电车。”结婚以来，我第一次提出这么任性而奢侈的要求。疙瘩已经扩散到手背，我曾在电车上见过手部患这种病的女人，从此再也不敢抓车上的吊环，担心会被传染。现在我也成了这种样子。“感同身受”这个词的含义，终于算是痛彻心扉了。

“我懂。”他爽快地答应我，一起搭了出租车去医院。从筑地经过日本桥，再到高岛屋对面的医院，距离不远，我却像自己在丧车里一样心情沉重，感觉好像很远。此时的我，似乎只有一双眼睛还活着，只是一路上静静地看着城市的初夏。眼睛来来往往的行人里，他们肯定没有一个像我这样浑身长满红疙瘩的。

终于到了医院，他陪我去了候诊室。这里的世界和外面完全不同，让我不禁想起了很久以前，在筑地小剧场看过的一部叫作《底层》的话剧场景。窗外明明是一片深绿色，生机盎然，而这里却满是昏沉沉而湿冷的空气，还有刺鼻又酸臭的味道。我想就算是失明的人也不想待在这种地方。这里虽然没有盲人，但总觉得怪怪的，怎么会有那么多老奶奶、老爷爷。我在靠近入口处的一张长椅上坐下，像快要死了一样低垂着头、闭上双眼。突然，我感觉或许我是这么多病人中，唯一一个严重的皮肤病患者。我猛地睁开眼抬起头，仔细观察了周围所有人，果然，没有一个病人像我这样长了如此多的疙瘩。从医院的宣传板上得知，这个医院以专治皮肤病和另一种难以启齿的疾病为特色。也就是说，坐在远处那个像电视明星一样的男的，皮肤没有长奇怪的疙瘩，他应该不是来看皮肤科的，而是来看另一个科室的了。这样一想，我大概知道待在这间候诊室里，垂头丧气地坐着等死的病人们都得的什么病了。

“你要不要出去透透气？这里好像有点闷的。”

“待会儿再说，好像就快轮到咱们了。”他有些无聊地站在我身边。

“唉，轮到我估计要到中午了，这里不干净，你先出去转转吧。”我的语气有些生硬，连我自己都有些讶异。但他顺从地点了点头。

“你不一起去吗？”

“不用了，没事的。”我微笑着说，“留在这里，我比较轻松点。”

然后，我把他从候诊室推了出去，我稍微镇静了一点，重新坐到长椅上，闭上了发酸的双眼。旁人看来，我肯定就是个装模作样，陷入沉思的女人。确实，我是这样的，这是我最放松的方式。“装死”，多么可笑的一个词，但我却开始担心起来。任何人都有秘密，仿佛有谁在我耳边低语，我不由得紧张起来。说不定这皮肤病……我突然感觉毛骨悚然。老公他那么温柔，虽然没什么自信但是对我言听计从，难道是因为……虽然那一刻，我觉得很可笑，但我不是他第一任妻子，事实上我也能感受到。我坐立难安，被骗了。“骗婚”，我突然想到这样一个词，真想跑出去痛打他一顿。我真是个蠢货。明明一开始就知道他有过婚史，现在才突然意识到，他不是第一次的这件事，让我如此难以接受，我好后悔。他之前的女人在我心中也越来越膈应，我第一次对他之前的女人有了种无比憎恨、厌恶之感。我以前真的是从来没想过这些，而现在，我为自己的迟钝、大大咧咧而后悔、懊恼。这就是所谓的嫉妒吧。如果真是这样，嫉妒就是无可救药的肉体的疯狂，毫无美感，丑陋至极。世间大概还有很多我未触及的人间炼狱吧。我开始对生活不再抱有希望，匆匆拿出膝上布袋子里的小说，随便翻起来，想着是不是可以缓解一下。《包法利夫人》[1] 的主人公爱玛，她悲惨的命运故事总能治愈我。在我看来，爱玛的沉沦就是最符合女性、最自然的方式。就如同水往低处流，美丽的躯体会随着时间流逝而衰老一样。女人，总是内心藏有不能言说的秘密，这就是我们

①《包法利夫人》，法国批判现实主义小说家福楼拜的作品。讲述受过高等教育的女性爱玛，嫁给了医生查理·包法利，不满足于乡下丈夫的平庸迟钝，她先后成为地主罗多尔夫与书记员莱昂的情人，最终挥霍掉家产，落得自杀的结局。

的天性。人的一生，会经历很多坎坷和诱惑，这一点毋庸置疑。对于女人来说，活在当下不就是我们的宗旨吗？和男人完全不同的是，我们不会去考虑百年之后的身后事，我们对事情有更深入的思考。我们只期待当下的每一刻都活得美丽、尽兴，沉迷于生活中每一个细微的感触。女人总是喜欢那些漂亮的茶碗、美丽的衣服，而这也恰好是生活真正的意义所在。我们每一个细微的动作，都是活在当下。这正是对我们生活宗旨的完美体现。除此之外，还需要什么呢？深不可测的现实生活，压抑了女人的任性和不羁。如果没有这些束缚，让我们自由、恣情地生活，那我们的内心和身体，不知该有多么轻松啊！可是，对于女人内心的这个恶魔，所有人都选择忽视、不去触碰，这才导致了那么多悲剧的产生。或许，也只有深不可测的现实生活，才能够拯救我们。老实说，在结婚的第二天，女人就可以在心里镇定地想其他男人了。人心叵测啊！突然，我心中一颤，想起“男女七岁有别”这句古语。不由得惊叹这就是日本社会伦理的写照啊。原来，古人早已知晓。从古时起，这些诱惑和困境就一直存在啊。这样一想，心情反而轻松起来。即使皮肤过敏，长了这些红疙瘩，我也还是风韵犹存的少妇啊。我苦笑着，低头继续阅读小说。现在罗多尔夫正慢慢地靠近爱玛的身体，喃喃地说着情话。读到这里，我突发奇想，不由得笑出声——如果这个时候，爱玛皮肤过敏长出一身疙瘩，会发生什么呢？呀，这可就严重了，我认真地思考着。爱玛肯定会拒绝罗多尔夫的诱惑，然后，爱玛的一生也就会完全不同了。没错，她一定会拒绝的。因为，面对这样的身体，她别无选择。这并非开玩笑，有时候女人的一生，真的和她此刻的发型、衣服款式、瞌睡程度，甚至一些身体细微的差异，息息相关。只因自己太瞌睡，就把背在背上的、不停哭闹的孩子掐死，这样的事件不也发生过吗？更别说染上这种皮肤病，又会让女人的命运发生怎样翻天覆地的变化呢？毋庸置疑，这样的现实会把所谓的浪漫、所谓的感情无情地埋葬掉的。假设在婚礼的前一天晚上，新娘的身上突然长出这种疙瘩，并逐渐扩散到胸部、胳膊、双腿的话，会怎样呢？我想，这是极有可能的。皮肤过敏这种病，真的不是平时预防就可以完全控制的。它就像老天爷的恶作剧。比如，精心打扮的年轻妇人在横滨码头翘首等着迎接自己五年未见的老公，突然发现自己的脸上长满紫红色疙瘩，她肯定要瞬间崩溃了。这也是极有可能会发生的。男人对皮肤过敏毫不在意，可是，女人将护肤作为第一要务。否认这一点的女人，肯定是在撒谎。我不太了解福楼拜，大概是一个严谨细腻的写实主义者吧。书中描写罗多尔夫想去亲吻爱玛的肩膀时（不要，衣服会皱的。）——爱玛表示拒绝的回答，是多么观察入微的描写啊。可是，即使这样细腻的他也没有描写出女人得了皮肤病的痛苦。这是因为作为男性很难理解这种痛苦吗？还是说，福楼拜早已看透其背后的污秽，认为其毫无浪漫可言，因此装糊涂、敬而远之呢？如果真是装糊涂，那也太狡猾了，太狡猾了。不管是在结婚前夜，还是在与阔别五年、日思夜想的爱人重逢之际，要是皮肤过敏长满疙瘩，是我的话，我宁愿去死，离家出走、堕落或自杀。因为女人就是靠着这瞬间的欢愉之美而活着的，管他明天会怎样呢。这时，门开了，丈夫探出他那如栗鼠般的小脑袋，用眼神询问我，“还没到吗？”我对他招招手。

“老公！”我听见自己那粗大的嗓门，不由得缩了缩肩膀压低嗓门，“问你个问题，你说，是不是恣情地活在当下的女人最有魅力啊？”

“什么意思？”他莫名其妙地看着我，我倒是笑了起来。

“我不知道该怎么表达，但是，没事了。我只是觉得在这里坐了一会儿，就像变了一个人似的。我这个人太不坚定，很容易被外在环境影响。我变得有些粗俗，想要堕落，就像……”说着，我戛然而止。“妓女”这个词，被我吞进肚子里。这个词，是女人绝不能说出口的，但又会为它烦恼。当尊严完全被践踏时，一定会想到这个词。我身体过敏长了疙瘩，就连内心也变坏了，我有点明白是怎么回事了。一直以来，我都自嘲是大龄黄脸婆，长得丑，假装很没自信。可我却细心呵护自己的皮肤，那是我唯一引以为傲的地方。事到如今我才知道，让我自负的谦逊、谨慎、顺从等品性，原来都是假装出来的。而我只不过是像瞎了一样，在感受快乐和忧愁的可怜女人。要知道，不管知觉和触觉多么灵敏，那都是动物的属性，和智慧毫无关系。我清楚，自己就是一个愚蠢的傻瓜。

我错了，一直以来我自喻细心、高尚、聪明，还沾沾自喜。事实上，我只是一个愚蠢的笨女人罢了。

“我想了好多啊，就像个傻子，都快疯了。”

“我懂，懂的。”他似乎真的明白我在说什么一样，温柔地提醒我，“到咱们的号了。”

被护士带进了诊疗室，我有些为难地解开腰带，露出肌肤，瞥见自己的乳房，就像一颗石榴一样。比起面前的大夫，身后观看的护士更让我难为情。那名大夫，则早已习以为常。我没看清大夫的脸，他好像对病人也真的没有男女之分的感觉，认真检查我身上长疙瘩的地方。

“是中毒了，大概吃了什么不该吃的东西吧。”大夫就那么冷淡地一说。

“能治好吗？”丈夫询问道。

“能治好。”

我恍恍惚惚地听着他们的对话。

“她总是一个人哭，我都不知该怎么办了。”

“很快就能恢复的，打完针就能好。”

医生站了起来。

“不是很复杂的病吧？”丈夫追问。

“嗯，不是。”

打完针后，我们离开了医院。

“啊，手上的疙瘩，已经消退了。”

我用手遮着太阳，看着远处。

“高兴吗？”

被他这样一问，我又有点难为情了。

雪夜的故事

那天早上一直在下雪。给侄女小鹤做的裙裤终于做好了，那天放学后，我便把它送到中野的婶子家去了。为了感谢我，婶子给了我两片鱿鱼干。等我在吉祥寺车站下车时，天色已经暗了下来；脚下的雪已经积了一尺多深了，可还不断地簌簌往下落着。我穿了长靴，心情反而相当兴奋，故意挑那些积雪很深的地方走。一直走到家附近的邮筒时，我才发现腋下夹着的鱿鱼干纸包不见了。虽然我是个粗枝大叶的人，但从来没丢过什么东西，我想肯定是晚上在积雪中蹦蹦跳跳的时候弄丢了。我一下像泄了气的皮球。弄丢鱿鱼干让我感到垂头丧气的原因，除了觉得犯这种低级错误感到羞愧以外，更重要的是我本来打算把它送给嫂子的。我嫂子今年夏天要生宝宝了。听她说肚子里有了小宝宝之后，常常就会觉得肚子饿，所以她必须吃两个人的饭。和我不同，嫂子是一个外表端庄、气质高雅的人。她总是像金丝雀一样，吃得很少，而且从不吃零食。这阵子她总说肚子饿，这让她觉得很丢脸，还说突然会想吃一些奇怪的东西。我还记得，前不久我和嫂子吃完饭收拾碗筷的时候，她小声叹着气说："啊！嘴里好苦啊！好想吃点鱿鱼干啊！"所以那天中野的婶子给了两片鱿鱼干后，我就兴冲冲地想偷偷带回来给嫂子吃，没想到却被我弄丢了，真让人扫兴。

大家知道，我和哥哥、嫂子一起生活。哥哥是个性情古怪的小说家，年近四十了还默默无闻；尽管家里一直很穷，他却以身体差为借口经常赖床不起。不过他嘴上特别能说，总是向我们抱怨这抱怨那，但光是嘴上说，一点儿家务活也不帮着干。因此嫂子连男人干的体力活都得自己做，非常可怜。曾有一天，我生气地质问哥哥说："哥，你偶尔也背着包去买买菜，别人家的男人可都是这么做的哟。"谁知他马上生气地骂道："混账！我又不是那种低贱的男人，你给我听好了，君子（嫂子的名字），你心里也有个数，我们全家就是饿死，我也不会那样不知廉耻地出去买东西的，这可是我最后的尊严！"

他的想法可真高尚啊！但我不清楚他究竟是为了国家着想而憎恶那些出门购物的人，还是因为自己懒惰而讨厌出去买东西呢？我的父母都是东京人。由于父亲常年在东北的山形县政府部门工作，所以哥哥和我都是在山形出生的。父亲在山形过世后，哥哥已经二十岁左右了，母亲背着襁褓中的我，和哥哥三人再度回到了东京。前些年母亲过世后，家里就剩下哥哥、嫂子和我三人一起生活。因为我们没有乡下的老家，所以也没法像别人一样得到乡下送来的食物。再加上哥哥性情古怪，完全不和人打交道，因此我们几乎从没意外收到过稀罕的东西。一想到如果将两片鱿鱼干送给嫂子的话，她不知会有多高兴，我就觉得那两片鱿鱼干丢得可惜，于是便不顾别人笑话，当下掉转头，慢慢沿着刚刚走过的路仔细搜寻起来。可哪能找到啊！

在白雪皑皑的路上要找一个用白纸包着的东西已相当困难了，加上还一直不停地下着雪，所以往回一直走到吉祥寺车站附近，就连一个小石子都没发现。我叹了口气，一边重新撑起伞，一边抬头看了看漆黑的夜空，只见天空的雪花就像千百万只萤火虫似的疯狂飞舞着。真是太美了！道路两旁的树冠被雪覆盖着，不堪重负的树枝往下垂着，偶尔还像叹息似的微微抖动一下。这美丽的景象，让我感觉自己仿佛置身于童话世界之中，不由得忘了鱿鱼干的事。这时我忽然灵机一动，觉得如果把这幅美丽的雪景送给嫂子的话，或许比鱿鱼干还要好呢！因为总是送吃的东西的话，会让人讨厌的，而且自己也怪难为情的。

哥哥曾告诉过我，人的眼珠是可以储存风景的。就像盯着灯泡看一会儿，然后闭上眼睛，还能清楚地看见灯泡一样。这就是证据。哥哥曾给我讲过一个发生在丹麦的浪漫小故事。尽管哥哥平时总爱胡说八道，说的话总不靠谱，但我觉得只有这个小故事，哪怕是他编的也罢，倒也算一个好故事。

从前，丹麦有位医生在解剖一名沉船失事的年轻水手的尸体时，用显微镜观察他的眼球后，发现他的视网膜中竟然呈现出一家团圆的景象。医生把这件事告诉了他的小说家朋友，小说家马上对这一不可思议的事情给出了以下解释：那位年轻的水手在乘船沉水后被卷入波涛之中，之后被冲到岸边时，他不顾一切地抓住了灯塔的窗户。正要大声呼救时，透过灯塔的窗户，他猛然发现灯塔看守员一家人正要享用温馨的晚餐。“啊……不可以！”想到自己凄惨地大叫救命的话，会彻底毁了这一家人的团聚，他紧抓窗栏的手指便渐渐没了力气，此时“哗”的一声，一阵大浪袭来，水手又被海浪给冲走了。看来这水手是世界上最善良、最高贵的人。听完小说家的解释，医生也表示赞同。于是两人最后郑重地将水手的尸体埋葬了。

我相信这个故事是真的，即使在科学上它难以解释，我还是愿意相信它是真的。在下雪的那天夜里，我突然想起了这个故事，并且决定把美丽的雪景留在眼底，带回家告诉嫂子，“嫂子，请看着我的眼睛，你肚子里的小宝宝会变漂亮哦！”之前，嫂子曾经笑着拜托哥哥说：“请在房间里贴一张美女图片吧，我每天看着图片就会生一个漂亮的小宝宝。”哥哥那时也认真地点头说：“唔…是胎教吗？那可得重视。”于是哥哥把一张孙次郎华丽的能乐照片和一张雪小面悲情的能乐照片并排贴在了墙上，然后又在两张能乐照片中间贴了一张自己皱着眉头的照片，显得不伦不类。“拜托，能把你的照片拿下来吗？看到你的照片，我就觉得心里不舒服。”果然，连一向温顺的嫂子也看不下去了，恳求哥哥无论如何也要把那张照片拿下来，不然看着那张照片，保不准会生出一个长得像猴子一样的宝宝的。哥哥听后，露出一副不可思议的表情，恐怕他还一直觉得自己是个美男子哩！真是快把人笑死了。嫂子现在为了肚子里的宝宝，肯定只想看到世界上最美的东西。如果我把今天这个雪景保存在我的眼底，然后让嫂子欣赏的话，她肯定会比收到鱿鱼干要开心几倍、十几倍的。

我放弃继续寻找鱿鱼干。在回家的路上，我尽可能地去眺望周围美丽的雪景，我把它们保存在眼里和心底。我带着洁白雪景的心情一回到家，马上对嫂子说：“嫂嫂，快看我的眼睛。我的眼睛里可全是漂亮的景色哟！”

“什么？你说什么？”嫂子笑着站在我面前，把手放在我肩上，“你的眼睛到底怎么了？”

“哥哥曾告诉过，说人的眼睛里，会保留刚刚看到的景象。”

“你哥的话你还信啊，都是骗人的。”

“但我觉得这是真的，我只相信他说的这件事是真的。你看我的眼睛嘛。我刚刚看了很多很多漂亮的雪景后才回家的。你看了我的眼睛，一定能生个肌肤像雪一样的漂亮小宝贝的！”嫂子默默地看着我，脸上充满了悲伤。

“喂！”就在这时候，哥哥从隔壁六榻榻米大的房间里走了出来，说：“看顺子（我的名字）那双单调的眼睛，还不如看我的呢，看我的眼睛效果要比她的好百倍呢。”

“为什么？为什么？”气得我真想揍他一顿，“嫂子不是说过吗？看你的眼睛时她心里会不舒服。”

“才没那回事儿。我的眼睛可是看了二十多年的美丽雪景哟。我在山形一直待到二十岁，顺子还没懂事就被带回了东京，根本就没看过山形美丽的雪景，所以她看见东京这样的小雪就激动得不成样子了。而我的眼睛可是看过比这个还要漂亮百倍、千倍，甚至看腻了的美丽雪景，再怎么说都要比顺子的眼睛高级一些。”

我都快被他气哭了。这时，身旁的嫂子帮了我。她平静地笑着说：“但你哥的眼睛在看几百倍、几千倍美丽风景的同时，也看了几百倍、几千倍的脏东西呀！”

“对呀！对呀！比起优点，你的缺点更多啊！所以你的眼睛才会显得那么昏黄浑浊啊！”

“净胡扯！”哥哥绷着脸，又钻进隔壁那间六榻榻米大的房间里去了。

阴火

诞生

二十五岁那年春天，他从众多的申请者中挑选了一位对前途很迷茫的新生，把自己很有来头的菱形学士帽送给了他，之后便回到了家乡。挂着鹰羽家纹的轻便马车，载着年轻的主人，从停车场向三里外的目的地飞奔而去。车轮的嘎吱声、马具的摇曳声、马夫的斥责声以及马蹄的疾驰声混杂在一起，偶尔还能听到云雀的啼鸣声。

北方地区即使到了春天也还是冰天雪地。道路干涩发黑，田地里的积雪开始融化。白雪覆盖的蜿蜒山脉，也枯萎成了酱紫色。堆积着黄色木材的山脚下是低矮的工厂。朝蓝色的天空冒着青烟的大烟囱所在地就是他的家。这个刚毕业的学生，深情地凝望着故乡久违的风景，若无其事地轻轻打了个哈欠。

接下来的一年里，他大部分时间都在散步。他在家里的每个房间走来走去，嗅着每个房间熟悉的气味。西式房间散发着药草的气味，餐厅里是牛奶味，客厅里有种令人难堪的气味。他走遍了二层里里外外的房间，连阁楼的客间也去过了。每次拉开一扇隔扇，他那尘封的内心都会隐约跳动。各种气味总会使他回想起在东京时的一些往事。

他不仅在家里，还独自在田野里散步。他不屑于原野上的红树叶和水田边的浮藻花儿，不过却很喜欢掠耳的春风和秋天里满眼跃动的稻田。

以前读过的小诗集和鲜红封面上印有黑色铁锤类的书籍，现在已经很少放在枕边了。现在他会躺着把台灯拉过来看自己的手相。掌心有很多细小的纹路，其中有三条长长的粗手纹，弯弯曲曲地横向排列着。这三条淡红色的手纹据说预示着他的命运。根据手纹来看，他的感情和智慧很发达，但生命比较短暂，最多二十多岁就会死亡。

第二年，他结了婚。他并没刻意早结婚，心想只要遇到漂亮的女人就结。他举行了隆重的婚礼，新娘是邻镇酿酒厂老板的女儿，皮肤有点黑，光滑的脸颊上还长着汗毛。她擅长编织。婚后一个多月，他对新婚妻子疼爱有加。

那年冬天，五十九岁的父亲去世了。葬礼那天天气很好，积雪上反射着金色的光芒。他扎起和服裙绔，穿着草鞋，沿着雪路朝山顶十多里的寺庙走着，身后是载着父亲灵柩的马车，再后面是两个妹妹，用白纱蒙着脸。送丧的队伍排得很长。

父亲死后，他的境遇发生了很大的改变。父亲的职责一下子落到他的身上，他开始生活在父亲的影子里。

他开始蠢蠢欲动，打算对工厂进行一番改革，但需要解决的问题层出不穷，他一下手足无措起来。最后他索性放弃改革，把一切都交给经理去处理。看来到他这一代，家里发生变化的只能是把西式房间里祖父的肖像画换成罂粟花油画，还有就是给黑色的铁门上装上昏黄的法式门灯了。

家里的一切照旧，但外界发生的变化却打破了这种宁静。父亲去世后的第二年夏天，镇上的银行开始出现问题。万一银行出事的话，他的家就会破产。

好不容易想好了对策，可经理在精简员工时却激怒了工人。他没想到，一直担心的事情这么快就发生了。不过他一点也不沮丧，怒气冲冲地命令经理道："那就满足他们的要求吧！"他心里明白只要给他们想要的，事情就能解决。最后在他谨慎地进行了小规模的裁员后了结了此事。

从那时起，他开始喜欢上了寺庙。寺庙在后山，铁皮材质的屋顶闪闪发光。他和住持慢慢熟稔起来。住持是一位瘦骨嶙峋的老人，右耳撕裂过，留下一道黑色的疤痕，有时看上去面相有些狰狞。即便是酷热的夏天，他也会沿着长长的石阶去寺庙。寺庙厨房前的草地上疯长着高高的草，四五朵鸡冠花开得正艳。住持此时一般都在午休，他会从走廊外面向他打招呼。有时晃动着青色尾巴的壁虎会从走廊下面爬出来。

他会向住持请教一些经文的含义，住持也完全不懂，迟疑一下后会大声笑几声，此时他就报以尴尬的微笑。有时他想听住持讲一些鬼故事，住持就用他干涩沙哑的嗓音，给他讲二十多个。"那这个寺里闹过鬼吧？"他追问道，住持回答说没有。

一年后，他的母亲也去世了。父亲死后，母亲对他极其冷淡。由于心情一直闷闷不乐，母亲很快就命丧黄泉了。自母亲去世后，他开始厌倦寺庙了。母亲去世后他才意识到，自己之前常去寺庙，也多少包含着为母亲积德的成分吧。

母亲走后，他开始感觉到家人之间的疏远。两个妹妹中，大的嫁给了邻镇一家开大饭店的，小的在东京一个以体操出名的私立女校读书，只有寒暑假的时候才回来。她戴的是黑色赛璐珞眼镜。他们兄妹三人都戴眼镜，他戴的是金属框的，大妹戴的是细金边的。

他常去邻镇游玩，因为在家附近不敢尽情喝酒。因在邻镇喝酒惹了些丑闻，之后也懒得再去了。

他想要个孩子，有了孩子或许可以缓解他和妻子之间的感情。他受不了妻子身上的那股腥味，那种刺鼻的气味。

到了三十岁后，他的身体稍稍有点发福。每天早上洗脸时，两只手用肥皂泡洗过后，手心像女人般光滑细嫩。只是指甲被香烟熏成了黄色，再怎么洗也洗不掉。他实在太能抽烟了，每天都要抽七包希望牌香烟。

那年春天，妻子生了个女孩。两年以前，妻子在东京一家医院悄悄治疗了一个多月。

女儿起名叫百合。她的肤色白皙，一点不像她的父母。短发稀疏，眉毛几乎看不出来，手脚修长纤细。出生两个月后，体重已达到五公斤，身高大概五十八厘米，比一般的小孩发育都好。

出生后的第一百二十天，全家为女儿举行了盛大的庆生会。

纸鹤

我和你不同，还算比较幸运吧。我娶了一位不是处女的妻子，三年间一直被蒙在鼓里。我也知道这种话不该跟你说，因为这对现在还陶醉于编织的妻子来说太残酷，而且还会招致世间很多夫妻的厌恶吧。但我还是要说，我想狠狠地揍一顿道貌岸然的你。

我没读过瓦雷里和普鲁斯特，对文学基本一无所知。不懂也好，这样我就可以专注于更现实的东西——人类。所谓人类，不过是市井里的苍蝇。因此对我来说，作家才是一切，而作品是没有价值的。

任何杰作都是作家写的，超越了作家的作品，只不过是读者的错觉罢了。你一定一脸不屑吧，企图让读者相信你的灵感，肯定会认为我的话俗不可耐。好吧，让我来说得更清楚些。我的作品其实只是为我自己创作的。如果你够聪明的话，应该对我这种态度嗤之以鼻。如果你没笑的话，今后就给我乖乖地闭嘴！

我现在就是为了让你蒙羞才写这篇小说的。这篇小说的题材可能也会让我蒙羞，但即便这样，我也绝不会祈求你的怜悯。我要站在比你高的位置，用人类真实的苦恼来狠狠击打你的脸庞。

我妻子和我一样，经常撒谎。今年初秋，我写完了一篇小说。那是一篇向神炫耀我家庭幸福的短篇小说。我给妻子读了。她低声读完后，说写得不错。然后对我做了个低俗的动作。就算我再愚笨，也能从她的举止背后，看出她想极度掩饰的不寻常气息。我花了整整三个晚上，思考妻子为什么会如此不安。我的疑惑，最终落在一件令我苦恼的事实上面。毕竟我也是一个应该坐在第十三个椅子上的多疑者。[1]

①《最后的晚餐》中的第十三个椅子，是叛徒犹大的代称。——译者注

于是我开始质问妻子，这件事也耗费了我三个晚上。她反过来讥笑我，有时还冲我发火。最后我使用了一个奸诈的手段。在那篇小说中，我描写了一个像我一样的男人娶到处女时的欢喜。我之所以专门写这段，就是为了讽刺妻子。我吓唬妻子说，我成为大作家后，这篇小说定会流传百年的，那么你的谎言，肯定会和这篇小说一样被后人传诵百年的。于是没上过学的妻子，果然被我的话吓到了，考虑了一会儿，喃喃自语道："只有过那么一次。"我笑了笑，抱了抱她。为了让妻子说得更具体些，我安慰她道，这都是年轻时受的伤害，我一点也不会在意的。啊，过了一会儿，妻子改口说是两次，接着又说是三次。我仍微笑着试探道："和什么样的男人啊？"妻子说的那个男人我不认识。妻子在说那个男人的名字时，我紧紧地用心抱了她。这真是一段孽缘，同时又是一段真挚的爱情。妻子最终大声哭着说是六次。

第二天早上，妻子一脸轻松。在早饭桌前，她调皮地两手合十向我作揖，我也咬着嘴唇冲她笑了笑。于是她愈发放松地瞅着我问道："你难过吗？"我回答说有一点。

我想让你知道的是，再怎么永恒的身姿，其实都是俗不可耐的。

我还想告诉你，那一天我是怎么度过的。

那个时候，妻子的容颜、她脱掉的袜子以及一切和她有关的事物，我都不想再见到。这不仅会让我联想起妻子不贞的过去，也会让我念起和妻子在一起的快乐时光。于是那天我立刻决定出门去拜访一位少年西洋画家，他还单身。我那天的心情不适合找已婚朋友。

一路上，我尽量不让自己的大脑空闲下来。为了不让自己想起昨晚的事情，我一直在思考别的问题。思考人生和艺术之类的问题有点危险，特别是文学，一下就会唤醒那段鲜明的记忆。于是我用力思考起路上的植物来。枸杞是灌木，春末会开白花，不知道属于哪个科目，刚到秋天就会变成黄色小粒的果实。再考虑下去就危险了，我匆忙把目光又转移到别的植物上。芒草，属禾本科。嗯，之前好像学过。这个白色的花穗叫作芒穗，是“秋之七草”之一。秋之七草分别是胡枝子、桔梗、苓草、红瞿麦以及芒穗，还有两种是什么来着？六次！耳边突然传来这个声音。我加快了脚步，几乎跑了起来，差点摔好几跤。这些落叶？不，不能再想植物了，要想些无关紧要的东西，更无关紧要的！我一边踉踉跄跄地走着，一边整理着我的思绪。

我开始在心里背诵 A 加 B 的平方展开公式，接着又开始研究 A 加 B 加 C 的平方展开公式。

听我这么说，你肯定一脸不可思议吧。不过我知道，如果你遭受和我一样的灾难，或更棘手的问题时，你平日里高谈阔论的高雅文学理论就会没什么用，你就会让自己去关注数学，甚至甲壳虫了。

我一边数着人体内脏器官的名称，走进了朋友住的公寓。

我敲了下朋友房间的门后，看见走廊东南角挂着一个圆形金鱼缸，又数了一遍鱼缸里四尾金鱼的鱼鳍。朋友好像还在睡觉，他睡眼惺松地睁着一只眼出来开了门。进了他的房间，我终于松了口气。

最令人害怕的就是孤独，因此需要借助聊天来排遣，对方是女性的话会引起不安，所以只能是男性，最好是性格好的男人。我的这个朋友就符合这些条件。

我对他最近的作品喋喋不休地品头论足。那是一幅二十号的风景画，在他的作品中属于大部头作品。画上有一栋红屋顶的洋房，建在一片清澈的沼泽边。朋友有些不好意思示人，他把画布翻过来放在墙旁。我毫不犹豫地一下把它翻过来欣赏。我当时是怎么评价他的画的呢？如果你是一个优秀的艺术评论家的话，你肯定会觉得我当时的评论还说得过去。为什么这么说呢？因为我也像你一样，发表了一些似是而非的看法。我从画风、色彩、构图等方面，用我所知的纯理论性语言挑了一圈毛病。

朋友全都认可了我的意见。嗯，准确地说，我从一开始就说个不停，根本就没给他插嘴的机会。

但就是这样说个不停，我心里也不踏实。于是我在一个合适的时机停止了我的絮叨，开始向这位年轻的朋友挑战起了象棋。我俩坐在床上，将棋子摆在画得歪歪扭扭的厚纸板上，很快就下完了几盘。友人时常会陷入沉思，被我训斥后便仓促下子。因为即便是一瞬间，我也不想让自己有任何思考别的事情的余地。

如此紧绷的心情毕竟无法持续太久，我开始对将棋都感到了危机感。最后我感觉自己很累，便说“算了，不下了”，将棋盘推到一边，爬上床躺下了。朋友也和我并排仰躺着抽起了烟。我是个浑浑噩噩的人，休息就是我的大敌。悲伤的感觉已经不止一次掠过我的心头。我喃喃自语道：“我说，我说。”企图驱赶这巨大的阴影。不能再这样下去了，我必须一直行动才行。

你可能会觉得我很好笑。我翻身趴在床上，从枕边拾起一张擦鼻子的纸，开始折起纸来。

首先，将纸沿对角线折成两半，然后再对折，这样就做成了一个袋子。接着再将两边尖角拉出来，做成翅膀，然后把尖角再一折，就成了鸟嘴。然后拽着鸟嘴，从小孔里噗噗地往里吹气，最后就成了纸鹤。

水车

到了桥边，男人想要就此折回，可看着女人静静地过了桥，他也跟了过去。

他左思右想，为何要一直追随女人到这儿来呢？他想来想去，觉得不是因为留恋，可能是因为一离开女人的身体他就失去了热情的原因吧。当女人静静地收拾带走的东西时，他点燃了一根烟。当他发现自己的手竟然一点也不颤抖时，内心不免有些扫兴。就这样随缘吧，这么想着他便和女人一起出了家门。

两人在土堤的小路上，一前一后慢慢地走着。初夏的黄昏，路旁的白色繁缕花星星点点开放着。

有这样一群不幸的人，他们遇见极其憎恨的异性时才会去关注这个异性。男人属于这样的人，女人也是。女人今天去了男人郊区的家，无缘无故地尽情数落了男人一番。面对女人的不断侮辱，男人决定让她见识见识自己的厉害。女人察觉到了男人的想法，马上做好了防备。两人不知如何是好的样子，反倒点燃了两个人的畸形欲火。于是，男子最终选择了别的方式报复。直到两人冷静下来，才彻底发现其实彼此一点也不喜欢对方。

两人就这样并排走着，但都绷着不愿向对方妥协，互相憎恶之情达到了极点。

土堤的下方，有一条一丈多宽的小河缓缓流淌着。男人在薄暮中看着水面微弱的光，犹豫着该不该回去。女人低着头径直走着，男人紧跟在她身后。

这不是留恋，而是为了解决两人之间的问题。用不好听的话说，就是为了结束两人的关系吧。这下男人总算给自己找到了借口。男人在离女人十步远的身后走着，边走边挥着手杖打路边的草。他知道，如果自己对她轻声说句“请原谅我吧”，两人之间就会风平浪静几个月，但他却没能说出口。这句话要在刚吵完架之后说才有用，现在已经错过了时机。在两人又怒目相对的时候，再说这话岂不是很愚蠢吗？想到这儿，他又打倒了一株青芦苇。

火车的轰鸣声从身后传来，女人突然回过头来，男人急忙把脸背了过去。火车穿过了河上的铁桥，明亮的车厢一节一节从他们的眼前闪过。男人感到背后女人的目光灼热刺痛。火车已经驶了过去，轰鸣声向前方的森林深处传了过去。男人一咬牙，将脸转了过来。他想如果女人和自己对视的话，自己就冷笑着说“日本的火车也不赖嘛”。

而女人却已扭头快步向远处走去。她崭新的黄底白色水珠点花纹裙子，透过暮色映入了男人的眼帘。难道女人就这么回家吗？不行和她结婚算了？不，其实自己并不想和她结婚，自己只是为了结束两人的关系才跟她出来的。

男人把手杖紧紧夹在腋下，朝女人小跑了过去。离女人越来越近的时候，男人却开始退缩了。女人耸着瘦弱的肩膀，全神贯注地走着。男人跑到离女人两三步的时候，放慢了脚步。他心里对女人充满了厌恶，仿佛女人身上散发着让人无法忍受的臭味一样。

两个人默默地走着。路中间突然出现了一簇川柳，女人从川柳左侧走了，而男人则选择了右侧。

干脆从她身边逃走算了，也不用和她做什么正式了断！哪怕我在她心中是个无所事事的流氓或普通男人也无所谓，反正男人在女人心里就是这样的东西。我看我还是逃走算了。男人默默想道。

穿过川柳丛，两人谁也没看谁，又一起走着。要不要说些什么呢？比如说“咱俩的事我不会说出去”，此时他伸进袖子里的一只手碰到了一根烟。还是对她说“女人一生都有为人女、为人妻和为人母的经历，你一定要嫁个好人”。这么说，她会怎么回答呢？她肯定会反问“你是斯特林堡吗？”。男人划着了火柴，女人黝黑歪曲的脸庞一下浮现在他眼前。

男人终于停下了脚步，女人也停了下来。两人背对着脸一直站着。男人瞟了女人一眼，他气呼呼地发现她并没有哭。接着他故作轻松地环顾了一下四周。他看见左侧有一间自己散步时经常见到的水车小屋。水车在昏暗中慢慢地转着。女人迅速转过身又走了起来。男人站在原地吸着烟，没有一点阻止女人的意思。

尼姑

这件事发生在九月二十九日的深夜。我想着再忍一天到十月份再去当铺的话，就能赚到整一个月的利息，所以连烟都没抽，睡了整整一天。结果白天睡得太多，晚上竟然睡不着了。晚上十一点左右，房间的拉门嘎吱嘎吱作响，我想可能是风吹的吧，可过了一阵还是响个不停。嗯！难道门外有人吗？于是我从被窝爬起来，伸出胳膊拉开门一看，门外站着一位小尼姑。

她不胖不瘦，身材也不太高。头皮发青，长着一张鹅蛋脸。脸颊虽有点黑，却粉嫩嫩的。眉毛好似地藏王菩萨的新月眉，睫毛细长，眼睛犹如银铃般炯炯有神。鼻子小巧而笔直，双唇微红偏大，微微张开，隐约能看到洁白整齐的牙齿，下嘴唇好看地微突着。上过浆的黑色袈裟有棱有角，略微显短了些。三寸见方的双脚鼓鼓的，就像弹力球一样；露出来的小腿圆润粉嫩，隐约能看到淡淡的绒毛，脚踝被小小的白色布袜紧裹着，陷进去了一些。她右手拿着青玉念珠，左手拿着朱红色封皮的细长形经书。

我以为是我妹妹，便请她进了家。她进来后轻轻拉上了我身后的拉门，伴随着厚重袈裟的沙沙声，她走到我枕边端坐了下来。我缩在被窝里，仰躺着打量她。突然一阵恐怖袭来，我紧张得一下喘不上气来，眼前一片漆黑。

“你虽然长得很像我妹妹，但你不是她！”恍惚过后，我才意识到她不是我妹妹，“你是谁？”

尼姑答道：“我进错门了。这里的房子都一个样，我也没办法！”

此时我的恐惧稍稍消退一些。我看了看她的手，她的手指甲约有两寸长，手指关节发黑干瘪。

“你的手怎么这么脏？我躺着看你的脖子很干净啊。”

她说：“因为我做了不洁之事，所以要用念珠和经卷来遮掩。为了颜色搭配，我行走的时候都会手持念珠和经卷。黑色的袈裟与青色的念珠、红色的经卷配在一起，能衬托出我的体型来。”说着，她便哗啦哗啦地翻起经书来，“你要听吗？”

“嗯。”我眨了眨眼睛。

“佛曰：观夫人间浮相，如梦如幻，世事烟云终幻灭——念不下去了，有点难为情，还是念别的吧。夫女人者，身上有五障[①]和三从[②]，因此一切女人不得凌驾于男人之上——这真是一派胡言。”

“你的声音真好听！”我闭着眼睛说，“能接着念吗？我每天都很无聊，就是有陌生人来访我也不会恐惧和好奇。我最高兴的就是什么也不问，就这样闭着眼睛和人轻松地聊天。你喜欢这样吗？”

“我不喜欢这样，可我也没别的办法啊！你喜欢听童话故事吗？”

“喜欢。”

---

① 五障：梵天、帝释天、魔王、转轮圣王和佛身。

② 三从：从父、从夫、从子。

她便开始讲了起来。

“那就讲一个螃蟹的故事吧。月明之夜的螃蟹之所以瘦，是因为看到自己映在沙滩上的影子奇丑无比，害怕得彻夜未眠，连走路都无精打采的。你说它躲到月光照不到的深海里，在摇曳的海带丛里安稳地睡觉多好啊！或许还可以梦见龙宫的美景呢。可它却被月光迷得神魂颠倒，使劲想往海边爬。当它爬到沙滩，看到自己丑陋的影子时，瞬间就又惊又怕。“我是个男人啊，男人啊”，它一边惊慌地爬着，一边吐着泡泡嘟囔着。人们都觉得螃蟹壳很容易碎，其实只是外形上好像很容易被弄碎罢了。据说弄碎蟹壳的时候，能听到咔哧咔哧的声音。从前，英国有只很大的螃蟹，它天生长着漂亮的红蟹壳。可悲的是，这只螃蟹的壳被弄碎了，不知是被人弄碎的，还是它自己遭受的报应？有一天，它拖着露着白花花肉的蟹壳，摇摇晃晃地进了一家咖啡店。店里聚集着许多小螃蟹，一边抽着烟一边聊着女人。其中有只出生于法国的小螃蟹，睁着明亮的大眼睛一直盯着那只大螃蟹。这只小螃蟹的壳上布满了东洋式的灰色条纹。大螃蟹回避着小螃蟹的目光，低声嘟囔道：“你怎么可以这样看一只受伤的螃蟹呢？”这只小螃蟹比大螃蟹小很多，外表穷酸落魄，为了能在月光下展示一下自己，从北方的海边忍辱负重一路前来。它到沙滩一看，吓了一跳。难道眼前这个难看的瘪扁影子，就是自己的影子吗？自己可是一个年轻小伙子啊，我要我真正的影子！啊！已经被踩碎了。我的蟹壳就这么难看吗？就这么脆弱吗？小螃蟹一边嘟囔着，一边无精打采地走着。难道我没才能吗？哎呀，就算有，也是些奇怪的、混饭吃的才能罢了。你为了卖自己的稿子，用尽各种手段讨好编辑，有时哭诉哀求，有时甚至恐吓编辑：怎么不穿漂亮的和服？不许给我的作品加一句注释！你要眼巴巴地求我说‘求您……’这时，它突然感到蟹壳阵阵剧痛！好像体内的水分干了。啊，海水的气息可是我唯一的资本啊，要是海水的气息消失的话，我也会随之消失的。到时候还是回海底吧，那里有令人怀念的海带丛以及游来游去的鱼群。小螃蟹喘着气，踉踉跄跄地走在沙滩上。它在岸边的杂草堆里休息了一会儿，又到破烂的渔船阴暗处休息了一会儿。这只不知来自哪里的螃蟹，或许来自遥远的角鹿的螃蟹，横着爬走了。不知它会去哪儿呢？……”

她讲到这儿便停了下来。

“怎么了？”我睁开了眼睛。

“没什么。”她平静地答道，“真是太可惜了，这是《古事记》里的……因果报应。对了，厕所在哪里？”

“出门往走廊的右首一直走，尽头处的杉木门便是。”

“一到秋天，女人就会怕冷起来。”她说着，像顽皮的孩子一样缩了缩脖子，两只眼睛骨碌骨碌地转着。看到她这样，我笑了。

小尼姑出去后，我用被子蒙住头思忖起来。我想的可不是什么高尚的事情，我感觉今天可是赚大了。想到这里我不禁暗自窃笑起来。

她慌慌张张地跑了回来，关好门后站着说：“已经十二点了，我得睡觉了，可以吗？”

我说：“可以啊。”

从小时候起我就一直认为，再怎么穷也要拥有几床舒服的被子，这样当有不速之客留宿时就不会惊慌失措。于是我起身从我盖的三床被子里抽出一床铺在我旁边。

“这床被子看起来真奇特，像玻璃彩绘一样。”

我又从剩下的两床被子里拿了一床出来。

“不不不，用不着盖被子的，我不脱衣服就这样睡。”

“这样啊。”说着，我立刻钻进了被窝里。

她将经卷和念珠轻轻塞到被子下面，直接就躺在没铺床单的被子上了。

“请仔细地看着我，我一会儿就会睡着，然后我就会吱吱吱地磨牙，接着如来佛祖就会降临。”

“如来佛祖？”

“嗯，佛祖会来夜游，每晚都会来。反正你也很无聊，就仔细看着吧。接下来会发生什么，你自己瞧好了。”

她话音刚落，我便听到一阵均匀的熟睡声响了起来。接着听见一阵咯吱咯吱的声音，像是敲击拉门的响声。我从被子里钻出来，伸手拉开门一看，如来佛祖就站在门外。

如来佛祖身骑两尺多高的白象，白象身上搭了一副发黑生锈的金属马鞍。如来看起来有点瘦，不对，应该是非常瘦，肋骨一根一根地凸出来，宛如百叶窗一样。他全身几乎赤裸，只在腰间缠了一圈褐色的破布。手脚又瘦又细，像螳螂一样，挂满了蛛丝和炭灰。皮肤黝黑，红色的短发卷曲着。脸也只有拳头一般大小，鼻子眼睛缩成一团，分不清楚。

“您是如来佛祖吗？”

“是的，”如来佛祖的声音低沉沙哑，“我进退两难，实在没办法就出来了。”

“什么东西好臭！”我抽了抽鼻子，真的好臭。如来一出现，我的房间就开始弥漫着一种莫名的恶臭。

“看来这只大象已经死了。虽然我给它塞满了樟脑，结果还是有味道。”他的声音越来越低沉，“现在很难再弄到一头活着的白象了。”

“用普通的大象不行吗？”

“嗯，如果以如来的身份来说的话，那是不行的。其实我也不想以这种样子出现，我是被那些讨厌的家伙硬拉出来的。听说佛教很盛行啊！”

“啊，如来佛祖，请您快点想想办法吧，我从刚才起就一直不敢呼吸，快要被臭死了。”

“真可怜！”他说道，接着竟有些结巴地问道，“你是不是觉得我在这里现身有些滑稽？是不是觉得如来的现身方式有些寒酸？请老实回答我！”

“不是的，我觉得非常好，很有气势。”

“呵呵，是吗？”如来身子微微前倾，“这样我就放心了。从刚才起我就很在意这件事，可能我这人也挺好面子吧。好了，这样我就可以安心地回去了。最后再让你见识见识如来帅气的隐身吧！”话音刚落，如来便“啊嘁”一声打了个喷嚏。“糟了！”就在我嘟囔的时候，如来和白象就像纸片落入水中一样，霎那间变得透明起来，然后又悄无声息地烟消云散了。

我又钻回被窝，打眼再看小尼姑，她面带微笑还在沉沉地睡着。那微笑好像是恍惚的笑、侮蔑的笑、无心的笑、做作的笑、谄媚的笑、喜悦的笑，还像流泪的笑。

她不停地笑着。笑着笑着她的身体开始慢慢缩小，伴着流水似的沙沙声，最后变成了一个二寸来长的人偶。我伸手抓起这个人偶，仔细打量起来。笑容还凝结在她淡黑色的脸颊上，雨滴般的嘴唇依然红嫩，罂粟颗粒般洁白的牙齿整齐地排列着。两只粉嫩的小手有点黑，松叶般纤细的双脚穿着米粒般大小的白袜。我忍不住朝她墨黑色的袈裟轻轻吹了口气。

奔跑吧，梅勒斯

梅勒斯勃然大怒，他下决心一定要除掉那个狡猾暴虐的国王。梅勒斯不懂什么政治，他只是村子里的一个牧民，每天的生活就是吹着笛子和羊群嬉戏。但他性格豪爽，比一般人都要嫉恶如仇。今天凌晨，梅勒斯从村子出发，越过旷野，翻过高山，来到了离家十里地的希拉克斯城。梅勒斯无父无母，也没成家，和十六岁的妹妹相依为命。妹妹最近就要嫁给村里一个诚实善良的放牧人了。眼看婚期一天天临近，梅勒斯今天特意来到希拉克斯城，给妹妹置办结婚的礼服和婚宴用的菜品。他买齐东西后悠闲地走在城市宽敞的马路上。梅勒斯有一个从小一起长大的好朋友，叫赛利努迪斯，正在希拉克斯城做石工。梅勒斯打算接下来去拜访他。已经有很长时间没见赛利努迪斯了，梅勒斯真想快点见到他。走着走着，梅勒斯忽然感觉周围的一切都很奇怪，心里不由暗暗吃惊。此时日落西山，四周有些昏暗也实属正常，可梅勒斯却觉得，整座城市笼罩在一种可怕的沉寂中，而这种沉寂和夜暮无关。这种感觉让一向性格开朗的梅勒斯心里慢慢不安起来，于是他便向路边的年轻人打听道："两年前我来这里的时候，晚上到处都是欢歌笑语，非常热闹啊！可现在怎么这么冷清，到底发生什么事了？"可年轻人都摇头不语走开了。往前走了一会后，梅勒斯碰到一位老者，这回他加重语气又询问老者，可对方还是摇头不语。没办法梅勒斯只得伸开双臂拦着老者反复恳求，最后老者环顾四周之后，才低声说道：

"国王在不停地杀人！"

"为什么要杀人？"

"他说大家都心怀不轨，可其实根本没人那么想啊！"

"他杀了很多人吗？"

"是的。一开始他杀了自己的妹夫，接着杀了自己的儿子、自己的妹妹和妹妹的孩子，再接着杀了皇后，最后连贤臣亚力基斯大人都杀了。"

"太恐怖了！国王这是疯了吗？"

"不，国王没有疯，他只是不相信别人罢了。最近他开始怀疑大臣们都对自己不忠，但凡生活过得好一点儿的大臣，他就命令交出一名人质，胆敢违抗者就会被吊在十字架上处死。今天就有六个人被杀了。"

听了这话，梅勒斯当下便勃然大怒："这个国王真是个昏君，我绝不能让他这样瞎折腾下去！"

梅勒斯是个心地单纯的男人，他背着买好的东西直接向王宫冲去。可刚进王宫不久，他就被巡逻的警吏逮住了，警吏从他身上搜出了匕首。此事引起了轩然大波，于是梅勒斯被押到了国王的面前。

"说！你携带匕首想干什么？"暴君帝奥尼斯沉着而又满脸

威严地审问道。他的脸色苍白，眉宇间紧锁的皱纹就像刻上去一样。

“我要把这座城市从你这个暴君的手中拯救出来！”梅勒斯毫不畏惧地回答道。

“就凭你？”国王冷笑道，“真是不知天高地厚的家伙！像你这种人怎知我的孤独？”

“你哪里是孤独？”梅勒斯愤然反驳道，“总怀疑别人的行为最令人不耻了！作为一国之主，你怎么能怀疑你的忠诚子民！”

“我当然要怀疑了，这都是被你们逼的！人心叵测，说到底只为满足自己的一己私欲，所以绝对不能相信任何人啊！”暴君喃喃低语着，之后不禁长叹道，“我何尝不希望天下太平啊！”

“你所谓的天下太平，只不过是为了保护你自己的王位罢了！”梅勒斯冷笑道，“滥杀无辜，算什么天下太平？”

“住嘴！你这贱民。”国王猛地抬头怒喝道，“不要嘴上把自己说得这么纯洁高尚！我太清楚人们的内心怎么想了。你也一样，等我把你送上断头台时，你照样会痛哭求饶的！”

“哼，好个英明的国王，真是太自以为是了！我早就做好必死的准备了，决不向任何人求饶。只是……”梅勒斯说着，看了看自己的脚下，踌躇了一下接着说，“如果你有一点同情心的话，就请在行刑前给我三天时间吧。我想把与我相依为命的妹妹嫁出去，因此需要回村给她置办一场婚礼，三天之后我一定会回到这里接受刑罚的。”

“混账东西！”暴君哑着嗓子低声冷笑道，“别开这种低级玩笑了，难道逃走的小鸟还会再飞回来吗？”

“会的，我一定会回来的！”梅勒斯异常坚定地说，“我一定会遵守约定的。请给我三天时间，我妹妹正盼着我回家呢。如果你不相信我的话，就把我最好的朋友留在这里做人质吧。他叫赛利努提斯，在希拉克斯城做石工。如果我逃走了，到第三天日落之前还没回来的话，你就处死我的朋友好了。请你相信我！”

听了这番话，国王便心生歹意，内心盘算道：这人真是嘴硬，肯定一离开这儿就不会再回来了。不如我先假装上当，把他放了，等到第三天日落后，我就处死替代他的那个石工好了。到时候我就以人类言而无信为借口，假装悲伤地处死那个当石工的人质。我一定要让那些自认正直的家伙看个明白。

“我答应你的请求，你叫那个人质来。第三天日落之前你一定要回来，不然我就会杀掉这个人质。如果你能按时回来，当然稍微晚一点也无妨，我就赦免你的全部罪责。”

“您说的是真的吗？”

“哈哈。如果你不想死的话，就晚些来吧。你这家伙的心思我早就看透了。”

梅勒斯气得捶胸顿足，一时竟哑口无言。

一同长大的赛利努提斯连夜被召进王宫，这对两年不见的好友在暴君帝奥尼斯的面前重逢了。梅勒斯对朋友说明了一切，赛利努提斯听了默默地点了点头，然后紧紧地和梅勒斯相拥在一起。这对好朋友就是用这种方式传递他们之间的感情的。接下来，国王就命人用绳子捆住了赛利努提斯。梅勒斯便马不停蹄地出发了。那时是初夏的夜晚，满天繁星。

那一晚，梅勒斯一夜没睡，他急匆匆赶了十里路，回到村子时，已是第二天上午。太阳已经高高升起，村民们都到田里干活了。梅勒斯十六岁的妹妹今天代替哥哥看守着羊群。当她看到蹒跚走来的哥哥疲惫不堪的样子时，不由大吃一惊，追问哥哥到底怎么了。

“没事。”梅勒斯努力挤出一丝微笑，说：“我在市里有事没办完，得马上赶回去，所以明天就给你举办婚礼，好吗？”

妹妹一下红了脸。

“你开心吗？你看，哥哥已给你买好了漂亮的衣服。去吧！现在就去告诉村里人，说你明天要举行婚礼。”

之后梅勒斯便晃晃悠悠地回到家中，装饰好了神龛，准备好了喜宴，然后便一头倒在床上，像死人一样昏睡了过去。

等他醒来的时候，天色已然全黑了。梅勒斯赶紧跑去新郎家，请求新郎第二天就举行婚礼。当牧人的新郎大吃一惊，连声说不行，因为眼下什么都还没准备，必须要等到葡萄成熟的季节才行。梅勒斯再三恳求，说真的不能再等了，无论如何都必须第二天举行婚礼。谁料新郎也很固执，无论如何都不肯答应。两人一直争论到天亮，梅勒斯才连哄带骗地说服了新郎。

于是婚礼便在白天如期举行了。可就在新郎新娘面对众神宣誓完后，天空开始乌云密布，不一会儿便飘起了零星小雨，紧接着雨越下越大，地上的雨水都汇成了小河。出席婚宴的村民们尽管内心都有一种不祥之感，但谁也不说，全挤在放牧人闷热的小房子里，欢快地唱歌、鼓掌庆祝婚礼。

梅勒斯满脸喜色，暂时忘记了和国王的死亡之约。到了晚上，婚礼愈发热闹起来，人们唱歌喝酒，已经完全忘记了屋外的暴雨。梅勒斯真想一辈子就这样过下去。他多么希望能和这对新人共度余生啊，可他心里明白，自己的命已经掌握在别人的手里，再也无法想做什么就做什么了。他残忍地把自己从周围欢乐的气氛中唤醒，决定出发前往城里。只有这样，到第二天日落之前，路上才有足够的时间。他决定先稍微睡一会儿，然后再出发，那时雨应该也会小一点。他真想在家里能多待一秒是一秒。是的，即使像梅勒斯这样的男人，也会留恋这美好的瞬间的。想到这儿，梅勒斯便走到一直沉浸在幸福中的新娘妹妹身旁，说：

“恭喜你，我的好妹妹。我累了，想先睡一会儿，醒来后马上就得去市里办一件重要的事情。今后即使没有我，你善良的丈夫也不会让你感到寂寞的。你知道，哥哥最讨厌的事情就是怀疑别人，还有对别人撒谎。所以你和妹夫之间绝对不能有任何秘密，这是我对你的唯一忠告。哥哥我或许会成为一个了不起的人，你应该为哥哥感到自豪才对。”

新娘似懂非懂地点了点头。之后梅勒斯又拍了一下新郎的肩膀说：

“其实我和妹妹也没准备好结婚。我家最值钱的宝贝也就是妹妹和羊，现在就全部给你了。还有，你应该为你是梅勒斯的妹夫而感到自豪。”

听他这么说，新郎不好意思地搓着双手。接着，梅勒斯笑着向村民们点点头，便离开宴席，钻进羊圈，像死人一样睡了过去。

天微微亮时梅勒斯才醒了过来。他一下子跳了起来，以为自己睡过了头。回过神后他才平静下来，心里暗暗想道：没事没事，要是现在马上出发的话，离约定的时间也足够了。今天一定要让那个国王见识见识，人还是讲诚信的。然后，我要笑着登上断头台。雨好像小多了。梅勒斯收拾好行装后，便甩开双臂，像箭一样在雨中飞奔了起来。

今晚我就要被杀死了。接下来我将为了赴死而奔跑！为了拯救替代我的挚友而奔跑！为了摧毁残暴的国王而奔跑！我必须奔跑！这样我才能被杀死，毕竟从小到大我都是一个坚守诚信的人。再见了，我亲爱的故乡。年轻的梅勒斯很痛苦，有几次差点停下来。他一边“啊！啊！”地发泄着自己的不满，一边不停地跑着。他跑出了村子，横穿过原野，穿过了森林，跑到隔壁村子的时候，雨停了，太阳升了起来，天气渐渐热起来了。梅勒斯擦了擦额头上的汗珠，心想跑到这里就好了，自己不再对故乡感到留恋了。妹妹和妹夫一定会成为幸福美满的夫妻，所以我现在也没什么可挂念的了，只要到达王宫就可以了，用不着那么着急。想到这儿，梅勒斯便放慢了脚步，走了起来。他恢复了往日的悠闲，边走边唱着喜欢的小调。他慢悠悠地走了二三里地，就在差不多快走完全程一半路的时候，意外的灾难让他一下停止了前行的脚步。天哪！他看到原本架在河上的大桥，因为昨天的暴雨，被源自山间的雨水汇流而成的滔滔山洪给冲垮了。汹涌的河水，裹夹着腐草烂叶不停翻滚地冲刷着残破的桥墩。梅勒斯不知所措地呆立在河边。他举目四望，竭力呼喊，可是河上却看不到一艘渡船的影子。河水越来越大，像大海一样翻滚着。梅勒斯跪在河边，举起双手哭着向宙斯哀求道：“神啊，求求你让激流停歇吧！时间一分一分流逝着，太阳已经升到头顶了，如果在太阳落山前我过不了河，到不了王宫的话，我的好朋友就要为我而死了！”

山洪就像在嘲笑梅勒斯一样，越发疯狂地翻滚着。河水一浪接着一浪，互相拍打着；而时间也在一秒一秒地流逝着。看着眼前的河水，梅勒斯心里明白，自己除了下水游过去外别无他法了。诸位天神，请你们好好看着，我一定要用我内心的友爱和诚信之力打败这滔滔的山洪！梅勒斯扑通一声跳入水中，与万千条大蛇般的狂风暴浪展开了殊死搏斗。他将全身的力气都集中在手腕上，不停地将涌上来的漩涡用力拨开。也许是他殊死拼搏的精神感动了上苍，在上苍的怜悯下，梅勒斯在被大浪冲走的途中，幸运地被河对岸的一根粗树枝拦住了。他赶紧像烈马一样一跃而起，向河对岸奋力游去。在这千钧一发的时刻，不允许有半点闪失。太阳已经快要落山了，梅勒斯一边喘着粗气，一边沿着山坡往上爬。爬到山顶后，他刚想喘口气，突然眼前出现了一群山贼。

“站住！”

“你们想干什么？让开！我必须在太阳落山前到达王宫。”

“闭嘴！把你身上所有的东西都给老子留下。”

“除了这条命，我一无所有。就是这条命也已经交给国王了。”

“我们要的就是你的命！”

“原来是国王让你们在这里伏击我！”

山贼们不由分说，一齐举起棍棒扑向梅勒斯。梅勒斯灵巧地弯下腰，闪电一般将身边的一个山贼击倒后，将他的棍棒抢了过来。

“为了正义，得罪了！”他举起棍棒猛然一击，一下将三个山贼打翻在地。趁着剩下的山贼还没反应过来，梅勒斯一口气冲下了山顶。正午的太阳灼热地照在身上，又累又热的梅勒斯有好几次都差点晕过去。他强打精神，拖着疲惫的身子摇晃着走了两三步后，因脚下站立不稳，“咯噔”一声腿骨折了，再也无法站立起来了。仰望天空，梅勒斯不甘心地哭了起来。啊！想我梅勒斯，游过了可怕的山洪，打倒了三名山贼，终于到达这里了。我可是一名真正的勇者啊。可竟然在这里累得动弹不了了，真是丢人啊！你亲爱的朋友就因为相信你，不久就要被国王杀害了！想到这儿，梅勒斯心里不由暗暗自责道：梅勒斯！没见过你这么不守信用的人，你的行径不正中国王的下怀了吗？他全身蜷缩着，像蠕虫一样动也动不了，只能斜躺在路边的草丛里。他感觉身体疲劳不堪的同时，精神也随之萎靡不振起来。此时，刚刚还自诩为勇者的梅勒斯心里，有种自暴自弃的本能开始作祟。还是听天由命吧，我已经尽力了。上帝啊！您都看到了，我内心从未想过放弃，一直竭尽全力地赶路，可现在我实在跑不动了。我并不是一个不守信用的人啊！我真想请您剖开我的胸膛，看看我血红的心脏，我心脏里流动的血液可全是爱心和诚信啊！但在这么重要的时刻，我真的已经精疲力尽了。很不幸，我梅勒斯欺骗了朋友，今后不仅会被世人嘲笑，就连我的家人也会小瞧我的。我这样半途倒下，跟一开始什么也不做有什么不同呢？算了算了，无所谓了，这也许就是命吧。塞利努提斯啊，我的朋友，请你原谅我吧。你总是那么相信我，其实我也从没欺骗过你。我们是真正的挚友，彼此从未怀疑过对方的真诚，也从未欺骗过对方。你现在应该在焦急地等我回去吧。没错，你肯定在等着我了吧。塞利努提斯，谢谢你一直那么相信我。一想到你还在等我，我就心痛不已，因为朋友间的信任可是人世间最值得珍惜的宝贝啊！塞利努提斯啊，我一直在奔跑。我没有欺骗你，从来都没有，请你相信我！我已经心急如焚地跑到现在了。我冲过了汹涌的泥石流，从山贼的包围中一口气跑到了山底。因为相信你，我真的都做到了。但现在别再期望我跑下去了，饶了我吧，我实在无能为力了，我认输了，请嘲笑我这个没出息的人吧。临走前国王不怀好意地对我说："梅勒斯，你晚点回来也行哦。"因为我和他约定，如果我回去晚的话，他就可以杀了我的挚友。当时我还憎恨他卑劣的做法，可现在看来，我的确跟国王说的一样。我晚点回去的话，国王肯定会拍着手嘲笑我，然后就像什么都没发生一样释放我。要是真的那样的话，我肯定比死还难受。我将永远都是个背叛者，是这个世界上最无耻之人。塞利努提斯啊，请让我和你一起死吧。我知道这个世界上只有你肯永远相信我。但我为何就不能独善其身呢？为何就不能背着坏人的标签苟延残喘下去呢？我家就在村子里，那里也有我的羊，我妹妹妹夫无论如何也不会把我赶出村子。什么正义、诚信、友爱，这些东西想想都无聊。这个世界的生存法则不就是牺牲别人保存自己吗？所有的一切都是这么荒谬！我梅勒斯就是个丑陋的背叛者，随便你们怎么说吧，我已毫无办法了——梅勒斯瘫软在地，闭上了眼睛。

突然，梅勒斯听到潺潺的流水声。他慢慢抬起头，屏住呼吸倾听起来。流水声好像就在自己的脚下。他摇摇晃晃地爬起来一看，一股清泉从岩石的裂缝中汩汩流淌着，好像在跟他轻声私语一样。梅勒斯弯下腰，用两手捧起泉水喝了一口。他长叹了一口气，仿佛刚从梦中初醒似的。嗯！我还能走！我得赶快走！随着身体疲劳感的消失，他的内心也燃起了一丝希望之火——实现义务的希望和誓死保护自己声誉的希望。那时，红色的夕阳映射到树叶上，树上的枝叶就要燃烧起来了一样。离日落还有一段时间，还有人在等我，毫不怀疑地、静静地在等着我。那人对我的归来深信不疑。我这条命本不值钱，但我绝不干那种害死朋友后再向他道歉之类的事！我绝不能辜负朋友的信任。现在我唯一要做的事就是——奔跑吧！梅勒斯。

朋友那么信任我！朋友那么信任我！刚才那些恶魔般的想法，只是个梦，对，是个噩梦，我必须忘掉它。人在身心俱疲的时候，有时是会做那种噩梦的。梅勒斯，你不需要感到羞愧，你是个真正的勇者啊！你看，你不是又站起来奔跑了吗？太棒了！我梅勒斯为了正义死而无憾。啊，太阳已经快落山了，求求你慢点下山，等等我好不好！神啊，求求您了！我梅勒斯从小到大都是一个正直的人，也请让我死得光明磊落一些吧！

梅勒斯跌跌撞撞地推开路上来往的行人，像风一样奔跑着。他从草原上的婚宴跑过时，婚宴上的人都吃惊地看着他。他踢飞了恶犬，越过了河流，跑得比太阳落山的速度还快十倍。与一群旅人擦肩而过时，他听到了不好的消息——国王正在对那个男人实施死刑。啊，塞利努提斯！为了你，我在拼命奔跑着。我绝对不能让我的朋友因为我而死。你必须再跑快点，梅勒斯！你不能迟到。现在就是让国王感受我们伟大友情与诚信的时刻。梅勒斯现在几乎赤身裸体了，他已顾不上什么仪表了。他现在几乎无法呼吸了，好几次嘴里都喷出了鲜血。终于，他看到了远处小小的一个亮点，那是在夕阳下闪闪发光的希拉克斯城塔楼。

“喂，梅勒斯！”伴随着耳边的风声，梅勒斯好像听到有人在呼唤自己。

“你是谁啊？”梅勒斯边跑边问。

“我是费罗斯特拉托斯，塞利努提斯的徒弟。”那个年轻的石工跟在梅勒斯后面边跑边喊。“已经没用了，现在再着急也没用了。请不要再跑了，已经没人能救我师父了！”

“不，太阳还没落山！”

“现在我师父已被国王吊在十字架上了。您迟到了，现在已经太晚了。真的，要是您能再稍微稍微早一点的话，也许我师父就得救了，可现在已经不行了！”

“不，太阳还没落山！”梅勒斯撕心裂肺般凝视着夕阳，夕阳还是红的。他鼓励自己道：我得跑，得快点跑！

“请您停下来，不要再跑了，现在您自己的命更重要啊！我师父一直相信您会赶回来，所以被押到刑场时，他没有一丝反抗，依然平静如水。当国王恶狠狠地嘲笑他时，他就坚定地回答说‘梅勒斯一定会回来的’。”

“正因为这样，我才要继续跑啊。你师父那么信任我，我更要继续跑啊。没事，一定还来得及，就算来不及了也没关系。我现在已经不是为了你师父的性命奔跑了，我是为了更伟大的东西在奔跑。来，跟我一起跑吧！费罗斯特拉托斯！”

“啊，您是疯了吗？好吧，那您继续跑吧。现在真的已来不及了！那您继续跑吧。”

太阳还没落山。梅勒斯竭尽全力地奔跑着。他的大脑一片空白，但心里却被一种巨大的力量莫名其妙地牵引着，不停地向前奔跑着。终于在太阳慵懒地落到地平线的那一刻，在最后一缕夕阳即将消失之际，梅勒斯如疾风般冲进了刑场。他终于赶到了，梅勒斯终于赶到了。

“等等，你不能杀那个人，梅勒斯回来了。按照约定，我梅勒斯现在回来了，放掉我的朋友啊！”梅勒斯本想大声对着刑场这样喊，但嗓子好像被什么东西卡住了，沙哑的声音淹没在人群的吵杂声中，竟没一个人注意到他的到来。一根石柱高高地立在刑场上，被绳子绑着的塞利努提斯已被缓缓地拉到了十字架上。梅勒斯看见后，赶忙用尽全身最后一丝力气，拨开层层人群，从拥挤的人流中向前冲去。

“是我，大人！该杀的是我梅勒斯！把他作为人质留在这里的是我，我就在这里！”梅勒斯声嘶力竭地叫喊着，终于爬上了行刑台。他一边跟挚友连声说“我的朋友啊，请原谅我连累了你”，一边想一口咬断绑在挚友身上的绳索。人群轰动了，大家都欢呼着：“梅勒斯，真厉害！”

“塞利努提斯！”梅勒斯眼里满是泪水，“你揍我吧，用力揍我一顿吧！我中途差点放弃了。你要是不揍我的话，我就没脸拥抱你了。揍啊！”

塞利努提斯看到梅勒斯满脸认真的样子后，点了点头，在全场群众的欢呼声中朝他的脸上打了一拳。欢呼声响彻了整个刑场。

打完之后，挚友温柔地看着他微笑着说：“梅勒斯，你也该揍我。也请你狠狠地揍我吧。这三天里，我曾经怀疑过你，虽然只有一次。这是我从认识你到现在第一次怀疑你。如果你不揍我，我也没脸拥抱你的！”

梅勒斯痛苦地吼叫着，也打了塞利努提斯的脸一下。

“谢谢你，我的朋友。”两人说着紧紧地拥抱在一起，然后高兴地哭了起来，放声大哭起来。

人群中不停传出哭泣的声音。暴君帝奥尼斯目不转睛地凝视着两个人，静静地走向他们，红着脸说：“你们兑现了自己的诺言，你们战胜了我。看来诚信绝不是空虚的妄想。无论如何，请让我成为你们的伙伴好吗？”

人们一拥而上，欢声四起：“万岁！国王陛下万岁！”

一个少女将绯红的斗篷送给了梅勒斯。梅勒斯不知所措，好朋友机智地提醒他道：“梅勒斯，你现在可接近全裸了哦，快穿上那件斗篷吧。被这个可爱的小姑娘看到也就罢了，要是让大家都看到的话你可就糗大了。”

好朋友的话让勇者梅勒斯面红耳赤。

（来自古传说和希尔勒的诗。）

候鸟

外表看似快乐的人，内心其实充满了苦恼。

——但丁·阿利基耶里

深秋的夜晚，一场音乐会结束后，成群结队的人群像乌鸦一样地从日比谷公会堂里涌出来，随即忽地一下子飞散开来，朝着家的方向消失而去。

“您是？山名老师吗？”

搭话的，是个没戴帽子，头发蓬乱，穿着夹克衫，瘦高个的青年。

“是啊……”

被搭话的，是一位中年发福的绅士。这位绅士并未因此而驻足，继续朝乐町方向走着。

“您是哪位？”

“我吗？”

青年挠了挠头，不好意思地笑着说：“我只是个喜欢音乐的普通人……”

“请问您到底有什么事呢？”

“其实我是山名老师的粉丝啊。您写的音乐评论我每篇都特别喜欢。但最近您好像都没更新啊？”

“我还在写着呢。”

黑暗中，这位青年突然“啊”的一声，好像想到了什么。虽然他正在东京某大学上学，但学校却不发给他学生帽和学生服，所以到现在他只能穿夹克衫、春秋季穿一身西服。没有亲人愿意供他上学，所以他的学费和生活费都是通过自己的双手挣来的。有时他给人擦鞋子，有时也倒卖彩票。有段时间还打着给某出版社编辑做助理的幌子，暗地里却在倒腾黑市买卖。不过现在他的手头还算比较宽裕。

“说起音乐二字，我看也就莫扎特能配得上。”

青年突然想起山名老师曾经在一篇文章中赞扬过莫扎特，便小声说了出来。他想要靠此挽回刚才近乎失败的套近乎，想重新找个话题来迎合山名老师。

“也不能总是这么说吧……”

太好了！话锋好像终于扭转过来了，老师看起来也不再跟我那么拘束了。

青年见势有点得意忘形起来：

“其实我认为近代音乐的衰落是从贝多芬那个时期开始的。音乐应该是生活的伴侣，而不是对抗现实的产物。今晚，在听莫扎特的时候，我再一次深切地感受到，音乐其实应该是这样的……”

“我要从这里乘车了。”

已经到了乐町站。

“啊，这样啊，老师再见了。期待下次能有机会跟您再多聊一会儿。”

于是，青年两手插在裤兜里，轻轻地向老师鞠躬道别，然后转身迅速向银座方向走去。

贝多芬也好，莫扎特也罢，不都一样吗？那个老师留着胡子，他为什么要留胡子呢？这个爱好真让人费解。嗯，也许那家伙根本就没什么爱好。嗯，肯定是的，一般来说，评论家好像都没什么爱好，也没什么好恶。我可能也是这样吧。哎，真是的。可是，满嘴胡子……不过听说留胡子会让牙齿变得更坚固，可长一口好牙难道要咬人吗？记得有位姓宫的先生，喜欢身穿西装脚蹬木屐，嘴上竟然也留着胡子，真可悲啊！哎，猜测别人的心理真是太难了。难道说这些留着胡子的人都在与生活做斗争吗？这些人的睡相恐怕也和常人大不相同吧。我要不要也试着留留胡子？那样的话，说不定还会明白些什么呢。马克思也留着大胡子，他胡子的构造是什么样子呢？感觉他的胡子就像把玉米须插在鼻子底下一样。真是令人费解！笛卡尔的胡子，像牛涎水一样，难道那里面充满了怀疑思想？

哎呀，前面那个人是谁啊？好像是田边女士，她已经四十岁了。不过女人到了四十岁后，可能身上总会揣些小钱吧，感觉都很强势。不过她身材小巧，看着很年轻。

“田边小姐。”

我从后面拍了拍她的肩膀。呀！她怎么戴了顶绿色的贝雷帽，一点也不好看。她为什么要戴这个帽子呢？难道意识形态主义者一定要拒绝有品位的东西吗？还是考虑一下自己的年龄吧。对，年龄！

“您是哪位啊？”

她不会是近视眼吧！我叹了口气，说：“我是蜡笔公司的……”

你想让我连名字都说出来吗？你不会有鼻窦炎吧？

“啊，对不起啊，原来是柳川先生。”

这当然不是真名，我怎么会告诉你我的真名呢。

“是的。上次真要谢谢您。”

“不客气。”

“您这是要去哪里？”

“你呢？”

这女人谨慎得让人讨厌。

“我去音乐会。”

“啊，是吗。”

她好像松了口气。看来时不时地去参加个音乐会什么的，还是很有必要的。

“我正要坐地铁回家。刚才有点事情去了报社一趟……”

你能有什么事呢？骗人！恐怕是刚跟哪个男人约会回来吧。竟然好意思说去报社办事。哎，这些女社会主义者的虚荣心真是太强了啊。

“是听演讲吗？”

看，这个女人的脸一点都没红。

“不是，是工会的……”

工会？按传统的词典来解释的话，那可是东奔西走累到哭的事情啊。也就是繁忙的同义词。

我也哭过那么几次。

“每天都很辛苦吧？”

“嗯，挺累的。”

她肯定会这么说的。

“不过，现在可是民主革命的最好时机啊。”

“是啊，确实是好时机。”

“现在要是错过了，就永远……”

“不会的，我们绝对不会放弃的。”

又是一次失败的恭维吗？恭维人可真难啊。

“一起去喝杯茶吧？”

快点答应我吧。

“不好意思，改天吧。今天晚上有点……”

这女人真是机灵得让人讨厌。不过，谁要能娶这样的女人当老婆的话，肯定会很轻松的。不仅善于持家，而且依然水灵。

四十岁的女人、三十岁的女人和十六七岁的女人，各有各的风采。贝多芬、莫扎特、山名老师、马克思、笛卡尔、宫先生、田边女士也各有各的特点。可我的身边，除了微风拂过以外，已空无一人。

吃点什么吧。胃好像不太舒服……看来听音乐会还会伤胃，我现在忍不住想打嗝。

“喂，柳川君！”

哈，这名字真不错，倒过来正好是川柳。柳川锅不错。不行，从明天起得改个笔名。对了，这家伙是谁来着？真是个奇丑无比的男人。想起来了，他不就是那个到我们出版社送稿子的文学青年吗。怎么就碰上这个无趣的人了呢？好像喝醉了，说不定还想向我借钱呢。对，我可不能对他太热情了。

“不好意思，您是哪位啊？”

说不定我真会被敲一竹杠呢。

“我就是前不久带着稿子去蜡笔社的那个人。结果您说我的稿子是模仿永井荷风的，给退稿了。您可记得吗？”

这不是威胁我吗？我可没说模仿，我说的应该是追随者或者仿造者。其实那篇稿子我一页也没看，因为书名一看就不行。对了，那个书名叫什么来着？好像叫《一个舞女的自述》。光一看标题，我已经面红耳赤，狼狈不堪了。真是个愚蠢的家伙啊！

“我想起来了。”

还是尽量以礼相待吧。反正他是个蠢货。要是被他揍一顿就不好了。不过，他看起来很弱，我肯定能打赢他。但人不可貌相，我还是当心点比较好。

“我已经换了书名。”

我在心里暗暗吃惊，他竟然注意到了书名的问题，看来还不完全傻嘛。

“是吗，也许换了会好一些。”

其实我毫无兴趣！毫无兴趣！

“我改成《男女对战》了。”

“《男女对战》……”

我竟无言以对。这个混蛋，做事得有个限度啊，真是个像虱子一样让人恶心的家伙。千万别靠近我，我会觉得肮脏。看来这些文学青年都不招人喜欢。

“很畅销呢。”

“诶？”

“我是说，那本书很畅销呢。”

真是个奇迹！看来文坛的一颗新星就要诞生了。这真让人不爽啊。也许这个长得奇丑无比的男人真是个天才呢，我都惊呆了。看来我不擅长对付这种文学青年啊。算了，还是恭维恭维他吧。

“书名很有趣啊。”

“嗯，比较迎合时代的喜好。”

真想打他一顿。你这个混蛋，还蹬鼻子上脸了，差不多得了，感点恩吧。跟这种人真没法交往。

“今天我拿到稿费了，竟然比预想的多很多呢。刚才我边走边使劲花，到现在还剩下一多半呢。”

你肯定没舍得花吧。真讨厌！有点钱也不需要这么嘚瑟吧。我估计这家伙顶多就剩三千日元了吧。另外，他肯定躲在厕所把兜里的钱偷偷数了好几遍了，要不然怎么能那么准确地说出剩的钱数呢？没错，这种人我见多了，他们一般都躲在厕所或巷子拐角处的电线杆后面，醉醺醺地一张一张数着兜里的剩钱，叹着气抬头郁闷地看着空中自由自在飞过的小鸟，嘴里无力地嘟囔着“生活为何如此不公”。呵呵，真可怜啊。其实我也曾这么干过。

“今晚我想把剩下的钱全部花光，你愿意陪我吗？咱们一起去附近你熟悉的酒馆消遣消遣吧。”

失敬失敬，这家伙瞬间让我刮目相看。可他真的有钱吗？我可不愿喝完酒后再跟他 AA 制。为了以防万一，我还是搞清楚比较好。

“有倒是有，但那里消费有点高哦。我可以带你去，不过你不要埋怨我噢……”

“不会的，三千日元应该足够了。要不然你先拿着这笔钱，今晚我们就用光它！”

“不不，那可不行。拿着你的钱我会有心理负担的，到时候喝酒都会不开心的。”

这个男人虽长得丑陋无比，但还挺会说话的。到底他是写小说的，身上带有一种爽快和洒脱劲。兵来将挡，水来土掩。既然这样，我也就不客气了。哈哈，看我怎么对付你。

“那咱们今晚就好好聊聊文学吧。其实我对你的作品还是很有兴趣的，只是我们的主编有些保守。”

我决定带他去竹田屋。因为我在那里还赊有一千多日元的账，顺便可以让他帮我结了。

“是这里吗？”

“嗯，虽然有点脏乱，不过我喜欢在这种地方喝酒。你觉得怎么样？

“还不错。”

“好，看来我们的喜好还比较接近。来吧，喝酒，干杯！有个爱好真不容易，所谓一千件讨厌的事情中才能挑一件自己喜欢的事情啊。那些没有什么爱好的家伙，恐怕也不会厌恶什么吧。喝吧，干杯！今晚咱们好好聊一聊。没想到你竟然是个沉默寡言的人啊。不能沉默，沉默可是我们的大敌，以后别再沉默了。像我这么爱说话的人，其实是一种自我牺牲，甚至可以说是人类一种最崇高的奉献精神，因为它不图任何回报。但同时，我们也应该敬爱这位敌人。给我活力的人我怎能不爱呢？

我们的敌人，总是让我们充满活力啊。

“来，喝酒！愚蠢的人都坚信玩笑不能当真，时髦不是答案，因此他们要求态度必须直率。但所谓‘直率’却是一种不顾及他人感受的态度。因此太敏感的人会体谅到他人的痛苦，根本就无法轻易变得直率起来。所谓的直率，其实就是一种暴力。所以啊，我就不喜欢那些老学究，不过他们的手段真的很可怕。这些人净是一些能把粗鲁的话说得很坦然的人，比如说‘狼不应该吃羊，那是不道德的，非常令人不快的，因为我觉得我应该吃羊’。

“直觉本来就是靠不住的。没有经过深思的直觉简直就是灾难，有时不过是侥幸应验罢了。

“来，喝酒，干杯！我们继续聊吧。我们真正的敌人是沉默。不过我总觉得，说得越多越令人不安。就和有人拉你的袖子时，你想偷偷看看是谁那种心情一样。

“看来我的修养还是不够啊。最伟大的人总是坚信自己的判断是正确的，而最愚蠢的人也是这么认为的。算了，还是不说别人的坏话了。看来我自己也不是那种高尚的人，因为说坏话这个事本身就包含着这个人的小气秉性。喝吧！咱们还是聊聊文学吧。文学很有趣，真是仁者见仁，智者见智。人们自然而然就会被其感染，真是特别有意思。你想想啊，你现在作为新出道的作家，为了让三百万名读者都喜欢读你的作品，你该怎么做呢？这是件难事，不过你也不用绝望。不妨这么考虑吧，这总比让特定的一百个人以外的人讨厌你容易得多吧？不过话说回来，如果那样的话，就连作家本人对自己的作品也不会满意的，那可真是太惨了。不过，幸好你很认可自己的作品，所以你很可能成为让三百万名读者满意的大作家。你千万不要绝望，用现在流行的话来说，你是有无限可能的。

“来，喝酒吧，干杯！我曾问一位名作家：‘作家大人，您觉得一部作品让一个人读一千遍和十万个人读一遍，哪个是您所追求的呢？’他迟疑了一会儿，回答说希望让十万个人读一千遍。你尽情地去写吧，你的未来充满了希望。不要在意别人说你的作品是永井荷风的仿制品。因为独创这个东西，就像人的胃一样，吸收了别人的养分后，关键是能否充分消化，如果原封不动地排泄出来的话，那就没什么用。只要能消化就没什么问题。独创型文人以前就未曾有过。真正配得上这种称谓的家伙不仅不被世人所知，就算我们想了解也了解不了。所以你大可不必担心。或许有人不可一世，觉得自己就是独创性文人。那种人其实是个蠢才，没什么好可怕的。你不要叹息，你的前途无量，发展的空间非常宽广。

“对了，你这次小说的名字改成《宽广的大门》怎么样？因为‘门’这个字带有很强的时代感。不好意思，我有点想吐，没事没事。这儿的酒好像不怎么好喝啊！啊，现在舒服多了，刚才特别想吐。边赞赏别人边喝酒醉得很难看啊。瓦雷里①，啊，我终于还是说出来了，说‘我主动败给了你的沉默’。我今晚在这里说的大部分话，其实都是瓦雷里的文学理论，既非原创也非糟粕，只是我的胃功能不好，没能彻底消化，最终吐出来的都是块状物。你想听的话，我还可以给你讲很多。嗯，不如我送你一本瓦雷里的书吧，这书是我从旧书店买的，在电车上刚

① Paul Valery，1871 ~ 1945，法国象征派诗人。代表作品：《海滨墓园》

刚读完，从书中学到的一些新知识现在还留在我的记忆里，到明天可能就完全忘光了。瓦雷里、蒙田和帕斯卡的作品对人的影响非常大。只有幸福的人才有资格自杀，这也是瓦雷里的原话。你看我们其实连自杀都做不到。这本书送给你。喂，老板娘，这边结账，全部的账，全部的！那我就先告辞了。记得这本书里说‘要像鸟儿一样轻盈，而不是羽毛’，你觉得如何呢？”

一只候鸟停留了几秒忽地又消失在风中。它本来只是一只乌鸦而已，没有戴帽子，头发蓬乱，瘦削的身姿裹着件夹克衫。什么是候鸟？不就是那些随着季节变化而南北迁移的鸟类吗？人自然不用这样来回迁徙，但在某些情况下，人却像候鸟一样，处在什么样的环境下就得有什么样的色彩，接触什么样的人就得说什么样的话。不知这是一种随机应变的本领，还是一种心口不一的无奈？

蟋蟀

我要和你分手，因为你整天谎话连篇。我可能也有不对的地方，但是，我不知道我哪里不对。我已经二十四岁了，到了这般年纪，就算哪里不对，也已没法改变了，除非我像基督那样能死后复活。我也知道，自杀罪大恶极，万万不能，因此我只能和你分手，按照我认为正确的活法努力活下去。我觉得你真的是太可怕了。在这个世界上，也许你的活法才是正确的，但我实在没法接受。我嫁给你，已经五年了。在我十九岁那年春天，跟你相亲后，就只身陪伴在你的左右了。现在我才敢告诉你，我父母当时是极力反对我跟你在一起的。我弟弟也不支持我。那会儿他刚上大学，脸上带着一副难以置信的表情，像个小大人似的问我："姐，你没事吧？"因为怕你不高兴，我一直将有些事憋在心里没给你说。其实，那会儿别人还给我提过两门亲。离现在时间有些远，记不太清楚了。依稀记得其中一位是帝国大学法学部毕业的官二代，将来是要当外交官啥的。一位住在池袋的姐姐给我看过他的照片，照片上的他看起来很开朗，脸上笑嘻嘻的。还有一位是我父亲公司的同事，是一个将近三十岁的工程师。因为时间已经过去了五年，记得不太清楚了。那名工程师好像是一大户人家的长子，人很踏实靠谱。我父亲对他很满意，我母亲也非常支持这门婚事。不过我记得没看过他的照片，不知道他长什么样。现在说这些事情都已无所谓了，只不过常常被你耻笑心里很不爽，我才把记忆中的一些事全说了出来。我现在说这些陈年旧事，绝不是说我讨厌你，这一点请你一定要相信我。因为我从来没有过当初要是嫁一个好人家就好了等不纯洁甚至愚蠢的想法。除了你，我没有想过其他任何人。请不要用你一贯的表情嘲笑我。这都是我的真心话，希望你能听我说完。不管是那时候，还是现在，我都未想过要跟你以外的人结婚。这一点你应该很清楚。从小我就讨厌做事磨磨蹭蹭。当时，我父母，还有池袋的大姐，都劝我先去相亲看看，但我觉得，相亲和婚礼就是同一码事，就没贸然答应。因为我从没想过要和那个人结婚。如果真的像大家所说的那样，对方是一个无可挑剔的人，那就更不应该找我，比我优秀且更适合他的女孩太多了。所以我对相亲这种事根本没什么兴趣。我一直痴想嫁给这样一个人，在这个世界上（我这么说，你马上又要笑话我了）他非我不娶。恰好那个时候，有人向我提起了你。因为提亲的方式很不礼貌，从一开始就惹得我父母很不愉快。当时是古董商但马先生来我父亲的公司卖画，他像平常一样，胡乱扯了一通之后，突然话锋一转，开玩笑似的对我父亲说，这幅画的作者日后一定会成为一个了不起的人物，你想不想把你女儿嫁给他？父亲听了后根本就没把他的话放在心上，只把那幅画买了下来，把它挂在了公司会客室的墙上。没想到两三天后，但马先生又来了，这次他竟然是来正式提亲的。但马先生的提亲方式真是太随意了，我父母都惊呆了。他们觉得这既有媒人但马先生的原因，可那个拜托他的男人也不怎么靠谱。日后，我问了你才知道，原来这一切你并不知道，都是但马先生自作主张的结果。真是太感谢但马先生了。现在你能出人头地，也是多亏了但马先生吧。他之所以全力无私地帮助你，就是因为他看准了你这个人。今后你可别忘了但马先生的恩情。那时，听了但马先生那鲁莽的请求，我在感到吃惊的同时，心里有种莫名的喜悦，反倒有点儿想见见你。有一天，我悄悄去父亲的公司看了你的画。这件事，我以前告诉过你吧。那天我假装有事找父亲，在公司的会客室一个人完整地欣赏了你的画。天很冷，我站在冰冷的会客室一角，全身哆嗦着看着你的画。那幅画上画着一个小庭院和阳光明媚的檐廊，檐廊里一个人也没有，只有一个白色的坐垫。画里只有蓝色、黄色和白色三种颜色。看着看着，我哆嗦得更厉害了，站都站不稳了。我当时就觉得这幅画只有我能懂。我是认真的，你不要笑。自从看了那幅画后，足足有两三天时间，白天黑夜我的身体一直在发抖。我觉得自己必须嫁给你。这事说起来有点害羞，当时我感觉浑身像在燃烧。于是我去求母亲，母亲的脸色很难看。这也是预料中的结果，我当然不肯善罢甘休了，接下来就直接答应了但马先生。但马先生大声说了声“真棒”，起身站起来时被椅子绊了一跤，不过我和他都没笑。那以后的事，你就非常清楚了。随着时间的流逝，我家人对你的评价越来越差了。他们不知从哪儿打听到的，说你瞒着父母从濑户内海的老家跑到东京来、父母和亲戚们都不搭理你、你成天就知道喝酒、你的画作从没在展览会上展出过、你好像是个左翼分子、怀疑你是否从美术学校真正毕业等等。总之，我父母不断用这些打听来的事实威胁我。多亏在但马先生的热心调解下，他们总算同意我去相亲了。之后，我就和母亲去了位于千疋屋二层的你的家。你跟我想象的一样，衬衣和袖口干净得让人心动。当我端起红茶托盘时，整个身体一颤，茶勺在盘子上碰擦出了声音，让我很难堪。回家后，母亲更是说了很多你的坏话。她说你不跟她好好说话，只顾着一个劲地抽烟，真是太差劲了；还说你面相不好，根本没什么前途。可任凭母亲再怎么说，我已经下定决心要嫁给你了。和父母僵持了一个月后，我终于获胜了。和但马先生商量了之后，我就只身去了你那里。回头想想，在淀桥公寓居住的那段时间是我人生中最快乐的时光了，每天满脑子都想着第二天要做的事。你对展览会、绘画大师之类的，一概漠不关心，只一味地画自己喜欢的画。尽管生活越来越拮据，我却越来越开心，心里总有种莫名的兴奋。对经常光顾的当铺和旧书店都有一种特殊的感情，就像怀念远方的故乡一样。当我们身无分文时，我就拼命去挣钱，每天都感觉浑身有使不完的劲。你想想，没钱的时候吃顿好吃的是多么幸福、多么美味啊！我当时还接连发明了很多好吃的饭菜呢。可现在不行了。一想到想要的东西什么都可以买到，便不再有任何幻想了。即使去逛市场，我也觉得心里一片空虚。我只是把身边大妈们买的东西，一样一样买回来而已。由于你突然声名鹊起，我们便从淀桥的公寓搬到了三鹰的这个家。但从此以后，我就感觉所有快乐的事情全都消失了，我也失去了能够一展身手的机会。你突然变得能说会道起来，对我也更加呵护了，但我总觉得自己就像一只被饲养的小猫，内心并不快乐。我从没想过你会一夜成名，只认为你会一辈子一贫如洗，平时随意画些自己喜欢的画，即使被世人嘲笑也毫不在意；从不会向任何人低头，偶尔喝点自己喜欢的小酒，不受俗世的影响，悠然度过自己的一生。我这么想是不是太傻了啊。不过直到现在，我都坚信世上一定有这种崇高之人的；因为别人看不到他头顶的光环，他经常会遭世人的白眼，也没女人愿意嫁给他、照顾他，只有我会嫁给他，伺候他一辈子。我一直以为你就是那个天使，而且只有我知道。但结果如何呢？你突然变得有名起来，可不知为什么，我却觉得羞愧难当。

其实我并不怨恨你出名。当知道越来越多的人喜欢你那异常悲凉的画时，我每晚都在感谢神灵，高兴得泪流满面。在淀桥公寓住的那两年，你随性地画你喜欢的后院和新宿深夜时的街道；当身无分文时，但马先生就会用足够多的钱换走你画的两三幅画。看着自己的画被但马先生拿走，那时的你总是一脸恋恋不舍，可画儿换了多少钱，你却一点也不在意。但马先生每次来，都会偷偷地把我叫到走廊，毕恭毕敬地鞠着躬说“您受累了”，然后把一个白色信封塞进我的腰带。你平时毫不关心这些事，而我也从没粗俗地立即打开信封看里面装了多少钱。因为我觉得，即使没钱我们也能想办法过下去的。另外，我也从没向你汇报过咱们得到了多少钱，因为我不想让金钱玷污你。真的，我从没向你要过钱，也从没盼着你赶快出名。我一直认为像你这样笨嘴笨舌、脾气又暴躁的人（这样说你别生气）是不可能有钱，也不可能出名的。但这一切都只是表象罢了。为什么？为什么？

当但马先生来商量你的个人画展的时候，不知道为什么，你忽然变得爱讲究起来了。首先是去看牙医。你原来嘴里的蛀牙很多，一笑起来就像老头一样。但你从不在意，有时我劝你去看牙医，你也总是开玩笑说，没事，等牙全掉光了就戴个假牙吧，不过金光闪闪的假牙招女孩子喜欢就麻烦了。可从不去看牙医的你，也不知道受了什么刺激，居然趁着工作之余，溜出去换了一两颗金光闪闪的假牙。当我逗你说“喂，笑一下”时，你满是胡须的脸变得通红，用罕见的语气轻轻辩解道“都怪但马那家伙，一直催个不停”。你的个人画展，是在我们来淀桥后的第二年秋天举办的。我真的很高兴，为有更多的人爱上你的画而感到开心。不过，我这人做任何事都有先见之明。虽然报纸上不停地大肆宣传你，你的画一出手就一抢而空，著名画家也开始写信给你了，但这一切太过于美妙了，我心里总有些不安。尽管你和但马先生都极力劝我去画展看看，但我却吓得浑身哆嗦，把自己关在家里使劲织毛衣。光是想想你的二三十幅画整齐地挂着，被那么多人观赏，我就紧张得想哭。有时我甚至想，这么好的事来得太快了吧，会不会有什么不好的事发生啊？每天夜里我都祈求神灵：“神啊！我们现在的幸福已经足够了，只请您保佑我丈夫今后身体健康、诸事顺利！”而你在但马先生的邀请下，开始每天晚上去各个著名画家的府上拜访，有时直到第二天早晨才回来。我对你的晚归其实并没什么别的想法，但你每次都给我详细描述前一天晚上的事情，比如某某老师怎么样，某某老师就是个笨蛋之类的，一点都不像以前那个沉默寡言的你，尽说些无聊的事。在跟你生活的两年时间里，我从未听你背后说过别人的坏话。不管某某老师如何，你不都一直以一副唯我独尊的态度漠不关心吗？还有，我知道你说那些，不就是努力想让我相信你前一天晚上没做什么亏心事嘛。其实你大可不必那么心虚地绕着弯辩解，因为我长这么大也是懂一些道理的，所以你倒不如直接跟我说实话，那样我痛苦一两天后，反而会更轻松一些，毕竟我要跟你生活一辈子的。对于那些事，我本来就不怎么相信男人，而且也不会胡乱猜忌。如果你真做了那种事，我只会一笑而过，一点也不担心，因为我更担心另外一些事情。

我们突然成了有钱人，你也变得格外忙碌起来，还被吸收为二科会的会员。于是，你开始嫌咱们住的公寓太小了；再加上但马先生不停地催促，说我们住在这种地方，要是被世人怀疑我们作秀的话，会让画作卖不上价钱的。他建议咱们不如狠心换个大房子。听他那么说，你也连声说“是呀是呀，住在这样的公寓里，会被人小看的”。听你这么说，我心里突然有种很落寞的感觉。之后但马先生骑着自行车四处奔走，帮我们找了现在这个三鹰的家。年底时，我们便带着几件简单的家具，搬进了这座大房子。没想到，你悄悄背着我去百货商场买了很多高档家具。当那些家具一件一件送来的时候，我感觉胸口一下透不过气来，不由悲从中来。这和大多数暴发户的做法没什么两样啊。不过为了不惹你生气，我一直假装自己很开心。就这样，不知不觉间，我也成了那种让人讨厌的“太太”。你甚至说还要雇一个女佣，不过遭到了我的极力反对，因为我压根就不会使唤人。搬过来后，你立刻印制了三百张贺卡寄给朋友，通知了咱们家的新地址。三百张啊！不知从什么时候起，你竟然结交了这么多朋友。我感觉你已经走在危险的钢丝上了，心里担心死了，害怕不久就会发生什么不好的事情。虽然我觉得你不是那种通过庸俗的交际手段来获取成功的人，但还是每天忍不住胆战心惊地往坏处想。

可实际上你不但没遭受任何挫折，反而好事接连不断。难道是我想错了？不久我母亲也开始来咱们家了，每次都高高兴兴地带给我一些衣服和记账簿之类的东西。我父亲开始不喜欢你的画，把它从公司会客室的墙上拿下来，锁进了公司的储藏室，但听说之后竟然拿回家，重新裱了后挂在书房里。我池袋的大姐也开始写信鼓励我们好好干。我们家的客人也逐渐多了起来，客厅常常是人满为患。当客人来咱们家时，我常常在厨房都能听到你爽朗的笑声。你开始变得能说会道了。以前你总是沉默寡言，我一直以为你是因为不和别人一般见识才保持沉默的，可现在看来好像根本不是那么回事。你在客人面前说的事情都很无聊。比如把前几天刚从别人那里听来的绘画理论，又当成自己的见解装模作样地讲给客人听；有时我把自己读小说的感想说给你听之后，第二天你便照搬出我的浅薄见解，在客人面前高谈阔论起来，比如“莫泊桑对信仰也很虔诚啊”等等。每当这个时候，我都不好意思端着茶水进客厅了。原来你以前什么都不懂啊！对不起，其实我自己也什么都不懂。但我至少还有自己的思想，而你呢？要么是一言不发，要么就是模仿别人说话。可就是这样你竟然还获得了成功。那一年，你在二科的画居然还获得了报社的大奖，报纸上对你的赞美之词——孤傲、清贫、思索、忧愁、膜拜、日本的夏凡纳等等，听起来都让人有点不好意思。后来，当跟客人说起报纸上的那篇报道的时候，你竟然还大言不惭地说“说得还算中肯吧”。哎！你怎么能这么说呢？事实上我们并不清贫，你看看我们的存折就清楚了。自从搬到这个新家以后，你就仿佛变了个人似的，常常把钱挂在嘴上。只要有客人求你作画，你都会毫不忌讳地谈到价钱。每当听到你对客人说“价钱事先说清楚对双方都好，免得事后惹麻烦”时，我在一旁就觉得恶心得不得了。你为什么对钱那么执着呢？我觉得只要你能创作出好的画来，咱们生活方面就不会有什么问题。人最快乐的就是好好工作，默默地平静生活。我从不奢求金钱等身外之物，只想有自尊地平静生活。

你现在都开始检查我的钱包了。一旦有了收入，你就会分成两份，一份装进你的大钱包，一份装进我的小钱包。你的钱包里装的是五张大额纸币，而我的钱包里只有一张对叠的大额纸币。剩下的钱你会全部存进邮局或银行。你做这些事时我一般只会在一旁默默地看着。要是哪天我忘了锁放存折的抽屉，你看见后就会很不高兴地抱怨我粗心。我真的是心灰意冷了。每次你去画廊收钱，都要第三天才回来。回来时已是深夜，你满身酒气，哗啦哗啦地打开玄关，刚一进门就嚷道“喂，还剩三百日元，你过来看看”。这些话，听起来是那么令人悲伤！因为都是你挣的钱，你爱用多少都无所谓，偶尔心情好时挥霍一把也很正常。可让我很失望的是，你总是都把钱花得精光。我也是知道金钱的价值的，只不过平时不太看重它罢了。看到你身揣剩下的三百日元、一脸得意地回家时的表情我就感到寒心。我压根儿不需要钱，也不想买什么、吃什么。家里的那些家具，虽然破旧不堪但也凑合着能用，我身上的衣服染染补补也够穿了。我想日子想办法总能过下去的。就连一个毛巾架，我也不愿买个新的，因为觉得那太浪费了。你时不时带我去市里吃昂贵的中华料理，可我一点儿也不觉得好吃。因为觉得那样太浪费了，每次都感到不安，甚至心惊胆战。你不知道，比起三百日元和中华料理，我更愿意你能给我在咱家的院子里搭一个丝瓜架。这样的话，即使太阳西晒很厉害的时候，待在咱家那八榻榻米大的走廊里也会很舒服。可我每次请求你，你都不愿意，让我请个园丁来搭，而我又讨厌那种财大气粗地请园丁的做法。结果搭个丝瓜架这么简单的事情，在你不停地推脱下，直到今日也没搭成。为了自己你可以大肆挥霍，可对别人的事情你却往往充耳不闻。

我记得，你的朋友雨宫先生为给妻子治病，来咱们家找你帮忙的时候，你故意把我叫到客厅，装模作样地问我“现在家里有钱吗？”。我觉得你既可笑又愚蠢，十分尴尬。正当我红着脸，不知所措时，你又故意挖苦我似的说，“不要捏捏藏藏的了，四处找找，总能找出二十多日元吧。”我不由大吃一惊，区区二十日元怎能拿出手？我重新看着你，你一只手在我眼前一挥，说道“好啦，就当你借给我了，不要那么小气嘛”，然后你笑着面对雨宫先生说，“你看咱们两家都一样，这种时候没钱真不好受啊。”我惊呆了，什么都不想说了。你一点也不清贫啊！而说到忧愁，现在你的身上哪里能看到它美丽的影子呢？相反，你是一个任性的狂欢者。每天早晨，你不都是在洗漱间里大声哼唱民谣吗。你这习惯都让我愧对四邻呢。膜拜、日本的夏凡纳这些词用在你身上太浪费了。至于孤傲，你难道没发现，你生活在一群吹捧你的人中间吗？被客人尊称为老师的你，经常把他们的画批得体无完肤，就像没人能达到你的绘画水平一样。我觉得，如果你真有那么高水平的话，就没必要靠贬低别人来获取别人的赞同吧。看来你想得到的只是客人当着你的面称赞你而已。这算什么孤傲呢？你要是孤傲的话，就不会让客人当面佩服你了。

你啊，真是一个爱说谎的人！去年，你从二科退出后，弄了一个什么新浪漫派团体。你不知道，当看到这个团体成立时，我一个人有多悲哀吗？因为这个团体全是由被你暗地里随意嘲笑、捉弄的人聚集起来的！你这个人真的没有一点自己的主见。难道在这个世界上，你的生活方式才是正确的？当葛西先生来访的时候，你们俩说着雨宫先生的坏话，又是咒骂，又是嘲笑；可当雨宫先生来的时候，你又亲热地骗他说“我的朋友只有你一个”。你说起谎话来严丝合缝，令雨宫先生无比感激。然后你又开始抨击葛西先生，说他的态度有问题。我觉得惶恐不安，同时又不可思议。难道世上那些所谓的成功人士，都和你一样生活吗？而且还能生活得顺风顺水吗？你这样下去肯定会自食恶果的！那样的话，不仅可以挽救你，也可以印证神的存在。我在心里默默祈祷着，祈祷能早点发生一些坏事。但是，坏事却一件都没有发生，你依然是好事接连不断。你那个团体举办的首届展览会，居然获得了广泛的好评。我还听客人说，你的那幅菊花图，不仅让人心驰神往，而且还散发着高贵的爱情芬芳。怎么会这样呢？我觉得太不可思议了。今年春节，你第一次带我拜访了大名鼎鼎的冈井老师，他是你画作的最热心粉丝。没想到冈井老师那么有名，却住在比我们家还小的房子里。仅凭这一点，我就觉得他是一位真正的大家。他身体胖乎乎的，给人一种稳如泰山的感觉。他盘着腿，透过眼镜仔细打量我的眼睛里，透着一种真正的孤傲！看着他的眼神我浑身直打哆嗦，就像我在父亲公司冰冷的会客室里，第一次见到你的画时一样。冈井老师随意跟我聊着家常。他看着我开玩笑似的说：“噢！真是个不错的太太啊，想必是武家出身吧？”没想到你却自豪地说，嗯，她母亲是士族呢！听你这么说，我真的是冷汗直流。我母亲怎么变成士族了？我父母都是地地道道的平民啊。太可怕了！以后在别人的吹捧下，你不会又说我母亲是华族吧？我很吃惊，就连冈井老师都没看穿你的谎言。难道这个世界真的都是这样的吗？当冈井老师不停安慰你说“最近工作可辛苦了吧”时，我脑海里浮现出的却你每天早晨大声唱那粗俗民谣的情景，不由觉得非常滑稽，差点儿笑喷出来。离开冈井老师家，走了不到一条街的时候，你突然踹了一脚沙子，骂道“切！这个好色的老家伙，真讨厌！”我吓了一跳。你也太卑劣了吧！刚刚在那么正直的老师面前，还低三下四，点头哈腰呢，现在背后又说这样的坏话，你真是个疯子！从那一刻起，我就想跟你分手了，我再也无法继续忍耐你了。你肯定不对，灾难肯定会降临在你身上的！可不好的事情依然没有发生。你好像连但马先生一直以来对你的恩惠都给忘了，你甚至对朋友说“但马那个混蛋又来了”，而但马先生似乎也知道你这么说他，经常一边笑着说“但马那个混蛋又来了”，一边若无其事地从后门进来。我真搞不懂你们之间到底怎么回事。我不知道人的自尊都去哪里了。我要和你分手，我觉得你们合起伙来嘲弄我。

前几天，你在广播上发表了新浪漫派时局意识的讲演吧。当时我正在茶室读晚报，突然听到收音机里提到了你的名字，紧接着便传来你的声音。我感觉那声音很陌生，听起来不清脆、很浑浊，让人讨厌。我终于可以从远离你的地方清楚地评判你了。你只是一个凡夫俗子，只不过今后会越来越红罢了。真没意思！当收音机里传来“我之所以能有今天”这句话时，我马上就把收音机给关了。你以为你是谁呢！真不害臊！请你今后再不要说“我之所以能有今天”这种可怕又无知的话了，真希望你早点栽个大跟头。那天晚上我早早地就休息了。关了灯后，我一个人仰面躺在床上。这时就听见身下有只蟋蟀在拼命地叫。虽然声音是从床边传上来的，但我判断蟋蟀就在我脊背的正下方，这让我觉得那只蟋蟀好像一直在我的脊椎骨里叫似的。我一辈子都忘不了那个细细幽幽的声音，我将把它装在脊椎骨里一直生活下去。或许在这个世界上，我的想法是错的，只有你才是正确的吧！可我始终不明白，我到底哪儿错了？怎么错了？

心之王者

前几日，两位年轻的学生从三田来我家拜访。不凑巧我身体不适，正卧床休息，便告诉他们我只能奉陪一小会儿。我从床上爬起来，随便在睡袍上加了件褂子就和他们见了面。两人都很有礼貌，迅速谈完事后便起身离开了。

两人见我的目的是要我给这份报纸写一篇随笔。他们相貌温厚，看起来只不过是十六七岁的少年，没承想交谈后才知道他们都已二十多岁了。近来我经常看不准人的年龄了。好像不管是十五岁的人、三十岁的人、四十岁的人，还是五十岁的人，都会因同样的事愤怒、为同样的事欢笑，同样狡猾，同样软弱、卑微。若只从人的心理表现来看，已混乱到看不出他们的真实年龄来，最终只得苦笑作罢。前几日前来拜访的两个学生，看起来只不过十六七岁的样子，但言谈举止间却透着几分精明，在某些地方甚至十分老练。作为报社编辑，他们已经拥有了自己的风格。两人走后，我脱下褂子又钻进被窝，思忖了良久。不知为何，我总觉得现在很多学生的际遇有些可怜。

学生不属于社会中任何一个阶层，而且，我觉得也不应该属于任何一个阶层。我向来固执地认为，所谓学生，就应该是披着蓝色斗篷的恰尔德·哈罗尔德，应该是思考的漫步者，天空中的云朵。学生不应成为彻底的编辑、官员，也不应成为彻底的学者。对学生而言，彻底变成一个老练的社会人，就是一种可怕的堕落。这不是学生的过错，而是被人唆使的结果。所以我才说现在的学生很可怜。

那么，学生应该是什么样子呢？我想用席勒的一篇叙事诗来告诉大家答案。大家平时应该多读读席勒的作品。特别是在当下，大家更应该多读一些席勒的作品。为了不断拥有豁达、坚强的意志和光明崇高的希望，各位现在应该重温和细细品读席勒的作品。席勒有一首诗名叫《地球的分配》，很有趣。其大意如下：

众神之父宙斯在天庭向人类发号施令："接受这个世界吧！"

"接受它吧，它是属于你们的。我把它作为遗产赠予你们，它将永远是你们的领地。好了，你们友好地分享它吧。"听到这话，大家开始争先恐后、东奔西走、竭尽所能地抢夺起来。农民在原野上用木桩划界，将土地开垦为农田；这时，地主背着双手出现了，他信口胡诌道："这地有七成是我的。"商人在仓库里储满货物；长老觅得了贵重的陈年红酒；贵族迅速用绳子圈住翠绿的森林，把它作为自己欢乐地狩猎和幽会的场所；市长夺取大街小巷；渔夫在水边定居。等一切瓜分完毕后，诗人才慢吞吞地走来。他来自遥远的他乡。那时土地上已空无一物了，所有的土地都有了主人。"真气人啊！为什么只有我一人一无所有呢？我可是您最忠诚的儿子啊！"诗人大声抱怨着，扑倒在宙斯的宝座前。"谁让你一味地沉浸在梦境中，磨磨蹭蹭呢！"

宙斯应声道，“你没资格向我抱怨！大家瓜分土地时，你在哪儿呢？”诗人答道：“我在您的身旁啊！我凝视着您的容颜，聆听着天籁之音。请原谅我这颗赤诚之心，原谅我陶醉于您的圣光而忘记了凡间的一切。”宙斯听后温柔地说：“那该如何是好呢？我已经把地球给了众人。秋实、猎物、买卖都不再为我所有。如果你想在天庭与我共处的话，就尽管前来吧，我为你在这里保留了位置！”

你们看，学生的本质其实是神的宠儿，就像这位诗人一样。即使在人世间没什么作为，凭借自由高贵的理想，就会时刻与神同往！

请你们记住这种特权！并为这种特权感到自豪！你们不会永远拥有这种特权！光阴似箭，请好好珍惜，千万不要玷污了自己！等你们从学校毕业时，凡间的瓜分便会不请自来，你即使厌恶也得接受。那时你们会成为商人、编辑、官员。但与神同往这种事，错过学生时代便不会再来，永远不会！

三田的学生们，当你们在歌颂“大地之王”的同时，内心一定要以“心之王者”而自居。因为在你们的一生中，与神同往的时光仅此一次！

樱桃

我，面向群山，举目朝上。

——《诗篇》第一百二十一篇。

我更愿意认为父母比孩子重要。传统的封建家长都认为，严厉一点对孩子好。不过，我的意思是，跟孩子相比，父母总是处于劣势的。不知别人家怎么样，至少我家是这样的。等自己老了，就仰仗孩子来照顾吧，这种不知廉耻的想法我从未有过。要是那样的话，父母在家里就只能成天看孩子的脸色生活了。我的孩子年纪都还尚小，大女儿七岁，儿子四岁，小女儿只有一岁；可即便年纪不大，他们都已经开始蚕食父母了。因为父母其实就是被孩子呼来唤去的奴仆。

炎热的夏天，我们一家人挤在三榻榻米的狭窄空间里，乱哄哄地吃着晚饭。我一边用毛巾不停擦着脸上的汗，一边嘟囔道：

“虽然《柳多留》里说，吃饭流汗有伤大雅。但孩子们如此吵闹，再优雅的父亲，也会冒汗呐。”

妻子一边给小女儿喂着奶，一边为我和大女儿、儿子张罗着饭菜，同时还抽空帮孩子们擦拭、捡拾掉落的东西，擤鼻涕，忙得手忙脚乱，不可开交。

“孩子他爸，我看你鼻子上最爱出汗了吧，总是不停地擦鼻子。”

我苦笑道：“那你又是哪儿最爱出汗呢？大腿根吗？”

“哎哟，好一个优雅的父亲哟！”

“唉，我这么说可是有医学根据的，跟优不优雅没关系！”

“我呢，”妻子一脸严肃地说，“我的两个乳房之间，都成……泪之谷了。”

泪之谷！

我闷声不语，低下头继续吃饭。

我爱在家里说说笑笑。为什么呢？可能是内心烦恼太多，表面不得不假装快乐吧。不仅在家里，在外面和外人打交道时，不管自己身心多么困苦，我也是一个劲地说笑，努力营造快乐气氛。不过，一旦与人告别后，我身心俱疲，就开始考虑金钱、道德和自杀等问题。不仅是和外人打交道的时候，就连写小说时我也如此。我常在感到悲伤时，去创作一些愉快、轻松的故事。可读者却意识不到我的良苦用心，他们只会指责我说：“那个叫太宰治的作家，最近怎么光会用些浅薄、搞笑的东西糊弄我们啊！太不负责任了！”

我不禁要问：为人服务是坏事吗？难道装腔作势、不苟言笑就对吗？

我真的无法忍受那些假装正经又不懂人情世故的人，所以在自己家里，我也会不停地说笑，小心翼翼地编造一个又一个笑话。不过，和一部分读者及评论家的想象不同，看似随性的我，家里却是崭新的榻榻米、整洁的书桌；夫妻二人相濡以沫、互敬互爱，不仅没发生过家暴，就连“滚出去”“跟你没法过了”之类的口角也未曾有过；夫妇二人争相疼爱孩子，孩子们也活泼可爱，一家人生活美满、其乐融融。

但这只是表面现象。妻子的胸脯已是泪之谷，我晚上睡觉时的盗汗现象也愈发严重。我和妻子虽然知道彼此的痛处，却尽量不去触碰，所以每当我开玩笑时，妻子也会一笑置之。

当听到妻子说出泪之谷这个词时，我沉默了下来。本想讲个笑话缓和一下气氛，但一时间又找不到合适的内容，于是场面便瞬间尴尬起来。此刻，我这个平日化解尴尬的“高手”也心情沉重起来。

“干脆雇个人得了，这样也不是个办法啊！”担心妻子多虑，我小声嘟囔道。

我家一共三个孩子，可我对家务活却一窍不通，甚至连被子都不会收拾，成天只会讲些弱智的笑话逗家人开心。食物配给、补贴申请等，我也一概不懂，就像一个寄宿在家的客人一样。每天我不是款待来客，就是带着盒饭去工作单位，有时甚至连着一个星期也不回家。我从早到晚嘴上一直挂着工作、工作，可每天充其量也就写两三张稿纸的小说而已。其余的时间，便是穷喝酒，喝多了往床上一躺就呼呼大睡。此外，我在外面还结识了不少年轻姑娘。

说起孩子的话，虽然七岁的大女儿和今年春天刚出生的小女儿都容易感冒，但跟正常小孩也没什么两样。倒是四岁的儿子，瘦瘦巴巴的，站都站不起来；嘴里只会吱吱呀呀的，连一句完整的话也说不全，也听不懂别人的话；整天在地上爬来爬去，想大小便时都不会说。不过，这小家伙瘦归瘦，饭量倒不比一般孩子少。但就是只吃不长，身材瘦瘦小小的，头发也是稀稀疏疏的。

我和妻子尽量不去谈儿子的事情。因为让我们俩承认自己的儿子是白痴、哑巴太心酸了。妻子常常会紧紧拥抱他，而我有时则会有一种抱着他投江自尽的冲动。

> 哑巴次子惨遭杀害。某日午后，家住某区某街某号的某某（五十三岁），在自家六榻榻米大的房间里，用斧头杀害了次子（十八岁）后，用剪刀自尽未遂，被送往附近医院接受治疗，目前尚未脱离生命危险。据称当事人给二女儿（二十二岁）招赘后，因二儿子哑巴、痴呆，恐对女儿婚姻造成影响，便残忍杀害了儿子。

每当看到这类新闻，我便想喝酒。

唉！如果儿子只是发育迟缓就好了！如果儿子现在能不停地成长，嘲笑我跟妻子的过度担心该多好啊！我和妻子每天心里都默默地这么想，但从不在亲戚、朋友面前表现出来，只是假装毫不在意地逗儿子玩。

妻子一直努力地活着，我也是竭尽了全力。我本来就不是一个多产的作家，再加上生性胆小，只是被大众追捧才不得不爬格子糊口。每当写不出东西时，我就会向酒精寻求慰藉。人一般在心堵，内心充满焦虑、怨恨时，才会喝闷酒的，那些有话语权的人恐怕很少喝吧？（女人很少嗜酒恐怕就是这个原因吧？）

与人争执时我从没赢过，每次都必输无疑。我一般都会屈服于对方的过分自信以及强大的自我肯定，最后选择沉默。不过，我慢慢意识到，这并非我一方的错，对方也有不讲理之处。可一想到输了后还要与对方继续争论便觉心情沉重；再加上与人争论就像打架一样，总会给人留下不快和憎恨的回忆，所以每次面对别人的怒火，我总是小心翼翼地沉默着不说话。不过，事后却满腹委屈，只能借酒浇愁。

我就明说吧。我前面绕来绕去，唠唠叨叨了一大堆，其实这篇小说我要写我们夫妻之间的战争。

“泪之谷。”

这是我们夫妻间战争的导火索。前面我已经说了，我和妻子关系和睦，别说打架了，就连一句脏话也没说过。但其实我们两人之间的关系很紧张，随时都有可能爆发战争。我们两人虽然都不吭气，但都在默默地收集对方的污点证据。这种危险就像打扑克牌一样，默默地看一眼自己的牌后反着扣起来不让对方看，等一张张牌凑齐后，突然全部翻过来说“我赢了”。似乎就是这种危险让我们夫妻之间一直以来都相敬如宾吧。妻子就不用说了，我也是一个斤斤计较的男人。

“泪之谷。”

听你这么说，我一下紧张起来，但因为厌恶争论，只好选择沉默。我知道你这句话里暗含着对我的种种不满，但你要知道，内心流泪的可不仅仅是你一个人！我也和你一样，无时无刻不在操心着孩子，一直把家庭放在第一位。即使在半夜，只要耳朵里传来孩子一声咳嗽，我都会从睡梦中惊醒，担惊受怕。我也想搬家，让你和孩子住上宽敞的房子，可就是心有余而力不足啊！能做到现在这个程度，我已经竭尽全力了。我也不是什么凶残的魔鬼，不会眼睁睁地看着自己的妻子累死。我也不是不懂食物配给、补贴申请等家常琐事，只是没有时间而已……我只能在心里这么抱怨，却没有勇气说出来。就算我说出来，恐怕也会被你打断，到那时我也只能哑口无言吧。

“去雇个人吧。”最后我小心翼翼地提议道。

妻子向来话不多，不过，一开口总带有一种沉着冷静的自信。（不仅仅是她，女人大多如此。）

“不见得有人会来吧。”

“找找总会有的。关键不是没人来，而是没这样的人吧……”

“你的意思是我不会用人吗？”

“我可没说……”

我再次陷入了沉默，虽然心里这么想，但没有作声。

啊！要是雇个人就好了。每当妻子背着小女儿出门办事时，我就得照顾剩下的两个孩子。并且每天还有十多个客人需要接待。

“我想去工作室。”

“现在吗？”

“对，手头的工作必须今晚赶完。”

我没说谎，不过内心也有逃离这个憋闷的家的想法。

“可今晚我想去看望妹妹的……”

我知道妻妹的病很严重。但她一走，我就得留下来照看孩子。

“所以说，雇个人……”

我说了一半便止住了。只要一谈及妻子的家人，我跟妻子之间的关系便会紧张起来。

活着好累！生活就像缠绕在身上的铁链，稍作反抗便会让人皮破肉绽，血流不止。

我默默站起身，从塞在六榻榻米大的房间的桌子抽屉里取出装有稿费的信封，一把塞进袖子里，然后用黑包袱皮包好稿纸和字典，蹑手蹑脚地走了出去。

我满脑子都想着自杀，没有一点要工作的心思。于是，我决定去喝酒。

“您来啦！”

“我来喝一杯！今天的纱裙真妖艳啊……”

“还不错吧？我就知道你喜欢！”

“今天跟老婆吵了一架，可是满肚子火啊。今晚我要喝个痛快，不回去了！”

我总觉得，父母应该比孩子更重要。因为跟孩子比，父母总处于劣势。

一盘樱桃端了上来。

在家里，我从未让孩子们吃过如此奢侈的东西，估计他们连樱桃长什么样都不知道。要是能吃上几颗，他们肯定会开心得手舞足蹈吧。要是我把这盘樱桃带回去，他们一定会欣喜若狂吧。要是用线把樱桃穿起来挂在脖子上，一定会像珊瑚项链那样好看吧。

可我这个做父亲的，却从一大盘樱桃中拿起一颗放进嘴里，然后吐出核，又拿起一颗放进嘴里，然后吐出核……但感觉味同嚼蜡，毫无美味可言。同时心里装腔作势地想：父母应该比孩子更重要。

满愿

四年前的夏天，我在伊豆三岛朋友家的二楼写罗马式风格的小说。一天晚上，我喝醉了酒，骑着自行车在街上飞驰，结果受了伤，把右脚踝上方给划伤了。虽然伤口不深，但因为喝了点酒，出血很严重，所以我便急忙去看医生。镇上的医生是一个三十二岁的大胖子，长的有点像西乡隆盛。当时他也喝得酩酊大醉。看到医生和我一样醉醺醺地出现在诊室时，我吃惊不已。我一边接受着治疗，一边小声地偷笑。医生也哧哧地笑出了声，最后，我们终于按捺不住，两人一齐大笑了起来。

从那晚起，我们就成了好朋友。比起文学，医生更喜欢谈哲学；而我也乐于聊哲学方面的话题，因此经常和他相谈甚欢。医生的世界观可以说是一种原始的二元论，他把世间的一切都看作善与恶的对决，并将其说得头头是道。虽然我内心对爱的信仰一直是一神论的，但一听到医生的善恶论，我郁闷的内心也总能感受到一股清爽之气。比如他说，晚上款待我时，他夫人遵照他的吩咐立刻拿出啤酒时，他是好人；而他夫人一边笑着一边提议说“今晚不喝啤酒了，咱们玩桥牌（一种扑克游戏）

吧”时，他夫人则是恶人。对于医生举的例子，我也很赞成。医生的夫人身材瘦小，相貌丑陋，但皮肤白皙，举止优雅。她没有孩子，有个弟弟和他们一起生活。她弟弟是一个懂事的少年，在沼津的商业学校上课，独自一人住在二楼。

医生家里订了五种报纸，因此每天早上，我都会在散步的途中，顺便去他家读半小时或一小时左右的报纸。一般我会从后门绕进去，坐在客厅的走廊上，一边喝着夫人准备的凉麦茶，一边用手牢牢按住被风吹得哗啦哗啦作响的报纸读。离走廊不远的地方，是一片绿草地，绿草地和走廊之间有一条小溪，丰盈的溪水涓涓流着。每天清晨，骑着自行车沿着溪边小道送牛奶的青年，都会向我这个异乡人说声“早上好”。那时，总有一位年轻女人来医生家里取药。她穿着木屐，衣着简朴，但让人感觉很干净。那个女人经常和医生在诊室里说说笑笑，有时医生还会把她送到玄关，目送她离开时大声说：

“夫人，请再稍微忍耐一下吧！”

有一次，医生夫人向我讲了原委。那个女人是一名小学老师的妻子，三年前老师患了肺病，身体最近才逐渐康复起来。所以医生严肃地告诫那位年轻的妻子说，眼下可是最关键的时候，夫妻生活是绝对要禁止的。年轻的妻子倒也听医生的话，不过有时她还是会可怜兮兮地询问医生。每当这个时候医生都会黑着脸、话里有话地大声道：“夫人，请再稍微忍耐一下吧！”

八月底的时候，我看到了美妙的一幕。那天早晨，我正在医生家的走廊看报，听到坐在旁边的医生夫人小声嘟囔道：“嗯，看起来很高兴啊。”

我抬起头，看到一个衣着简朴的洁净身影，从眼前的小道上翩然而过，手里还不停地转着遮阳伞。

医生夫人又小声嘟囔道：“今天早上被允许啦！”

三年啊！说起来容易可做起来……这真让人感慨万千啊！随着岁月的流逝，我愈发觉得那名女子身姿优美。那一切或许是医生夫人的暗中安排也未可知吧！

秋风记

驻足，
思故，
万事皆如戏。　　（生田长江）

我在充满故事的洪流之中辗转反侧，不知自己该写些什么好。我要是演员就好了，那样的话我连自己睡觉的样子都可以刻画出来。

若我离开这个世界，有人肯为我化妆美颜，为我感到悲伤的话，我想这个人应该就是 K 吧。

那么，我就来说一说 K 吧。

K 今年三十二，比我大两岁，女性。尽管我们没有血缘关系，但却像家人一样，从小就来往紧密。并且，现在 K 和我一样，都抱有“若没生而为人该有多好”的想法。她觉得，自己来到这世界不到十年，便已阅尽人间最美的风景，所以现在已是死而无憾了。但 K 依旧活着，为了孩子而活着，也为了我而活着。

“K，你恨我吧？”

“嗯”，K神情严肃地点点头，“有时候巴不得你死了才好呢。”

现在已有不少家人离我而去了。我大姐死时才二十六岁，我爸爸死时三十五岁，我小弟弟死时也不过十六岁，我三哥死时二十七岁。今年，我的四姐也去世了，三十四岁。我二十五岁的侄子，二十一岁的堂弟，他们都和我很亲近，但今年都相继离世了。

如果你必须死的话，请告诉我明确的理由，虽然我帮不了你什么，但至少我们可以谈心。哪怕一天只说一句话，我们也可以说一个月，甚至两个月。我们可以一起嬉戏。如果你还是找不到活下去的动力，依然想自杀，那你也不能一个人去死，要死也得我们一起去死。因为你死后遗留在这世上的人太可怜了，你可知道，对生命已经绝望之人对你的爱是多么深啊！

K就这样一直活着。

今年晚秋时分，我戴着几乎遮住眼睛的格子鸭舌帽，去找了K。我吹了三声口哨后，K轻轻打开了后门，走了出来。

“要多少？”

“不是钱的事儿。”

K盯着我的脸。

“想自杀了？”

“嗯。”

K轻咬着下唇，说：“好像每年一到这时候，你就坚持不下去了。你是忍受不了寒冷吗？你怎么没穿短褂？天啊，你怎么还光着脚！”

“听说这样有个性呀。”

“你听谁说的？”

我叹了口气，说：“没人给我说过。”

K也轻叹一声。

“有的话，估计也不是什么好人。”

我笑了。

“我想和你去旅行。”

K认真地点了点头。

我明白，我都明白，K会带我去旅行的，她不会让这个孩子去死的。

那天，我们坐上了深夜的火车。火车开动了，我和K都松了口气。

“小说写得怎么样了？”

“写不下去了。”

漆黑的夜空中，火车“哐当、哐当”地叫着。

“抽烟吗？”K从手提包中掏出了三种牌子的进口烟。

我曾经写过一篇小说。想要自杀的主人公，准备自杀前，抽了一支进口烟，没想到香烟的醇香让他最终放弃了自杀。看来K也知道我写过这篇小说。

我有些脸红，却还是装模作样地从三种进口烟中都选了一支，试着吸了。

火车行至横滨时，K买了三明治。

“你不吃吗？”

K故意吧唧着嘴在我面前吃着。

我默不作声地也吃了一块三明治，味道有点咸。

“我总觉得，我说的每一句话都会让别人痛苦，让别人无端地痛苦。其实我只要笑笑什么都不说的话，就什么事都没有了。可我是个作家啊，不说些什么就活不下去的作家啊，这会让我很辛苦的。我无法好好地去欣赏一朵花，甚至都无法去喜欢它散发出的淡淡花香。我会如狂风般将它的枝条折断，撕下花瓣把它揉碎，哽咽着将花的碎片塞入嘴中咀嚼，然后吐到地上再用木屐使劲把它踩烂。最后，连我自己都搞不清楚自己要干什么，我都想杀了自己。我也许不是人！最近我总是这么想，难道我是恶魔撒旦？杀生石[①]？毒蘑菇？但不是吉田御殿[②]，因为我毕竟是个男人呀。”

“那又如何？”K神情严肃地说。

“K，你恨我，恨我的八面玲珑。哦，我明白了，你相信我的强大，高估我的才能，却不了解我不为人知的努力。就像剥藠头的皮，一层一层剥落，一直剥到芯却发现什么都没有。但你坚信一定会有什么，于是又挑一个藠头，一层一层地剥，最后还是什么都没有。这种猴子捞月般的伤感，你能明白吗？就像博爱大众千万人，其实对任何人都没感情一样。”

K扯了扯我的袖子，提醒我的声音太大了。

我笑了笑，说：“这也是我的宿命啊！”

---

① 日本栃木县那须山麓的石头。因其周围喷出火山有毒气体（二硫化碳）而使接近的生物死亡。

② 女子吉田千姬勾引美男到御殿后，玩弄并加以毒杀的故事。

我们在汤河原下了车。

“最后什么都没有，这种说法纯属胡说。”K边穿旅馆的和式睡袍边说，“你看这睡袍的蓝色条纹，是不是很好看？”

“嗯，”我有些疲倦，“你是说刚才藟头的事儿吗？”

“是的。”K换好睡袍，默默地坐在我身旁，“你不相信现在，那么你相信眼前的瞬间吗？”

K像少女般天真地笑着，偷偷看我如何反应。

“没有瞬间的罪过，也没有瞬间的责任，这我懂。”我像将军似的交叉着双臂，端坐在坐垫上。“但对我来说，瞬间却难以承载我人生的喜悦。我只相信死亡那一瞬间是纯洁的，至于这个世界的愉悦瞬间嘛……”

“你是害怕承担之后的责任吧？”K小声嘀咕道。

“总之是无法收场的。就像烟花在绽放的瞬间，其肉体并没消失，而是丑陋地永久残存着。如果在看到绚丽的极光的一瞬间，肉体也能随之燃烧，并且最后烧得什么都不剩就解脱了，可那是不可能的。”

“你可真是个胆小鬼。”

“唉，语言这东西真讨厌，什么话它都可以说。有关瞬间的话题，你要去问那些瞬间主义者，他们会手把手地教给大家自己拿手的料理法，教大家如何品味人生。人是活在过去的回忆中，还是全身心地投入眼前的一瞬间，抑或充满希望地面对未来？从这些活法中，竟能看出一个人的愚蠢与智慧呢。”

“你属于愚蠢的那类人吧？”

“拉倒吧，K。我们既不愚蠢也没智慧，我们属于更糟糕的一类人。”

“哪类人呀？”

“我们是中产阶级。”

而且还是落魄的中产阶级，活在充满罪恶的回忆中。气氛有些压抑，我们便慌忙起身，拿起毛巾向楼下的大浴场走去。

不提过去，不问将来，只全身心地享受眼前这短暂的激情。这是我和K前来旅游前，就已共同默认的诺言。不谈家庭琐事，不谈自身苦楚，不谈未来的无望，不谈人生的困惑，不谈过往的耻辱；只享受眼前的静谧。我们边在心里默念着这些话，边默默地沐浴着身体。

“K，你看我腹部有块疤，这是做盲肠手术时留下来的。”

K笑了，犹如母亲一般温柔。

我继续道：“K，你的腿很长，你看我的腿也很长的，一般卖的裤子都不适合我。我这人干啥事都特别麻烦。”

K出神地望着漆黑的窗外说：“你觉得世上有善意的坏事这一说法吗？”

“善意的坏事？”我也有些恍惚地重复道。

“下雨了？”K好像突然听到了些什么。

“是溪流，就从山脚下流过。早上起床后，你就会发现这个浴场的窗外都是红叶，还有高高的山峰仿佛就在眼前。”

“你经常来这儿吗？”

“只来过一次。”

“来寻死？”

“嗯。”

“那时游了吗？”

“没有。”

“今晚呢？”K若无其事地问道。

我笑了。“原来这就是你说的善意的坏事吗？你啊你，我还想……”

“想什么？”

我咬咬牙，说到：“我想和你殉情。”

“这样啊。”这次轮到K笑了，“看来世上也有恶意的好事呀。”

我们沿着浴场长长的台阶，一级一级慢慢往上爬着。我心里一直默念着：善意的坏事、恶意的善行、善意的坏事、恶意的善行、善意的坏事、恶意的善行……

我们叫来了一位艺伎。

“叫你来是因为，今晚我们俩有可能会殉情，所以请你晚上别睡觉，帮我们盯着点，若看到死神出现，一定要把他轰走。”K一脸严肃地说。

“我明白了。如若出现意外，我们三个就一起殉情吧。”艺人答道。

于是，我们便点燃灯捻儿，开始做起了游戏。这个游戏要在灯捻儿熄灭前说出符合要求的事物的名字，并将灯捻儿传给下一个人，并且说的都要是没一点用的东西。

“一只破了的木屐。”

“不走路的马。”

“坏掉的三味线[①]。”

“不能拍照的相机。”

---

① 日本的拨弦乐器。有三根弦，鼓上贴猫皮或狗皮，用拨子弹拨。

“不亮的灯泡。”

“不能飞的飞机。”

“然后是……”

“快点！快点！”

“真相。”

“什么？”

“你可真俗。那我就说忍耐。”

“好难啊……辛苦。”

“上进心。”

“颓废的人。”

“前天的天气。”

“我自己。”K说。

“还有我。”我紧随其后。

“这么说的话，还有我，我——”话音未落，艺伎手上的灯捻子熄灭了。

“好难啊。”艺伎直接就认输了。

“K，你开什么玩笑，真相、上进心，还有你自己，这哪里是没用的东西啊？就连我这样的人，也想在有生之年出人头地呢。你可真糊涂啊！”

“你还是回去吧！”K一下也火了，“你就这么想让大家认识你的认真和你认真的痛苦吗？”

艺伎一下变得花容失色。

“回就回，我马上回东京，你给我钱，我马上回！”我起身脱掉了旅馆的睡袍。

K抬头望着我，眼泪顺着脸颊缓缓而下。她脸上的笑容还没来得及褪去。

我根本不想回东京，但又没人阻止我。唉，死了算了。我换上和服，穿上短布袜，出了旅店后，一路狂奔。

我站在桥头，凝望着桥下白色的溪流，心想我可真蠢，真是蠢货一个。

“对不起。”不知K什么时候已悄悄站在我的身后。

“你同情人也要适可而止啊。”说着，我便大哭了起来。

回到旅馆，两床被褥已经铺好了。我服了一片艾司唑仑片，便躺下装睡。不久，我发现K悄悄起身，也服用了一片和我一样的药。

第二天午后，我们还赖在床上没起。之后K先起床打开了走廊里的一扇飘窗，发现外面正在下雨。

随后我也起床，也没和K说话，一个人默默地下楼去了浴场。

昨夜的事，已经过去了。昨夜的事，已经过去了。我在大浴池中一边轻轻游着泳，脑子里神经质似的循环着昨天的事，昨天的事……

接着我从浴池里爬出来，打开窗户，站在窗前俯视着弯弯流淌着的白色山溪。

忽然，我感觉背部有一只冰凉的手，扭头看见身后站着赤身裸体的K。

“看，那是鹡鸰。”K指着溪流边一块岩石上动来动去的小鸟给我看，“曾经有位诗人把鹡鸰比作拐杖，真不靠谱。你看鹡鸰看起来更威武、更勇敢，它好像根本不把人放在眼里。”

我也那么觉得。

K 将身子滑入浴池中，说："这红叶看来真不错啊！"

"昨天晚上……"我支支吾吾地说。

"睡得好吗？"K 若无其事地问道，眼神就像湖水般透彻。

我"扑通"一声跳入浴池后，说："只要你活着，我就不去寻短见。"

"中产阶级，不好吗？"

"我认为他们都是坏人。他们以孤寂、苦恼、感激别人为乐，都是些独善其身，只靠自尊心活着的家伙。"

"他们只在乎别人的评价，"K 一下从浴池中钻出来，一边迅速擦拭着身上的水，一边说，"觉得那儿才是他们的容身之地。"

"你要进入富人的天堂……"我刚开了半句玩笑，就被 K 用浴巾抽了一下。

"看来拥有平凡人的幸福都很难啊！"

K 在沙龙里喝着红茶。

因为雨天的缘故吧，沙龙里人声嘈杂。

"这次旅行顺利结束后，"我对 K 说，她和我并排坐在能看到远处山峰的靠窗椅子上，"我想送你些什么。"

"十字架吧。"K 小声说，她纤细的颈部看起来若隐若现。

"给我来杯牛奶。"我吩咐完女服务生后，转身对 K 说："K，你还在生气吗？昨晚我耍脾气说要回去，那不过是表演罢了。我可能是舞台中毒了，一天不那么笨拙地来一出，就觉着浑身难受，活不下去。就像现在这样坐在这儿，我也是拼命在伪装呢。"

“恋爱呢？”

“不瞒你说，我曾经有天晚上，因为在意自己袜子上的破洞而失恋过。”

“哎，你觉得我长得怎么样？”K 一脸正经地把脸靠过来。

“什么怎么样？”我皱了皱眉。

“好看吗？”K 让我感觉有些陌生，“看着年轻吗？”

听她这么问，我真想揍她一顿。

“K，你真的很寂寞吗？你心里要清楚，你是一个贤妻良母，而我是一个不良少年，是人渣。”

“只有你，”我刚说了一半，女服务生给我送来了牛奶，我赶紧冲她说了句“谢谢”。

“痛苦是人的自由。”我嘬了一口热牛奶，接着说，“快乐也是人的自由。”

“可我两者都感觉不到自由！”

听她这么说，我不由深深叹了一口气。

“K，咱俩身后有五六个男人，你喜欢哪一个？”

我们身后有四个年轻一些的工薪族聚在一起打麻将，另外还有两个中年男人边喝着威士忌苏打水边看着报纸。

“最中间那个。”K 喃喃道，目光就像欣赏笼罩群山的层层云雾一样。

再回头看时，不知什么时候，刚才的一位年轻男子已站在沙龙中央，手插裤兜，正欣赏着入口右侧的菊花插花。

“可能因为菊花的插花很难吧。”K 好像已达到了某个插花流派的很高级别。

“啊，你的想法太落后了！你看那个人的侧脸，和晶助大哥长得一模一样，像哈姆雷特。”晶助大哥擅长雕刻，才二十七岁就死了。

“可除了你，我根本不了解其他男人啊！”K 有些害羞地说。

号外。

女服务生给每人都分发了一份号外。——事变后的第八十九天，全面包围了上海，敌军溃败，全线撤退。

K 瞥了一眼号外，问我道：“你是？”

“我是丙级[①]。”

“我是甲级。”K 吃惊地大声笑了起来，“我并没有看远处的高山，我一直观察的是眼前的房檐滴水。你瞧，它们都很有个性。有的装腔作势，“咚”的一声落下；有的性急，还未凝聚就匆匆落下；有的装酷，大声叫嚣着“啪”的一声落下；还有的无聊地随风落下……”

K 和我都疲惫不堪。那天，我们从汤河原出发，到热海时，整个热海已掩映在晚霞之中，万家灯火已开始闪烁，让人有种恍惚之感。

抵达旅店后，我们决定晚饭前去散散步。于是向家店借了两把油纸伞，朝着海边走去。雨中的海浪慵懒地向四周播撒着冰凉的小水粒，让人有种冷淡、寂寥之感。

回头瞥见城市的角角落落，零零散散的灯火已星星点点。

“小时候，”K 停下脚步说，“我用针在明信片上扎很多窟

---

① “二战”期间，日军将其师团分为甲乙丙丁四个等级，其中甲级师团战斗力最强。

窿，透过煤油灯看的话，明信片上的小洋房、森林、军舰等带上了美丽的霓虹灯。你还有印象吗？”

“这种情景……”我故意吞吞吐吐地说，“我在幻灯片上见过，当时大家都看呆了。”

我们沿着海岸悠然散着步，“好冷啊，应该泡完温泉再出来的。”

“我们都别无他求啊！”

“是啊，你都从你父亲那里得到了啊。你想死的心情……”K蹲着一边擦光脚板上的泥一边说，“我也懂。”

“我们呢？”我像个十二三岁的孩子似的撒娇说，“为什么不能自食其力地生活呢？就算做个渔民也好啊。”

“没人会让我们那么做的，因为大家太看重我们了，都快到刁难的份儿上了。”

“是啊！K，我也想做些低俗的事情，但大家都嘲笑我……”话说了一半，我突然看见有个人在钓鱼，“干脆钓钓鱼，稀里糊涂地过一辈子算了。”

“还是算了吧，你太懂鱼的心了。”

我们都笑了。

“你应该也明白，我是撒旦，凡是我爱上的人都没有好下场的。”

“我可不这么认为，其实没人记恨你。你只是假装低级趣味罢了。”

“我单纯吗？”

“啊，这好像是宫子[1]的石碑吧。”路旁立着一块金色夜叉的石碑。

“我想跟你说说我最单纯的想法，K，我是认真的，可以吗？请把我……”

“够了，我知道你要说什么。”

“真的吗？”

“我什么都知道，我甚至都知道自己是私生女。”

“K，我们……”

“啊！小心。”K一下把我推开了。

只听嘎吱嘎吱一阵响，K的伞被公交车轮卷走了，紧接着，K也像潜水运动员一样，被车轮拖着画出了一条白线，犹如绽放的花朵一般。

“停车！停车！”

我就像被人当头打了一棒，一下子火冒三丈，朝缓缓停下来的公交车身狠狠踹了一脚。K躺在车下，就像被雨打湿的桔梗花一样，姿势很优美。哎！这个女人可真不幸。

“谁也不许碰她！”

我抱起失去意识的K，号啕大哭。

然后，我背着K赶往最近的医院。K在我耳边哭着呻吟：“疼，好疼……”

K的伤好像不大碍事，一天一天恢复得很快。

K在医院住了两天后，就和赶来的家人一起开车回去了，

---

① 日本作家尾崎红叶长篇小说《金色夜叉》中的女主人公。故事以金钱与爱情的纠葛为主题。叙述未婚妻宫子被人夺走的间贯一成为高利贷者企图进行复仇的故事。

只剩下我一个人坐火车回了家。

三天前，我有事去了新桥，回来时顺便去银座转了转。转到一家商店时，突然看到橱窗里有一个银十字架。于是我走进店里，买了一枚货架上放的青铜戒指，不过没买那个银十字架。那晚我有钱，口袋里装着从杂志社领的稿费。那枚青铜戒指上，装饰着一朵黄水晶做的水仙花。我把那枚戒指寄给了 K。

作为答谢，K 将马上三岁的大女儿的照片寄给了我。今早，我看到了这张照片。

附录

太宰治年谱

明治四十二年（1909）出生

六月十九日，太宰治出生于青森县北津轻郡金木村，本名津岛修治。父亲津岛源右卫门，母亲夕子。其时津岛家堂号“山源”，为县内首屈一指的大地主，其父也以名士身份活跃一方。太宰治在兄妹十一人中排行第十，在七兄弟中排行第六。

大正五年（1916）七岁

四月，金木第一初级小学入学，成绩优秀。

大正十一年（1922）十三岁

金木小学毕业，进入金木村与邻近三村合办的明治高级小学就学，补习一年。

大正十二年（1923）十四岁

三月，父亲在任贵族院议员（高额纳税者）期间病死于东京。四月，进入青森县立青森中学，寄宿于青森市内的一房远亲家里。

大正十四年（1925）十六岁

大约从此时起立志成为作家，陆续在与同学一起创办的同人杂志上发表小说、戏曲、散文等作品，并与哥哥圭治创办杂志*AONBO*。

昭和二年（1927）十八岁

四月，完成初中四年学业后进入弘前高级中学文科甲组（英语科）。七月，芥川龙之介的自杀使其受到巨大打击。九月，结识艺伎小山初代。

昭和三年（1928）十九岁

五月，创办同人杂志《细胞文艺》，以辻岛众二的笔名发表《无间地狱》（未完），至九月第四期停刊止，杂志先后获得井伏鳟二、舟桥圣一等寄稿。

昭和四年（1929）二十岁

深受共产主义思潮影响，十一月起创作《地主一代》，中途因自己的阶级出身而烦恼，于十二月试图服食麻醉药物自杀未遂。

昭和五年（1930）二十一岁

三月，弘前高级中学毕业。四月，进入东京帝国大学法文科。五月，初次面会井伏鳟二，其后终生师从于井伏。七月，于青森地方的同人杂志《坐标》发表《学生群》，连载至十一月中断。这一时期与左翼地下运动发生联系。秋天，小山初代来东京，经太宰治长兄上京劝说后返乡。十一月，结识银座某西式酒馆的女服务员、有夫之妇田部呈子，同居三天后，二人一同于江之岛袖浦跳海自杀，田部殒命，太宰治则被认定犯有协助自杀罪，后免于起诉。

昭和六年（1931）二十二岁

二月，与再次上京的小山初代同居。这年加入反帝国主义学生同盟，积极参与地下运动，并以朱麟堂为号沉迷于俳句，大学学业几乎荒废。

昭和七年（1932）二十三岁

春天，因参加地下运动而不断变换住所。六月，得知小山初代与其同居之前的过往经历而深受打击。七月，脱离左翼地下运动并向青森县警察署自首，被拘留一个月。这期间开始创作《回忆》。十二月，应青森县检察局传唤出庭。

昭和八年（1933）二十四岁

二月，首次以太宰治的笔名在《东奥日报·星期日特刊》发表《列车》。三月，参与由古谷纲武、今官一、木山捷平等人发起的同人杂志《海豹》，于创刊号上发表《鱼服记》。这期间，结识檀一雄、伊马鹈平（春部）、中村地平等人。四月，《回忆》在《海豹》上刊出（连载至七月完结）。

昭和九年（1934）二十五岁

十二月，与檀一雄、木山捷平、中原中也、津村信夫、山岸外史等人发起创办同人杂志《青花》，仅出一期便停刊，翌年三月与《日本浪漫派》合并。四月，《叶》发表于《鹳》。七月，《猿面冠者》发表于《鹳》。十月，《彼非昔日之彼》发表于《世纪》。十二月，《传奇》发表于《青花》。

昭和十年（1935）二十六岁

二月，《逆行》发表于《文艺杂志》，为首次在同人杂志以外公开出版的杂志上发表作品。三月，参加东京都新闻社入职考试落选，于镰仓自缢求死未遂。自帝国大学辍学。四月，患盲肠炎入院治疗，因术后引发腹膜炎服用可待因类中枢性镇痛药导致后来服药成瘾。八月，《逆行》入围第一届芥川奖候选佳作，屈居第二而未能获奖。结识佐藤春夫并师从后者。这一年，与居住在东京的田中英光以通信方式开始密切交往。五月，《道化之华》发表于《日本浪漫派》。七月，《玩具》《雀子》发表于《作品》。八月，散文《若有所思的芦苇》发表于《日本浪漫派》（连载至十二月完结）。九月，《猿岛》发表于《文学界》。十月，《俗人俗事》发表于《文艺春秋》。十二月，《地球图》发表于《新潮》。

昭和十一年（1936）二十七岁

二月，可待因药物中毒发作，入芝济生会病院矫治，不足一月未及治愈便退院。六月，由砂子屋书房刊行其第一部作品集《晚年》。八月，因矫治药瘾和治疗肺病前往群马县谷川温泉，得知第三届芥川奖落选受到沉重打击。十月，在井伏鳟二等人劝说下入江谷田武藏野病院一月余，药物沉湎得到彻底矫治。

一月，散文《碧眼托钵》发表于《日本浪漫派》(连载至三月完结),《盲瞽草纸》发表于《新潮》。三月,《阴火》发表于《文艺杂志》。五月,《关于雌性》发表于《若草》。七月,《虚构的春天》发表于《文学界》。十月,《狂言之神》发表于《东阳》,《创生记》发表于《新潮》,《喝彩》发表于《若草》。

昭和十二年(1937)二十八岁

三月，与小山初代一同在水上温泉服用安眠药自杀，未遂，返京后与小山初代分手。这年至翌年，除偶尔写作一些散文随笔外，小说创作几乎完全停歇。

一月,《二十世纪旗手》发表于《改造》。四月，*Human Lost* 发表于《新潮》。六月，短篇集《虚构的彷徨・俗人俗事》由新潮社刊行。七月，短篇集《二十世纪旗手》由版画庄刊行。十月,《灯笼》发表于《若草》。

昭和十三年(1938)二十九岁

七月，渐渐从消沉中解脱出来，开始写作《离袂》。九月，前往山梨县御坂山口的天下茶屋潜心创作长篇小说《火鸟》，但终未完成。十一月，经井伏鳟二以长辈身份撮合与石原美知子订婚。九月,《满愿》发表于《文笔》,《离袂》发表于《新潮》。

昭和十四年（1939）三十岁

一月，在井伏鳟二家与石原美知子举行婚礼，婚后搬入位于甲府市御崎町的新居。四月，《黄金风景》获《国民新闻》短篇小说征文奖。九月，迁至东京都下三鹰村下连雀一一三番，除终战前后疏散避居外一直在此居住至去世。

二月，《富岳百景》发表于《文体》（连载至三月完结）。三月，《黄金风景》发表于《国民新闻》。四月，《女生徒》发表于《文学界》，《慵懒的纸牌游戏》发表于《文艺杂志》，《叶樱与魔笛》发表于《若草》。五月，短篇集《关于爱与美》由竹村书房刊行。七月，短篇集《女生徒》由砂子屋书房刊行。八月，《八十八夜》发表于《新潮》，《畜犬谈》发表于《文学者》。十一月，《时髦的童子》发表于《妇人画报》，《皮肤与心》发表于《文学界》。

昭和十五年（1940）三十一岁

十二月，出席第一届"阿佐谷之会"（由居住在铁道中央线沿线的文士组成的睦亲会），后成为该团体的常客。这年《女生徒》单行本获第四届北村透谷奖。

一月，《俗天使》发表于《新潮》，《鸥》发表于《知性》，《春天的盗贼》发表于《文艺日本》，《女人的决斗》发表于《月刊文章》（连载至六月完结）。二月，《越级起诉》发表于《中央公论》。三月，《老海德堡》发表于《妇人画报》。四月，《想起善藏》发表于《文艺杂志》，短篇集《皮肤与心》由竹村书房刊行。五月，《奔跑吧，梅勒斯》发表于《新潮》。六月，《古典风》发表于《知性》，短篇集《回忆》由人文书院刊行，短篇集《女人的决斗》由河出书房刊行。七月，《盲人独笑》发表于《新风》，《乞食学生》发表于《若草》（连载至十二月完结）。十一月，《蝈蝈》发表于《新潮》。十二月，《罗曼灯笼》发表于《妇人画报》（连载至翌年六月完结）。

昭和十六年（1941）三十二岁

二月，开始执笔长篇小说《新哈姆雷特》，至五月完成。六月，长女园子出生。八月，阔别十年重返乡里金木村。九月，太田静子随友人初访太宰治居所。十一月，接到征兵令但因胸部有疾患而得免入伍。

一月，《清贫谭》发表于《新潮》，《猫头鹰通信》发表于《知性》，《东京八景》发表于《文学界》，《佐渡》发表于《公论》。五月，短篇集《东京八景》由实业日本社刊行。六月，《千代女》发表于《改造》。七月，新作长篇小说《新哈姆雷特》由文艺春秋社刊行。八月，短篇集《千代女》由筑摩书房刊行。十一月，《风的讯息》发表于《文学界》。十二月，《谁》发表于《文学界》，《越级起诉》限定版单行本由月曜庄刊行。

昭和十七年（1942）三十三岁

十月，《花火》（战后改题为《日出之前》）发表于《文艺杂志》，却被以与时局不相宜为理由要求全文删除。十二月，母亲夕子去世，单身返回乡里。

一月，《耻》发表于《妇人画报》。四月，短篇集《风的讯息》由利根书房刊行。五月，《水仙》发表于《改造》，短篇集《老海德堡》由竹村书房刊行。六月，新作长篇小说《正义与微笑》由锦城出版社刊行，短篇集《女性》由博文馆刊行。十一月，《归去来》发表于《八云》，散文集《文藻集信天翁》由昭南书房刊行。

昭和十八年（1943）三十四岁

三月，前往甲府续写并完成前年开笔而未完成的长篇小说《右大臣实朝》。十月，完成小说《云雀之声》却因出版社担心审查难以通过而延迟出版，翌年准备出版时又因印刷所遭空袭致使已经印讫的书被焚毁。昭和二十年刊行的《潘多拉之匣》是在此书校订版的基础上重新执笔再创作的。

一月，《故乡》发表于《新潮》，《禁酒之心》发表于《现代文学》，短篇集《富岳百景》由新潮社刊行。九月，新作长篇小说《右大臣实朝》由锦城出版社刊行。

昭和十九年（1944）三十五岁

五月，为写作《津轻》而前往津轻地方旅行。八月，长男正树出生。十二月，受情报局和文学报国会之托创作《惜别》而前往仙台，调查收集鲁迅当年在仙台留学时的事迹。

一月，《佳日》发表于《改造》。三月，《散华》发表于《新青年》。五月，《雪夜的话》发表于《少女之友》。八月，短篇集《佳日》由肇书房刊行。十一月，新作长篇小说《津轻》由小山书房刊行。

昭和二十年（1945）三十六岁

三月，于空袭下的东京开始执笔创作《御伽草纸》，至六月完成。四月，家中遭空袭被毁，前往妻子娘家山梨县甲府市石原家疏散避难。七月，妻子娘家也遭空袭被毁，于是携妻儿等辗转前往老家青森县北津轻郡避居。

一月，系列长篇小说《新解诸国故事》由生活社刊行。四月，《竹青》发表于《文艺杂志》。九月，新作《惜别》由朝日新闻社刊行。十月，《潘多拉之匣》发表于《河北新报》（连载至翌年一月完结），新作系列长篇小说《御伽草纸》由筑摩书房刊行。

昭和二十一年（1946）三十七岁

十一月，经过近一年半的疏散避难，偕同妻儿等返回东京三鹰市自己家。与坂口安吾、织田作之助等一同参加《改造》杂志主办的座谈会，但发言未能在《改造》上刊载，其后以《文艺·太宰治读本》的题名刊出（昭和三十一年）。十二月，创作的新剧《冬季的花火》原定于东京剧场上演，被联合国占领军司令麦克阿瑟下令禁演。与坂口安吾、织田作之助、平野谦等举行“谈现代文学”座谈会，座谈内容翌年四月刊载于《文学季刊》。

一月，《庭》发表于《新小说》，《父母这两个字》发表于《新风》。二月，《谎言》发表于《新潮》。三月，《无可奈何也》发表于《读卖月刊》，《苦恼的年鉴》发表于《新文艺》，《雀》

发表于《思潮》。四月，《十五年间》发表于《文化展望》。六月，剧本《冬季的花火》发表于《展望》，《潘多拉之匣》单行本由河北新报社刊行。九月，剧本《春天的枯叶》发表于《人间》。十一月，《来访者》发表于《东北文学》。十二月，《亲友交欢》发表于《改造》，短篇集《微明》由新纪元社刊行。

昭和二十二年（1947）三十八岁

二月，前往神奈川县下曾我造访太田静子，逗留一周后转往田中英光避难地伊豆三津浜。至三月上旬，执笔写作《斜阳》第一、二章。三月，次女里子（日后的女作家津岛佑子）出生。这段时期结识山崎富荣。四月，在三鹰租借的工作室潜心写作《斜阳》，至六月完成。十一月，与太田静子的女儿治子出生。

一月，《钉铛铛》发表于《群像》，《圣诞快乐》发表于《中央公论》。三月，《母亲》发表于《新潮》，《维荣之妻》发表于《展望》。四月，《父亲》发表于《人间》。五月，《女神》发表于《日本小说》。六月，《磷火花》发表于《日本小说》。七月，《早晨》发表于《新思潮》，《斜阳》发表于《新潮》（连载至十月完结），作品集《冬季的花火》由中央公论社刊行。八月，短篇集《维荣之妻》由筑摩书房刊行。十月，《炊女》发表于《改造》。十二月，《斜阳》单行本由新潮社刊行。

昭和二十三年（1948）三十九岁

三月起至五月执笔写作《人间失格》。这段时期甚感身体不适，失眠、经常咳血。四月，八云书店开始刊行《太宰治全集》。六月十三日深夜，将 *Good bye* 草稿、数封遗书、留给伊马春部的诗歌等置于桌上，与山崎富荣一同投身玉川上水自杀。十九日，遗体被发现。二十一日，由丰岛与志雄任葬仪委员会委员长、井伏鳟二任副委员长，举行告别式。七月，遗体被安葬在三鹰市黄檗宗禅林寺。

一月，《犯人》发表于《中央公论》，《酒的记忆》发表于《地上》，《夫人》发表于《光》。三月，《眉山》发表于《小说新潮》，《美男子与烟草》发表于《日本小说》。四月，《渡鸟》发表于《群像》，《女性们》发表于《八云》。五月，《樱桃》发表于《世界》。七月，*Good bye* 发表于《朝日评论》，《人间失格》单行本由筑摩书房刊行，短篇集《樱桃》由实业日本社刊行。八月，《家庭的幸福》发表于《中央公论》。十一月，随笔集《如是我闻》由新潮社刊行。

太宰治给妻子美知子的遗书

孩子们都还没有长大，但请你抚养她们健康成长，拜托了。

一直以来都受到了你的照顾，但是我已经厌倦动笔写小说，所以只能去死。

每每想到你和孩子，我都会暗自哭泣。

美知子，我比任何人都要爱你。

津岛修治

出 品 人：许　永
出版统筹：林园林
责任编辑：许宗华
特邀编辑：王佩佩
责任校对：雷存卿
装帧设计：李双鑫
印制总监：蒋　波
发行总监：田峰峥
投稿信箱：cmsdbj@163.com
发　　行：北京创美汇品图书有限公司
发行热线：010-59799930

创美工厂
微信公众平台

创美工厂
官方微博